Las guerreras Maxwell. Desde donde se domine la llanura

Obra editada en colaboración con Editorial Planeta – España

Fotografías de portada: © Bill Spiers / Dm_Cherry / Shutterstock
Fotografía de la autora: © Archivo de la autora

Bajo el sello editorial ESENCIA M.R.
Avenida Presidente Masarik 111, Piso 2
Colonia Polanco V Sección
Deleg. Miguel Hidalgo
C.P. 11560, Ciudad de México
www.planetadelibros.com.mx

Primera edición impresa en España: julio de 2012
ISBN: 978-84-08-00756-2

Primera edición impresa en México: junio de 2017
ISBN: 978-607-07-4138-8

Impreso en los talleres de Litográfica Ingramex, S.A. de C.V.
Centeno núm. 162-1, colonia Granjas Esmeralda, Ciudad de México
Impreso en México – *Printed in Mexico*

Las guerreras Maxwell. Desde donde se domine la llanura

Megan Maxwell

Esencia/Planeta

Para todas las mujeres guerreras sean de la época que sean.
Y en especial a las guerreras Maxwell, por ser como
son y no dejarse vencer nunca. Os quiero

1

Castillo de Dunstaffnage, 1348

Las risas y los aplausos sonaban mientras la luz de los hachones iluminaba el salón del castillo de Dunstaffnage. Los juglares amenizaban el ala derecha del salón, la gente hablaba y bebía, y unos malabaristas entretenían a los más pequeños en el patio de armas.

Una vez acabada la actuación para los niños, el sonido de las gaitas tomó el patio de armas, y donde hasta hacía poco tiempo caritas embobadas habían observado a los malabaristas, ahora reían, danzaban y cantaban los guerreros con sus mujeres y las mozas del pueblo.

Aquella celebración se debía a que el laird Axel McDougall y su encantadora esposa, Alana, habían tenido su segundo y esperado hijo. Cinco años atrás había nacido una niña, a la que habían llamado Jane Augusta McDougall, y a pesar de que Axel enloquecía de amor por la pequeña, que era una preciosidad, como guerrero y laird de sus tierras anhelaba un varón. Su sucesor. Así, cuando Darren Alexandre McDougall, nombre que le impusieron al pequeño, llegó al mundo, su felicidad fue completa.

Para el bautizo se organizó una gran fiesta. Axel quería mostrar al futuro laird McDougall, y en apenas unos días, el castillo de Dunstaffnage se llenó de luz, clanes, guerreros y vecinos.

Lady Gillian, la joven hermana del laird McDougall, reía junto al bueno y complaciente de su abuelo, Magnus.

—Era un impertinente, abuelo —se mofó—. Ese tonto aprovechó mi distracción para intentar besarme, y no me quedó más remedio que blandir la espada y darle su merecido.

—Muchacha, ¿otra vez?

Divertido por lo que le contaba, Magnus sonrió. Su intrépida nieta era una mujer de un valor incalculable, y no sólo porque su propia sangre corriera por las venas de ella. Aquella menuda beldad tenía el coraje de un guerrero, y eso hacía que se metiera en incesantes problemas. E igual que atraía a los hombres por su belleza, los hacía huir por su carácter.

Con una cristalina carcajada que hinchó el corazón del anciano, ella asintió.

—Abuelo, no me quedó más remedio. ¡Fue repulsivo!

Gillian era una joven de cabello claro como el sol, y tenía unos expresivos y maravillosos ojos azules. Pero para desgracia de su hermano e incluso de su abuelo, era demasiado rebelde, y se la conocía por el apodo de la Retadora.

Su hermano Axel, a pesar de adorarla, se enfadaba con ella todos los días al ver y sentir en sus propias carnes los continuos retos que Gillian le lanzaba. En más de una ocasión, tras batallar con la joven, Axel, desesperado, hablaba con el abuelo, y juntos reconocían que le habían consentido en exceso. Pero el enfado les duraba poco. Gillian era lista y embaucadora, y sabía que con una increíble sonrisa, o un dulce pestañeo, volvía a tenerlos a su merced.

Los guerreros, cuando llegaban a Dunstaffnage, caían rendidos a sus pies. Pero tras ser testigos de su soberbia, su carácter desafiante y su altivez durante un par de jornadas con ella, huían despavoridos, y el que no lo hacía se arrepentía de no haberlo hecho cinco días después y escapaba, para regocijo de la joven y desesperación de los suyos.

Sólo un guerrero, algunos años atrás, había sido capaz de llegar al corazón de lady Gillian, pero tras haberse sentido traicionada por él, su carácter se había endurecido y había cerrado la puerta al amor.

Aquella tarde, mientras la gente del castillo se divertía, Axel McDougall, sus hombres y dos de sus grandes amigos, los lairds Duncan McRae y Lolach Mckenna, bebían cerveza en sus jarras, y Alana, esposa de Axel, Megan, mujer de Duncan, y Shelma, hermana de Megan y consorte de Lolach, se hacían confidencias.

—Creo que Johanna es demasiado pequeña para tener su propio caballo. ¡Por Dios, Megan!, sólo tiene seis años —dijo Alana.

—Yo tenía su misma edad cuando mi padre me regaló a *Lord Draco*. Creo que es bueno que Johanna sepa montar a caballo, y no tardaré mucho en subir a la grupa de *Lord Draco* a la pequeña Amanda. —Al notar la mirada escandalizada de Alana, Megan le indicó con una sonrisa—: ¡No me mires así, Alana! Mis hijas, en unos años, serán dos mujeres, y quiero que sepan defenderse en un mundo de hombres porque nunca se sabe lo que puede pasar. Y permíteme que te diga que deberías dejar que Gillian enseñara a Jane ciertas cosas que tarde o temprano le vendrán muy bien.

Al oír aquello, Alana se tensó. Aún recordaba con horror a su cuñada Gillian, con su pequeña hija, galopando bosque a través en una carrera enloquecida.

—Axel y yo hablamos muy seriamente con Gillian. No queremos que nuestra hija se mate por las enseñanzas de su alocada tía. Es más, deseo criar a Jane como una dama, y aunque adoro a Gillian, no estoy de acuerdo con lo que a veces pretende inculcarle.

Shelma suspiró. Gillian les había contado amargamente cómo su hermano y Alana le habían prohibido enseñarle a la pequeña Jane cualquier cosa que no fuera propia de una delicada dama.

Megan, Shelma y Gillian se habían conocido años atrás, cuando las dos hermanas habían llegado al castillo huyendo de la maldad de sus tíos ingleses. Desde el primer momento, Gillian se había sentido atraída por aquellas dos muchachas, y tras forjarse una verdadera amistad entre ellas, cada una había enseñado a las otras artes como el manejo de la espada, el tiro con arco o a rastrear. Pero Alana no era como ellas. Alana era una buena, dulce y delicada mujer. Todos la adoraban por su plácido carácter, pero su visión de la vida y de lo que suponía ser una mujer era completamente distinta a la de las otras tres.

—¡Por san Ninian, Megan! —se quejó Alana, escandalizada—. Amanda apenas tiene cuatro años y ya la quieres subir a un caballo. Y a Johanna, con seis, pretendes enseñarle el arte de la guerra. ¿Por qué? ¿Para qué? ¿Acaso dudas de que Duncan y su clan sean capaces de protegerlas de los peligros que en un futuro las puedan acechar?.

Megan miró al cielo, y tras suspirar con templanza, volvió la vista a su hermana, que sonreía.

—Sé que mi marido y mi clan —dijo— se dejarían el alma y la vida antes de permitir que a mis hijas les ocurriera nada..., pero ¡yo! quiero que sepan defenderse por sí mismas y que aprendan por mí lo que nadie les va a enseñar.

Shelma, al ver la cara de horror de Alana, sonrió, mientras observaba a Gillian sentarse a su lado.

—Alana, debes entender que las enseñanzas que nuestros padres y abuelos nos proporcionaron a mi hermana y a mí nos han ayudado mucho. ¿Crees que mi padre pensó alguna vez que mi hermana o yo correríamos los peligros a los que finalmente tuvimos que enfrentarnos?

Alana negó con la cabeza, e iba a contestar cuando Gillian dijo:

—¡Oh, Dios!, me imagino de qué habláis, y siento deciros que mi querida cuñada y mi adorado hermano no os entenderán. Para ellos cualquiera de las cosas que nosotras hábilmente con el tiempo hemos aprendido son indecentes y poco adecuadas para una dulce y fina doncella.

Molesta, Alana levantó el mentón para mirar a aquellas tres que se reían entre codazos, y apostilló:

—Por supuesto. Yo no apruebo esa clase de educación. Mi hija será educada como lo fui yo. Aprenderá el arte de coser, y todo menester que se precie a su delicadeza y feminidad, y te guste o no, Axel y yo te dejamos muy claro que no queremos que le enseñes a Jane ninguna de tus locas habilidades.

Gillian, tras mirarla con sus espectaculares ojos azules, esbozó una sonrisa que dio a entender mucho a sus dos amigas, y con cariño, le indicó a su cuñada:

—No te preocupes, querida Alana; me quedó muy claro y...

En ese momento, se oyeron unas fuertes risotadas y voces que provenían del portón de entrada, de modo que las jóvenes dejaron su conversación y prestaron atención al origen de aquel alboroto. Con curiosidad observaron que entraban dos mujeres y unos highlanders escandalosos, barbudos y con pinta de bestias. Tras saludarse entre ellos con improperios que turbaron a la dulce Alana, el grupo se dispersó. Entonces, Gillian blasfemó al reconocer a uno de los hombres que había llegado con aquellos guerreros.

—¡Maldita sea!, el que faltaba —murmuró, volviéndose para no mirar.

Había llegado Niall McRae, hermano de Duncan y cuñado de Megan. Ésta cruzó una sonrisa con él, aunque se le heló al ver a una de las jóvenes que lo acompañaba.

—¿Quiénes son ésas? —preguntó Shelma con curiosidad.

—La del pelo rojo y sonrisa de cuervo es la insoportable Diane McLeod —respondió Megan—. Y la rubia es Christine, su hermana. Por cierto, una joven encantadora.

—¡Oh!, pero si son mis primas —dijo Alana, sonriendo al reconocerlas.

—¡Qué ilusión! —gruñó Gillian, molesta.

Diane McLeod era la tonta e insípida hija del laird Jesse McLeod, casado en segundas nupcias con una tía de Alana. Aquella muchacha poseía una gran belleza. Tenía un pelo cobrizo maravilloso y unos ojos verdes increíbles, pero lamentablemente resultaba insoportable: se quejaba por todo. Era todo lo contrario a Christine, su hermanastra, una joven de bonitos ojos castaños y pelo claro, divertida y sonriente.

—¿Quieres que salgamos fuera a tomar el aire? —se ofreció Shelma.

Gillian se limitó a negar con la cabeza. Odiaba a Niall McRae. Durante muchos años había soñado con sus besos, sus abrazos, con ser su mujer y darle hijos. Pero el día en que él, a pocas jornadas de sus nupcias, se marchó sin despedirse a Irlanda para servir y luchar junto a Edward the Bruce, hermano de Robert, rey de Escocia, decidió odiarle el resto de su vida.

—Gillian... —susurró Megan al notar que la joven respiraba con fuerza.

—Tranquila. Estoy bien —indicó, sonriendo con alguna dificultad.

Megan nunca olvidaría la incrédula mirada de Gillian cuando ésta leyó la escueta nota que un highlander le entregó de parte de Niall. Sólo ponía: «Volveré». Pero tampoco olvidaba la desesperación de Niall al regresar, después de dos años de dureza extrema en Irlanda, y saber que Gillian, «su Gillian», no quería saber nada de él.

Gillian inspiró y, tras asumir que allí estaba el hombre al que odiaba, levantó el mentón con soberbia y preguntó:

—Creo que esta noche lo vamos a pasar muy bien, ¿no os parece?

Alana se llevó las manos a la boca. Aquella mirada y, en especial, aquel gesto de su cuñada no auguraban nada bueno, y asiéndola del brazo, susurró:

—Por todos los santos, Gillian. Recuerda que eres una McDougall y que le debes un respeto a tu hermano y a tu clan. Y no quiero que te molestes, pero son mis primas y me fastidiaría mucho que nos dejaras en evidencia.

Al escuchar aquella advertencia, la joven miró con una guasona sonrisa a su cuñada y, tras levantarse, alisarse el vestido y arreglarse su bonito cabello rubio, apuntó con gesto altivo:

—Alana McKenna, te quiero mucho y te respeto porque eres mi cuñada, pero que sea la última vez en la vida que ¡tú! me recuerdas que soy una McDougall. —Y endureciendo la voz, siseó mientras Megan se levantaba—: Sé muy bien quién soy, y no necesito que nadie me lo aclare. Y en cuanto a tus primas, tranquila, sé comportarme.

Pálida y a punto de que se le saltaran las lágrimas a causa de aquellas duras palabras, Alana se levantó y, sin decir nada, salió corriendo por la puerta ojival ante la mirada de sorpresa de su esposo. Shelma, mirando a su amiga, murmuró:

—Desde luego, Gillian, a veces eres...

Pero antes de que pudiera terminar la frase, el marido de Alana se acercó hasta ellas y Shelma, cogiéndose la falda, se marchó.

—¿Qué ocurre aquí? ¿Por qué Alana se ha ido llorando? —preguntó Axel cruzando una rápida mirada con Megan.

Gillian lo miró y, torciendo el gesto, espetó:

—¿Qué hace él aquí?

Axel entendió la pregunta y cabeceó. Sabía que su hermana no se lo pondría fácil, pero no estaba dispuesto a entrar en su juego, y acercándose más a ella, le susurró al oído:

—Niall McRae es mi amigo, además de un excelente guerrero. Y tanto él como sus hombres visitarán mis tierras siempre que yo quiera. ¿Lo has entendido?

—No —bufó la joven, retándole con la mirada.

Incapaz de seguir allí sin hacer nada, Megan se interpuso entre los dos y, tomándole la mano a Gillian, dijo:

—Axel, disculpa mi atrevimiento, pero creo que es mejor que me lleve a Gillian a tomar el aire. Lo necesita.

Tras unos instantes en que las miradas de los hermanos siguieron desafiándose, Axel asintió, y Megan de un tirón se llevó a Gillian al exterior bajo la atenta mirada de algunos hombres, entre ellos su marido y su cuñado.

—Intuyo que alguien no está feliz de verte —bromeó Lolach, palmoteando la espalda de Niall para desconcierto de éste y regocijo de su hermano Duncan.

2

La fiesta continuó hasta altas horas de la madrugada, y como era de esperar los guerreros de Niall McRae, aquellos barbudos, fueron los más escandalosos. No tenían modales ni delicadeza, y las doncellas de Dunstaffnage huían despavoridas. Lady Gillian, con una máscara de felicidad instalada en su rostro, no paró ni un solo momento de reír y bailar, algo que no extrañó a nadie, porque la joven era una experta bailarina. Pero quienes verdaderamente la conocían, como su abuelo, su hermano o la propia Megan, sabían que aquella sonrisa escondía su verdadero estado de ánimo, y más cuando advirtieron que sus ojos ardían de furia al mirar a Niall McRae y a la joven Diane.

Junto a los grandes barriles de cerveza los hombres de distintos clanes bebían, cantaban y decían bravuconadas. Duncan, feliz porque su hermano finalmente hubiera acudido al bautizo del hijo de Axel, lo miró y se enorgulleció de él. Adoraba a Niall. Era un buen hermano y un valeroso guerrero. Tras regresar de Irlanda, el rey le había regalado por su dedicación a la causa unas tierras en la costa norte de la isla de Skye, donde Niall, ahora laird y señor del castillo de Duntulm, trabajaba duro junto a sus fieros guerreros.

Años atrás, al estallar la primera guerra en Escocia, los nobles angloirlandeses se vieron presionados y llevados a la ruina por Eduardo II. Robert the Bruce, el rey de Escocia, emparentado con algunos jefes gaélicos del Ulster, decidió sacar partido del descontento irlandés, y sin pérdida de tiempo, envió delegados a la corte y al clérigo ofreciéndoles su colaboración. Por aquel entonces, Dohmnall mac Brian O'Neill, rey de Tyrone, aceptó gustoso la ayuda de Robert, y a cambio le ofreció al hermano de éste, Edward, la Corona suprema de Irlanda. Aquello no ofrecía garantías para Escocia, pero a los hermanos Bruce les pareció bien.

En un primer momento, varios lairds escoceses se quedaron al frente de sus tierras y su gente, pero un año después el rey los mandó llamar y, sin que pudieran despedirse de sus familias, a excepción de una simple misiva, tuvieron que emprender viaje.

Por aquel entonces, lady Gillian McDougall y Niall McRae se habían prometido. Eran dos jóvenes dichosos y felices que iban a celebrar sus nupcias en apenas dos semanas. Pero tras la llamada del rey, aquello se truncó.

Duncan McRae intentó interceder por su hermano, apoyado por Axel McDougall y Lolach McKenna. Sabían lo importante que era para Niall su matrimonio con la joven Gillian. El rey, sin embargo, no quiso escuchar y ordenó que todos sus hombres partieran para Irlanda.

La noche en que se alejaban de la costa escocesa, Niall supo que Gillian, la dulce y sonriente mujercita a la que adoraba, nunca le perdonaría. Y no se equivocó. Cuando pudo regresar a Escocia meses después, no hubo manera de conseguir que ella quisiera verle ni hablarle. Todo lo que hizo fue inútil. Herido en su orgullo, decidió regresar a Irlanda con su amigo Kieran O'Hara. Allí volcó toda su rabia luchando junto a Edward, y se ganó el apodo entre sus hombres del Sanguinario.

Durante dos largos años luchó en Irlanda; ni la hambruna ni las inclemencias del tiempo consiguieron aplacar sus ansias de guerra. Organizó su propio ejército de hombres y lideró con ellos las más salvajes incursiones. Pero en uno de sus viajes a Escocia para hablar con el rey, Edward presentó batalla en Faughart, y su actuación impaciente le llevó a la derrota y a la muerte. Aquello puso fin a la guerra y, pasados unos meses, el rey le entregó a Niall unas tierras en la isla de Skye como agradecimiento por sus servicios.

Muchos de los hombres que habían luchado con él en Irlanda habían perdido a sus familias, estaban solos y no tenían adónde ir. Niall les ofreció un hogar en Skye, y ellos aceptaron encantados. A partir de aquel momento, Niall se convirtió en el laird de Duntulm, y en jefe de los más fieros guerreros irlandeses y escoceses que se conocían.

Con la ayuda de aquellos highlanders, Niall se centró en sus tierras y en reconstruir un castillo medio en ruinas. Su hogar. También contó con la colaboración de los clanes vecinos, entre los que estaba el suyo propio, los McRae.

Uno de aquellos vecinos era el laird Jesse McLeod, padre de Diane y Christine.

La primera se sentía fascinada por él, pero Niall había sido sincero y les había dejado muy claro a la joven y al padre de ésta que no buscaba esposa y no estaba interesado en ella. No obstante, parecía que Diane no se había dado por enterada.

Los otros vecinos eran los McDougall de la isla de Skye, familia lejana de su gran amigo Axel McDougall, con quienes éste y su clan nunca habían llegado a confraternizar. Aquellos McDougall de Skye no habían aceptado jamás que la ya fallecida mujer del anciano Magnus hubiera sido inglesa.

Por ello, la noche en que el laird Fredy McDougall se mofó de aquello en presencia de Niall, éste, sin importarle las consecuencias, hizo gala de su fuerte carácter y le dejó muy clara una cosa: Axel McDougall y los suyos eran como su propia familia y no estaba dispuesto a escuchar nada ofensivo de ellos.

Pero, al igual que Niall, poseía un fuerte carácter también sabía ser conciliador y logró aplacar los ánimos de guerra de sus vecinos, los McDougall y los McLeod, enemigos acérrimos desde muchos años atrás y sedientos de continuas luchas.

Incluso, en muchas ocasiones, tuvo que poner paz entre los hombres de su propio clan, valientes y fornidos para las guerras, pero demasiado toscos y rudos en sus formas y acciones.

En las tierras de Niall, no había mujeres, a excepción de un par de viejas. Ninguna mujer joven y recatada quería vivir con aquellos salvajes. En las aldeas cercanas o por donde los highlanders pasaban, las doncellas decentes se escondían. Se asustaban. Y al final, el trato de esos hombres era sólo con furcias deslenguadas o mujeres de mala calaña.

Tras varios años de duro trabajo en Duntulm, las tierras y el ganado comenzaron a dar sus frutos. Aquellos hombres toscos parecían haberse acomodado a ese salvaje estilo de vida y se les veía felices en su nuevo hogar. Pero Niall no lo era. La herida que Gillian había dejado en su corazón aún sangraba, a pesar de ser un hombre al que las mujeres allá donde fuera nunca le faltaban.

—¿Otra jarra de cerveza? —ofreció Duncan a su hermano.

—Por supuesto —sonrió el otro McRae.

Con rapidez, Niall apartó la mirada de Gillian y se centró en su hermano, su guapa cuñada y el joven rubio que llegaba junto a ellos. Al reconocerlo, Niall sonrió.

—¡Zac! —exclamó.

El muchacho asintió, y Niall soltó la cerveza para abrazarlo. Llevaba sin verle cerca de tres años, y aquel muchachito revoltoso, que siempre metía a sus hermanas en líos, era ya casi un hombre.

—Niall, con esas barbas pareces un salvaje —dijo Zac con un pícaro gesto.

—Por todos los infiernos, muchacho —sonrió Niall, incrédulo—, a qué clase de conjuros y torturas te han sometido tus hermanas para que hayas crecido tanto.

Megan, de inmediato, le propinó a Niall un seco golpe en el estómago con el puño.

—¿Me estás llamando bruja? —le preguntó.

Ante la cara de mofa de Duncan, Niall agarró del brazo a Megan.

—Cuñada..., nunca pensaría algo tan horrible de ti —dijo haciéndoles reír.

Aquello hizo que Megan le volviera a dar de nuevo en el estómago, y Niall sonrió, encantado.

En ese momento, se oyeron unos gritos que provenían de los guerreros de Niall. Varias mozas pasaban con comida, y los hombres, levantando sus toscas voces, comenzaron a decir indecencias.

Niall prolongó su sonrisa mientras los escuchaba, pero al ver el gesto de su cuñada, preguntó:

—¿Qué pasa? ¿Por qué me miras así?

Megan, ofendida por las barbaridades que aquellos hombres decían, contestó señalándole con el dedo:

—No sé cómo permites que tus hombres se comporten como salvajes. ¿No los estás oyendo?

Niall miró a su hermano en busca de ayuda, pero éste desvió los ojos hacia otro lado.

—Por san Fergus, ¡qué asco! —gritó Megan al ver a uno de ellos escupir—. Te juro que si hace eso cuando paso yo por su lado, le hago tragar los dientes.

Niall se encogió de hombros y sonrió, y sin darle importancia, preguntó a Zac:

—¿Cuántos años tienes ya?

—Casi quince.

—Vaya, cuánto has crecido, muchacho —murmuró al ver cómo éste miraba a unas jovencitas de su edad que llevaban unas flores.

—El tiempo pasa para todos —sonrió Zac. Y guiñándole el ojo, dijo—: Y ahora, si me disculpáis, tengo cosas que hacer.

Con gesto alegre los dos highlanders y Megan observaron a Zac, que caminó hacia las muchachas y, con la galantería que le había enseñado Duncan, se presentó.

—Creo que tenemos ante nosotros al futuro rompecorazones de los McRae —susurró Duncan, con alborozo al ver cómo aquél se pavoneaba ante las jovenzuelas.

—Mi hermanito ya no es un niño... —suspiró Megan.

—Creo que Zac continuará dándote muchos quebraderos de cabeza —se mofó Niall al percatarse de que aquél miraba con disimulo el escote de una de las muchachas.

—Sólo espero que no se vuelva un descarado como tú y tus hombres —replicó Megan, incrédula al comprobar que su hermano tomaba a las muchachas del brazo y desaparecía.

Después de aguantar las mofas de su marido y su cuñado, les tomó del brazo y se dirigieron hacia donde hablaban los ancianos Magnus y Marlob con Axel. Éstos, al verlos a su lado, se callaron.

Megan y Niall, extrañados, se miraron. ¿Qué estaba ocurriendo? Instantes después, Megan con el rabillo del ojo, vio cómo su marido y Axel asentían con la cabeza, mientras Marlob miraba al cielo con fingido disimulo.

Con picardía, Megan se retiró su oscuro cabello de la cara y, dirigiéndose al anciano, le preguntó:

—Marlob, ¿te encuentras bien?

Él tosió y respondió:

—Perfectamente, muchacha. ¿Has visto qué luna más bonita hay hoy?

Con gesto desconfiado, Megan intuyó que allí pasaba algo, y acercándose a su marido, le preguntó al oído:

—¿Qué ocurre? Sé que algo pasa, y no me puedes decir que no.

Duncan y su abuelo se miraron.

—Te enterarás a su debido tiempo, impaciente —respondió Duncan, dándole un cariñoso beso en el cuello.

Aquello la puso sobre aviso. Y cuando fue a replicar, su marido, que la conocía muy bien, la miró con ojos implacables y endureció la voz.

—Megan..., ahora no. No quiero discutir —murmuró.

Si algo odiaba Megan eran los secretitos. Por ello, tras fruncir el cejo y mirar a su marido con enojo, se alejó con gesto contrariado.

—¡Uf, hermano! —resopló Niall—, no sé qué le habrás dicho a tu mujercita, pero creo que te traerá consecuencias.

Duncan, divertido, la miró. Le encantaba su mujer, especialmente por su carácter combativo, algo que por mucho que en ocasiones le molestase no quería doblegar. Tras sonreír y ver que Megan se acercaba a su hermana, se volvió hacia Niall, que miraba a la joven Christine bailar, y con gesto serio le dijo:

—Tenemos que hablar.

3

Aquella noche, en la parte de atrás del castillo, Gillian reía con su sobrina Jane; las hijas de Megan, Johanna y Amanda; el hijo de Shelma, Trevor, y Brodick, el hijo de Anthony y Briana. Si había algo que le apasionara a Gillian eran los niños, y ellos debían de notar el cariño de la joven porque todos, tarde o temprano, terminaban en sus brazos.

—Entonces, tía Gillian, ¿subiste al árbol a por el gatito? —preguntó Jane, abriendo mucho los ojos, incrédula.

—Por supuesto, cariño. Era el gatito más bonito del mundo, y yo lo quería para mí.

—¿Y no te dio miedo el lobo? —preguntó la pequeña Amanda mientras jugaba con su espada de madera.

Pero antes de que Gillian pudiera responder el pequeño Brodick dijo:

—Seguro que sí. Es una mujer.

—¿Y por qué le iba a dar miedo? —repuso Johanna.

Aquel arranque atrajo la atención de Gillian. Johanna tenía todo el temperamento de su madre, y eso la hizo sonreír. Trevor, que conocía a su prima, la miró y sonrió también, mientras Brodick respondía:

—Enfrentarse a lobos y subir a los árboles son cosas de hombres, no de niñas.

Johanna puso los ojos en blanco mientras su pequeña hermana Amanda les miraba con el dedo en la boca.

—Mi mamá dice que las damas no debemos hacer cosas de hombres —soltó Jane para desesperación de Gillian.

Entonces, Johanna, levantándose, se retiró los bucles negros que le caían por la cara y, acercándose a Brodick, clavó sus ojos verdes en él.

—Te reto a ver quién sube más alto a ese árbol. Veamos quién tiene miedo.

Gillian se llevó la mano a la boca para no soltar una risotada y se levantó para ponerse junto a la niña.

—No, cariño, no es momento de retos ni de que te subas a los árboles. Esto es una fiesta y...

—¡Lady Gillian!

La joven se volvió y vio acercarse a Ruarke Carmichael, un pesado con ojos de rata agonizante llegado de las Tierras Bajas una semana atrás. Ruarke y su padre, Keith Carmichael, habían sido amigos de su difunto padre, y desde que habían llegado, no paraban de observarla.

«¡Maldita sea! Ese pesado otra vez.»

Aún recordaba que, el día anterior, aquellos dos, al regresar de su paseo matutino despeinada y con las mejillas arreboladas por la cabalgada, le habían reprochado que su actitud no fuera propia de una dama McDougall. Gillian había sonreído y, dándoles un desplante, se había alejado. Aquello no le había agradado al viejo Carmichael ni a su hijo.

—Llevo buscándoos toda la noche, milady. Me prometisteis bailar conmigo un par de piezas y vengo a cobrarme esa promesa.

Incómoda por la presencia de Ruarke, y en especial por cómo la miraba, pensó que lo mejor sería bailar con él para que la dejara en paz. Por respeto a la amistad que había unido a los Carmichael con su padre, Gillian había intentado no ser excesivamente desagradable con Ruarke, pero su paciencia comenzaba a acabarse. Tras mirar a los chiquillos, dijo no muy convencida:

—En seguida regreso, niños. Portaos bien.

Cogida del brazo de Ruarke, Gillian, con gesto de fastidio, se dirigió a la zona donde todos bailaban, y cuando la música de las gaitas comenzó de nuevo, se puso en movimiento y, olvidándose de la cara de ratón del hombre, disfrutó del baile, ajena a la triste mirada de su abuelo y a la angustia de su hermano. Mientras bailaban, observó con curiosidad a los guerreros de Niall. Todos eran enormes y sus barbas apenas dejaban ver las facciones de sus caras. Tenían los cabellos largos y mal peinados, y sus modales eran nefastos. Parecían divertirse, pero cuando vio a uno escupir ante los demás, arrugó el cejo y maldijo en silencio.

—¿Os he dicho lo bella que estáis esta noche? —preguntó Ruarke, mirándola con sus ojos de rata almibarada.

Aquel hombre reunía todo lo que a una mujer de las Tierras Altas no le gustaba. Era justo todo lo contrario a los toscos guerreros de Niall. Ruarke era bajito, medio calvo, tenía la cara picada por la viruela y su aliento olía fatal. Si a todo eso se le sumaban su fino amaneramiento y lo cursi que se podía llegar a poner, era la antítesis de un highlander.

—No, esta noche no, Ruarke —contestó, mofándose—. Me lo habéis dicho esta mañana, tras la comida, cuando me habéis visto en el salón, en las caballerizas, en el lago, y creo que alguna vez esta tarde; pero esta noche aún... no.

Él no respondió a su sorna. Se limitó a observarla. Aquella jovencita descarada, de pelo claro, vestida con aquel fino y delicado traje azulado, era exquisita. Sólo tendría que limar sus toscos modales y encontraría en ella la mujer que buscaba.

—Sois una criatura altamente deseable, milady. Y puesto que

sé que no estáis comprometida, he decidido venir más a menudo a visitaros.

Aquello a Gillian le revolvió el estómago. ¿Qué pretendía aquel imbécil? Pero sin querer darle mayor importancia, contestó:

—En nuestras tierras siempre seréis bien recibido.

Tomándose aquello como algo positivo, Ruarke le apretó la mano, y acercándose más de la cuenta a ella, murmuró:

—Espero ser bien recibido por vos, milady. —Ella se echó para atrás—. Nada me gustaría más que saber que me deseáis tanto como yo a vos.

«Por san Ninian, ¡qué asco!», pensó Gillian.

De un tirón, se alejó de él y mantuvo la calma para no sacar la daga que llevaba en su bota. Entonces, dibujó una fría sonrisa en su angelical rostro.

—¿Quién os ha dicho que no estoy comprometida? —preguntó.

Ruarke sonrió. Conocía su fama de ahuyentahombres, y acercándose de nuevo a ella, adoptó un tono altivo mientras le clavaba su sucia mirada en los pechos:

—¿Estáis comprometida, lady Gillian?

—Ésa es una pregunta cuya respuesta a vos no os interesa —respondió al son de la música. Y retorciéndole la mano hasta hacerle cambiar el gesto, siseó—: Quitad vuestra pecaminosa mirada de mi cuerpo si no queréis que os arranque la mano en este instante.

Ruarke se soltó y se tocó la mano dolorida. Le hubiera gustado abofetear a aquella malcriada, pero no era el momento ni el lugar. Entonces vio que su padre le observaba con ojos inquisidores, de modo que asió a Gillian con desgana de la mano y continuó bailando.

Christine, la prima de Alana, estaba sentada observando a los que danzaban mientras bebía cerveza, y se percató de lo que ocurría al cruzar una mirada con una enfadada Gillian. Como a ésta, aquel tipo no le gustaba, pero no se movió. Continuó observándolos.

—Creo que pronto será vuestro cumpleaños —dijo Ruarke.

Gillian resopló, pero se obligó a ser cortés por su familia y contestó:

—Sí, dentro de cinco días, para ser más exactos.

—Magnífico. Podré esperar —asintió Ruarke con gesto triunfal.

Aquella respuesta extrañó a Gillian. Sin embargo, decidió no darle mayor importancia y continuó bailando, sin percatarse de que no lejos de ella Duncan y Niall McRae discutían, y este último la miraba con gesto grave.

4

Tras la marcha de Gillian, los niños habían continuado sentados en el mismo lugar, hasta que Brodick miró a Johanna y le preguntó:

—¿Sigue en pie el reto?

Johanna sonrió, y levantándose, le dijo mirando a la copa del árbol:

—Te reto a subir lo más alto posible.

—El tío Duncan se enfadará y te castigará —advirtió Trevor a su prima.

—Tranquilo, Trevor; mamá me defenderá —le contestó Johanna con una pícara sonrisa.

—Johanna, las damas no se comportan así —la reprendió la pequeña Jane.

La temeraria Johanna sonrió de nuevo y, dejando a Jane con la boca abierta, respondió:

—Yo no quiero ser una dama. Quiero ser un guerrero.

Brodick, sorprendido por el valor de la niña, indicó:

—Como premio exigiré un beso.

Jane se llevó las manos a la cabeza, escandalizada, pero Johanna la miró y, tras sacarle la lengua, apuntó:

—De acuerdo, pero si gano yo, te tirarás al lago con ropa.

Brodick sonrió. No pensaba perder. Y para enfadarla aún más, dijo:

—¿Estás segura, niñita, de que podrás subir con ese vestido?

—Por supuesto, niñito —respondió Johanna, lo que hizo reír a su primo.

Jane, nerviosa, se levantó.

—¡No, no lo hagáis! ¡Podéis caeros y haceros daño! —exclamó con un gesto de horror.

Pero ninguno la quiso escuchar. Y tras contar hasta tres, los dos comenzaron a trepar por el árbol. Brodick subía más de prisa, pues a Johanna le molestaba la falda. Eso la enfadó aún más, pero entonces la tela se rasgó, se vio más libre y empezó a subir a una velocidad que sorprendió al mismo Brodick.

—Estáis muy arriba; no subáis más —gritó Jane, que estaba junto a Amanda y Trevor.

—¡Ni lo pienses! —gritó Johanna, animada. Si algo le gustaba era el peligro y de eso sabía bastante.

Pero de pronto se oyó el ruido de unas ramas al resquebrajarse y Johanna se paralizó. Amanda, la más pequeña, asustada, corrió en busca de ayuda.

Brodick se dio cuenta de que la rama a la que Johanna estaba sujeta era la que había sonado e intentó ir hacia ella.

—No te muevas, o la rama se terminará de partir —dijo el niño.

Johanna miró hacia arriba y, con una sangre fría que dejó sin palabras a Brodick, dio un salto y se apoyó en la misma rama que él.

—¡Vaya! ¿cómo has hecho eso?

Johanna, con una sonrisa muy parecida a la de su padre, le miró y dijo:

—A ti precisamente no te lo voy a contar.

En ese momento, Amanda llegó con Gillian de la mano, y ésta, al ver a Johanna y Brodick casi en la copa del árbol, gritó mientras su acompañante, Ruarke, molesto por la intromisión de los niños, la miraba.

—¡Maldita sea! —gritó Gillian para horror de Ruarke—. Bajad ahora mismo los dos, o como suba yo, lo vais a lamentar. Os dije que no era momento de hacer bravuconadas.

—Pero tía... —protestó Johanna.

—¡Agarraos con fuerza! —gritó Gillian al ver cómo la rama en que se apoyaban los pies de los niños se doblaba.

Instantes después, la rama se tronchó y los dos quedaron suspendidos en el aire. Con agilidad, Gillian saltó y se subió al árbol. Después, se columpió y ascendió casi hasta donde estaban los niños.

—Balancéate y ven hacia aquí —dijo, mirando a Brodick.

El niño lo intentó, pero sus piernas no llegaban a la siguiente rama.

—Brodick, no te muevas, cielo —murmuró Gillian al ver el peligro. Y tras comprobar la pasividad del memo de Ruarke, miró a Trevor y gritó—: Ve a buscar a tu madre o a tía Megan.

El niño salió corriendo mientras Jane, tan fina y delicada como su madre, sollozaba apartada del árbol.

—¿Estás bien, Johanna?

—Sí, tía Gillian —respondió la cría—. Pero las manos empiezan a dolerme.

Gillian, con el corazón en un puño, se remangó el vestido. Le molestaba para seguir subiendo. Ruarke, al ver aquello, se escandalizó.

—¿Qué se supone que vais a hacer? —le preguntó.

La joven, con los ojos encendidos por la furia, respondió sin mirarle:

—Voy a hacer lo que deberíais estar haciendo vos.

Y sin perder un instante siguió trepando por el árbol, hasta llegar junto al niño, que hacía esfuerzos por sujetarse.

—Dame la mano, Brodick, y no mires hacia abajo. Johanna, sujétate bien, cariño, que en seguida te cojo a ti.

El crío tendió su mano hasta coger la de Gillian y una vez ésta lo tuvo bien sujeto lo atrajo hacia ella. En ese momento, llegaron Duncan y Niall, y de inmediato, comenzaron a subir al árbol. Tras ellos venían Megan y Shelma con Trevor. Con cuidado, Duncan trepó hasta su hija y tras cogerla en brazos la bajó. Niall fue hasta Gillian, y ésta, sin mirarle, le entregó al niño para que lo bajara. Una vez que dejó al niño en los brazos de Duncan, que ya estaba en el suelo, Niall fue a agarrarse a una rama para ayudar a Gillian, pero ésta le pisó la mano.

—Me estás pisando —protestó, mirándola.

Gillian se hizo la sorprendida y levantó el pie.

—Pues quitaos de mi camino, McRae. Me molestáis.

Niall, sin amilanarse, subió hasta la rama donde estaba Gillian y, acercando su enfadada y barbuda cara a la de ella, le espetó:

—Eres terca como una mula, mujer.

Llevaban más de cinco años sin verse ni hablarse. Gillian, en aquel tiempo, había madurado como mujer, y estaba más bonita que antes, y aunque sintió que se deshacía por dentro al tenerle tan cerca, disimuló sin cambiar su gesto altivo. Por su parte, Niall, tras regresar de Irlanda, se había convertido en un fuerte highlander, como su hermano Duncan, y a pesar de que sus ojos la miraban con dureza, no podía dejar de pensar en lo que su hermano le había contado hacía un momento.

—Y vos, McRae, sois un patán infame —dijo ella.

—¿Vos? —preguntó, sorprendido, y sin apartar su mirada de ella, sonrió—. Milady, ¿seríais tan amable de darme vuestra delicada mano para que pueda ayudaros a bajar sin que os rompáis la crisma?

Gillian no respondió; ella no necesitaba ayuda para algo tan banal como bajar de un árbol. Pero Niall, cansado de aquella absurdidad, la asió por la cintura, por lo que la joven rápidamente siseó:

—No me toquéis, McRae. No os necesito.

Niall, sin embargo, no le hizo caso, y asiéndola aún más fuerte, la atrajo hacia él y, para desesperación de Gillian, la bajó del árbol. Una vez que llegaron al suelo, Niall la soltó sin ningún miramiento, y ella le miró con gesto agrio.

Para entonces, todos los de la fiesta estaban pendientes de lo que allí ocurría.

—¡Por todos los santos, Johanna!, ¿qué estabas haciendo ahí arriba? —rugió Duncan, enfadado, a su temeraria hija.

La niña miró a su madre, que, detrás del padre, la observaba.

—Papi, no te enfades. Brodick me retó, y yo...

—¡Que Brodick te retó! —gritó, volviéndose hacia el niño, que se encogió—. ¿Que tú retaste a mi niña?

—Sí... Sí, señor..., pe..., pero... —susurró el niño, asustado.

—¿Cómo te atreves a retar a mi hija? Muchacho, te daré un buen escarmiento.

—Toma mi espada, papi, así puedes luchar con él.

Amanda le ofreció su espada de madera y Niall, olvidando la cercanía de la enfurecida Gillian y regocijado por aquel ofrecimiento de su sobrina, la cogió en brazos y murmuró:

—Ven aquí, pequeñaja, y no le des ideas a tu padre.

Sus sobrinas, aquellas dos preciosas niñas a las que adoraba, tenían el temerario carácter de su madre, y su hermano Duncan lo iba a sufrir eternamente.

Johanna, al ver la cara pálida de Brodick, se sintió culpable, y atrayendo la mirada de su padre, confesó:

—Realmente, papi, fui yo quien le retó a él.

—¡¿Cómo dices?!

Duncan la miró con dureza. ¿Por qué aquello no le extrañaba? Y antes de que pudiera decir nada, la niña, retirándose el pelo de la cara, murmuró:

—Por favor, papi, no grites así. ¿No ves que lo estás asustando? Mamá tiene razón. Cuando te conviertes en el Halcón, asustas. —Y clavándole sus ojos verdes tan iguales a los de él, continuó—: ¿Por qué vas a dar un escarmiento a Brodick si fui yo la que lo reté? Y tú, Amanda, guarda la espada porque aquí no se va a necesitar.

—Vale, tata —dijo la pequeña, en brazos de su tío.

Muchos de los allí presentes, entre ellos Niall, miraron hacia otro lado para sonreír disimuladamente mientras Duncan, aquel fornido guerrero, se quedaba desarmado ante lo que su revoltosa hija había dicho. Sin saber si reír o darle una buena azotaina, la miró. Aquella niña, su niña, le iba a traer por el camino de la amargura, y justo cuando iba a regañarla, Megan, su niña grande, se acercó hasta él y preguntó a los niños.

—¿Y cuál era el reto, cariño?

Duncan resopló y a Johanna se le iluminó el rostro.

—Mami, el reto era ver quién de los dos subía a lo más alto del árbol.

Entonces, Megan sonrió a su marido, que la miraba ceñudo. Pero ella le conocía muy bien y sabía que estaba disfrutando del valor de su pequeña, por lo que volvió a preguntar:

—¿Y quién llegó más alto?

La niña, tras mirar a su compañero de diabluras, que estaba blanco por los gritos de Duncan, dijo para sorpresa de todos:

—Brodick. Él llegó más alto. —Y acercándose a él, le dio un beso en la mejilla—. Has ganado esta vez, pero no esperes que la próxima te deje ganar.

—Johanna, no habrá próxima vez —rugió Duncan, incrédulo.

—Pero, papiiiiiiiiiiiii...

Megan, interponiéndose entre los dos mientras veía cómo algunos observaban la situación, le guiñó el ojo a su hija y le dijo con voz seria:

—Johanna, como dice tu padre, ¡no habrá próxima vez! ¿Entendido?

—Sí, mami.

Con una radiante sonrisa, Megan miró a su cuñado y a su marido.

—¿Os apetece beber algo? —preguntó.

—Sí, toneladas de cerveza —rió Niall, divertido por la estrategia de su cuñada.

—Y tú, Duncan, ¿quieres algo?

Él la miró y negó con la cabeza. A Megan se le marcaban las arruguitas en la comisura de los labios cuando aguantaba la sonrisa. Adoraba a esa mujer por encima de todo en su vida. Segundos después, tras guiñarle un ojo con comicidad, ésta se marchó con Gillian y los niños, y la gente se dispersó.

—Duncan —suspiró Niall con la pequeña Amanda aún en brazos—, creo que tu vida, con las mujeres que te rodean, será una auténtica guerra.

—Lo sé, hermano..., lo sé —respondió el hombre, observando a su mujer con deleite.

—Tranquilo, papi. Yo te defenderé con mi espada —dijo Amanda.

Duncan y Niall comenzaron a reír, y tras coger a su hija de los brazos de su hermano y darle un sonoro beso en la mejilla, la soltó, y ésta corrió tras su madre.

—¿Te has dado cuenta de lo valientes y guerreras que son mis mujeres? —dijo con orgullo Duncan.

—Sí, hermano, sí. Son joyas difíciles de encontrar.

5

Tras el episodio del árbol, y cuando todos parecían haberse olvidado de lo ocurrido, Gillian y Megan hablaban con tranquilidad sentadas en un gran banco de madera.

—Pero tú has visto cómo beben esos bestias —susurró Gillian, mirando cómo bebían los hombres de Niall.

—Son highlanders, Gillian. ¿Qué esperas de ellos?

Aquel comentario las hizo sonreír, hasta que varias jóvenes de Dunstaffnage pasaron junto a los hombres y éstos comenzaron a gritar las mayores burradas que nunca hubieran oído.

—¡Por todos los santos! —gruñó Gillian—, a esa pandilla de barbudos les falta educación. ¡Qué vulgares!

Megan los conocía y asintió. En más de una ocasión, habían visitado a Niall en Skye y había sufrido sus mordaces comentarios, hasta que un día Duncan le puso el acero en el cuello a uno de ellos; a partir de ese momento, la respetaron.

—Sí, Gillian, tienes razón. Los hombres de Niall no tienen modales. En Duntulm no hay mujeres decentes. Ninguna quiere vivir allí, y sólo tratan con las fulanas que suelen visitar.

—Y a veces ellas son más groseras que ellos, os lo puedo asegurar —dijo Christine, acercándose.

Megan sonrió. A diferencia de su hermana Diane, Christine era encantadora y una muchacha de acción como ellas. Se la presentó a Gillian.

—Siéntate aquí con nosotras. Decíamos que los guerreros de Niall son terribles.

—Yo oí hace tiempo que la gran mayoría son asesinos —indicó Gillian sin quitarles el ojo de encima.

Christine sonrió.

—Os doy la razón en que tienen unos modales deplorables, pero, Gillian, no creas todo lo que se dice. Esos hombres, con esas pintas tan horribles, esas barbas y esos malos modales, son buenas personas. No son asesinos despiadados como dicen. Todos ellos, tanto irlandeses como escoceses, tenían una familia que perdieron luchando por sus ideales y sólo necesitan un poco de cariño para volver a ser los hombres juiciosos que seguramente fueron.

—¿Tanto les conoces como para hablar así de ellos? —preguntó, sorprendida, Megan.

Christine, mirando hacia aquellos salvajes, sonrió.

—Apenas les conozco, Megan, pero he podido comprobar que las desgracias de uno son de todos. Y las pocas veces que los he necesitado me han ayudado sin pedir nada a cambio. Y eso dice mucho en su favor para mí.

De pronto, se oyó la voz chirriante de Diane. Parecía muy enfadada con su criada.

—Disculpadme, pero tengo que ir a salvar a la pobre Alice. Seguro que la boba de mi hermana se ha roto una uña, y la está culpando a ella —dijo Christine con rapidez, haciéndolas sonreír.

Tras cruzar una graciosa mueca con ellas, se levantó y se marchó, y Megan y Gillian volvieron a centrar su atención en las voces obscenas de aquellos hombres. Entonces, la pobre y asustada Lena llegó hasta ellas.

—Lady Gillian, vuestro hermano os requiere en su sala privada.

—¿Ahora? —preguntó, molesta.

—Eso me ha dicho.

Gillian resopló y dijo a la criada:

—De acuerdo, Lena. Dile a Axel que en cuanto acabe con unos asuntos iré.

Cuando se marchó, Lena pasó corriendo junto a los hombres de Niall, que volvieron a vocear.

—Te juro que, como me digan algo que no me guste, les arranco los dientes —indicó Gillian, levantándose.

Con una sonrisa en el rostro, Megan la cogió del brazo.

—Tranquila, soy la mujer del Halcón y me conocen.

Pasaron junto a ellos, y los hombres no levantaron la voz, aunque agudizando el oído Gillian oyó:

—A la rubia, si me la encontrara en un bosque, le subiría el vestido y la haría mía una y otra vez.

Ofendida, Gillian se volvió hacia ellos rápidamente.

—¿Quién ha dicho semejante obscenidad? —preguntó.

Todos se quedaron callados. Junto a aquella pequeña mujercita estaba la mujer del Halcón, y sabían qué ocurriría si ésta se sentía ofendida.

Al ver que ninguno decía nada, Gillian cogió una espada que había sobre uno de los barriles de cerveza, y tras un mandoble de tanteo al aire, puso el acero contra el cuello de uno de los barbudos y repitió entre dientes:

—He preguntado quién ha dicho semejante barbaridad.

Los hombres, al ver que aquella muchacha menuda pero con cara de pocos amigos, apretaba la espada contra el cuello del bueno de Sam, rápidamente reaccionaron y varios a la vez se culparon de lo dicho.

—Yo. He sido yo.

—No. He sido yo —dijo otro.

—De eso nada —reaccionó otro de pelo rojo—. He sido yo.

Durante unos instantes, uno tras otro asumieron la culpabilidad, y Gillian recordó las palabras de Christine: «... las desgracias de uno son de todos». Por ello, bajó el acero, pero siseó:

—Tened cuidado con vuestras lenguas, si no queréis que os las corte.

Dejando la espada donde estaba, se volvió y, tras guiñar un ojo a Megan, comenzaron a caminar.

—Pobrecillos, ¡nunca habrían esperado que una pequeña mujercita como tú les asustara!

Ufanas, se miraron y rieron. Pero antes de llegar a su destino se sorprendieron cuando vieron a Niall entrar con paso rápido por la puerta del castillo y a Duncan, enfadado, detrás. A una distancia prudencial de ellas, se pararon y comenzaron a discutir.

—Verdaderamente parece un hombre de las cavernas —susurró Gillian al observar la pinta tosca de Niall, cuyas barbas eran tan parecidas a las de sus hombres.

—Pero sabemos que bajo todo ese pelo hay un hombre guapo y atractivo —rió Megan.

—No exageres. Tampoco es para tanto.

Entonces, Megan le dio un manotazo en el trasero.

—¡Ah! —se quejó Gillian, y Megan sonrió.

Niall era tan alto como su hermano. Sus anchos hombros, su amplio torso y sus piernas fuertes le hacían imponente. Y aunque Gillian no lo quisiera reconocer, vestido con aquella camisa blanca y esos pantalones de cuero oscuros, era deseable. Pero aquellas barbas que ocultaban sus carnosos labios y aquel pelo recogido en una burda coleta no le hacían justicia. Él era un hombre de cinceladas y marcadas facciones masculinas, de nariz recta, y unos ojos almendrados de un tono marrón exquisito. Pero todo quedaba oculto bajo esa enorme y espesa barba.

Aguzaron el oído, pero no lograron entender nada. Discutían, pero hablaban tan cerca uno de otro que no se podía oír nada. Al final, Niall, airado, entró en el castillo, y Duncan, tras maldecir, fue detrás de él.

—¿Tú sabes lo que pasa?

—No tengo ni idea —respondió Megan, encogiéndose de hombros. No sabía qué ocurría, pero por el gesto de Duncan y el enfado de Niall intuyó que no era nada bueno—. Vamos, te acompaño.

Con paso rápido, llegaron hasta la arcada de la sala, y tras llamar con los nudillos, entraron para encontrarse con Axel, Magnus, Duncan y Marlob.

—¿Ocurre algo? —preguntó Gillian, preocupada, acercándose a ellos.

—¡Siéntate! —le ordenó Axel con voz grave.

Las mujeres se miraron, y Gillian, molesta, preguntó:

—¿Por qué me hablas así? ¿Qué he hecho ahora?

—Siéntate —repitió su abuelo Magnus para desconcierto de la joven.

Gillian miró a Megan y tomándola de la mano la obligó a sentarse junto a ella. Pasados los primeros momentos en los que sólo se oían las risas de fuera y el crepitar del fuego, Gillian, al ver que ni su abuelo ni su hermano decían nada, dijo:

—No sé a qué viene esto, pero si es porque me he subido al árbol para bajar a los niños, creo que mi actitud es más que comprensible. —Como ninguno decía nada, continuó—: Si es por blandir la espada y golpear al mequetrefe de August Andersen, ya le he contado al abuelo que lo hice en defensa propia. Ese idiota intentó besarme y, ¡Dios!, casi me muero del asco.

Megan, al ver que ninguno contestaba, salió en su defensa.

—En su caso, yo habría hecho lo mismo. —Duncan la miró y sonrió.

—No tiene que ver con eso —susurró Axel, que no paraba de dar vueltas por la habitación.

Cada vez más confundida, Gillian gritó:

—¡Maldita sea, Axel! ¿Quieres decirme de una vez qué ocurre?

Su hermano, con gesto contrariado, fue a hablar pero Magnus, su abuelo, se adelantó y se sentó frente a la muchacha cogiéndole de la mano.

—El día de tu bautizo, hace veintiséis años, tus padres llegaron a un acuerdo con Keith Carmichael del que nunca más se volvió a hablar, y que tanto tu hermano como yo desconocíamos. —Le entregó un papel viejo y arrugado para que ella lo leyera—. El acuerdo era que, si al día siguiente de tu vigésimo sexto cumpleaños eras viuda o no habías contraído nupcias, y su hijo Ruarke Carmichael no se había desposado, vuestros destinos se unirían en matrimonio.

Megan, con la boca abierta, observó a su amiga, que con la cabeza agachada leía el papel. Sin que pudiera pestañear, Gillian miró la firma de su padre, y el estómago se le encogió.

—¡No..., no..., no! —gritó, tirando el papel. Se levantó y se encaró a su hermano, que estaba apoyado en la mesa—. No pensarás ni por un momento que me voy a casar con ese ridículo y absurdo papanatas de Ruarke, ¿verdad?

Axel no contestó, lo que enfadó aún más a Gillian, que volvió a gritar:

—No, no me casaré con ese hombre. Antes prefiero casarme con..., con..., con...

—¿Con quién, Gillian? ¿Con alguno de los mozos de cuadra con los que en ocasiones te han visto divirtiéndote? —preguntó Axel, malhumorado.

Ella lo miró, pero no respondió. Estaba harta de los bulos que sobre su persona se propalaban por el simple hecho de que entrenaba con aquellos hombres, incluso con los guerreros McDougall en la liza.

A Axel no le hacía ninguna gracia pensar en su hermana casada con Carmichael. No le gustaban ni él ni su padre. Pero aquel maldito papel así lo ordenaba y poco se podía hacer.

Megan miró a su marido en busca de ayuda, y de pronto, vio a Niall sentado en el fondo de la habitación mirándolas. Entonces, su esposo se llevó el dedo a los labios para indicarle que callara. Incrédulo, Duncan comprobó que ella asentía y no decía nada.

Con rapidez, Gillian comenzó a pensar en algunos de sus ridículos pretendientes. Pero el solo hecho de pensar en ellos le revolvía el estómago; mientras, su abuelo Magnus la miraba con gesto triste. El silencio se hizo dueño de la sala en tanto todos la contemplaban, hasta que ella, desesperada, levantó la vista y miró a su amiga.

—¡Maldita sea! Megan, ¿qué hago? —Sin darle tiempo a responder murmuró apoyándose en la mesa mientras los hombres la miraban—. Con Robert Moning no me puedo casar porque es medio tonto y no..., no puedo.

—Lo es —afirmó Megan.

—Sinclair McMullen es..., es... un sinvergüenza... encantador..., pero es un sinvergüenza.

—No hay duda —volvió a asentir Megan, ganándose una mirada de su marido.

—Homer Piget... es un ser despreciable. Y antes de casarme con él, ingreso en una abadía.

—Yo lo haría también —asintió Megan, haciendo reír a su marido.

—Wallace Kinsella me odia. Recuerdo que...

Megan recordó que Gillian se había atrevido a romperle los pantalones por el trasero con la espada y sonrió.

—Sí, Gillian... Wallace; olvídalo.

—James Culham ya se ha casado. Darren O'Hara... ¡Oh, Dios, qué asco de hombre! —exclamó, mirando a su amiga—. No sé quién es peor si Ruarke o Darren. Gregory Pilcher... No, no, ése huele a tocino rancio.

—Sí —asintió de nuevo Megan.

—Scott Campbell huye de mí desde el día en que lo maniaté y lo dejé a merced de los lobos.

—Sí... Mejor no pensemos en él —rió con picardía Megan.

—Kevin Lancaster... no me puede ni ver. Roarke Phillips me odia tanto como yo a él. Kudran Jones...

—No, ése no —dijo Megan—. Kudran se casó hace un tiempo.

—¡Oh!..., es verdad —asintió Gillian. Y tapándose la cara con las manos, gruñó—: ¡Maldita sea!, no se me ocurre ninguno más.

Los ancianos Magnus y Marlob se miraron, y Megan entendió lo que ambos pensaban. Por ello, pese al gesto de horror de su marido y de Axel, dijo:

—Gillian, yo conozco un pretendiente y no lo has nombrado.

Axel y Duncan se miraron y maldijeron. Niall, al entender lo que iba a hacer Megan, la miró y negó con la cabeza desde el fondo de la habitación. La mataría más tarde.

—¿Quién? —preguntó Gillian. Pero antes de que su amiga mencionara el nombre, gritó—: ¡¿Niall?! ¡Oh, Megan! ¿cómo se te puede ocurrir algo así? Ese..., ese... patán barbudo es el peor de todos los hombres que he conocido.

—No es un patán barbudo —negó Megan.

—Muy bien dicho, muchacha —asintió Marlob, defendiendo a su nieto.

Pero Gillian, más histérica que instantes antes, gritó fuera de sí:

—¡Nunca! No me casaré con él. ¡Nunca! Antes me caso con Ruarke, me interno en una abadía o me quito la vida. Él es un ser despreciable, al que odio y no soporto ver. Nunca; repito: nunca me casaré con él.

Incrédula, Megan la miró. ¿Cómo era posible que Gillian dijera aquellas barbaridades? Con decisión, se volvió hacia donde Niall estaba sentado y le vio sonreír. Pero Megan le conocía, y sabía que, a pesar de su sonrisa, lo que había escuchado le dolía.

Duncan, herido por lo que había dicho Gillian, se acercó a la joven y desesperada muchacha y siseó:

—Por supuesto que no te casarás con mi hermano. Pero no porque tú no quieras, sino porque él ha rechazado la proposición. Niall tampoco quiere tener nada que ver contigo.

Megan, con rapidez, miró a su cuñado, y éste, con la misma sonrisa absurda, asintió. Gillian gimió; ahora entendía la discusión que habían presenciado. Al ver su gesto derrotado, Megan le tomó las manos.

—A mí me parece que Niall podría ser un buen esposo. Sé juiciosa y piensa. Él siempre te ha querido y creo que aún te puede querer. —Al oír aquello, Niall se puso en pie. ¿Qué hacía Megan diciendo aquellas mentiras? Pero no podía decir nada, así que continuó escuchando—. Niall es un buen hombre; siempre lo ha sido y siempre lo será. Sé que ahora piensas que él ha cambiado, pero... no es así. Niall sigue siendo el muchacho que conociste antaño, y estoy segura de que si tú se lo pidieras, él aceptaría.

Levantándose como una flecha, Gillian cogió a su amiga del brazo y, apartándose de las curiosas miradas y oídos de los hombres, bufó:

—¿Te has vuelvo loca, Megan? ¿Cómo puedes decir eso después de lo que pasó entre él y yo?

—No, no me he vuelto loca.

—¡Oh, Megan!..., ¿cómo puedes estar haciéndome esto?

—¿Recuerdas cuando a ti te parecía buena idea que yo me casara con Duncan y a mí no?

Duncan sonrió. Nunca olvidaría aquel día. Megan estaba deliciosa con su cara de enfado, negando una y otra vez que quisiera ser su mujer.

—No es lo mismo, Megan —se defendió Gillian.

—¿Por qué no es lo mismo?

Gillian no podía creer que su mejor amiga le estuviera proponiendo aquello.

—En tu caso —contestó—, yo sabía perfectamente que Duncan y tú estabais hechos el uno para el otro. —Eso hizo sonreír a Megan—. Además, recuerda que tu abuelo y Mauled le hicieron prometer que cuidaría de ti. Y tú, en ese momento, necesitabas de la protección de Duncan para que no te ocurriera algo peor.

—¿En qué se diferencia lo que yo necesitaba a lo que tú necesitas ahora? ¿Acaso deseas casarte con Ruarke?

—¡Oh, Dios, qué asco! Se me revuelven las tripas de sólo pensarlo.

—Lógico, no es para menos —asintió su amiga.

—No, no quiero casarme con ese memo, ni quiero que me toque ni me bese. —Entonces, al pensar en Niall, murmuró—: Pero, Megan, Niall ha venido acompañado por una mujer, ¿no lo recuerdas?

—Sí. Y sé perfectamente que esa boba no significa nada para él. Y ahora deja de decir y hacer tonterías, y asume que Niall es lo que tú necesitas, al igual que yo necesitaba a tu juicio a Duncan.

—Duncan acaba de decir que Niall ha dicho que no —escupió Gillian.

—Pero yo creo que...

—¡Imposible! —gritó Gillian, volviendo junto a los hombres para sentarse—. El cretino, maleducado y estúpido de tu cuñado está descartado como lo están todos los que he nombrado. Antes muerta que ser su mujer.

Tras un silencio sepulcral, de pronto se alzó la voz de Niall y la dejó petrificada.

—Milady, ¿podríais indicarme por qué estoy descartado de tan encantadora proposición?

Megan y Gillian se miraron, y esta última maldijo antes de volverse para ver a Niall sentado en un butacón en el fondo de la estancia, junto al hogar. Como Gillian no respondía, Niall se levantó y se acercó lentamente hacia ella. Se paró y la contempló desde su imponente envergadura.

—¿Debo pensar, milady, que huelo a rancio? ¿O quizá soy un sinvergüenza encantador? —preguntó con burla.

Duncan, al comprender la ironía de su hermano y ver la cara de Gillian, supo que aquello no terminaría bien.

Gillian se levantó para encararse a Niall y éste se encendió. Aquella mujer con gesto descarado y peores modales siempre le había gustado, y aún continuaba gustándole; pero mirándola con fingida indiferencia, siseó:

—¡Ah, perdonad! Recuerdo haber escuchado que para vos soy ¡un patán barbudo y un cretino! —Y agachándose frente a su cara, murmuró—: Lo que no habéis escuchado es que yo pienso de vos que sois una malcriada, una consentida, una maleducada y un sufrimiento como mujer, además de insoportable.

Rabiosa por lo que Niall decía, tragó saliva y se encaró a él. No le importaba que fuera más alto o más grande que ella. Con su estatura sabía perfectamente defenderse, y poniendo las manos en las caderas y estirándose, dijo:

—¡Patán! Sí, sois un ¡patán y un cretino! Y un ¡sinvergüenza!

Pero en vuestro caso no sois encantador ¡Oh..., no! —gritó, furiosa—. Y prefiero casarme con cualquiera, incluso con uno de esos salvajes que tenéis como guerreros, antes que con vos. Sólo pensarlo me pone enferma.

Niall, con una mezcla de furia y diversión, sonrió, y tras mirar a su hermano, señaló:

—¿Sabéis, milady? En eso estamos de acuerdo. Yo me casaría con cualquiera antes que con una mimada como vos. Por lo tanto, ya podéis buscar a un tonto que os aguante, porque yo no estoy dispuesto a ello. Valoro demasiado mi vida, mi paz y mi tranquilidad como para casarme con una grosera y desconsiderada como vos.

«¿Desde cuándo se tratan con tanto formulismo?», pensó Megan, desconcertada. Buscó ayuda en los hombres, pero ninguno movió un dedo.

Con rabia en la cara, Gillian levantó los brazos y le golpeó en el pecho. Estaba furiosa con él desde que se había marchado a Irlanda. Niall, ante aquellos golpes, apenas se movió, pero la asió por el brazo con gesto tosco. Axel se movió ligeramente, pero su abuelo Magnus, sujetándolo, le indicó que no se metiera.

Con el enfado en los ojos y en la voz, Niall miró a Gillian, y agachándose para acercar su cara a la de ella, siseó mientras la sujetaba con fuerza:

—¡Nunca! Repito: ¡nunca volváis a hacer lo que habéis hecho! Y por supuesto, nunca volváis a tocarme sin que yo os dé mi consentimiento. Porque si volvéis a hacerlo os juro que me dará igual quién esté delante, Gata. —Escuchar aquel apelativo la desconcertó. Sólo él la llamaba de ese modo—. Porque os cogeré y os azotaré hasta que aprendáis que a mí no se me trata así. —Soltándola con desprecio, miró a los que allí estaban y dijo—: Ahora, si no os importa, regresaré a la fiesta. Hay una bonita mujer esperándome a la que no le parezco un tosco patán, y no quiero que se impaciente ni un instante más.

Sin decir nada más ni mirarla, Niall se dio la vuelta, y después de cruzar una mirada muy seria con su cuñada, abrió la puerta y se marchó dando un portazo. Duncan, con gesto duro, asió de la mano a Megan, que no protestó, y seguido por su abuelo Marlob, salieron también de la habitación.

Gillian se había quedado tan petrificada por aquella reacción de Niall que cuando Magnus, su abuelo, pasó por su lado y no la miró, no supo qué decir. Sólo oyó la voz de su hermano, que antes de cerrar la puerta y dejarla sola, dijo:

—Tú lo has querido, Gillian. Anunciaré tu enlace. Dentro de seis días te casarás con Ruarke Carmichael.

6

A la mañana siguiente, cuando se despertó, se puso un vestido grisáceo, se calzó las botas y guardó allí la daga. Odiaba recordar cómo, la noche anterior, tras lo ocurrido en la estancia de Axel, Niall se había divertido con la prima de Alana, Diane, y Ruarke, una vez que su hermano hubo anunciado el compromiso matrimonial, se había pavoneado como un idiota ante todos, mirándola como una posesión.

Después de una terrible noche en la que no había podido dormir, al bajar al salón lo encontró vacío, y suspiró, aliviada. No deseaba recibir ni una sola felicitación más. Odiaba a Ruarke tanto como la boda. Tras tomar el desayuno que Helda le obligó a tragar, se encaminó hacia las caballerizas. Necesitaba dar un paseo para despejar la cabeza. Cuando entró, miró a sus magníficos caballos, *Thor* y *Hada*. Al final se decidió por la preciosa yegua blanca de crines oscuras.

—Buenos días, *Hada*. ¿Te apetece correr un ratito?

La yegua movió la cabeza, y Gillian sonrió, mientras *Thor*, impaciente, resoplaba. Agarrándose a las crines del animal con una agilidad increíble, se impulsó y se subió sobre él.

—Hoy no utilizaremos silla. Necesito desfogarme para olvidarme de mi futura horrible vida, ¿de acuerdo, *Hada*?

La yegua pateó el suelo, y cuando Gillian salió de las cuadras, se dirigió hacia el bosque. Comenzó a lloviznar. Pero sin importarle las inclemencias del tiempo, clavó los talones en los flancos de la yegua y ésta comenzó a galopar. Según se internaban en el bosque, *Hada* aceleraba su paso. A Gillian le encantaba saltar riachuelos y cualquier obstáculo que se encontrara, y aquel camino se lo conocía muy bien.

Durante bastante tiempo, Gillian galopó como una temeraria amazona por las tierras de los McDougall, consciente de que se estaba alejando demasiado y empapando con la lluvia. Sabía que aquello, cuando regresara al castillo, no iba a gustar, pero le daba igual. De hecho, no quería regresar al castillo. No quería pensar que en cinco días, si no hacía algo para remediarlo, su destino quedaría unido al papamoscas de Ruarke y a su tediosa existencia.

Finalmente, cerca de un riachuelo se tiró de la yegua y la dejó descansar. Se lo merecía. Se resguardó bajo un árbol de la lluvia y, sacando la daga que llevaba en la bota, cogió un trozo de madera y lo comenzó a tallar. Pero como no había dormido la noche anterior sus párpados cansados le pesaban, y antes de que se diera cuenta, se quedó dormida.

No supo cuánto tiempo había pasado cuando el rugir de sus tripas la despertó. Sobresaltada, se desperezó y se levantó. Era de noche. Y mirando a su alrededor, buscó a la yegua. ¿Dónde estaba?

—¡*Hada!* —gritó.

Instantes después, Gillian oyó un ruido a sus espaldas y, volviéndose, la vio aparecer. Pero soltó un grito de horror al ver que cojeaba.

—¡Maldita sea, *Hada*! ¿Qué te ha pasado?

Angustiada, corrió hacia ella.

—Tranquila, preciosa..., tranquila —dijo, besándola en el hocico.

Con cuidado, se agachó y miró la sangre que brotaba de una de sus patas. Con rapidez le limpió la herida con la falda y comprendió que se trataba de un corte limpio que se había hecho con algo, pero ¿con qué? Clavando la daga en la falda, rasgó la tela para poder vendar la pata al animal, y una vez hecho el torniquete, emprendió la vuelta a casa despacio. Sabía que estaba demasiado lejos y que la noche se le había echado encima, pero no pensaba ni montar en la yegua ni abandonarla. Ver al animal así y no poder hacer nada la mortificaba. Se sentía culpable. Seguro que se había hecho el corte en su alocada carrera.

Horas después, Gillian estaba empapada, agotada y congelada de frío. No había parado de llover. Agachándose, observó el vendaje de la yegua, que cada vez cojeaba más. De pronto, oyó el ruido de los cascos de varios caballos acercándose, y antes de que pudiera reaccionar, Niall y su salvaje ejército la miraba.

Al verla, él suspiró, aliviado. Cuando se enteró de que ella había desaparecido, pensó en lo peor. Llevaban parte del día buscándola. Dado lo ocurrido la noche anterior, temía que aquella loca hubiera hecho una tontería. Por ello al encontrarla su corazón se había tranquilizado. Sin embargo, con gesto serio y desde su caballo, preguntó:

—Milady, ¿estáis bien?

Cansada y tiritando de frío, le miró y, en un tono nada altivo, dijo:

—Mi yegua está herida y apenas puede andar.

Niall, conmovido, bajó del caballo, mientras sus hombres miraban la escena con gesto impasible. Aquélla era la mujer que le había puesto el acero a Sam en la garganta. El highlander, acercándose hasta ella, que aún continuaba agachada, se preocupó por la herida del animal, y tras quitar el vendaje y comprobar que era un corte profundo, dijo mirándola:

—Creo que deberíais regresar al castillo. Vuestro hermano y vuestro *prometido* están intranquilos. —Al decir aquello se le agrió la voz, pero continuó—: No os preocupéis por vuestra yegua, alguno de mis hombres la llevará de vuelta.

—No, no quiero dejarla. Quiero regresar con ella.

La preocupación que vio en sus ojos hizo que la sangre de Niall se calentara. Levantándose fue hacia su caballo, y tras cruzar una mirada con Ewen, su hombre de confianza, cogió el plaid, se lo llevó a Gillian, y se lo echó por encima para que dejara de temblar.

—Si permanecéis aquí lo único que haréis será enfermar. Vuestro caballo debería descansar un rato antes de continuar. Esa herida es bastante fea y, si sigue adelante, se le puede complicar.

—Creo que *Hada* se ha herido por mi culpa... Yo tengo la culpa.

—No debéis culparos —la interrumpió Niall—. Las cosas, a veces, pasan sin saber por qué. Quizá vuestra yegua haya tropezado con algo y vos no habéis tenido nada que ver con ello. Ahora abrigaos; se ve que tenéis frío.

El tono de voz de Niall y su masculina presencia hicieron que Gillian se estremeciera. Tenerle tan cerca le hacía rememorar momentos pasados y sin saber por qué lo miró y sonrió. Él, consciente de aquella sonrisa, empezó a curvar sus labios justo en el momento en que aparecía Ruarke, que al verla empapada, con el vestido roto y en aquellas circunstancias, sin bajarse del caballo, espetó:

—¡Por todos los santos, querida!, ¿dónde os habíais metido, y qué os ha pasado?

Gillian estaba tan perturbada por la cercanía de Niall que no supo qué contestar. Por ello fue éste quien habló.

—Su yegua ha sufrido un accidente y...

—¡No me extraña! —lo interrumpió el memo de Ruarke—. Seguro que ella ha tenido la culpa de lo ocurrido. Sólo hay que ver cómo monta. —Y reprendiéndola ante todos, dijo—: Eso dentro de cinco días se acabará. Cuando regresemos a mis tierras, no volveréis a montar sin silla, y menos aún, saldréis vos sola a cabalgar.

Gillian resopló. De pronto, sus fuerzas habían vuelto, y Niall, conocedor de aquellos ruiditos, se apartó a un lado.

—¡Ruarke! —gritó, enfurecida—, callad esa boca odiosa que tenéis si no queréis tener problemas conmigo. Y en cuanto a que dentro de cinco días me casaré con vos, ¡aún está por ver!

Los salvajes hombres de Niall se carcajearon al escucharla. Ruarke, molesto, se bajó con torpeza del caballo y se dirigió hacia Gillian con paso decidido. Niall clavó su mirada en él. ¿Qué iba a hacer aquel idiota?

Gillian no se movió, y Ruarke, acercándose a ella, murmuró con rabia:

—Vuestro hermano anunció ayer nuestro enlace para dentro de pocos días. Os pido un respeto cuando me habléis.

Gillian, levantando el mentón y apretujando el plaid de Niall contra su cuerpo, replicó sin dejar de mirarle:

—Cuando vos me respetéis a mí, pensaré si os respeto a vos.

Los hombres de Niall rieron de nuevo, y eso enfadó aún más a Ruarke, que deseó cruzarle la cara a Gillian con un bofetón pero no se atrevió. Aquellos highlanders que lo miraban sin pestañear lo intimidaban, y más que ninguno, el que había sido años atrás prometido de su futura mujer, que con la mano en la empuñadura de la espada lo observaba. Conteniendo su rabia, se volvió hacia el caballo, tomó su plaid y se lo tiró de malos modos a Gillian.

—Tomad mi plaid y devolved ése a los McRae —voceó.

Niall, sorprendido por aquella actitud, miró a Ruarke con gesto duro. Le hubiera gustado patearle el culo allí mismo, pero una mirada de advertencia de un juicioso Ewen lo detuvo.

—Vamos, ¿a qué estáis esperando? —la apremió de nuevo Ruarke—. Devolved ese plaid.

Gillian se sentía furiosa, pero se quitó el plaid de los McRae. Al devolvérselo a Niall, rozó apenas la mano del highlander, lo que le provocó olvidadas y placenteras sensaciones. Asustada, cogió rápidamente el de Ruarke y se abrigó.

Niall, sin dejar ver sus emociones, cogió el plaid y lo tiró sobre el caballo. Después, sin mirarla, le dijo a Gillian:

—Milady, creo que deberíais regresar al castillo.

—Ésa es una excelente idea. Estáis calada hasta los huesos —murmuró Ruarke, montándose con torpeza en su caballo, cosa que hizo sonreír a más de un guerrero. Una vez que consiguió montar, miró a Niall y dijo—: Que alguno de sus hombres lleve a lady Gillian hasta el castillo. O mejor aún, que alguno le deje su caballo. —Y mirándola con desprecio, añadió—: Está empapada.

Ewen pestañeó, sorprendido. ¿Cómo era posible que aquel patán no quisiera llevar en la grupa a su futura mujer para darle calor y cobijo? Miró a Niall y vio que éste negaba con la cabeza; fue a decir algo cuando su amigo, sin previo aviso, tomó a Gillian de la mano y, tirando de ella, se acercó hasta el caballo de su prometido.

—¡Carmichael! —vociferó, atrayendo su atención—, estoy seguro de que a vuestra futura mujer le encantará cabalgar con vos. Está congelada de frío y necesita calor.

Gillian le miró horrorizada y, de un tirón, se soltó de su mano.

«Eres odioso, Niall McRae», pensó.

Consciente de la mirada furiosa de Gillian y del disgusto de Ruarke porque ella le iba a empapar, Niall, con una sonrisa nada inocente, la tomó por la cintura y la alzó hasta posarla sobre el caballo de su prometido.

Ruarke la sujetó con torpeza. Gillian se tensó e intentó no rozar a aquel hombre, mientras Niall, con una sonrisa fingida, regresaba a su caballo maldiciéndose a sí mismo por haber hecho aquello. ¿En qué estaría pensando?

7

Los nervios de Gillian crecían por momentos mientras se torturaba pensando que sólo quedaban tres días para su boda. Mirando el alto techo de piedra de su habitación, pensó en Niall. Él y sus salvajes hombres habían decidido esperar a que pasara la boda para partir a la vez que Duncan y Lolach. Pero a diferencia de éstos, en lugar de dormir dentro del castillo, preferían dormir al raso.

Aún no había amanecido, y Gillian no podía dormir. A la luz de las velas que había en la habitación, se levantó y se sentó frente al espejo. Tras coger un peine de nácar comenzó a peinar sin muchas ganas su largo y rubio cabello.

De pronto, unos golpecitos en la puerta llamaron su atención. Era Christine, la prima de Alana.

—Hola, ¿puedo pasar? —preguntó bajito.

Con una sonrisa, Gillian asintió y se sorprendió al ver sobresalir el extremo de una espada bajo la capa.

—¿Qué haces despierta a estas horas? —preguntó Gillian.

La muchacha, sin apenas moverse de la puerta, se encogió de hombros.

—No puedo dormir —dijo.

—¡Ya somos dos!

—En tu caso, no me extraña. ¿Cómo puedes dormir con tantas velas encendidas? Hay tanta luz aquí dentro que parece de día —comentó Christine, señalando las velas.

—Odio la oscuridad e intento evitarla con velas —aclaró Gillian.

Apenas se conocían, pero Christine mirándola a los ojos dijo:

—Había decidido ir a dar un paseo por los alrededores y, al ver luz bajo tu puerta, he pensado que quizá te apetecería venir conmigo.

—¿Siempre paseas con una espada? —le preguntó irónicamente Gillian.

Con una sonrisa encantadora Christine resopló.

—Realmente, lo del paseo es una excusa. Tengo los músculos agarrotados. No estoy acostumbrada a tanta inactividad, y como Megan me dijo que tú también conocías el manejo de la espada, he pensado que quizá conocieras algún lugar donde pudiera practicar lejos de los ojos de mi hermana y los oídos del castillo.

—¡Qué maravillosa idea, Christine!

—Llámame Cris, por favor.

Gillian asintió sonriendo y, con rapidez, se vistió. Se calzó unas botas, guardó la daga en una de ellas, cogió una capa y, abriendo un arcón, le guiñó el ojo al sacar la espada. Una vez que salieron del castillo sin ser vistas por nadie, fueron con cautela a las caballerizas, donde montaron y con sigilo se marcharon. Gillian tuvo la precaución de tomar la dirección contraria al lugar donde sabía que dormían Niall y sus hombres. No quería problemas con esos barbudos. Y cuando estuvieron lo suficientemente lejos como para que nadie las oyera, comenzaron una crepitante carrera a través del bosque de robles.

Con las mejillas arreboladas por la galopada, llegaron a un pequeño claro rodeado por cientos de robles cuando comenzó a aclarar el día.

—¡Vayaaaaaa! —suspiró Cris—. ¡Qué lugar más bonito!

Orgullosa, Gillian miró a su alrededor y, bajándose de *Thor*, asintió.

—Sí..., es un lugar muy hermoso.

Lo que no le contó era que aquel claro, en el pasado, había sido el lugar preferido de Niall y ella.

—¿Te puedo preguntar algo, Gillian?

—Por supuesto, dime.

—¿Por qué te vas a casar con el enano de Ruarke? Tú no le amas ni él a ti. Además, en tus ojos leo que ese remilgado te desagrada tanto como a mí.

—Mi padre hizo un trato con el padre de Ruarke —murmuró—, y por honor a mi familia... —Pero algo en ella se revolvió y, quitándole importancia, le aclaró—: Te juro por mi honor que, antes de que me ponga una mano encima, ese amanerado y estúpido bobo caerá muerto.

—¡Ay, Gillian!, no digas eso —dijo Cris, preocupada.

Si lo hacía, en el momento en que se descubriera el cadáver de Ruarke sería ahorcada o encarcelada de por vida.

—¿Pues dime tú qué puedo hacer? —replicó, mirándola—. Apenas quedan tres días y no encuentro otra solución.

—Búscate otro marido.

Gillian sonrió y, en tono de humor, respondió:

—¿Para qué? ¿Para matarlo también?

Y entonces ambas se echaron a reír. Gillian, recogiéndose el cabello con un cordón de cuero marrón, dijo:

—¿Qué tal si entrenamos un poco? Realmente lo que necesito es templar mis nervios.

—¡Perfecto!

Se deshicieron los cordones de las faldas, y cuando éstas cayeron al suelo, aparecieron sendos pantalones de cuero marrones. Una vez liberadas de tales prendas, se quitaron las capas y, alejándose de los caballos con las espadas en la mano, se miraron a los ojos.

—¿No usas guantelete, Gillian? —le preguntó Christine al ver que llevaba la espada a mano descubierta.

—No, me impide sujetar bien el acero.

—¿Te importa si yo lo uso?

—Por supuesto que no, Cris... Te voy a ganar igual —respondió con una alegre sonrisa.

La risa fresca de las dos se hizo más intensa.

—Bueno, Gillian, por fin voy a comprobar si eres tan buena como Megan dice.

—Comencemos —contestó la otra, disfrutando del momento.

Durante un rato se movieron en círculos mientras se estudiaban los movimientos, hasta que Cris lanzó un grito y embistió con la espada por delante. Gillian, con rapidez, paró sobre su cabeza el acero, y Cris, con soltura, la hizo caer de culo al suelo. Divertida por aquello, Gillian se levantó y, soltando un bramido, atacó con un espadazo vertical que Cris repelió saltando con habilidad hacia atrás. Rápidamente, Gillian giró la muñeca, para darle un golpe horizontal, y cuando vio el acero de Cris caer contra el suelo, mediante una experta voltereta, se hizo con el arma.

—¡Te pillé! —gritó Gillian, con las dos espadas apuntando a Cris.

—¡Vaya!, eres buena —resopló, sorprendida por aquella jugada.

—Tú también. —Y tirándole la espada, gritó—: Vamos, ¡ataca!

Aquello era lo que necesitaba. Acción. Llevaba tiempo sin que pudiera practicar con nadie que tuviera aquella soltura, y saltar, chillar y sentir cómo el acero pasaba cerca de su cuerpo hacía que disfrutara.

Los aceros volvieron a chocar, esa vez con más fuerza y más

técnica. Las chicas, con cada golpe, y a cada grito enfurecido, se animaban más. Giraban y saltaban manejando la espada como auténticos guerreros, atacando y parando, y lanzando mandobles a diestro y siniestro la una contra la otra. Cris blandía una y otra vez su espada contra Gillian, y ésta rechazaba enérgicamente los golpes contraatacando con maestría. Era tal su disfrute que se olvidaron de lo que había alrededor, y no se percataron de que más de cincuenta pares de ojos las observaban con incredulidad, hasta que se oyó un bramido.

—¡Por todos los santos!, ¿qué se supone que estáis haciendo?

Parándose en seco se volvieron hacia el lugar de donde provenía la voz y se encontraron con un furioso Niall y sus barbudos, que ocultos entre los árboles habían sido testigos de cómo aquellas dos jóvenes blandían sus espadas con arrojo. Con el corazón aún latiéndole con fuerza, Niall miraba a las muchachas. Sabía por Diane que su hermana Christine a veces medía sus fuerzas con alguno de sus hombres en la liza del castillo, pero lo que ignoraba era aquel manejo tan diestro de Gillian. La Gillian que él había conocido sabía manejar la espada, pero no con esa fiereza. Ahora entendía por qué en Dunstaffnage y alrededores la llamaban la Retadora.

Cris, al ver aparecer a Niall, sonrió. Se llevaba muy bien con él, y tras su paso por Dunstaffnage, por fin, había entendido quién le había roto el corazón. Sólo había que ver cómo observaba a Gillian para entenderlo todo.

Gillian, en cambio, maldijo para sus adentros, pero intentó mantener la compostura mientras respiraba agitada. El highlander se acercó a grandes zancadas con gesto impasible mientras ellas, agotadas, sudaban y resoplaban.

—¿Cómo se os ocurre hacer algo así? ¿Estáis locas, o qué? Podíais haberos dañado gravemente o incluso morir.

Las muchachas se miraron y, sin que pudieran evitarlo, sonrieron. Eso exasperó más al highlander, que deseó cogerlas por el pescuezo y retorcérselo. Cuando uno de sus hombres le había despertado para decirle que dos mujeres se peleaban no muy lejos de donde ellos dormían, en ningún caso podía haber imaginado que fuera a encontrarse con aquéllas.

—Tranquilo, Niall —le dijo sonriendo una acalorada Cris—; ambas sabemos lo que hacemos.

Asombrado por esa contestación, el hombre abrió los brazos.

—¡¿Cómo dices?! —gritó. Y al ver que ellas no respondían pero seguían con sus malévolas sonrisitas, vociferó—: ¡Por los clavos de Cristo! Si realmente supierais lo que estabais haciendo no lo habríais hecho. Habéis puesto en juego vuestras vidas. Es antinatural que dos mujeres combatan; vuestro cometido en la vida es otro muy diferente. Me acabáis de demostrar a mí y a todos mis hombres que sois unas imprudentes e insensatas estúpidas que...

«Se acabó», pensó Gillian, cambiando el peso de su cuerpo de un pie a otro.

—El único estúpido que hay aquí eres tú —gritó, atrayendo su atención y la de todos—. Por ello, cierra tu pico, McRae, de una maldita vez, o te lo voy a cerrar yo de un espadazo —chilló, cansada de oírle gritar como a un poseso.

Los hombres se miraron unos a otros, atónitos. Nadie gritaba, y mucho menos hablaba así, a su laird. Niall, resoplando como un lobo por cómo Gillian había gritado, caminó hacia ella, pero ésta, sorprendiéndole de nuevo, levantó la espada con rapidez y apoyó la punta afilada sobre la garganta del highlander.

—¿Dónde crees que vas, McRae? —siseó, mirándolo.

—Quítame tu maldita espada del cuello si no quieres que te retuerza tu delicado pescuezo, Gillian —bramó Niall, enfurecido por las licencias que se tomaba aquella maldita mujer. Sabía que podía darle un manotazo al acero, pero con seguridad ese gesto la haría caer hacia atrás y no quería dañarla.

—¿Me ordenáis vos a mí? —se mofó ella sin moverse.

—¡Vaya!, ¿volvemos al vos? —se burló él.

—Por supuesto. Con cretinos y patanes cuanta más distancia mejor.

—Gillian... —bufó Niall, cada vez más enfadado—, te juro que...

Pero ella no le dejó terminar.

—¡Oh!, ¡estoy temblando de miedo! —ironizó Gillian, y Niall pudo oír alguna risita de sus guerreros. «¡Maldita mujer!»

Cris, al ver el curso que estaba tomando la situación y el enfado de Niall, decidió intervenir, y acercándose al oído de su nueva amiga, le susurró:

—Gillian, creo que deberías bajar la espada. Por favor.

Al sentir la voz quebrada de Cris, la joven recapacitó y bajó el acero. ¿Qué estaba haciendo?

Niall, al sentirse liberado, le quitó la espada a Gillian.

—Estás loca, mujer... ¡Loca! —gritó.

Y de un manotazo también le arrancó la espada a Cris, que ni se movió. En los años que hacía que conocía a Niall, nunca le había visto comportarse de semejante manera. Al revés, solía ser un hombre afable y divertido.

Aquella arrogancia encendió de nuevo a Gillian, quien, con una rapidez que Niall no esperaba, dio una voltereta, le pasó por debajo del brazo, le quitó la espada y sonrió. El highlander, al sentirse provocado por los actos y la mirada de la joven, sin apartar los ojos de ella, preguntó:

—¿Me estás retando?

Gillian apenas podía creer lo que Niall le había preguntado, pero realmente era lo que daba a entender al estar ante él con la espada en la mano. Sin amilanarse, ladeó la cabeza y respondió:

—Si os atrevéis.

La contestación provocó una carcajada general de todos los barbudos. Aquella menuda y osada mujer estaba verdaderamente loca. Niall era un excelente guerrero y acabaría con ella antes de que levantara el acero.

A Cris, sin embargo, le entró de todo menos risa. Por su parte Niall, indignado por la altanería de Gillian, recorrió con la mirada el cuerpo de la joven de arriba abajo; entonces, se volvió hacia sus hombres y, con cara de diversión, les preguntó con una maléfica sonrisa:

—¿Debo atreverme?

Todos comenzaron a animar a su laird, mientras Cris se acercaba a Gillian y le cuchicheaba:

—¡Ay, Gillian!, ¿qué has hecho? ¿Cómo se te ocurre retar a Niall?

Temblando como una hoja, Gillian deseó correr. Nunca podría ganar a un highlander como aquél. Era demasiado grande en todos los sentidos para ella; pero sin dar su brazo a torcer, e intentando parecer serena y tranquila, miró a su amiga y le contestó:

—No te preocupes. No me va a matar ni yo le voy a ganar. Pero ese idiota recibirá algún golpe que otro mío. Lo estoy deseando, créeme.

Mirando a Niall, que reía con sus hombres, dio un paso al frente y le dio un golpe horizontal con la espada en el trasero para llamar su atención.

—¿Aceptáis, McRae? —gritó.

Ante tamaña desfachatez, el highlander se volvió y la miró como miraba a un contrincante en el campo de batalla.

—Por supuesto; claro que acepto. Pero sólo si el ganador elige su premio.

Gillian se lamentó en silencio mientras oía lo que aquellos toscos hombres gritaban. Pero clavó sus ojos en Niall y preguntó:

—¿De qué recompensa hablamos, McRae?

«Chica lista, además de valiente», pensó él observándola. Y sin bajar la guardia, respondió:

—Milady, todo guerrero merece un premio, y ya que vos sois una tierna y dulce doncella —se mofó—, no os pediré nada que vos no estéis dispuesta a regalar, ¿os vale eso?

—No, Gillian, di que no. ¡Ni se te ocurra! —murmuró Cris mientras le llegaban las indecentes cosas que gritaban los hombres.

Gillian tragó saliva, y tras levantar el mentón, siseó:

—De acuerdo, McRae.

Los hombres gritaron como locos, y Cris se mordió el labio cuando vio que Niall, con la espada en la mano, sonreía como un lobo. Nunca le había visto mirar así a una mujer.

—Muy bien, milady; comencemos.

La joven dio un paso hacia atrás para separarse de él, y equilibrando las manos, pisó con fuerza el suelo. Con precaución comenzó a andar en círculos mientras vigilaba sus movimientos. Niall, que se estaba divirtiendo, le siguió el juego. No pensaba atacar antes que ella.

—¿Por qué no atacáis, McRae? ¿Tenéis miedo?

Él sonrió con descaro. Estaba tan maravillado mirándola que comenzó a notar que su entrepierna se excitaba.

—No, milady —susurró con disimulo.

—¿Entonces? —volvió a preguntar, flexionando las piernas. No se fiaba de él.

El highlander sonrió de tal manera que Gillian tembló. Ella se ladeó para defenderse de un posible ataque, y él, levantando la pierna sin ningún esfuerzo, le dio una patada en el trasero que la hizo caer.

—¡Oh, milady!, ¿os habéis hecho daño? —se burló, mirándola desde arriba con las piernas abiertas.

Oír las risotadas de los hombres mientras estaba en el suelo fue lo que provocó que se levantara con una mirada asesina. Y sin contestar a la burla, alzó la espada y, tras dar con furia un alarido, le lanzó un ataque al abdomen que Niall, retrocediendo con rapidez, esquivó. Aquella fuerza sorprendió a Niall, que recuperando su espacio, dio un paso adelante y soltó una estocada, y luego otras más, hasta conseguir que de los aceros saltaran chispas, mientras combatían con excesiva violencia.

Niall era consciente de lo que estaba haciendo y llevaba cuidado, pero estaba convencido de que ella atacaba dispuesta a herirle. Se lo veía en los ojos. Con virulencia, Gillian lanzó un golpe bajo que él esquivó librándose de un buen tajo en el abdomen. Eso le hizo sonreír y a ella blasfemar en voz alta.

Minutos después, Gillian estaba agotada. Las palmas de las manos le dolían a rabiar, pero necesitaba hacerle saber a ese engreído que ella no era fácil de vencer. Sin haberle quitado los ojos de encima, se percató de que en un par de ocasiones Niall se había quedado mirando fijamente su boca al ella jadear, y decidió probar algo. Soltó un jadeo, sacó su húmeda lengua con sensualidad y se la pasó lentamente por los labios.

Como había imaginado, Niall se distrajo y bajó la guardia, y ella aprovechó el momento para girar y devolverle la patada en el trasero. El hombre cayó de bruces contra el suelo.

Los hombres de Niall se callaron de repente, y entonces fue Cris quien saltó y aplaudió, aunque al ver la cara enfurecida del highlander al levantarse se contuvo. Entonces, Gillian, aún resoplando por el esfuerzo, se encaró con él y dijo:

—¡Oh, McRae!, ¿os habéis hecho daño?

Con una sonrisa de lo más temeraria y cansado de aquel absurdo juego, el highlander soltó un bramido y levantó la espada para lanzar una estocada feroz, lo que hizo que Gillian perdiera el equilibrio y cayera rodando por el suelo. Con rapidez, Niall fue hasta ella, y antes de que pudiera ponerse en pie, se sentó sobre su espalda y la cogió del pelo. De un tirón, le soltó el cabello, y tras quedarse con el cordón de cuero entre las manos, la obligó a levantar la cara del suelo. Mientras sus hombres chillaban encantados, le susurró al oído:

—Me da igual que me llames Niall, patán o como te dé la gana. Esto se ha acabado, ¿has entendido?

Agotada por el sobreesfuerzo casi no podía ni respirar, y moviendo la cabeza, asintió. Nunca podría ganar a un guerrero como aquél. Soltándola se volvió hacia sus hombres, que como era de esperar gritaron como animales. Rápidamente, Cris fue hasta ella y la ayudó a levantarse.

—¿Estás bien, Gillian?

—Sí, tranquila —suspiró entre jadeos, retirándose el pelo de la cara—. Me ha herido en mi orgullo, pero lo podré superar.

Tras decir aquello, con curiosidad, miró hacia donde estaba Niall y vio cómo le felicitaban sus hombres. De prisa, buscó una escapatoria y asió a Cris de la mano.

—Vayámonos de aquí —dijo.

Había comenzado a andar hacia los caballos cuando Christine comentó:

—¡Por todos los santos, Gillian!, habéis luchado los dos con una pasión increíble. ¿Tanto os odiáis?

—¡Oh, sí!, desde luego —bufó, molesta.

—Había oído que entre vosotros había habido algo en el pasado, y aunque te enfades conmigo, después de presenciar lo que acabo de ver, tengo que decirte que creo que donde hubo fuego aún quedan rescoldos.

—No digas tonterías —murmuró sin mirarla.

Cuando estaban a punto de llegar a los caballos, se oyó:

—¡Milady! Huís sin entregarme mi premio.

Cerrando los ojos, Gillian blasfemó y, tras cruzar una mirada con su amiga, se volvió para encararse a él.

—Muy bien, ¿qué queréis?

En ese momento, los salvajes comenzaron a gritar de nuevo todo tipo de obscenidades, mientras Niall, con una sonrisa pecaminosa que denotaba peligro, caminaba alrededor de ella, mirándola con tal descaro que el bajo vientre de Gillian temblaba. Cuando hubo dado varias vueltas observándola como se observa a una furcia, Gillian, molesta y deseosa de terminar con aquello, se puso las manos en las caderas y siseó:

—McRae, no tengo todo el día. Decidme qué maldito premio queréis.

—Hum..., lo estoy pensando con detenimiento —se mofó con voz ronca y sensual, mirándole los pechos como si fuera a devorárselos—. Estoy entre dos opciones y no sé realmente cuál me apetece más.

Acercándose a ella, que se tensó, murmuró cerca de su boca:

—Creo que ya sé lo que quiero: besar, milady.

Gillian tragó con dificultad y, a punto del infarto, ni se movió. Sentir su aliento rozándole los labios era lo mejor que le había ocurrido en muchos años, y cuando estaba preparada y convencida de que el premio de aquel caradura era su boca, Niall se retiró y, con comicidad y burla, tomó la mano de Christine y, tras guiñarle un ojo, se la besó.

Ante aquel gesto, Gillian deseó levantar su espada y lanzarse de nuevo al ataque, pero cerró los puños para contenerse.

—Besar tu preciosa mano, Christine —dijo Niall—, es lo más apetecible que hay para mí. Tu sola presencia ya es un premio y besar tu mano, un honor.

«Serás malo», pensó Cris, pero calló.

Gillian se dio la vuelta y, tras coger con rabia su falda, que estaba en el suelo, saltó ágilmente encima del caballo y esperó a que Christine hiciera lo mismo. Una vez que ésta montó, Gillian clavó los talones en *Thor* y se marchó al galope sin mirar atrás. Niall, aún riendo con sus hombres, observó cómo se alejaba, mientras en su mano apretaba el cordón de cuero marrón que le había quitado del pelo.

8

Sentada en el alféizar, Gillian miraba por la ventana de su habitación. Habían pasado los días sin que nada pudiera hacer para remediar su horrible destino, mientras era testigo de cómo el patán de Niall y la prima de Alana, Diane, reían, paseaban juntos y disfrutaban de interminables conversaciones.

Aquel día era su vigésimo sexto cumpleaños, pero no se sentía feliz. ¿Cómo podía sentirse dichosa ante su horrible destino? Abajo, en el patio de armas, su futuro marido, Ruarke, hablaba con su odioso padre, y eso le puso la carne de gallina. Sólo quedaba un día para tener que cumplir su terrible misión. Odiaba sus ojos de rata, su olor mohoso, su aliento, y sólo pensar que en breve aquel hombre tendría derechos carnales sobre ella la enfermaba.

Tras maldecir y hacer una muesca en la madera de la ventana con la daga, se fijó en dos jinetes que se acercaban. Su corazón se aceleró cuando comprobó que eran Niall y Diane. Sin quitarles la vista de encima los observó mientras llegaban sonrientes hasta el patio de armas, donde Niall con rapidez desmontó y ayudó a Diane a desmontar tomándola por la cintura.

Furiosa, Gillian comenzó a jugar con la daga entre los dedos, y tuvo que contener sus deseos de lanzarla cuando observó cómo ella le decía algo y él, encantado, sonreía.

En ese momento, se abrió la puerta de su habitación y entraron Megan, Cris, Alana y Shelma. Rápidamente, se apartó de la ventana.

—¡Feliz cumpleaños! —gritaron todas al entrar.

«¡Oh, sí!, fantástico cumpleaños el mío», pensó, pero con una fingida sonrisa las recibió y aceptó sus besos.

Al ver la tristeza en sus ojos, las mujeres se miraron unas a otras. Debían de actuar ¡ya! Shelma fue la primera en hablar mientras dejaba un precioso vestido de novia sobre la cama:

—Vamos a ver, futura señora Carmichael. —Gillian le dedicó una mirada asesina, pero ella continuó—: Necesitamos que te pruebes de nuevo el vestido para ver si hemos acertado.

Megan percibió la cara de enfado de su amiga. Estaba ojerosa y se la veía cansada. Sabía por Cris lo que había pasado unos días atrás con Niall, pero calló. Lo mejor era dejar que Gillian se agobiara y, como siempre, explotara.

—Estarás preciosa... —sonrió Alana con fingida indiferencia—. Cuando Ruarke te vea aparecer con este vestido, caerá rendido a tus pies.

—Ruarke y cualquiera —asintió Cris.

Gillian miró a Megan. Llevaba sin hablar con ella varios días. Parecía distante, y eso no le gustaba.

—¿Te ocurre algo, Megan? —le preguntó.

—¿Debería ocurrirme algo, Gillian? —respondió con sorna.

Durante unos segundos ambas se miraron a los ojos, pero ninguna dio su brazo a torcer. Alana y Cris, que se habían acercado hasta la ventana, intercambiaron una mirada, y la primera, emocionada, atrajo la atención de todas.

—¿No creéis que mi prima Diane y Niall hacen una bonita pareja? —preguntó—. ¡Oh, el amor, el amor!

Megan y Shelma se aproximaron también a la ventana y comprobaron que los dos jóvenes sonreían junto a los caballos.

—¡Qué bonita pareja! —mintió Megan.

—Sí..., la verdad es que ambos son tan guapos... —rió Shelma.

—¡Oh, sí!, Niall es un hombre muy..., muy guapo —puntualizó Cris.

Gillian se alejó más de las otras cuatro. No quería estar con nadie. No quería oír hablar de esos dos. Sólo quería estar sola para compadecerse de la vida que le esperaba.

—La verdad, Alana, es que tu prima es una chica encantadora y muy educada —mintió Shelma—. Anoche, durante la cena, tuve el placer de hablar con ella y me comentó que le encanta Niall y que cree que entre ellos puede haber algo más.

—¡Oh, sí!, de eso no hay duda —apostilló Cris, divertida.

—¿En serio? —aplaudió Alana, encantada.

—Eso dijo —asintió Shelma, mientras con el rabillo del ojo observaba a Gillian—. Me confesó que le resulta extremadamente atractivo e interesante.

«¡Maldita sea!, ¿por qué tengo que seguir oyendo hablar de esto?», pensó Gillian, cada vez más enfadada.

Megan la vio clavar la daga con fuerza en un pequeño arcón y sin que pudiera evitarlo sonrió. Su encantadora Gillian luchaba contra un imposible y, tarde o temprano, debería darse cuenta. El problema era que ya comenzaba a ser tarde. Por eso, todas ellas habían decidido azuzarla hasta que reventara, y acercándose a su hermana Shelma, murmuró:

—¡Oh, sí! Duncan y yo estamos encantados por Niall. Llevábamos años sin verlo tan feliz. —Shelma al oír resoplar a Gillian sonrió, y Megan continuó—: Es más, anoche mismo me dijo que si me parecía bien invitar a Diane a Eilean Donan. Una vez allí, quizá Niall tome la iniciativa y le pida por fin matrimonio.

«¡Ay, Dios!, como sigan hablando voy a explotar.»

—Bueno..., bueno..., eso volvería loca a mi hermana —se mofó Cris, sabedora de la verdad.

—¡Oh, otra boda! ¡Qué ilusión! —aplaudió Alana con demasiada devoción.

—Y seguro que pronto tienen preciosos niños —añadió Shelma riendo.

—¡Oh, sí! —asintió Megan—. Niall quiere tener varios; le encantan los niños. Sólo hay que verle cómo está con Johanna y Amanda.

—¡Basta ya! —gritó, de pronto, Gillian—. Si vais a seguir hablando de Niall y Diane, es mejor que os vayáis. No quiero oír hablar de ellos, ¡¿me entendéis?!

Alana, haciéndose la sorprendida por aquel arranque de furia, miró a las otras y, con voz inocente, preguntó:

—Pero, Gillian, ¿por qué te pones así? —Al ver que la joven no contestaba, prosiguió—: Estoy feliz por tu boda, y sólo digo que me haría muy feliz que entre Diane y Niall pudiera haber otra boda. Además, con lo guapos que son los dos, estoy segura de que tendrán unos niños preciosos y...

Soltando un grito de guerra Gillian se lanzó contra su cuñada, pero Megan y Shelma, que la conocían bien, ya estaban alerta. La sujetaron a tiempo mientras gritaba improperios, hasta que por fin lloró. Necesitaba llorar.

Conmovidas por la rabia y las lágrimas de Gillian, todas suspiraron. Sin tiempo que perder le explicaron que todo lo que habían dicho había sido un teatrillo para saber si realmente aún sentía algo por Niall. Y no se equivocaban. Seguía amando a Niall McRae.

Una vez que consiguieron calmarla, se sentó frente a esas mujeres que la adoraban y susurró:

—¡Odio a Niall!

Megan le limpió una lágrima.

—No, no lo odias. Le quieres y no puedes negarlo —susurró.

Y Gillian prorrumpió de nuevo en terribles sollozos.

—Mira, tesoro —dijo Shelma, levantándole la barbilla—. Creo que ya va siendo hora de que le perdones por algo que él no pudo remediar. Niall y nuestros esposos son highlanders, guerreros que luchan por Escocia y que nunca abandonarían a su rey. ¿Todavía no te has dado cuenta?

—Ya es tarde... Me odia. Lo sé. Lo conozco.

—Vamos a ver, Gillian —murmuró Alana con cariño—. Niall no te odia. A él le pasa como a ti. Intenta olvidarte, pero en su cara se ve que le es imposible. Mi prima le gusta porque es una joven preciosa, pero a ti te adora.

—Pero déjanos decirte —continuó Megan— que le hiciste pagar muy caro su servicio y lealtad a nuestro rey. Él no pudo regresar tras aquella reunión para despedirse de ti, como no lo hicieron Duncan, Lolach ni tu hermano siquiera. Pero la diferencia es que nosotras, y cientos de mujeres en Escocia, recibimos a nuestros esposos con los brazos abiertos, y tú te alejaste de él y anulaste vuestro compromiso. ¿Cómo crees que se sintió él?

—¡Uff! ¿Te lo digo yo? Fatal —asintió Shelma—. Pasó una época terrible.

—Pero Diane es una mujer preciosa, y yo veo cómo la mira, y... —susurró Gillian con la voz rota tras un lamentoso gemido.

—Y Niall te quiere a ti —sentenció Alana, tocándole con cariño la cara.

—Por mi hermana no te preocupes, Gillian —murmuró Cris—. Ella no tiene nada que hacer con él, y lo sé de primera mano, créeme.

—Escúchame, Gillian —intervino Megan de inmediato para no dejarla pensar—, conozco a mi cuñado y sé que sólo tiene ojos para ti. Su Gillian..., eres su Gillian. Y aunque no he hablado con él, estoy segura de que está sufriendo cada instante del día viendo cómo se acerca tu enlace con el papanatas de Ruarke. —Al ver que Gillian sonreía, murmuró—: Y por mucho que te empeñes en decir que él es un patán barbudo, y que él te reproche que eres una malcriada, sois el uno para el otro. Y como dije hace unos días, él es tu hombre.

Consciente de que no podía seguir luchando contra un imposible, Gillian resopló y, entre gemidos, murmuró:

—Pero... somos tan diferentes que nos terminaríamos matando.

Shelma se carcajeó y, mirando a su hermana, dijo:

—Gillian, si Duncan no ha matado a mi hermana, no creo que Niall te mate a ti.

Eso las hizo reír, en especial a Megan, que asintió.

—A esos highlanders del clan McRae les gustan las mujeres con carácter, cielo —apuntó Megan—. Y por mucho que se empeñen en maldecir y recordar en ocasiones a todos los santos, ¡nos adoran!, y les gusta que les presentemos batalla.

—Vamos a ver, Gillian, el tiempo apremia —dijo Alana—. Tú no deseas casarte con Ruarke, ¿verdad?

—Por supuesto que no. Me repugna —respondió, limpiándose las lágrimas.

—¡Uf, qué abominación de hombre! —susurró Shelma, horrorizada.

—Ni que lo digas —asintió Cris.

—Pues entonces debes convencer a Niall para que se case contigo antes de que termine el día de hoy, o ya no podrás hacer nada para impedir tu boda —sentenció Megan de un tirón.

Ante aquella locura, Gillian quiso protestar, pero Cris la cortó:

—Una cosa más, Gillian: llama a Niall por su nombre y déjate de tanto formulismo. A él no le va eso; al revés, lo irrita. Pronuncia su nombre mirándole a los ojos y comprueba por ti misma si lo que te decimos nosotras es verdad o no.

—¡Vaya, Cris...! Compruebo que eres una mujer muy experimentada en hombres —rió Shelma.

—Algo sé... —contestó la joven sonriendo—. Conseguí que el hombre al que amo me mirara y derribé sus defensas, aunque por desgracia aún nos quedan más por derribar.

Pero no era el momento de hablar de Cris, y Megan, mirando a su amiga, repitió:

—Debes conseguir que el burro de Niall se case contigo antes del amanecer, Gillian, ¿has oído bien?

Gillian miró a las otras con ojos asustados y, tapándose la boca con un cojín, chilló. Una vez que acabó su largo y agonizante chillido, se quitó el cojín de la cara y le preguntó a Megan:

—¿Y cómo pretendes que consiga eso? ¿Amordazo a ese salvaje y lo obligo a casarse conmigo?

—Es una opción —asintió Cris, mientras las demás reían y Gillian ponía los ojos en blanco.

Alana se puso en pie.

—Gillian, levántate —le ordenó—. Debes volver a ser la muchacha que él conoció y de la que se enamoró. Por lo tanto, bajemos al salón e intenta por todos los medios que se fije en ti y te siga como te seguía tiempo atrás. —Al ver que todas la miraban, Alana dijo—: Como última opción siempre lo podemos amordazar, o quizá Megan, con algunas de sus hierbas, le pueda atontar.

—¡Alana! —gritaron las mujeres, alegres.

Y sin esperar un momento más, trazaron un plan. Gillian debía casarse aquella noche con Niall, y punto.

9

Gillian se puso el vestido color burdeos que su abuelo le había regalado por su cumpleaños y que, según sus amigas, le hacía resaltar su bonita figura. También se soltó la preciosa y dorada melena. A los hombres les gustaba admirar el largo pelo de las mujeres, y ella sabía que a Niall siempre le había agradado. Tras tomar aire y sintiéndose un manojo de nervios, hizo una entrada triunfal en el salón. Saludó con una encantadora sonrisa a todos los que la felicitaban. Debía deslumbrar.

Con una mueca miró hacia donde estaban sentadas Megan y las demás, y levantando el mentón, se encaminó hacia donde hablaba su hermano Axel con sus amigos.

Sin que pudiera evitarlo, Gillian se fijó en Niall. Se había afeitado. La horrorosa barba que llevaba días atrás había desaparecido y parecía otro. Allí estaba él con sus penetrantes ojos, su cincelada barbilla y sus tentadores labios.

«¡Oh, Dios, qué guapo está!», pensó mientras sentía que las piernas le flojeaban. Su abuelo Magnus, al ver a su preciosa nieta, sonrió.

—¡Felicidades, tesoro mío! —dijo levantando los brazos.

—Gracias, abuelo —contestó con una espectacular sonrisa. Y dando una coqueta vuelta, le preguntó—: ¿Me queda bien tu regalo?

Magnus se carcajeó y asintió, mientras Niall sentía que se le secaba la boca. Aquella mujer era deliciosa, pero no cambió su tosco gesto ni se movió.

—Estás preciosa —asintió con orgullo el anciano, cuyos ojos se humedecieron—. Cada día te pareces más a mi preciosa Elizabeth.

Gillian lo abrazó y lo besó. Habían pasado años desde la muerte de su abuela, pero su abuelo no la olvidaba.

Volviéndose hacia su hermano, que la miraba junto al resto de los hombres, se levantó el cabello coquetamente con las manos y dejó su fino cuello al descubierto.

—Axel, gracias por los pendientes. ¡Son magníficos!

Con una cariñosa sonrisa su hermano la besó.

—Me alegro de que te gusten; los eligió Alana.

—Eso me ha comentado —asintió ella con una sonrisa encantadora. Y mirando al resto de los hombres, preguntó—: ¿Creéis que me quedan bien?

Los highlanders, desconcertados por aquella pregunta, asintieron. Niall, no obstante, apenas pudo moverse, pues se había quedado como tonto mirando el suave y seductor cuello que Gillian exponía gloriosa ante él.

Llevándose las manos a un pequeño colgante de nácar que reposaba sobre sus turgentes senos, miró a Lolach y, al ver que éste sonreía, señaló:

—Muchas gracias por este precioso detalle, Lolach. Shelma me lo ha dado antes de bajar y quería agradecértelo a ti también. Es precioso.

—Me alegra saber que te ha gustado. Shelma me volvió loco hasta que encontró algo para ti.

—¡Uf!, me lo imagino. —Y tras una graciosa mueca que le hizo sonreír, murmuró—: Es horroroso ir de compras con ella. No conozco a nadie que dude más a la hora de comprar algo, ¿verdad?

Lolach, complacido, asintió. Gillian conocía bien a su mujer.

—¿Os parece bonito el colgante? —preguntó mirando a Niall y al abuelo de éste.

Marlob se sentía entusiasmado con la espontaneidad de aquella jovencita.

—Realmente, muchacha, como dice mi gran amigo Magnus, estás preciosa.

—¿Qué tal se encuentra hoy de su rodilla? —le preguntó Gillian al anciano.

—Ando fastidiado y no creo que pueda estar mucho tiempo de pie —respondió, tocándose la pierna.

—Abuelo —murmuró Duncan—, creo que lo mejor es que te quedes en Dunstaffnage hasta que estés mejor. El camino de regreso hasta Eilean Donan no te beneficiará nada y...

—Por supuesto que se quedará conmigo —cortó con seguridad Magnus—. Dos viejos amigos siempre tienen algo de que hablar, ¿verdad, Marlob?

El anciano asintió, y Gillian, impaciente por continuar lo que se había propuesto hacer, con una deslumbrante sonrisa miró al joven que, incómodo, estaba junto a Marlob.

—Niall, ¿te gusta el colgante? —le preguntó.

Sin que pudiera evitarlo, el hombre se fijó en el colgante que descansaba en aquel escote tan provocador y, acalorado, bebió un buen trago de cerveza antes de asentir.

Contenta por el aturdimiento que percibió en Niall, se volvió hacia Duncan, que la observaba con curiosidad, y se acercó a él.

—¿Puedes oler mi perfume, Duncan?

Gillian se puso de puntillas y, haciéndole una graciosa señal, lo obligó a aproximarse a ella. Al agacharse, Duncan miró a su mujer y al ver que su expresión era de regocijo, intuyó que tramaban algo.

—Hueles muy bien, Gillian —dijo, separándose de ella—. Me alegra saber que Megan acertó en la elección.

Sin perder tiempo se acercó a su hermano, luego a Lolach y los ancianos, y por último, a Niall. Y recordando lo que Cris le había aconsejado, preguntó:

—¿Qué te parece mi perfume..., Niall?

A éste le extrañó que Gillian le llamara por su nombre, incluso se asustó al verla de puntillas ante él; por ello, dio un paso atrás y, ante la risueña mirada de su abuelo, dijo sin cambiar su gesto duro:

—Oléis muy bien, milady.

Gillian, ignorando el paso que Niall había dado, volvió a acercarse a él y, poniéndose de puntillas, le miró a los ojos y aleteó las pestañas.

—¿Crees que este perfume es bueno para mí? —le preguntó.

Niall, casi sin respiración, la volvió a mirar. Gillian estaba preciosa y tenerla tan cerca era una tentación y una tortura. Desde que días atrás había luchado con ella en el campo, su mente sólo pensaba en besarla hasta que los labios le dolieran. Pero cuando creía que le iba a ser imposible continuar manteniendo aquella dura mirada, vio entrar a la hermosa aunque tediosa Diane en el salón. ¡Su salvación!

—Disculpadme, milady, pero ha llegado la persona que espero con ansia —dijo con rapidez para desconcierto de Gillian. Y se marchó dejándola a ella y a los demás boquiabiertos.

Con su galantería, su magnífico porte y una espectacular sonrisa, Niall llegó hasta Diane, que estaba preciosa con aquel vestido color caldera y su adorable cabello recogido en la coronilla. Tomándola del brazo, la llevó hasta el otro lado del gran salón, y sentándose en unos taburetes, comenzaron a hablar. Aquello gustó a Diane, que no se lo esperaba, y sonriendo miró a Gillian y se sintió ganadora.

Gillian resopló y, con disimulo, se despidió de los hombres y se marchó hasta donde estaban las mujeres. Una vez allí, sentándose con un mohín en la boca, las miró a todas.

—¡Se acabó! —dijo—. No pienso ir tras él cuando él va tras Diane como un perrillo. No hay nada que hacer.

Megan, que se había sorprendido, observó a su cuñado. Parecía concentrado en la conversación, pero algo en su mirada le hizo dudar. En ese momento, entró el tonto de Ruarke, junto con su padre, en el salón, y acercándose hasta el grupo de hombres comenzó a hablar.

—No lo entiendo —protestó Alana—. Juraría que Niall siente algo por ti, pero viéndole cómo ha corrido hacia mi prima..., no sé.

—Yo sí lo sé —aclaró Cris—. Lo está haciendo para darle celos a Gillian, ¿no lo veis?

—¡Maldito cabezón! —gruñó Shelma, y Megan asintió.

—¡Oh, Dios!, creo que me duele el estómago —susurró Gillian al ver a Ruarke—. Es verlo, y me entran náuseas.

Shelma y Megan se miraron, comprendiéndola. Ruarke era delicado, cobarde, rechoncho y con cara de roedor, mientras Niall era fuerza, sensualidad, inteligencia y belleza.

—Tranquila, algo se nos ocurrirá —susurró Megan, acariciándole el cabello.

—No me casaré con él. ¡Me niego! —sentenció Gillian—. Antes me quito la vida, o me cargo a esa rata la noche de bodas.

Todas la miraron con incredulidad, y Megan le tiró del pelo.

—Seré yo quien te quite la vida si vuelves a repetir una tontería de ésas, ¿me has oído, Gillian?

La joven, sin demasiada convicción, se encogió de hombros, pero no respondió.

—Vamos a ver, Alana —dijo Shelma—, tu prima es una muchacha muy guapa, pero no es mujer para Niall. Es demasiado delicada, boba y...

De pronto, Shelma se calló al caer en la cuenta de que Cris era su hermana, pero ésta, rápidamente y con una magnífica sonrisa, aclaró:

—No os preocupéis. Diane es mi hermanastra, y ella me quiere a mí tanto como yo a ella. Y sí..., es delicada, boba, sosa y todo lo que queráis decir.

Megan miró a su marido, y cuando vio que a éste se le arrugaban las comisuras de los labios, supo que había descubierto el juego, pero no pensaba darse por vencida. Y tras levantar el mentón y dedicarle una siniestra sonrisa, dijo mirando a Gillian:

—Gillian, sé que Niall te adora y lo demostrará.

—¡Oh, sí! No lo dudo —respondió la joven mientras veía a Niall, tan guapo, riendo por algo que la delicada de Diane le contaba.

En ese momento, se abrieron los portones del salón y aparecieron el joven Zac y un grupo de hombres que directamente fueron a saludar a Axel, Duncan y Lolach. Megan reconoció a uno en particular y sonrió. Y tras cruzar una mirada divertida con Duncan, que frunció el cejo, se volvió hacia las mujeres y dijo:

—Gillian, creo que acaba de llegar la solución que necesitabas.

Todas la miraron y sonrieron cuando vieron al valeroso y atractivo Kieran O'Hara.

Megan y Shelma se guiñaron mutuamente un ojo. Kieran era un excelente seductor y un maravilloso amigo, y con seguridad, les echaría una mano. Aquel highlander era uno de los más deseados por las mujeres, aunque ninguna había conseguido llegar hasta su corazón. Su cabello era rubio, casi cobrizo, y su sonrisa y sus ojos azules como un lago en primavera causaban estragos entre las féminas.

Con afabilidad, Axel le presentó a Ruarke, y Megan pudo ver

el gesto de Kieran al enterarse de que aquél era el futuro marido de la dulce y divertida lady Gillian. Moviendo las manos, atrajo la atención de su marido, y cuanto éste sonrió, ella levantándose dijo:

—Kieran O'Hara, ¿cuándo piensas saludar a las damas del salón?

Entonces, Kieran se volvió. Adoraba a Megan. Sentía debilidad por aquella intrépida y descarada mujer que en el pasado le había metido en más de un problema. Con una deslumbrante sonrisa, el highlander cruzó una mirada de complicidad con Duncan, que asintió, y se acercó lentamente a las damas. Se detuvo ante ellas y murmuró:

—¿Os he dicho ya que sois las mujeres más bellas que mis cansados ojos han visto en su vida?

Al oír la voz de Kieran, Johanna y Amanda, las hijas de Megan, se tiraron a su cuello, al igual que Trevor, el hijo de Shelma. Cuando consiguió que los niños lo soltaran, se volvió para saludar a las respectivas madres de aquellos pillastres y puso ojitos a Cris, aunque ésta rápidamente le dejó claro que no había nada que hacer.

Con una galantería poco usual en los hombres de aquellas tierras, Kieran las saludó una a una. Le gustaba recrearse en el sexo femenino, y más en aquellas fantásticas amigas.

Kieran, que era un hombre observador, se fijó en que su gran amigo Niall estaba apartado, hablando con una bonita mujer que no era Gillian. Eso le sorprendió. Todavía recordaba las borracheras que habían cogido juntos en Irlanda y cómo Niall gritaba una y otra vez que la única mujer que le importaba era su Gillian. Por ello, cuando las damas se sentaron y comenzaron a atender a los niños, Kieran con disimulo le preguntó a Megan:

—¿Cómo es posible que Niall permita que su intocable Gillian se case con ese mequetrefe? ¿Y qué hace allí tonteando con aquella preciosa mujer?

—No lo sé —respondió Megan con disimulo al ver a su cuñado reír de nuevo—, pero necesitamos tu ayuda, o Niall se dará cabezazos el resto de su vida.

Kieran hizo ademán de levantarse. No quería meterse en líos, y Megan siempre conseguía complicarle la vida. Pero la mujer, clavándole las uñas en el brazo, no le dejó moverse y le susurró con una espectacular sonrisa cargada de sarcasmo:

—Por culpa de un trato que el padre de Axel y Gillian hizo con los Carmichael, si Gillian no se casa con alguien antes de que finalice el día de hoy, mañana tendrá que casarse con el papanatas de Ruarke, y Niall ha declinado la oferta.

—¿Cómo? —susurró, incrédulo.

—Lo que oyes.

—Pero si ese burro la ama. Me he cansado de oírle lo mucho que adora a... Pero ¿qué está haciendo?

—El tonto, Kieran. El tonto. Por eso necesito tu ayuda para solucionar esto —susurró Megan.

Kieran se quedó boquiabierto.

—¿Pretendes que los McRae me vuelvan a poner un ojo morado, o que me maten directamente? —le preguntó sonriendo.

Megan se carcajeó y volvió al ataque.

—Kieran, hoy es el cumpleaños de Gillian y creo que...

—¿Me necesitas para dar celos a ese burro? —preguntó Kieran, divertido.

—Exacto.

El highlander sonrió ante lo que aquella mujer le proponía, y tras mirar a Gillian y ver su triste mirada, se acercó a su amiga y murmuró:

—Sabes que Niall se enfadará mucho conmigo, ¿verdad?

—Sí. Lo sé.

—Con seguridad, él o sus brutos querrán matarme.

—No lo permitiré.

La seguridad de Megan hizo volver a sonreír a Kieran.

—¿Duncan sabe algo?

—Nooooooooooooooooo.

—¡Genial! —Y volviéndose hacia la joven Gillian, le preguntó—: ¿Es cierto que hoy es tu cumpleaños?

Ésta, mirándole, asintió.

—Por desgracia para mí, así es —susurró desganada.

Kieran echó un vistazo a Niall y vio que éste ya lo miraba de reojo. Entonces, se acercó más a la joven.

—Tengo entendido que te encanta cabalgar —dijo, y ella asintió—. ¿Te apetece dar un paseo conmigo por los alrededores?

Megan sonrió al oír la propuesta y, empujándola con el codo, la animó:

—¿Eh? Yo...

Kieran, sin perder su sonrisa, se acercó un poco más a una desconcertada Gillian y le guiñó el ojo con complicidad.

—Lo primero de todo, felicidades, y tranquila, no pretendo nada. Si hago esto es para ayudaros a ti y al tonto de mi amigo Niall, y porque Megan me lo pide —le explicó y esta última sonrió, satisfecha—. Sé que él te adora, y a pesar de que querrá matarme cuando vea que disfruto de tu compañía, y con seguridad me pondrá un ojo morado, estoy seguro de que en un futuro no muy lejano me lo agradecerá. Por lo tanto, querida Gillian, hagamos que Niall se muera de celos. ¿Qué te parece?

Asustada, Gillian miró a su risueña amiga.

—Megan, no permitas que Niall haga daño a Kieran.

—Hum..., eso no lo puedo asegurar —respondió Megan.

—¡Oh, Dios! —suspiró Gillian.

—Delante de él te llamaré *preciosa*, ¿de acuerdo? —insistió Kieran, haciendo reír a Megan.

Segundos después, el guapo escocés se levantó con una sonrisa, desplegó todo su encanto y, tomando a la muchacha del brazo, le dijo para atraer la mirada de Niall:

—Gillian, vayamos a dar un paseo.

Azuzada por Megan, la joven se levantó y, sin mirar a Niall, que los observaba con el cejo fruncido, llegaron hasta Axel y los otros hombres.

—Axel, Magnus, si no os importa, como hace una mañana preciosa y es el cumpleaños de Gillian, la voy a invitar a dar un paseo —dijo Kieran.

Les miraron sorprendidos, y Axel, al ver el gesto jovial de Alana, se desconcertó. ¿Qué estaba ocurriendo?

—Me parece una excelente idea, muchacho. Id a divertiros —repuso Magnus, al comprobar que su nieta sonreía.

Ruarke, molesto por el atrevimiento de aquel enorme highlander, miró a su padre, y éste, con voz dura, dijo ante la impasibilidad de su hijo:

—Siento deciros, laird McDougall, que a mí no me parece buena idea. No me agrada en absoluto que la futura mujer de mi hijo vague por vuestras tierras con un hombre a solas.

—¡Es increíble vuestra desfachatez! —añadió Ruarke, mirando a Gillian.

Ésta les dedicó un gesto que dejó claras sus intenciones y los hizo callar a ambos.

—Señor Carmichael, su hijo y yo no nos conocemos de nada, y si me encuentro en esta absurda situación es por un trato que hizo mi padre, no yo —expuso Gillian. Y mirando a su hermano, que asintió, continuó—: Eso de que soy tu prometida, Ruarke, aún está por ver. Se supone que si al día siguiente de mi vigésimo sexto cumpleaños no me he desposado, me tendré que casar contigo. Pero hoy es mi cumpleaños, y aún puedo elegir con quién quiero casarme o no. El trato de mi padre no comienza hasta el término de este día, por lo tanto, si a mi hermano y a mi abuelo no les parece mal que pasee con Kieran O'Hara, lo haré.

Megan, que estaba junto a ellos, se dirigió a su marido:

—Duncan, ¿podríamos acompañarlos? Hoy es día de mercado y me gustaría comprar algunas cosas antes de regresar a Eilean Donan.

—Id vosotros, que sois jóvenes y podéis —los animó Marlob.

Duncan le ofreció con galantería el brazo a su mujer.

—Deseo concedido.

Shelma y Alana se levantaron con rapidez. Y tras mirar a sus esposos y éstos asentir, sonrieron. Antes de salir, Megan miró hacia atrás y le preguntó a su marido al oído:

—Duncan, ¿crees que Niall querrá acompañarnos con Diane?

Éste la miró con gesto divertido y la besó con adoración.

—¿Qué estás tramando, Megan? —repuso, convencido de que allí ocurría algo.

Ella sonrió y mirándole con aquellos ojos negros que tanto le gustaban asintió y con descaro le confesó:

—Nada, cariño. ¿Por qué piensas así de mí?

El imponente highlander soltó una carcajada y, ante la insistente mirada de su mujer, se volvió.

—Niall, vamos a dar un paseo. ¿Vienes?

Con gesto hosco, Niall rechazó la invitación. Pero Megan no se conformó con aquella respuesta y, con una encantadora sonrisa, le dijo a Diane, a pesar de que la odiaba:

—Diane, pasaremos por un fantástico mercadillo, y estoy segura de que habrá puestos de alhajas que te complacerá ver.

Diane aplaudió. Y levantándose, le pidió a su serio acompañante:

—Niall, vayamos, por favor. Desearía con toda mi alma ver esos puestos.

Con una fingida sonrisa, Niall se levantó y siguió a Diane, aunque antes clavó una dura mirada en su cuñada, que con gesto triunfal asió a su marido y sonrió.

10

Cuando llegaron a las caballerizas, Gillian fue hasta su yegua, *Hada*, que aún estaba herida.

—Bonito animal —señaló Kieran, mirándola.

—Sí —sonrió—. *Hada* es un bonito regalo de mi hermano.

Al ver que ella le besaba el hocico pero no montaba, le preguntó:

—¿No vas a montarla?

Gillian fue a responder, pero Niall, acercándose hasta ellos, se adelantó:

—No, no debe montarla. Sufrió una herida hace unos días y tiene que descansar. —Levantando la mano, se la estrechó a Kieran—. ¿Qué haces tú por estas tierras? Te creía en Stirling o en Aberdeen.

Al percibir la incomodidad de Gillian, Kieran se acercó más a ella y, dejando pasmado a Niall, respondió:

—Sí, amigo, en Aberdeen estaba cuando oí que esta preciosa mujer buscaba marido. Y como ya la he visitado este último año en varias ocasiones, me he propuesto convencerla de que ese idiota de Carmichael no la podrá hacer tan feliz como puedo hacerla yo.

A Gillian le gustó ver la tensión en el gesto de Niall. La joven, con una risa tonta, miró a Kieran, y éste, levantando una mano, la pasó con delicadeza por el rostro de ella.

La rabia por aquel atrevimiento se centró en el estómago de

Niall. ¿Desde cuándo Kieran cortejaba a Gillian? En ese momento llegó hasta ellos Diane, sujetando su caballo.

—¿Y vos quién sois, milady? —se interesó Kieran al verla aparecer.

Niall, todavía trastornado por lo que acababa de escuchar y ver, miró a Gillian, pero ésta no lo miraba, sólo tenía ojos para Kieran. Molesto, se volvió hacia su amigo, mientras Duncan, Axel, Lolach y las mujeres de éstos esperaban fuera de las caballerizas.

—Kieran O'Hara, te presento a Diane McLeod —dijo en un tono rudo—. Vive cerca de mis tierras en Duntulm y es prima de Alana.

—Encantado de conoceros, milady —saludó con cortesía Kieran.

—Lo mismo digo —respondió Diane, que miró de reojo a Gillian y se sorprendió al verla sonreír.

Diane, al ver cómo Niall miraba a la otra muchacha, tosió, molesta, y para llamar la atención del hombre dijo con voz almibarada:

—Niall, ¿serías tan amable de ayudarme a montar? El caballo es tan alto y yo tan débil que soy incapaz de hacerlo sola.

«Serás tonta», pensó Gillian, pero calló.

Con una deslumbrante sonrisa, Niall asintió, y cogiendo a Diane por la cintura la alzó como si fuera una pluma hasta dejarla sobre la silla. Con una coquetería que hizo que Gillian sintiera ganas de matarla, Diane montó de medio lado haciendo gala de su elegancia y feminidad.

—Gracias, Niall. Eres tan galán y fuerte —suspiró Diane.

«¡Oh, Dios! No la soporto», pensó Gillian, dándose la vuelta.

Niall montó en su caballo *True,* que estaba junto a la pobre y herida *Hada*, y sin apartar sus inquietantes ojos de la bella Diane, la siguió fuera de las cuadras, donde estaban esperándolos los demás.

Gillian, con la rabia instalada en sus ojos, suspiró. Entonces, Kieran, poniendo un dedo en su barbilla, hizo que lo mirara.

—Tú eres más bella que ella; no lo dudes.

—Eso no me preocupa, Kieran. La belleza es algo que el tiempo marchita.

—¿Puedo preguntarte algo y serás sincera conmigo?

—Sí.

—¿Por qué fuiste tan dura con Niall y no quisiste perdonarlo? Él se moría por ti.

Gillian se encogió de hombros.

—No lo sé. Me comporté como una necia, una tonta, una malcriada. La rabia me cegó y fui incapaz de pensar en nada más. Pero te aseguro que me he arrepentido de ello todos los días de mi vida, aunque es la primera vez que lo reconozco. Después, el tiempo pasó, él no volvió a hablarme y...

—Escúchame, Gillian. Desde que conozco a Niall siempre se le ha iluminado la mirada al hablar de ti. En Irlanda eras el motivo de su existencia, y cuando rompiste el compromiso, se sintió deshecho. No sé si él te perdonará o no, pero te aseguro que lo conozco y sé que no te ha olvidado y que tú eres, has sido y serás siempre la única mujer capaz de robarle el corazón.

—Es muy bonito lo que dices, Kieran, pero como has visto, ya se lo ha robado otra.

—Lo dudo —sonrió el hombre con seguridad—. Conozco a Niall, y esa joven no es la clase de mujer que quiere para él.

—¿Y qué clase de mujer quiere para él?

—Una como tú.

Gillian sonrió, pero al mirar hacia el exterior vio a aquel por el que suspiraba bromeando con Diane. Furiosa por la intimidad que parecía haber entre ellos, se encaminó al fondo de las caballerizas y Kieran, consciente de lo que pasaba, la siguió.

—¿Qué caballo montarás? —preguntó, dándole tiempo a serenarse.

Tras resoplar, la joven cambió de expresión.

—Llevaré a *Thor*. Es mi mejor caballo. ¿A que es precioso?

—Sí, Gillian, tan precioso y bonito como tú —asintió Kieran, mirándola.

—Os estamos esperando —apuntó en ese momento Niall con voz grave tras ellos.

Gillian, al ver que Kieran sonreía, se agarró a las crines de *Thor* y, tras tomar impulso, subió. Ella no necesitaba ayuda como la idiota de Diane.

—Kieran, te espero fuera —indicó, pasando junto a Niall.

—De acuerdo, preciosa. En seguida te sigo.

Al oír de nuevo aquel calificativo, Niall miró a su amigo, que con una divertida sonrisa en la boca caminaba hacia su caballo.

—Sinceramente, amigo, no sé qué estás haciendo.

Niall guió su caballo hacia Kieran, y mientras lo veía montar, le preguntó:

—¿Y tú?, ¿qué estás haciendo tú?

Kieran, pese a la rabia que detectó en los ojos del otro, no se amilanó.

—Cortejar a una preciosa muchacha para que antes de que acabe el día quiera ser mi mujer.

Y sin decir nada más, espoleó su caballo para salir de las cuadras.

Durante el corto trayecto hasta el mercadillo, Niall no pudo dejar de mirar a Gillian. Boquiabierto y molesto, comprobó que aquella malcriada no le dirigía ni una sola mirada. Desde que Kieran había llegado a Dunstaffnage parecía que él no existiera, y eso le irritaba. Aunque más le fastidiaba darse cuenta de que la cercanía de aquella consentida le comenzaba a nublar la razón. ¡Por todos los santos!, no estaba dispuesto a volver a caer en el hechizo de la McDougall; otra vez no.

Desde una posición privilegiada, Megan los observaba a todos. Era consciente de todo lo que ocurría entre ellos, e incluso se fijó en que Diane un par de veces miró a Gillian con gesto de incomodidad. Cuando vio a Niall cabecear con gesto adusto, espoleó a *Stoirm*, su caballo, para acercarse a su cuñado, y tras guiñar el ojo a una divertida Cris, dijo sabiendo que Diane lo escucharía:

—Qué bonita pareja hacen Kieran y Gillian, ¿no creéis?

Niall la miró con cara de pocos amigos y maldijo al verla sonreír. ¡Su cuñada era una bruja! Pero más le molestó cuando la tonta de Diane respondió:

—Te doy la razón. Si ambos formalizan su unión tendrán unos niños preciosos. —Megan, con una sonrisa, asintió—. Kieran es tan atractivo y Gillian tan rubia que estoy segura de que sus niños serán auténticos querubines rubios de ojos azules.

Niall clavó su mirada en el suelo. No iba a contestar. Se negaba.

—¡Oh, Dios! ¡Qué suerte tiene Gillian! Kieran es un guerrero espectacular —aplaudió Cris, ganándose una mirada de aceptación de su hermana.

—La verdad es que Kieran es un guerrero increíble, además de divertido y terriblemente agraciado —remató Megan.

En ese momento, Niall, sin que pudiera evitarlo, blasfemó.

—¿Qué te pasa? —le preguntó Diane.

—Intento recordar algo que mi abuelo me rogó que comprara —replicó Niall con rapidez, tras cruzar una mirada con la descarada de su cuñada.

Poco después llegaron al mercadillo, un lugar lleno de puestos, trovadores y gente bulliciosa y con ganas de pasarlo bien. Niall, ceñudo, ayudó a Cris y Diane a bajar de sus respectivos caballos, y entonces la sangre le hirvió cuando vio que Kieran colocaba sus manos con delicadeza en la cintura de Gillian para ayudarla a bajar.

«¡Maldita sea, O'Hara! Gillian no necesita ayuda para bajar», pensó.

Tras posarla en el suelo, Kieran le retiró de la cara con la mano un mechón rubio como el trigo, y Niall sintió que se atragantaba. Pero apartando la mirada intentó serenarse. No debía importarle lo que ocurriera entre ellos. Él tenía muy claro que nada quería con Gillian; ¿o sí?

Pero el humor de Niall fue de mal en peor al comprobar que todo lo que Gillian miraba en cualquier puesto Kieran lo compraba. Aquel martirio le estaba haciendo librar una terrible y dolorosa batalla interior.

«Dios, dame fuerza o los mataré», pensó una y otra vez, intentando mantener el control.

11

A media mañana, después de visitar varios puestos del mercadillo, decidieron entrar en una taberna para refrescar sus gargantas. Niall volvió a maldecir al ser testigo de cómo Gillian bebía de la copa de Kieran. ¿Acaso no podía pedir ella una propia?

Cansado de la visión que aquellos dos, con sus tonteos y sonrisas, le ofrecían, se escapó de Diane y salió de la taberna sin decir nada a nadie. Necesitaba que le diera un poco el aire; si seguía presenciando escenas de ese tipo desenvainaría el acero y mataría a Kieran y, con seguridad, a esa bruja de Gillian.

Mientras los hombres terminaban sus bebidas y las mujeres hablaban, Megan y Gillian se dirigieron a un puesto donde vendían unos preciosos colgantes y anillos. Niall, al verlas salir con disimulo, y sin que ellas le vieran, las siguió.

—¡Por Dios, Gillian! —susurró Megan—. Si Niall no reacciona con todo lo que estáis haciendo Kieran y tú, ¿no sé qué vamos a tener que hacer?

—La verdad es que Kieran es un hombre encantador. Creo que incluso podría llegar a enamorarme de él —susurró Gillian con picardía.

—¡Ay, Dios! ¡No me asustes! —murmuró Megan.

Niall vio cómo Gillian se carcajeaba y sonrió. Siempre le había gustado su cristalina risa. Le encantaba ver cómo sus preciosos ojos azules se achinaban al sonreír, y atraído como un imán caminó hacia ella, sorteando a la gente que se movía a su alrededor.

—Megan, no te preocupes. Kieran sólo intenta hacerme feliz ante los ojos del patán de Niall, nada más. Pero también digo una cosa: preferiría mil veces casarme con Kieran antes que con el odioso de Ruarke. Kieran al menos es guapo y sensual, algo que el otro no es.

Niall oyó las últimas palabras, y se quedó petrificado a escasos centímetros de ellas.

«¿Guapo y sensual?», pensó cada vez más indispuesto.

En ese momento, Gillian se paró ante uno de los puestos, y alargando la mano, cogió un bonito y delicado anillo con una preciosa piedra en color marrón claro. Durante unos instantes, Gillian, con una sonrisa soñadora, lo miró y, creyendo que era Megan quien respiraba tras ella, susurró:

—¡Qué bonito anillo! La piedra tiene el color de los ojos de Niall.

Al escuchar aquel dulce tono de voz y la confidencia, Niall tragó con dificultad y, dando un paso atrás, se alejó de ella. ¿Qué le ocurría? ¿Por qué las palabras dulzonas de aquella malcriada le hacían sentirse tan mal?

Tras admirar el anillo durante unos instantes, al final, y a pesar de la insistencia del vendedor, Gillian lo dejó donde estaba con pesar. De nada serviría recordar su color de ojos si no podía tenerlo a él. Y tras sonreír al tendero e indicarle por décima vez que no lo compraría, continuó con Megan visitando los puestos.

Una vez que acabaron las compras en el mercadillo, el grupo decidió regresar al castillo de Dunstaffnage para comer. Diane parecía enfurecida. Niall no le prestaba atención alguna. Sólo observaba a la tonta de Gillian y su amigo.

Diane conocía el pasado de aquellos dos y no estaba dispuesta a consentir que volviera a repetirse. Niall era para ella. Enojada, intentó atraer la atención del hombre quejándose continuamente de dolor de espalda por tan largo trayecto a caballo. No lo consiguió, pero al menos vio que la miraba.

—Cuando se comporta así no la soporto —susurró Cris.

Su hermanastra era igual que su madrastra. Lo que estaba haciendo Diane era lo mismo que hacía la mujer de su padre para que le prestara atención. En cuanto su padre alababa algo que Cris hacía, rápidamente aquella bruja se las ingeniaba para que lo que hubiera hecho se olvidara y su padre sólo tuviera ojos para Diane.

—Se queja igual que Alana —rió Shelma, mirando a su hermana Megan—. Fíjate qué dos. Ambas deseando llegar para sentarse entre cojines en el castillo.

Duncan sonrió. Era cierto lo que decían de Alana y Diane. Llevaban medio camino quejándose por todo, incluso del aire que respiraban.

—Son otro tipo de mujeres. Ellas son más delicadas —dijo Duncan.

Megan clavó sus ojos negros en él.

—¿Te habría gustado que yo hubiera sido ese tipo de mujer? —preguntó.

Shelma miró a su marido, también en espera de respuesta.

Lolach y Duncan sonrieron, y aunque intentaron hacerles creer con su primer gesto lo que no era, finalmente prorrumpieron en carcajadas, y Duncan se acercó para besar a su mujer en el cuello.

—No, cariño —le susurró—. Me gustas tú. Una mujer que tiene, entre otras muchas cosas, una fuerza y un carácter que me enloquecen.

Lolach, divertido por el gesto de Shelma, dijo, haciendo sonreír a su mujer:

—Mandona. Si no fueras así, no te querría tanto.

Gillian, cansada de ir por el caminito al trote, decidió que ya era hora de alejarse del grupo. Acercó su caballo al de su hermano Axel, que en ese momento hablaba con Niall, y dijo:

—Kieran y yo nos desviamos aquí. Nos vemos en el castillo.

Antes de que Axel pudiera contestar, Niall agarró con fuerza la mano de Gillian y, haciendo que lo mirara, siseó sorprendiéndoles:

—No me parece buena idea. Continuad con el grupo.

Gillian, pasmada, se deshizo de un tirón de su mano.

—No hablaba contigo. Hablaba con Axel.

Encandilada aún por el suave tacto de su piel, Gillian le dio la vuelta al animal y se acercó a Kieran; espolearon los caballos y comenzaron a galopar como alma que lleva el diablo subiendo la colina. Niall, con la furia en la cara, les observó y no les perdió de vista ni un instante, consciente de lo buena amazona que era ella.

—Esta Gillian algún día nos dará un disgusto si sigue montando así —suspiró Alana al ver a su cuñada alejarse de aquella forma.

—Es como mi hermana. ¡No tiene contención! —manifestó Diane, feliz de que Gillian se hubiera marchado.

Cris, desde su caballo, gritó a su hermana, haciendo reír a todos menos a ésta:

—¡Eh!, Diane, cuidado con lo que dices, *bonita.*

—Creo que una muchacha debe saber comportarse como una dama —continuó Diane sin prestar atención a Cris— para que nadie dude de su feminidad. —Y mirando a Axel, añadió—: Alana me ha comentado que vuestra hermana además de cabalgar como hemos visto, sabe manejar la espada, ¿es cierto?

—¡Oh, sí!, de eso doy fe —bromeó Cris mirando a Niall, que sonrió.

—Sí —asintió Axel—. Es una guerrera excepcional, bastante

más hábil que muchos hombres que he conocido —concluyó para disgusto de su mujer.

Alana, con rapidez, dijo a su horrorizada prima:

—Pero ambos le hemos prohibido a Gillian que enseñe cualquiera de esas cosas a nuestra hija Jane. Yo adoro a Gillian, pero creo que hay ciertas cosas que sólo deben hacer los hombres.

—Estoy de acuerdo contigo, prima —asintió Diane.

—Pues yo no —soltó Cris.

—Ni yo —aseguró Megan, haciendo sonreír a su marido.

—Ni que decir tiene que yo tampoco —señaló Shelma con cara de asco.

Alana sonrió, y Diane añadió:

—Pues siento escuchar eso de vosotras. De mi hermana ya me lo esperaba, pero creo que deberíais saber que ciertas cosas no son dignas de una dama.

—Cierra el morrito, Diane. Estás más guapa —le reprochó Cris.

—Mira, Christine —respondió aquélla—, sólo te diré que, si algún día Gillian o tú tenéis que ser las señoras de vuestro hogar, dudo mucho de que a vuestros maridos esas habilidades les gusten. Los hombres buscan mujeres femeninas y delicadas, no a mujeres embrutecidas.

Enfadando a su hermana, Cris sonrió con sarcasmo, y Megan, tras mirar a su marido y éste guiñarle el ojo, dijo:

—Diane..., creo que estás muy equivocada.

—No, no lo estoy, ¿verdad, Niall? —Pero éste no respondió.

Niall estaba ocupado mirando con disimulo a los jinetes que se alejaban, y cuando desaparecieron y se encontró con la cara de mofa de su hermano y su cuñada Megan, sintió un profundo ardor.

12

Después de una buena cabalgada por las tierras de Dunstaffnage, Gillian y Kieran regresaron al castillo antes de comer. Con las mejillas encendidas por la divertida carrera y la charla que habían tenido, la joven fue directa a las caballerizas para dejar a *Thor*, mientras Kieran se quedaba hablando en la entrada con uno de sus hombres.

Una vez que desmontó del enorme corcel negro, se dirigió a ver a su yegua *Hada*. Durante unos segundos, Gillian le prestó toda su atención, y tras darle mimitos, se volvió para marcharse, pero tropezó con alguien. Al levantar la cabeza, se encontró con Niall, que la miraba con un brillo especial en los ojos.

—¡Oh!, perdona, no te había visto —dijo a modo de disculpa.

Sin moverse de su sitio, Niall le preguntó con voz dura:

—¿Has disfrutado del paseo, *milady*?

La joven, levantando el mentón, asintió y sonrió. Eso hizo que la sangre del hombre comenzara a hervir. No saber qué había ocurrido entre su amigo y ella lo martirizaba.

—¡Oh, sí! Lo he pasado muy bien.

Gillian intentó pasar, pero Niall no la dejó. Entonces, dio un paso atrás para separarse de él.

—¿Qué ocurre?

—¡Tú qué crees! —respondió, enfadado.

Las lanzas estaban en todo lo alto. Niall echaba fuego por la mirada, pero Gillian no estaba dispuesta a discutir.

—¿Haríais el favor de dejarme pasar, McRae?

—No.

—¡¿Cómo?!

—He dicho que no, ¡malcriada!

—¡Patán!

—¡Mimada!

—¡Grosero!

Niall apenas la oía; sólo la observaba. ¿Cómo podía estar de nuevo en aquella situación? ¿Cómo podía haber caído otra vez en el mismo error? Tenerla ante él, con las mejillas arreboladas, el cabello desmarañado y el desafío en la mirada, lo volvió loco. Nunca la había olvidado. Nunca se lo había permitido. Y tras su encuentro días atrás en el campo, su obsesión por ella se había agudizado. Verla blandir la espada con aquel fervor le había excitado, y sólo podía pensar en ese ardor y esa entrega en la cama. Sin meditarlo un instante, la atrajo hacia él y la besó. La asió por la cintura y, sin darle tiempo a que protestara, atrapó aquella boca sinuosa y la devoró.

Llevaba días, meses, años anhelando aquellos dulces y suaves labios, y cuando Gillian le respondió y comenzó a jugar con su lengua, se endureció y soltó un gruñido de satisfacción. Tomándola en brazos, y sin dejar de besarla, caminó hasta el fondo de las caballerizas. Allí nadie les podría molestar.

Consciente de aquel momento de inesperado placer, Gillian le dejó hacer. Permitió que la besara, que la abrazara, que la llevara a la semioscuridad de las caballerizas sin apenas respirar. Sentirse entre sus brazos era lo que anhelaba. No quería hablar. No quería pensar. Sólo quería besarlo y que la besara. Mimarle y que la mimara. Aturdida por la sensualidad del hombre, sintió que algo en ella se deshacía al notar sus labios recorrer su cuello mientras murmuraba:

—Gata..., mi Gata...

Que la nombrara de una forma tan íntima hizo que reaccionara.

—¿¡Tu Gata!? —gruñó al recordar a Diane. Y dándole un empujón lo apartó—. Y tu *bonita* Diane, ¿qué es para ti? ¿Cómo la llamas a ella?

Al ver sus ojos encendidos por los celos, Niall sonrió. Adoraba a esa fierecilla, le gustara a él o no. Le excitaban sus arrebatos, su locura, su pasión. Realmente, ¿qué no le gustaba de ella? Deseoso de continuar besándola apoyó su cadera en una tabla y preguntó:

—Tú no cambias nunca, ¿verdad?

—No, McRae —siseó jadeando, mientras miraba aquellos labios que de nuevo quería atrapar.

Niall, incapaz de contener los cientos de reproches que alojaba en su interior, se acercó un poco más a ella.

—He oído que has sido cortejada por muchos hombres —le susurró con un ronco silbido.

—Has oído bien. Hombres no me han faltado.

Molesto por su soberbia, hizo un intento de intimidarla preguntándole:

—Sí así ha sido, ¿por qué los has rechazado?

«Por ti, maldito besugo», pensó.

—Ninguno me agradaba —señaló, no obstante—. Nunca quise desposarme con un hombre al que no admirase. ¿Te parece buena contestación?

Niall se carcajeó y, calibrando su nivel de intransigencia, dijo:

—¡Ah, claro! Y por eso te revuelcas con los mozos de cuadra, ¿verdad?

—Vete al infierno, McRae.

Pero Niall continuó:

—No es por desilusionarte, querida Gillian, pero creo que Carmichael, tu futuro marido, deja mucho que desear. ¿O quizá debo creer que lo admiras?

Ver la mofa en sus ojos y en sus palabras, y más sabiendo que él había rechazado la oferta de casarse con ella, hizo que Gillian le propinara un fuerte pisotón, que él aguantó sin cambiar el gesto. Sin inmutarse, tocó con delicadeza el rostro de ella.

—Gillian, yo... —susurró.

Se escuchó a alguien entrar en las cuadras, y ninguno de los dos se movió. No querían ser descubiertos. Eso hizo sonreír a Niall, y Gillian, agitada, sin querer contener sus impulsos, se abalanzó sobre él y lo besó con pasión. Al cuerno lo que pensara de ella.

De pronto se oyó la voz de Kieran.

—Gillian, preciosa, ¿estás por aquí?

Niall se tensó y la apartó de él. Kieran esperó durante unos instantes y como ella no respondió se marchó.

—¿Desde cuándo Kieran te visita y te llama *preciosa*?

La joven, al sentirse rechazada, levantó el mentón.

—¿Desde cuándo tonteas con la boba de Diane?

—Respóndeme, Gillian —exigió, furioso.

—No, no tengo que darte explicaciones.

—No me enfades más, mujer.

Dándole un golpe en el estómago con todas sus fuerzas, ella gruñó.

—¿Cómo que no te enfade más? Llevo días siendo testigo de cómo sólo le prestas atención a esa cursi de Diane y no te diriges a mí más que para humillarme y despreciarme. Sé que no soy una santa ni la mejor persona del mundo, y también sé que merezco tu enfado y algún reproche. Pero tras todo lo que estoy aguantando estos días delante de mi familia y mi gente, ¿pretendes que yo te dé explicaciones?

Niall, sorprendido por aquella revelación, dio un paso hacia atrás. Ella estaba celosa de Diane y eso sólo podía ser porque aún sentía algo por él. Sin querer dar su brazo a torcer, a pesar de lo mucho que ansiaba estar con ella, con gesto controlado, afirmó:

—Sí, Gillian. Exijo explicaciones.

—¿De qué?, ¿de ahora?, ¿de hace años? ¿De qué?

—De todo.

Enajenada por haberle revelado algo tan íntimo, siseó:

—Pues no te las daré, McRae.

—¿Ah, no?

—No, no te las daré.

—Creo que me las debes, Gillian. Tú...

—No te debo absolutamente nada —cortó ella, consciente de que se equivocaba.

Niall quiso gritar y vocear. Aquel juego estaba acabando con su poca paciencia y, tomándola del brazo con rudeza, dijo en tono duro:

—¡Maldita sea, Gillian! Rompiste nuestro compromiso sin darme opción de hablar contigo. Deseé la muerte en el campo de batalla, sabedor de que mi vida sin ti se había acabado. Y ahora, cuando creo que tú y yo no tenemos nada de que hablar, ¿pretendes que yo te dé explicaciones de quién es Diane, o qué hago con ella?

Gillian lo miró, y Niall, muy enfadado, bramó, dispuesto a marcar para siempre la diferencia:

—No, milady..., no. Seguid revolcándoos con vuestros mozos de cuadra. Vos sois la última mujer a la que yo le daría explicaciones sobre nada porque no sois nadie para mí.

Se lo veía tan enfadado que Gillian no pudo contestar. Quiso decirle tantas cosas, pedirle tantas disculpas, pero su orgullo no se lo permitió. Ella y sólo ella se había comportado mal, y ambos llevaban años pagándolo. Encendido por la furia, Niall se separó de ella como si le quemara, y antes de salir de la caballeriza, añadió:

—No sé qué estoy haciendo aquí a solas con vos. Y mucho menos sé por qué os he besado. Pero ninguna de esas cosas volverá a ocurrir ¡nunca! —gritó, colérico, haciendo que ella se encogiera—. Sólo espero que mañana os caséis con ese Carmichael, y os lleve lejos de aquí. Así sabré con certeza que no os volveré a ver en toda mi vida.

Entonces se marchó, dejándola sola y destrozada. Sin fuerzas para salir, Gillian se sentó en una bala de paja para calmar su excitación. Él llevaba razón en todo y nada podía hacer.

13

Aquella tarde Axel organizó una fiesta de cumpleaños en el castillo para su hermana. Quería verla feliz. Necesitaba verla feliz. Al día siguiente, y sin que él pudiera remediarlo, tendría que unirse en matrimonio a ese idiota de Carmichael.

Conocía a su hermana y sabía que sería infeliz con aquel mequetrefe. Le preocupaba la suerte que correría ella tras el matrimonio, y eso no le permitía dormir. Gillian no era una mujer dócil, y temía que en uno de sus arranques terminara con la vida de Carmichael, y ella acabara muerta o decapitada.

Con curiosidad, buscó por el salón a Niall. Lo vio hablando con Ewen, su hombre de confianza, y con Duncan. Parecía relajado, pero Axel lo conocía y sabía que cuando Niall volvía el cuello hacia los lados era porque estaba tenso. Aquel movimiento era el mismo que hacía siempre antes de entrar en batalla. Eso, en cierto modo, le hizo sonreír.

«Aún puede haber esperanza», pensó, tomando de nuevo una jarra.

En las habitaciones superiores del castillo, Megan hablaba con Gillian, mientras ésta terminaba de vestirse.

—No seas cabezona, Gillian; me niego a pensar como tú.

Furiosa aún por lo ocurrido aquella tarde, Gillian andaba de un lado para otro como una leona encerrada. Su tiempo se acababa y los resultados eran nefastos. Aquella tarde, tras recuperarse en las caballerizas, había buscado a Niall por todos los rincones del castillo para hablar con él, pero no lo había encontrado. Necesitaba pedirle perdón y decirle que tenía razón. Ella había sido la culpable de sus desgracias. Quería gritarle que lo amaba. Pero le había sido imposible. Él estaba ocupado con Diane.

—¡Le odio! —gritó Gillian, tirando el cepillo contra la puerta—. ¿Por qué se está comportando así?

—Tú te lo buscaste, Gillian —la regañó Megan—. Tú solita has conseguido que la situación llegue a esto.

—¡Yo no conocía el trato de mi padre con esos Carmichael!

—No me refiero a eso y lo sabes —gritó Megan, poniéndose las manos en las caderas.

Gillian asintió y se asomó a la ventana. Megan tenía razón, y apoyándose en el alféizar, murmuró:

—¿Sabes lo que Niall me decía cuando estábamos prometidos?

Megan notó el cambio del tono de voz de su amiga y se acercó hasta ella. Mientras la agarraba con cariño de la mano, le dijo:

—Conociendo a mi cuñado, seguro que sería alguna tontería.

Gillian sonrió.

—Decía: «Cuando nos casemos nuestro hogar estará en un maravilloso lugar desde donde se domine la llanura».

—¿Desde donde se domine la llanura? —repitió, asombrada, Megan.

Gillian asintió.

—Nuestro hogar estaría en lo alto de una pequeña colina rodeada por una extensa llanura. Recuerdo que le decía que me gustaría que esa llanura estuviera cubierta de flores multicolores, y él reía y contestaba que su flor más bonita era yo.

Sorprendida por aquella revelación, Megan suspiró. Le entristecía ver a dos personas que quería en aquella situación. Fue a responder, pero en ese momento sonaron unos golpes en la puerta y, al abrirse, se quedaron atónitas al ver que era Diane quien aparecía.

—¿Puedo pasar?

—Por supuesto, Diane, pasa —dijo Gillian con serenidad.

Aquélla era a la última persona que quería ver, pero decidió ser cortés. La muchacha no le había hecho nada.

Diane entró. Estaba preciosa. Llevaba un vestido en rojo vivo que se ajustaba perfectamente a su fino y sensual cuerpo, y el cabello oscuro sujeto con una diadema de flores. Era una mujer muy bella, y eso no lo podía negar nadie.

La recién llegada, tras mirar a Megan, que la observaba con descaro, le dijo a Gillian:

—¿Podríamos hablar un momento a solas?

Megan le echó una mirada de las suyas, y luego miró a su amiga.

—Gillian, te espero en el salón. No tardes, ¿de acuerdo?

—Sí, Megan; no te preocupes. Bajaré en seguida.

Una vez que se quedaron solas en la habitación, Gillian la invitó a hablar:

—Tú dirás.

La muchacha se acercó a ella y le dijo, sorprendiéndola:

—Necesito saber si entre Niall y tú existe algo más que amistad. Hace un tiempo me enteré de que en el pasado habíais estado prometidos, pero que vuestro compromiso se rompió.

—Sí, así es —asintió Gillian con el estómago encogido.

—¿Aún lo amas? Porque si es así quiero que sepas que no lo voy a permitir. Me interesa Niall y creo que yo soy una excelente mujer para él, ¿no te parece?

Sintiéndose perpleja y con el corazón desbocado, respondió:

—En primer lugar, creo que es una desfachatez que me hables en ese tono. En segundo lugar, tú no eres nadie para permitirme hacer o no absolutamente nada, y en tercer lugar, lo que yo sienta o no por Niall a ti no te incumbe.

Diane, con desprecio, se acercó aún más a Gillian y dejando patente lo bajita que era, siseó:

—Me incumbe. He dicho que quiero que él sea mío, y tu presencia me incomoda.

La sangre de Gillian comenzó a hervir. Pero ¿quién era ésa para hablarle así? Y sin que la altura de Diane la amedrentara, le preguntó:

—¿Estás celosa, Diane?

Con voz seca por la furia, ésta clavó sus ojos verdes en ella.

—No voy a permitir que estropees lo que Niall y yo llevamos fraguando desde hace tiempo. Si he venido con él es porque sabía que tú estarías aquí.

Aquello hizo sonreír a Gillian.

—Es mi hogar, Diane. ¿Dónde pretendes que esté?

—¡Ojalá hubieras estado ya en las tierras de los Carmichael! Estoy segura de que tu enlace con Ruarke hará que Niall se olvide de ti.

Aquello desconcertó a Gillian.

—¿Tanto miedo tienes a lo que él sienta por mí? —le preguntó, retándola con la mirada.

Diane la empujó, y Gillian cayó sobre la cama. Y antes de que pudiera evitarlo, la asió del pelo y le soltó cerca de la cara:

—Aléjate de Niall. No voy a permitir que una malcriada como tú, nieta de una maldita *sassenach*, me lo arrebate. Él es el mío. ¡Mío!

Gillian, furiosa, se sacó la daga de la bota y, poniéndosela a Diane en el cuello, gritó, deseosa de clavársela:

—Suéltame o lo pagarás, ¡maldita zorra!

Asustada al sentir aquel frío tacto en su cuello, Diane se movió con rapidez y la liberó. Gillian, con la daga aún en la mano, se incorporó, y clavándole sus cristalinos y fríos ojos azules bramó fuera de sí:

—Sal de mi habitación antes de que decida cortarte en pedacitos. Tú no eres nadie para ordenarme ni exigirme; absolutamente nadie. Y te advierto una última cosa: la próxima vez que tu boca mencione a mi abuela, te corto la lengua. ¡Recuérdalo!

Blanca como la nieve, Diane huyó sin mirar atrás. Gillian, aún confundida por lo que había pasado, se guardó la daga en la bota, consciente de que se había ganado una enemiga.

14

Tras el episodio vivido en su habitación, Gillian se retocó el peinado y salió de su estancia, dispuesta a ir hasta el salón. Según iba bajando por la escalera circular de piedra gris, los sonidos de las gaitas sonaban cada vez más cerca. Con la rabia instalada en su rostro, decidió pararse, sentarse y serenarse en uno de los gastados escalones, hasta que dejara de temblar.

Agachando la cabeza la posó sobre sus rodillas y le entraron unas ganas locas de llorar. ¿Qué había hecho? ¿Cómo podía haber destrozado su vida y la de Niall? ¿Qué iba a hacer? El día de su cumpleaños se acababa y cada vez sentía más cercano el podrido aliento de Ruarke. Pensar en él le enfermaba, pero debía cumplir la palabra de su padre, aunque esa promesa la llevara directamente a la tumba.

—Gillian, ¿qué haces aquí? ¿Qué te pasa? —preguntó de pronto la voz de Kieran.

Levantando la cabeza, Gillian se encontró con aquellos ojos azules y, encogiéndose de hombros, susurró:

—Creo que estoy luchando contra un imposible. El día se acaba y mi boda...

Kieran sonrió. El tonto de su amigo y aquella muchachita eran el uno para el otro, y tomándole la cara entre sus manos, preguntó para animarla:

—¿Has decidido rendirte, preciosa? Porque si es así me defraudarías. La Gillian de la que siempre me hablaba Niall era una muchacha divertida, romántica, locuaz, cariñosa y, sobre todo, que no se rendía ante nada ni nadie.

—Esa Gillian de la que hablas, en cierto modo, ya no existe —susurró, levantándose—. He cambiado y...

—¿Eso quiere decir que quieres casarte con Ruarke Carmichael?

Al oír aquel nombre, Gillian se tocó el estómago.

—No, no quiero casarme con él. Pero el deber me obliga a hacerlo.

Kieran le levantó la barbilla con una mano.

—Todavía hay tiempo, Gillian. Piénsalo.

—Fue un pacto de mi padre, y no le voy a deshonrar. Además, nadie desea casarse conmigo. En estos últimos años me he ganado el apodo de la Retadora. ¿Y sabes por qué? —Él negó con un gesto, y ella continuó—: He estado tan furiosa con Niall y conmigo misma que me he portado fatal con todos los hombres que se han acercado a mí. Y eso tarde o temprano se paga, ¿no crees?

—¿Lo dices en serio? —rió él, divertido.

—En efecto. Si quieres saber lo que opinan de mí, pregunta..., pregunta.

Maravillado por aquella sinceridad, Kieran cogió aire y dijo:

—Gillian, si tú quieres, puedo ayudarte ofreciéndote mi casa, mi apellido, mis tierras y...

—¡¿Cómo?! —le cortó, desconcertada.

El highlander se encogió de hombros.

—Lo que has oído. Ya sé que no me amas ni yo te amo a ti, pero si tú quieres...

—Pero ¡te has vuelto loco! —susurró, mirándole directamente a los ojos—. ¿Cómo se te ocurre pedirme semejante cosa?

—Es por ayudarte y...

Sin dejarle terminar, Gillian comenzó a blasfemar de tal manera que Kieran se quedó sin palabras, hasta que de pronto ella paró.

—Kieran O'Hara, no vuelvas a pedir eso a ninguna mujer hasta que encuentres a la persona adecuada. —Tras darle un manotazo que le hizo reír, prosiguió—: Tú eres un hombre atractivo, además de un valeroso guerrero y muchas otras cosas más, y estoy segura de que algún día encontrarás a la mujer que te conviene y la harás muy feliz.

Complacido con lo que escuchaba se carcajeó. En sus casi treinta años, y a pesar de que era un highlander bastante requerido por las féminas, ninguna había dejado huella en él. El romanticismo no era lo suyo.

—¿Acaso no crees en el amor, Kieran?

—No.

—¿Nunca has sentido que la presencia o la mirada de una mujer te quitaban el aliento, y que tu existencia se marchitaba al dejar de verla?

—Nunca.

—Imposible.

—No, Gillian, no miento.

La joven no podía dar crédito a lo que oía.

—¡Por todos los santos, Kieran! ¿Cómo un hombre tan galante como tú no puede creer en el amor?

—Quizá porque nadie me ha hecho sentirlo.

—Si te escuchara el abuelo te diría que tu mujer está en algún lado esperando a que le sonrías.

—Tu abuelo Magnus es demasiado sensible para mi gusto —ironizó Kieran.

—No, Kieran. Mi abuelo se enamoró de su Elizabeth. Me contó que cuando sintió que no podía dejar de mirarla ni alejarse de ella supo que era su mujer. Tú debes encontrar a esa mujer.

Estoy segura de que está en algún lugar esperando a que un highlander guapo y valiente como tú la encuentre. —Él sonrió—. Prométeme que la buscarás, o seré yo quien la busque por ti. ¡Oh, Dios!, a veces los hombres sois desesperantes.

—De acuerdo, preciosa —se carcajeó al reconocer a la Gillian de la que tanto había oído hablar.

—Pero bueno, Kieran, ¿cómo se te ocurren esas cosas? —Al ver que él seguía sonriendo, señalándole con el dedo, le aseguró—: No deseo casarme contigo y nunca me sentiré la mujer del idiota de Ruarke porque yo sólo me casaré por amor, y si no lo hago así, para mí nunca será verdadero. —Con desespero, susurró—: Yo adoro a ese cabezón. Siempre le he amado y siempre le amaré. Y sólo pensar que otro bese mis labios o toque mi piel, ¡ah!, me enferma.

Kieran soltó una risotada que retumbó en la escalera y añadió:

—Me alegra saber que ese cabezón tenía razón. Eres una mujer con carácter y romántica.

—Según él, soy una malcriada —respondió Gillian.

Mientras ambos reían, apareció Megan, que subía en busca de Gillian. Y al verlos parados en la escalera, preguntó:

—¿Se puede saber qué hacéis aquí los dos?

Gillian, con una sonrisa en los labios, se llevó las manos a las caderas.

—¿Te puedes creer que Kieran está dispuesto a casarse conmigo para que no me case con el necio de Ruarke?

Incrédula y sorprendida, Megan miró al hombre, y al ver el gesto de éste dijo, haciéndole reír con más ganas:

—Kieran, ¿cuándo vas a aprender lo que tú llamas el arte de cazar? —Y añadió, pensativa—: Quizá no sea mala idea hacer creer que eso puede pasar entre vosotros.

—No, ni hablar —sentenció Gillian.

—¡Cállate, pesada! —gruñó Megan—. ¿No ves que una noticia así puede hacer que Niall reaccione?

—¡Megan! —resopló Kieran—, pretendes que los McRae, esos salvajes, se pasen media vida machacándome.

—No, no me gustaría —reconoció Megan.

—Pero ¿tú has visto cómo son los hombres de Niall? —preguntó de nuevo el highlander.

Llevándose las manos a las caderas, Megan se apoyó en la pared de la escalera y dijo:

—Vamos a ver, Kieran, ¿no le acabas de pedir matrimonio a ella?

—Mujer..., sabía que diría que no. Sólo hay que conocerla un poco para saber que si no es con Niall no se casará con nadie.

Aquella salida hizo soltar una risotada a las mujeres, y Gillian, dándole un manotazo, murmuró:

—Pues, fíjate..., estoy comenzando a pensarlo. No eres tan mala opción.

—Gracias, preciosa —rió el hombre.

Megan, asombrada por el sentido del humor de ambos, los miró y gruñó:

—¿Queréis dejaros de jueguecitos? El tiempo se agota.

—Megan..., nada se puede hacer, ¿no lo ves? —murmuró la joven rubia al ver a su amiga con el cejo fruncido.

—No voy a permitir que destroces tu vida y la de Niall de nuevo, ¿me oyes? —Y mirando a Kieran, dijo—: Y tú... eres su única salvación.

El highlander, tras suspirar con resignación, miró a las mujeres.

—De acuerdo —aceptó—. Aquí me tenéis. Pero que conste que todo lo malo que me pase, vosotras lo sufriréis.

—No lo voy a permitir —dijo Gillian, mirándoles. Pero al ver cómo aquellos dos se miraban, susurró—: Me estáis asustando.

—Creo que serías una preciosa señora O'Hara.

—He dicho que no.

Pero Megan estaba convencida de que aquello solucionaría el grave problema.

—¿Qué crees que hará mi querido cuñado cuando se entere de que os vais a casar?

—Matarme, fijo —se mofó Kieran.

—Pero yo no me voy a casar contigo —se defendió Gillian.

Él, divertido, la tomó de la mano.

—Lucha por lo que quieres y demuéstrale a ese burro qué clase de mujer eres. Sonríe, disfruta, baila y goza ante Niall. Le conozco y sé que él no podrá apartar sus ojos de tu persona. Eres demasiado valiosa como para dejar que otro que no sea él se apodere de ti.

—Pero...

—Bajemos a tu fiesta —continuó Kieran—. Divirtámonos y hagámosle creer que te vas a casar conmigo antes de que termine la noche. Si Niall no reacciona ante eso, no reaccionará ante nada.

—Pero ¡qué fantástica idea! —asintió Megan.

—Pero..., pero... yo no puedo...

Kieran, convencido de que aquella noche dormiría con un ojo morado, como poco, bajó los escalones y no dejó que ella terminara la frase.

—Gillian, te espero en el salón, ¿de acuerdo?

La muchacha, pálida, asintió, y Kieran, con una espectacular sonrisa, desapareció.

—Vamos..., tengo que hablar con Shelma, Alana y Cris para que nos ayuden —la apremió Megan.

—¡Ay, Dios! Creo que la vamos a liar.

Con gesto decidido, Megan pellizcó las mejillas de su amiga, que estaban pálidas, y asiéndola con fuerza de la mano tiró de ella.

—Alegra esa cara y que san Fergus nos proteja.

—Eso espero —añadió Guillian.

Instantes después, bajaban las dos cogidas de la mano por la escalera circular de piedra gris, a la espera de que sucediera un milagro.

15

Cuando Megan y Gillian aparecieron en el salón, los invitados comenzaron a felicitar a la homenajeada por su cumpleaños. Gillian, como en una nube, sonreía, hasta que vio a Ruarke, que desde el otro lado del salón la observaba. Rápidamente apartó la mirada. En el fondo de la estancia, Niall hablaba con la odiosa de Diane. Nerviosa, buscó a Kieran. El joven highlander estaba junto a Axel, y por el gesto de su hermano intuyó de lo que hablaban.

—¡Ay, Dios! ¡Ay, Dios! —susurró para sí misma.

Megan le dio una jarra de cerveza y, tras hacer que se la tomara entera, incitó a Myles, uno de los guerreros de su marido, a que bailara con ella. Ewen, el hombre de confianza de Niall, los observaba.

Gillian, incapaz de rehusar la invitación, comenzó a bailar con Myles. Acabado ese baile, el guapo Kieran se acercó a ella y, ante varios guerreros, dijo:

—Gillian, corazón mío, baila conmigo.

Ewen, testigo de aquel trato tan cariñoso entre ellos, no perdió el tiempo y caminó hasta Niall para contárselo.

—Sonríe, preciosa. Tu amado McRae nos está mirando —cuchicheó Kieran.

La sonrisa iluminó el rostro de Gillian mientras Niall comenzaba a pasear por el salón observándolos. Desde que esa tarde la había besado en las caballerizas, no había podido quitársela ni un instante de la cabeza. Y allí la tenía, delante de él, con aquella sonrisa que siempre le había vuelto loco. Verla bailar era un deleite para la vista. Gillian era una experta bailarina y la gracia que ponía en cada movimiento lo encandilaba.

—Niall, ¿te apetece bailar? —preguntó Diane, acercándose a él.

—No, Diane. Ahora no —respondió, tajante, al ver que comenzaba una nueva pieza y que Gillian continuaba bailando con Kieran.

«¡Maldito O'Hara! Te encanta meterte en problemas», pensó al ver cómo aquél colocaba posesivamente su mano en la cintura de Gillian.

—¿Quieres que salgamos a dar un paseo? —volvió a la carga Diane.

Pero Niall no la escuchaba. Y la joven caprichosa, consciente de que era a Gillian a quien observaba, se sintió ignorada y levantó la voz:

—¡Niall! Estoy hablando contigo.

Mirándola con el cejo fruncido, el highlander maldijo.

—Diane, ve a bailar con otro. Yo no quiero bailar —dijo sin importarle sus modales.

En ese momento llegó Megan hasta él, y tras mirar con gesto burlón a Diane, cogió el brazo a su cuñado.

—Niall, baila conmigo.

Sin negarse, Niall la siguió, y Megan fue a colocarse justo al lado de aquellos a los que él observaba. Cuando oyó la cristalina risa de Gillian, sintió hacerse añicos su corazón. Estaba preciosa aquella noche con aquel vestido amarillo. Incluso parecía feliz. Eso le alertó. La conocía y sabía que, tras lo ocurrido en las caballerizas y su inminente boda, debería haber estado incómoda en aquella situación, pero no. Se la veía contenta. Con gesto duro clavó sus ojos en los de Kieran, pero éste ni lo miró. Sólo tenía ojos para Gillian. *Su Gillian.*

Megan, disfrutando de aquel momento, cuchicheó:

—Niall, querría tu opinión sobre algo.

—Tú dirás.

—Esta mañana he estado mirando la herida de la yegua de Gillian y creo que debería aún descansar unos días antes de emprender el viaje. ¿Tú qué crees?

Niall la miró. ¿A qué venía esa pregunta?

—Sí. Esa herida es bastante profunda y en el momento en que la yegua cabalgue se le volverá a abrir. Necesita reposo.

—Justo lo que yo pensaba —asintió Megan con gracia, viendo cómo Diane los observaba—. Por cierto, ¿Diane McLeod es tu prometida?

—No —respondió Niall con rotundidad clavando la mirada en su cuñada.

—¿Seguro?

—Sí.

—Entonces, ¿por qué...?

—¡Basta, Megan! —cortó él. No estaba de humor.

Dándole un golpe en el costado, Megan llamó su atención.

—¿Por qué me has golpeado? —protestó, mirándola.

—Porque te lo mereces —siseó—. Desde que has llegado a Dunstaffnage has dejado de ser tú para convertirte en un gruñón como lo es, en ocasiones, mi amado Duncan.

Niall tuvo que sonreír. Su cuñada, aquella morena alocada que había entrado en sus vidas años atrás, siempre lo animaba.

—Vamos a ver, Niall, ¿dónde está tu sonrisa y tu maravilloso sentido del humor?

—Quizá no tenga por lo que sonreír ni bromear —respondió, cambiando el gesto al ver a Gillian cuchichear.

—¡Por san Ninian! —susurró Megan—. Si las miradas mataran, la McLeod ya me habría asesinado.

Niall se volvió hacia Diane y se sorprendió al toparse con su fría mirada. Aunque en cuanto ella se dio cuenta de que él la observaba, la calidez volvió a su rostro con rapidez.

—No te preocupes. Nunca se lo permitiría —murmuró, fijándose de nuevo en Gillian.

—Ni yo —susurró Megan con seguridad.

En ese momento, llegó un galante Duncan hasta ellos y se plantó ante su hermano.

—¿Me permites bailar con mi mujer? —le pidió con seguridad.

Niall sonrió y le cedió la mano de Megan.

—Toda tuya, hermano.

Duncan, con una expresión cautivadora que hizo que Megan temblara, susurró mientras la tomaba y la acercaba a él:

—Siempre mía.

Regocijado por el enamoramiento continuo de su hermano y su cuñada, Niall se alejó para hablar con Ewen. E instantes después se percató de que Gillian había dejado de bailar y hablaba en un lateral del salón con el padre Gowan.

Tras dar órdenes a Ewen para que mantuviera alejada a Diane de él, y sin perder de vista a Gillian, caminó hasta una de las grandes mesas de madera para coger una jarra de cerveza. Cuando comenzó a beber se dio cuenta de que Alana, Cris y Shelma se sentaban no muy lejos de él y parecían cuchichear. Con disimulo, se acercó a ellas.

—¿Estás segura? —susurró Shelma.

Alana, con gesto disgustado en la cara, asintió.

—Axel me lo acaba de decir. Kieran y Gillian han decidido desposarse antes de que acabe la noche, y como el padre Gowan está aquí, será él quien oficie la ceremonia.

Niall se quedó boquiabierto y ni se movió hasta que vio a Gillian y a Axel abandonar el salón. ¿Dónde iba aquella loca?

—¡Qué emocionante! —exclamó Cris al ver el gesto de Niall.

—¡Oh! —susurró Shelma, guiñándole un ojo—. ¿No os parece muy romántico que Kieran le entregue su vida a Gillian para que ella no tenga que casarse con el apestoso de Ruarke?

—Sí, Shelma —asintió Alana, secándose los ojos—. Creo que es algo muy romántico. El amor ya les llegará; estoy convencida. Ambos son jóvenes y tienen toda la vida por delante para conocerse. Además, Gillian será mucho más feliz con él que con Ruarke, y como dijo Diane, tendrán unos niños preciosos.

Soltando de golpe la jarra en la mesa, Niall dio por concluida la intromisión. El corazón le latía a una velocidad desenfrenada mientras caminaba hacia la salida en busca de explicaciones.

En ese momento, Shelma, Cris y Alana se volvieron hacia Megan, y ésta, guiñándoles el ojo, sonrió. Duncan, al ver que su mujer de pronto comenzaba a reír, la miró.

—¿De qué te ríes, cariño? —preguntó extrañado.

Feliz porque su plan parecía funcionar, lo besó sin importarle quién estuviera delante, y con ojos chispeantes le dijo mientras comenzaba a tirar de él:

—Duncan, ven..., vamos.

El hombre la siguió, y se sorprendió cuando vio que el abuelo Marlob, cojeando, y el anciano Magnus iban tras ellos. A su vez, Shelma tiraba de Lolach. A Ewen le llamó la atención todo aquel movimiento y se apartó de Diane con disimulo para seguirlos.

Una vez que salieron del salón, Duncan, de un tirón, paró a su mujer y le preguntó:

—¿Dónde vamos, Megan?

—Corre, Duncan —cuchicheó, excitada—. Niall ha caído en la trampa y se va a casar.

Duncan levantó las manos al cielo, y cuando el resto del grupo llegó hasta ellos, con gesto tosco, miró a su mujer y, alzando la voz, rugió:

—Megan, ¡por todos los santos!, ¿qué has hecho?

Sin amilanarse al ver que su marido clavaba sus impresionantes ojos verdes en ella y en su boca se dibujaba un rictus de enfado, contestó:

—Hice lo que debía hacer para que dos personas a las que quiero mucho estén juntas de una santa vez.

Duncan no podía creer lo que oía, y voceó al recordar lo que su hermano tenía pensado hacer aquella noche:

—¡Maldita sea, mujer! Lo has estropeado todo.

—De eso, nada —apostilló Shelma ante la cara de susto de Cris.

—Pero ¿qué habéis hecho? —gruñó Lolach.

—Como siempre, meterse en problemas —auguró Duncan.

Lolach, al entender lo que allí pasaba, se llevó las manos a la cabeza y blasfemó. El plan que tenían trazado se había ido al traste.

Megan, ajena a lo que Lolach, Ducan y Niall tenían planeado hacer, miró a su marido y espetó:

—¿Qué esperabais?, ¿que permitiera que Gillian se casara con el patitieso de Ruarke cuando sé que ama al cabezón de tu hermano y que él la ama a ella?

—Megan tiene razón —asintió Marlob.

—Abuelo, por favor —gruñó Duncan, desesperado—. No le des la razón como siempre.

—Pues yo pienso como ellos también —sonrió Magnus—. Mi nieta y Niall están hechos el uno para el otro, y creo que el que se casen es una buena opción.

Ewen, semiescondido entre las sombras, corrió hacia la capilla. Debía avisar a Niall de aquella trampa.

—Pero ¿os habéis vuelto todos locos? —gritó Lolach.

Shelma clavó su mirada en él y le dijo sin ningún remilgo:

—Lolach McKenna, no vuelvas a insinuar algo así de ninguno de los que estamos aquí, o te auguro problemas.

Duncan y Lolach se miraron, incrédulos. ¿Se habían vuelto todos locos?

—Venga..., venga..., muchachos, corramos o al final llegaremos tarde, y esta boda no me la quiero perder —apremió Magnus.

Duncan, asombrado al ver a los ancianos tan felices, miró a su intrépida mujer y dijo:

—No querría estar en tu pellejo, querida mía, si este enlace sale mal.

Tras un suspiro divertido, Megan asió con fuerza la mano de su marido.

—Si este enlace sale tan mal como el nuestro, me daré por satisfecha —le susurró tras un arrumaco.

Sin decir nada más, todos se dirigieron hacia la pequeña capilla del castillo de Dunstaffnage. Se iba a celebrar una boda, ¿o no?

16

Con los nervios a flor de piel, Gillian no dejaba de mirar en dirección a la puerta de la capilla, mientras el padre Gowan resoplaba y Kieran sonreía como un bobo ante el altar.

—Padre Gowan, le encuentro un poco nervioso —se mofó el supuesto novio.

Secándose el sudor de la frente con un pañuelo que sacó de su hábito, el hombre suspiró.

—Hijo..., no sé aún qué estoy haciendo, pero confieso que cuando mi querida Megan me lo ha pedido, no he podido decirle que no.

Todos rieron. Todavía no conocían a nadie que Megan no hubiera conseguido convencer para sus propósitos.

—¡Kieran! —le advirtió Axel, mirándole—, si Niall no aparece, te obligaré a casarte con mi hermana. No voy a permitir que Ruarke la humille cuando se entere de esto, ¿lo has entendido?

—Tranquilo, Axel, ese testarudo aparecerá, y si no, me casaré con ella.

—No, no te casarás conmigo. No lo voy a consentir —le aclaró Gillian.

—Tú te callas —replicó Axel.

—No me casaré con Kieran, te pongas como te pongas —le dijo volviéndose hacia él, furiosa.

Ver su gesto aniñado y su testarudez hizo sonreír a los hombres y Kieran aprovechó para recordarle:

—Eso es justo lo que le tienes que decir a Niall para que se empeñe en hacerlo. No lo olvides.

En ese momento, se oyeron pasos rápidos acercándose, y Kieran, cogiendo con rapidez las manos de Gillian, sonrió.

—Que seas muy feliz, preciosa —le susurró dándole un beso en la mejilla.

Como si un vendaval hubiera abierto las puertas de la capilla, así apareció Niall. Sus ojos marrones echaban chispas y se clavaron en aquellos que ante el padre Gowan se miraban a los ojos cogidos de las manos. Niall, sin pararse, fue hasta ellos y, con un gesto brusco, atizó un puñetazo a Kieran en el rostro, de modo que cayó hacia atrás. Axel fue a auxiliarlo.

Niall, enfurecido, se volvió hacia una temblorosa Gillian, que lo miraba. Estaba tan pálida como el padre Gowan.

—¡No te casarás con él! ¡Te lo prohíbo! —gritó.

La muchacha quiso hablar, pero por primera vez en su vida no pudo. Niall había ido a impedir la boda. Eso sólo podía significar que aún la amaba.

Niall, todavía más enfadado al ver que ella no decía nada, la tomó con brusquedad del brazo y, mirando hacia Axel y Kieran, vociferó:

—Si alguien ha de casarse aquí con ella, seré yo.

Como Axel asintió sin rechistar, Niall se afianzó.

—No me casaré contigo, McRae. Eres el último hombre con el que me desposaría —murmuró Gillian, temblorosa, tras un aviso de Kieran.

Niall volvió sus fieros ojos hacia ella y resopló:

—Gillian, no voy a permitir que te cases con otro hombre que no sea yo.

Ewen entró en la capilla a grandes zancadas y se acercó a un furioso Niall.

—Debemos hablar —le susurró.

—Ahora no, Ewen —respondió Niall—. Después, hablaremos.

—Pero, mi señor...

—¡He dicho que ahora no, Ewen! —bramó, molesto.

Atónita por el tono de voz de Niall, fue a moverse, pero él asió con fuerza su mano, tiró de ella y, una vez que la tuvo bajo su semblante atemorizador, le soltó:

—No volveré a repetir lo que he dicho, Gillian. No me subestimes.

Entonces aparecieron Megan, Duncan y todos los demás, y con rapidez tomaron asiento. Ewen cruzó una significativa mirada con Duncan, y luego se encogió de hombros y se posicionó en un lateral de la capilla. Instantes después, llegaron los barbudos hombres de Niall, quienes al verlo ante el altar con aquella joven se sorprendieron.

Duncan, incapaz de callar y seguirle el juego a su mujer, se levantó para horror de ésta.

—Niall, tengo que hablar contigo.

—Ahora no, Duncan.

—Es importante. Muy importante —insistió éste, consternado al ver cómo la capilla se llenaba de gente. Necesitaba hablar con él a solas.

Pero Niall no quería escuchar a nadie. Sólo quería una cosa: casarse con Gillian antes que cualquier otro lo hiciera. Finalmente, Duncan, tras insistir un par de veces más, se sentó ante la mirada triunfal de su mujer.

—McRae —lo chinchó Kieran, que se tocaba el golpe que tenía en la cabeza—, si sigues pensándolo, al final seré yo quien me case con ella.

—Por encima de mi cadáver —bramó aquél delante de todos—. Yo me casaré con Gillian y nadie me lo va a impedir.

—¿Estás seguro, Niall? —preguntó Marlob.

—Sí, abuelo. Estoy seguro.

—Piensa en lo que haces, muchacho —dijo Magnus—. Es con mi preciosa nieta con la que te vas a desposar, y no quiero que luego digas que fuiste obligado o llevado engañado al matrimonio.

Con un gesto depredador que a Gillian le puso la carne de gallina, asintió, y dijo delante de todos los presentes:

—Sé muy bien lo que hago.

Megan casi aplaudió mientras su marido Duncan maldecía. Aquellos dos viejos zorros se la acababan de jugar a Niall. Con aquellas preguntas habían conseguido que su hermano manifestara sus ganas y deseos de casarse libremente con Gillian delante de todo el mundo.

—Pues que así sea —asintió Axel, encantado.

Instantes después, la tensión aún se palpaba en el ambiente. Y cuando la pequeña capilla ya estaba a rebosar de gente, Niall miró hacia atrás y se percató de cómo su adorada cuñada Megan guiñaba un ojo a Kieran y éste asentía, contento. Entonces, miró a Axel, y éste desvió la vista; y por su parte, los dos ancianos cuchicheaban, complacidos.

Un extraño presentimiento lo azotó de pronto, y al mirar a Ewen y después a Ducan y ver que éstos asentían con la cabeza, blasfemó en silencio. Como si le hubieran dado un latigazo, lo entendió todo. Habían jugado con él, lo habían engañado, y ahora ya no había marcha atrás.

Tras sentirse como un imbécil por no haberse dado cuenta de aquella trampa, clavó su oscura mirada en Gillian, y por la tensión que percibió en su cara, supo que ella le había leído la mente. Al ver que ésta, con ojos asustados, miraba pidiendo auxilio a Kieran, endureció la voz y le dijo al hombre, que lo miraba con una estúpida sonrisa:

—Deja de sonreír, O'Hara, porque cuando salga de esta capilla ¡te mataré! ¡Maldito bastardo!

—Niall, no te voy a permitir que blasfemes en la casa de Dios —le regañó el padre Gowan.

—Usted lo sabía, ¿verdad? —siseó mirándole.

—¿El qué, hijo? —preguntó angustiado el padre Gowan mientras se secaba el sudor de la frente con un pequeño paño.

Duncan y Lolach se miraron y entendieron que Niall se acababa de dar cuenta del engaño, pero ya no se podía hacer nada. El futuro marido miró a Axel y, con voz profunda, le dijo:

—Espero que con esto todas mis deudas contigo queden saldadas.

—Por supuesto —asintió Axel.

Con gesto desafiante, Niall volvió a mirar a Gillian desde su tremenda altura, y ésta casi soltó un chillido cuando le oyó decir:

—Padre Gowan, comience la ceremonia.

—¡No! —gritó Gillian, asustada.

—Sí.

—No...

—Sí. —Y alzándola contra su costado le siseó al oído—: ¿Qué ocurre, Gata? Ya me tienes donde queríais tú, el idiota de Kieran y seguro que alguno más. ¿Ahora te echas para atrás?

A Gillian se le erizó el vello del cuerpo. Él sabía la verdad. Conocía el engaño. Y con una gélida sonrisa, al ver que ella no respondía, Niall susurró:

—Te prometo que llorarás día y noche por no haberte casado con Ruarke Carmichael. Haré que tu vida sea tan insoportable como tú me la has hecho a mí.

Gillian estaba al borde de la histeria. Se suponía que aquél era su príncipe, no su ejecutor. Aquella boda era lo que siempre había anhelado y, de pronto, todo se estaba convirtiendo en una auténtica pesadilla. Asustada, miró a su hermano en busca de auxilio, pero éste no se lo dio. ¿Qué podía hacer?

El padre Gowan comenzó la ceremonia y preguntó quién entregaba a Gillian.

—Yo, su hermano, Axel McDougall.

Horrorizada, Gillian intentó volverse para mirar a su hermano, pero esa vez Niall no se lo permitió. La tenía sujeta de tal manera que no se podía mover, mientras el sacerdote hablaba sobre el sacramento del matrimonio. Gillian, casi sin respiración, susurró como pudo:

—Suéltame ahora mismo, McRae, y acabemos con esto.

La respuesta de Niall fue el silencio.

—Niall McRae, ¿aceptáis por esposa a lady Gillian McDougall? —preguntó el padre Gowan.

Gillian se sintió desfallecer. Toda la vida esperando oír aquella frase, toda la vida amándolo, y ahora comprendía que aquella boda era un terrible error.

Niall la miró. Y tras sonreír al verla tan desesperada, contestó con rotundidad:

—Acepto. Por supuesto que acepto.

El padre Gowan cogió la mano de Gillian y, tras tomar la de Niall, hizo que ésta le pusiera en el dedo un precioso anillo que había pertenecido a su padre. Apenada por ver aquel anillo, que ella había guardado con tanto amor, en el dedo del hombre equivocado, deseó llorar, pero se contuvo. No iba a aceptar aquel matrimonio. Cuando el padre Gowan le hiciera la pregunta, ella diría que no. Después de eso, con total seguridad, su hermano Axel, avergonzado por su comportamiento, la internaría en una abadía de por vida. Pero le daba igual; prefería eso a estar casada con aquel bestia.

Los murmullos de alegría por parte de Megan, Shelma y Alana

sacaron a Gillian de su abstracción, y entonces escuchó al padre Gowan hacerle la misma pregunta a ella:

—Lady Gillian McDougall, ¿aceptáis por esposo a Niall McRae?

Asustada por lo que iba a hacer, cerró los ojos dispuesta a soportar los alaridos de su hermano. Aquello sería una deshonra para su familia. Pero de pronto oyó a su abuelo susurrar: «Di que sí, mi niña..., di que sí». A partir de ese momento, en su interior comenzó a librarse una batalla. ¿Qué debía hacer?, ¿ofender de nuevo a su familia, o aceptar su destino? Finalmente, abrió los ojos, levantó la mirada y, clavando sus azules ojos en el hombre que la miraba con gesto descompuesto, se dispuso a aguantar un terrible futuro.

—Acepto —murmuró.

—Ponle un anillo, hijo —susurró el padre Gowan a Niall.

Éste, tras sonreír de lado, dijo:

—Padre, mi mujer tendrá lo mejor, pero como ha sido todo tan precipitado no tengo ninguno. Con esto de momento valdrá, ¿verdad, *cariño*?

Y sacando un gastado trozo de cuero marrón que guardaba en su bolsillo se lo ató a modo de anillo en el dedo. Sorprendida, Gillian lo miró y siseó:

—¿Un trozo de viejo cuero?

—Nunca has sido una mujer materialista como la preciosa Diane, ¿o sí? —preguntó con maldad.

Deseó cortarle el cuello con ese trozo de cuero y sacarle los ojos por el comentario, pero no estaba dispuesta a dar un disgusto más a su familia.

—Este trozo de cuero valdrá —murmuró.

Niall, como burlándose, se encogió de hombros, y ella deseó abofetearlo. El padre Gowan, azuzado por los ancianos Marlob y

Magnus, aceleró la ceremonia hasta declararlos oficialmente, y delante de todos, marido y mujer. Cuando el padre terminó de decir aquellas palabras, el joven esposo alzó a Gillian en brazos y la besó. Fue un beso duro y exigente, para nada el dulce beso de amor que ella siempre había soñado. Después, la soltó con brusquedad y levantó los brazos justo en el momento en que sus hombres comenzaban a gritar y a aplaudir para horror del padre Gowan.

Con rapidez todos se acercaron a darles la enhorabuena, pero Niall, con un gesto implacable, los detuvo. No quería felicitaciones de nadie. Quería explicaciones. De pronto, se oyó un aullido de horror, y al volverse, todos vieron en la puerta de la capilla a un enfadado Ruarke Carmichael sujetando entre sus brazos a la joven Diane, cuyos ojos estaban en blanco a causa del desvanecimiento.

17

Acabada la desastrosa ceremonia, todo el mundo gritaba con cara de enfado. Ruarke Carmichael y su padre se acercaron a Gillian intimidatoriamente. Ésta estaba tan turbada por todo lo que ocurría a su alrededor que ni siquiera cuando los tuvo encima se movió. Pero en el momento en que Ruarke levantó su mano para golpearla, Niall se interpuso y le dio tal puñetazo que lo hizo saltar por encima de los bancos de la capilla; luego le gritó que si volvía a acercarse a su mujer lo mataría.

Después de aquello, los Carmichael abandonaron el lugar y, un poco más tarde, el castillo de Dunstaffnage. Niall, al ver que la joven Diane volvía en sí, le ordenó a Ewen que la llevara al salón. Cris los acompañó. Conocía a su hermana y estaba segura de que sacaría de quicio al pobre Ewen. Los hombres de Niall continuaban vociferando dentro de la capilla, por lo que éste les dio la orden de que se marcharan a descansar al claro del bosque, pues allí no había nada que celebrar.

Tras firmar los papeles que un asustado padre Gowan les tendió a los novios, Niall salió de la iglesia como un caballo desbocado con Gillian de la mano. Una vez fuera, la soltó y comenzó a golpear sin piedad a Kieran, mientras Lolach, Megan y Shelma trataban de separarlos.

A pocos metros de ellos, Axel y Duncan discutían mientras Alana lloraba desconsoladamente junto a los ancianos Marlob y Magnus por la que se estaba liando tras la ceremonia. Gillian, turbada y convencida de que su boda había sido lo peor que había hecho en su vida, huyó a las cocinas. Necesitaba desaparecer. Después de beber un poco de agua y serenarse, miró con incredulidad el trozo de cuero atado en su dedo, y decidió subir a su habitación. Necesitaba estar sola y pensar en lo que había pasado. Pero al abrir la puerta de su refugio particular se quedó de piedra al ver a Niall, apoyado plácidamente en el alféizar de la ventana. Su expresión salvaje cuando la miró hizo que se estremeciera de pies a cabeza. Pero no de placer, sino de miedo.

Con gesto duro, Niall le sostuvo la mirada durante un buen rato, mientras se preguntaba por enésima vez por qué se había casado con ella. No supo responder y se olvidó de ello momentáneamente. Entonces pensó en Duntulm, su hogar. Gillian no era una mujer débil, pero llevarla a vivir a las frías y duras tierras de la isla de Skye quizá fuera demasiado para ella; ¿o quizá para él?

Al ver que ella, con valentía, cerraba la puerta y se apoyaba en la hoja, tomó la decisión de dejarla en el castillo de Eilean Donan al cargo de Duncan, Megan y su abuelo Marlob. Era la mejor opción. Eso le evitaría muchísimos problemas.

—Nunca vuelvas a desaparecer sin decirme adónde vas —dijo él con dureza—. Ven aquí, señora McRae.

A consecuencia del tono de voz de Niall, Gillian quiso desaparecer, pero antes de que le diera tiempo a hacer movimiento alguno, él volvió a hablar, esa vez de peor humor.

—La primera regla que necesito que aprendas es que no repito las cosas. Si no quieres tener problemas, comienza a obedecer.

Sin embargo, ella continuó mirándole como si estuviera en una nube.

—¿Pretendes que te castigue, o prefieres que te azote? —añadió.

La pregunta consiguió que ella reaccionara, y clavándole sus gélidos ojos azules, se le acercó.

—Ni me castigarás, ni me azotarás, o...

De repente, la tomó por el brazo y tiró de ella hasta que quedó frente a él. Posando sus grandes manos en la cintura de Gillian la atrajo hacia sí y la besó. Aquel beso la pilló tan desprevenida que apenas pudo moverse mientras sentía cómo las piernas le temblaban al sentir la voraz arremetida masculina contra su boca. Asustada por aquella intensidad, Gillian intentó escapar, pero le fue imposible. La boca de Niall era exigente y salvaje, y sus manos aún más. Asustada por aquella invasión, atrapó entre sus dientes la lengua de Niall y le mordió. Él la soltó.

—¡Maldita sea, Gata! —bufó, molesto—. No vuelvas a hacerlo.

Cogiendo aire con dificultad, Gillian se separó de él y, poniendo la distancia de la cama entre ambos, siseó con los ojos encendidos por la rabia:

—No vuelvas a llamarme así, McRae. —Al verle sonreír, gritó—: Pero ¡¿quién te has creído que eres para hacer lo que has hecho?!

Rascándose la barbilla, Niall rodeó la cama. Ella saltó y se alejó por encima del cobertor.

—Soy tu marido. ¡Tu dueño y tu señor! ¿Te parece poco?

Ella no respondió.

—Y por ello te llamaré como me venga en gana y te trataré de igual manera, ¿has entendido?

—No.

—¡¿Cómo?!

—¡He dicho que no! —volvió a gritar. Y sacándose la daga que llevaba en la bota, lo amenazó—: No me obligues a hacer algo que no quiero.

Niall sonrió, aunque con una sonrisa tan fría como sus ojos.

—Hum... Ese carácter tuyo creo que lo tengo que aplacar.

—Ni lo sueñes, McRae.

Verla ante él de aquella guisa lo excitó; aquella mirada retadora lo fascinaba. En circunstancias normales, le hubiera quitado la daga de un manotazo, la habría tumbado sobre la cama y le habría hecho el amor con la misma pasión con que la miraba. Pero no. Gillian necesitaba aprender. Y aunque sus atributos le volvían loco, no pensaba darle tregua, y menos aún permitir algo como lo que estaba haciendo en aquel momento.

—Suelta la daga, Gillian, si no, tendré que darte un escarmiento.

Ella sabía que aquel juego era peligroso, pero una vez comenzado era incapaz de pararlo. Por ello, sujetó con más firmeza la daga.

—Atrévete a darme un escarmiento, Niall, y lo pagarás —dijo.

Tras una carcajada que le puso a ella los pelos de punta, él soltó:

—Ya lo estoy pagando, mujer. Estar casado contigo es un castigo.

—¡¿Por qué te has casado conmigo?! —gritó ella—. ¡Maldita sea, Niall! Yo no te he obligado.

Niall asintió y la miró con una profundidad que la hizo estremecerse. Nunca le diría la verdad; no le revelaría el plan que había trazado junto con Duncan y Lolach. Había pretendido raptarla tras la cena para confesarle su amor y casarse con ella.

—¿Por qué? ¿Por qué te has casado conmigo? —volvió a gritar ella.

—¿Quieres la verdad? —vociferó él, incapaz de confesarle la verdad.

—Sí.

Tras mirarla unos instantes, dijo:

—Le debía varios favores a tu hermano, y ésta ha sido una manera de pagárselos, ¿te parece bien?

—Un intercambio de favores, eso soy para ti —susurró ella con un hilo de voz.

Niall soltó una carcajada, y ella deseó arrancarle los dientes.

—Sí..., Gillian —respondió—, eso eres, te guste o no. Pero, ¿sabes?, ese intercambio te permitirá que sientas la soledad como yo la he sentido todos y cada uno de mis días por tu culpa. Quiero que desees morir tantas veces como yo lo deseé mientras luchaba en Irlanda, sintiéndome solo y rechazado, por ser un hombre de palabra y servir a mi patria. Me destrozaste la vida, Gillian; me la quitaste. —Ver su cara de horror le dolió, pero prosiguió—: No quiero nada de ti como mujer; antes prefiero disfrutar con cualquiera de las furcias con las que disfruto desde hace tiempo. Pero no te voy a mentir, Gata, ahora que me he desposado quiero un hijo. Un heredero. Un varón que gobierne mis tierras.

—Eso te lo puede dar cualquiera de tus furcias.

—Lo sé —asintió Niall.

—¿Quién te dice que no lo tienes ya?

—No, Gata, un heredero lo quiero de mi esposa. Y tú eres mi esposa. Una vez que consiga lo que quiero no me volveré a acercar a ti. No me interesas.

Gillian sintió que la boca se le secaba. ¿Cómo era posible que le estuviera ocurriendo aquello? ¿Cómo podía Niall estar hablándole así? ¿Qué le ocurría? ¿Qué le había hecho?

—Mira, Gillian, no tengo intención de acercarme a ti a no ser que esté tan borracho como para confundirte con alguna de las furcias que me calientan de vez en cuando el lecho.

Llevándose las manos a la cabeza, Gillian susurró:

—Esto es humillante... Yo...

Niall no la dejó terminar. Lo que le estaba diciendo era mentira, pero quería hacerle daño, que se sintiera mal.

—Por ello, como tu marido, dueño y señor, cuando yo te pida un beso, me lo darás. Si te pido que seas amable, lo serás. Y si osas desobedecer cualquiera de mis órdenes, por san Ninian te juro, Gata, que sin importarme quién esté delante, te cogeré y te azotaré.

—¡No! —gritó ella—. Si te atreves a tocarme, te juro que te mato.

Con una risotada que hizo que Gillian se paralizara, Niall saltó por encima de la cama. Justo cuando bajaba para cogerla, ella, de un puntapié, puso en su camino un pequeño arcón. Niall perdió el equilibrio y cayó al suelo. Gillian sonrió, pero cuando vio cómo él la miraba desde el suelo, gimió. Antes de que ella pudiera moverse, la asió de las faldas y, de un tirón, la hizo rodar encima de él. La daga salió por los aires y se clavó tras el arcón. Con maestría, él la cogió y rodó con ella por el suelo. Y tras quedar encima, le dio un nuevo y profundo beso en la boca que la dejó sin resuello. Niall, al notar que su entrepierna crecía por momentos, decidió levantarse, y con Gillian aún en sus brazos, se sentó en la cama y la puso sobre sus piernas boca abajo.

—¡Suéltame! —gritó horrorizada al sentir que la iba a humillar.

Pero Niall no la soltó, y con voz clara, le dijo entre dientes:

—Hoy, querida Gata, recibirás lo que tu hermano y tu abuelo debieron darte hace tiempo.

—¡No se te ocurra ponerme la mano encima, McRae!

Sin levantarle las faldas para no dañarla, le dio un azote en el trasero que la hizo chillar. Intentó zafarse de él, e incluso morderle en la pierna, pero le fue imposible. Niall la tenía pillada de tal manera que no podía hacer nada, excepto seguir recibiendo azotes.

—Esposa, si sigues chillando, todos pensarán que tu primer contacto íntimo con tu marido es de lo más placentero.

Avergonzada por aquella posibilidad, y humillada por todo lo que le estaba haciendo y diciendo, gritó:

—Suéltame, maldito patán.

Un nuevo azote cayó sobre ella.

—No me insultes, esposa, o no pararé.

Así estuvieron un buen rato, hasta que finalmente Gillian paró de insultarle y se calló.

Niall, con el corazón más dolorido que la mano, al comprobar su silencio se detuvo. Levantándose de la cama, la puso en pie, y sin soltarla, la miró. En sus ojos vio el enfado y la humillación, y en ese momento, decidió que no quería tenerla lejos y que la llevaría con él a Skye. Su hogar. Gillian era su mujer y debía asumir su nueva vida. Tras soltarla, se sacó la daga del cinto y se hizo un corte en el brazo, para horror de Gillian.

Sin demostrar dolor, Niall retiró el cobertor de la cama de un tirón y dejó caer unas gotas de sangre sobre las sábanas para que los criados, por la mañana, aventuraran que el matrimonio había sido consumado.

—Ve preparando tus cosas —dijo, mirándola—. Pasado mañana, al alba, regresaremos a mi hogar. Y sólo te diré una cosa más: si no quieres ver a los tuyos sufrir, intenta hacerles creer que eres dichosa y feliz.

Tras dar un portazo que retumbó en todo el castillo Niall se marchó. Gillian, furiosa, se masajeó el trasero. Se agachó para recoger la daga y, tras maldecir, juró preferir estar muerta antes que ser la mujer de aquel animal.

18

Aquella noche, después de salir de la habitación de Gillian como un potro desbocado, Niall buscó a Kieran y se enzarzó de nuevo con él. Todos los del castillo se dedicaron a separarlos, y al final, Niall, dispuesto a aclarar ciertas cosas con Kieran, le exigió que hablara a solas con él. Kieran aceptó, aun sabiendo que aquello significaba continuar peleando. Tras coger sus caballos ordenaron a sus hombres de confianza que no los siguieran.

Llegaron hasta un pequeño arroyo y se apearon de sus caballos. Con un ojo casi cerrado y un dolor de cabeza increíble, Kieran se volvió hacia Niall para hablar, y éste, sin mediar palabra, le lanzó un puñetazo. Esa vez Kieran no se estuvo quieto y con un bramido se lanzó contra él, y ambos rodaron por el suelo repartiéndose golpes a diestro y siniestro.

Cuando las fuerzas comenzaron a fallar, se quedaron tendidos en el suelo. Los dos, agotados, estaban heridos y les faltaba el aire.

—Eres un maldito bastardo, O'Hara. Nunca pensé que harías algo así.

Kieran, respirando con dificultad, le preguntó:

—¿Realmente crees que yo quería casarme con tu adorada Gillian?

Niall, limpiándose la sangre que le corría por el labio, bramó:

—¿Y tú crees que yo iba a permitir que se casara con ese Carmichael?

Kieran soltó una carcajada, y Niall prosiguió:

—¡Maldito seas! Tenía un plan. Sólo debías quedarte a un lado para que yo hiciera las cosas a mi manera. Pero nooooooooo.

Kieran blasfemó y levantó los brazos.

—¡Por san Fergus, Niall! —exclamó—. Si tenías un plan, ¿por qué no me dijiste nada?

Entonces fue Niall quien se carcajeó.

—¡Maldito cabezón! —continuó Kieran—. Si te hubieras dirigido a mí, yo nunca habría escuchado a Megan ni habría intentado ayudar a Gillian.

«Ya sabía yo que mi cuñada algo tendría que ver en todo esto», pensó el highlander.

—¿Sabes, Niall? Casi llegaste a convencerme de que no te importaba esa mujercita. Te vi tan atontado con esa preciosidad llamada Diane que...

—Diane no es nada para mí —le cortó Niall—. Sé que ella se había hecho ilusiones con respecto a nosotros, pero yo nunca la engañé. Hace tiempo que les dejé claro a su padre y a ella que nuestra unión nunca sería un hecho. Pero al enterarse de que venía a Dunstaffnage al bautizo del hijo de Axel, y ser ella prima de Alana, se empeñó en venir y no pude decir que no.

—Pues pensé que...

—¡Ah!, pero ¿tú piensas? —se mofó Niall, incorporándose.

—Por supuesto que pienso, no como los McRae.

Durante un rato se quedaron en silencio.

—Kieran, necesito un favor —dijo Niall, al fin.

—¡Ah, no, McRae! —contestó el otro, riendo—. ¿Acaso pretendes que ahora sea tu mujercita quien me golpee?

Ambos soltaron una carcajada y la tensión se desvaneció.

—Venga, dime, ¿qué favor necesitas?

—Como sabes, pasado mañana emprenderé el viaje de vuelta.

Parte del camino lo haré con Duncan y Lolach, y sinceramente, amigo, me vendría bien que tú no estuvieras cerca de Gillian.

—No me digas que aún piensas que quiero cortejar a tu esposa.

—No digas tonterías, Kieran —respondió de forma distendida—. Si te pido esto es porque necesito concentrarme lo máximo posible para que mi aplicada esposa me crea un ogro, y contigo cerca y tu manera de mirarme, me será imposible.

—De acuerdo. Partiré mañana a primera hora.

Niall, al ver cómo Kieran se tocaba el ojo maltrecho, suspiró, y levantándose, se acercó hasta él. Le tendió la mano y su amigo, con una sonrisa, la asió y se puso de pie.

—Gracias.

—¿Me das las gracias por darte una buena paliza? —le preguntó Niall con gesto divertido.

—Yo tampoco me he quedado quieto —indicó, señalándole la sangre de la boca.

Ambos rieron mientras se acercaban al arroyo para lavarse las heridas.

—Creo que al final os voy a evitar a ti y a tu hermano —bromeó Kieran—. Estoy comenzando a estar harto de vuestros cariñosos puñetazos.

—Te dejas embaucar por las mujeres con demasiada facilidad.

—Por las mujeres, no. Por Megan.

Al oír el nombre de su cuñada Niall se carcajeó.

—Eso te pasa por...

Kieran no le dejó terminar.

—Eso me pasa por intentar ayudar a vuestras mujeres. Lo que hice por Megan en su momento lo volvería a hacer una y mil veces. Incluso lo que he hecho por tu esposa hoy, a pesar de conocer el nefasto resultado. Te conozco, Niall. Esa mujercita tuya, a la que quieres martirizar como si fueras un ogro, te tiene tan embelesado que podrá contigo como Megan pudo con Duncan.

—Ya he puesto remedio a eso —rió Niall con amargura—. Le he dejado claro a esa malcriada que su vida conmigo no va a ser un campo de rosas.

—¡Por san Drostran, Niall! ¿Qué has hecho?

—Simplemente, la he sentado sobre mis rodillas y le he dado unos azotes para que sepa quién manda.

Un fuerte golpe en la mejilla hizo que Niall cayera hacia atrás.

—¿Has pegado a Gillian? —vociferó Kieran fuera de sí, pues si algo odiaba era a los hombres que imponiendo su fortaleza usaban la violencia.

—¡Maldito seas, O'Hara! —gruñó Niall, levantándose—. No le he pegado. Nunca haría algo tan vil. Sólo le he dado unos dulces azotes para hacerle ver que no puede seguir comportándose así. Pero bueno, ¿me crees capaz de pegar a mi mujer, o a cualquier otra?

Kieran negó con la cabeza mientras Niall se tocaba la mandíbula.

—Que san Fergus te proteja, porque estoy seguro de que esos «dulces azotes» de los que tú hablas han enfadado mucho a tu mujer.

—Muchísimo —asintió Niall recordando la escena.

En ese momento se oyó el ruido de unos caballos acercándose al galope. Eran Lolach y Duncan, quienes al ver a los otros junto al arroyo se sintieron más relajados.

—¿Todo bien por aquí? —preguntó Duncan, bajándose del caballo.

—Sí, Duncan, no te preocupes —respondió Niall.

Lolach se acercó a Kieran y, tras ver que el ojo de éste estaba cada vez más cerrado, se mofó.

—Kieran O'Hara, ¿cuándo vas a aprender a alejarte de las mujeres de los McRae?

Los cuatro prorrumpieron en grandes risotadas mientras montaban en los caballos y regresaban al castillo.

Aquella madrugada, Niall entró en la habitación donde Gillian, aún vestida, dormía. Se asombró al ver más de una docena de velas encendidas. ¿A qué se debía aquello? Pero dispuesto a no hacer ruido para no despertarla se apoyó en la pared y simplemente la miró.

19

A la mañana siguiente, nadie sabía realmente cómo estaban los recién casados tras lo ocurrido la noche anterior. Lo que pudo haber sido un motivo de felicidad para todos se había convertido en causa de preocupación. Tras la marcha de los Carmichael, Axel había respirado aliviado, pero los insultos y los gritos de su hermana desde su habitación lo habían despertado. ¿Habría sido buena idea aquel enlace? Cuando el silencio reinó de nuevo se tranquilizó.

Por la tarde, Gillian se dignó aparecer en el salón del castillo. Su abuelo y su hermano se alegraron al verla. Y ella, al percibir su preocupación, se sintió culpable, y exponiendo la mejor de sus sonrisas, intentó que creyeran que era feliz y lo consiguió. No quería que supieran el tremendo error que había cometido. Lo pagaría, pero ellos nunca lo sabrían.

Más tarde, logró engañar a Megan y al resto de las mujeres, quienes, sentadas en el exterior del castillo, la miraban con una sonrisa de picardía y algo de compasión. Sabían por Helda, la criada, que en las sábanas de aquélla estaba la prueba de su pérdida de virginidad.

—¡Oh, no te preocupes por nada, Gillian! Duele la primera vez, pero ya verás cómo, con el tiempo, ese dolor desaparece y cada vez que lo hagáis un placer inmenso os envolverá —susurró Shelma, tocándole el pelo.

—¡Por todos los santos, Shelma! —se quejó Alana—, ¿es necesario que comentes ese tipo de cosas con tanta claridad?

—Por supuesto que sí —asintió Megan—. Creo que un poco de información por parte de mujeres experimentadas como nosotras siempre es algo bueno para una mujer a la que su marido le acaba de enseñar en el lecho el arte del amor. —Al ver que Gillian la miraba y asentía, continuó—: Es necesario que sepa que, tras la dolorosa y desconcertante primera vez, luego llegarán otras muchas placenteras y maravillosas. Incluso con el tiempo será ella quien lo posea a él.

—¡Oh, Dios! ¡No quiero escuchar! —Alana se tapó las orejas y se marchó. Las otras se rieron.

Las tres amigas se levantaron y decidieron dar un paseo hasta el lago mientras hablaban de sus cosas. Gillian parecía feliz, a pesar de las tenues ojeras que tenía, pero eso era normal en una recién casada. Con seguridad no habría dormido nada.

—Bueno, Gillian, cuéntanos: ¿qué tal tu primera noche con Niall? —preguntó Megan con una sonrisa pícara, pues había suficiente confianza entre ellas como para que pudieran hablar de la experiencia sin escandalizarse.

Dispuesta a continuar con el engaño, sonrió.

—Maravillosa. Si os soy sincera, nunca me la habría imaginado así —dijo con un hilo de voz.

Realmente, Gillian no mentía. Nunca se hubiera imaginado que pasaría su noche de bodas sola, enfadada y desesperada.

—Por cierto, Kieran se ha marchado al amanecer —indicó Megan—, pero me ha dejado una nota en la que dice que la próxima vez que vaya a Eilean Donan, irá, o mejor dicho, iremos, a visitarte a Duntulm.

—No he podido darle las gracias por todo lo que ha hecho por mí —se lamentó Gillian, sonriendo.

Megan se puso una flor violeta en el pelo.

—Él sabe lo agradecida que le estás. No te preocupes.

—La que creo que no deja de lloriquear como una lela es la insulsa de Diane —dijo Shelma, cambiando de tema.

—Siento decirlo, pero no me da ninguna pena. Esa mujer nunca me ha gustado, ni me gustará —añadió Megan.

—Espero no tener problemas con ella, o le haré saber quién es la Retadora —repuso Gillian con amargura en los labios.

Todas rieron.

—¿Te asustaste mucho cuando viste a Niall desnudo? —preguntó Shelma—. Yo aún recuerdo la primera vez que vi a Lolach y ¡oh, Diosssss!

«Qué digo, qué digo», pensó.

—¡Uf!, un poco —contestó rápidamente—. Niall es tan grande que...

Aquella intimidad las hizo reír de nuevo, y Megan la abrazó.

—No te preocupes. Ya verás como lo que en un principio te ha asustado con el tiempo te encantará, y odiarás pensar que otra que no seas tú pueda poner sus manos en ello.

—Megan, ¡qué descarada eres! —le recriminó riendo Gillian al entenderla.

—Me gusta ser descarada.

Shelma, risueña, se aproximó aún más a Gillian y murmuró:

—Te aconsejamos que lo que hiciste anoche en el lecho lo lleves a la práctica en el agua. ¡Es apasionante!

Al ver que la recién casada las miraba con los ojos muy abiertos, Megan le aclaró:

—Lo entenderás cuando estés con Niall en la bañera o en algún lago y practiquéis mojados el arte del amor... ¡Oh, Dios!, sólo con pensarlo siento la necesidad de buscar a Duncan urgentemente.

Mientras Gillian las escuchaba sin entender realmente de lo que hablaban deseó decirles la verdad, pero no quería decepcionarlas. Se las veía tan felices con aquella unión que decidió seguir con la farsa. ¿Para qué preocuparlas si nada iba a cambiar?

No muy lejos de ellas, Duncan y Niall hablaban con sus hombres junto al muro del castillo. Al oír las risotadas de las mujeres se volvieron y las vieron desaparecer entre los árboles.

—¿Qué fechoría estarán tramando? —murmuró Duncan, complacido al ver a su esposa reír y levantar los brazos hacia el cielo.

—Seguro que nada bueno —musitó Niall.

Al igual que Gillian, Niall no había contado nada de lo que había pasado en la intimidad de la habitación. Se sentía confuso. Cuando pensaba que Gillian era suya, sonreía; pero cuando se acordaba de que se había casado con ella, se enojaba. No estaba feliz por las cosas tan terribles que le había dicho en la intimidad, pero tampoco se culpaba. Ella, durante años, lo había tratado peor que a un perro y se merecía que él le hiciera sentir su desprecio.

De pronto, uno de los vigías de las almenas dio la voz de alarma. Había avistado un movimiento extraño en la misma dirección que habían tomado las mujeres. De inmediato, Duncan, Niall y algunos de sus hombres comenzaron a correr hacia el lugar por donde aquéllas habían desaparecido. Cuando llegaron a los árboles, a Duncan se le puso la carne de gallina al oír gritar a Megan, pero con rapidez dieron con ellas. Encontraron a Shelma y a Megan atadas de pies y manos, y tiradas en el suelo. Niall miró a su alrededor. ¿Dónde estaba Gillian?

—Unos hombres nos han asaltado y se han llevado a Gillian —gritó Megan, mirando a su cuñado—. Han tomado el camino del lago.

Niall y sus hombres continuaron corriendo, mientras Duncan y Lolach desataban a sus mujeres.

Con el corazón latiéndole a una velocidad que Niall no recordaba, miró a su alrededor en busca de su esposa, pero no vio nada.

—¡Suéltame, maldito enano! —la oyó rugir de pronto.

El highlander sonrió. Su mujercita estaba aún bien, y su voz les había indicado hacia dónde ir. Niall ordenó a los suyos que se tiraran al suelo al ver a cinco hombres con Gillian junto al lago. Sorprendido por el absurdo secuestro, Niall clavó su mirada en aquellos tipos. Por sus ropajes sucios y rotos no debían pertenecer a ningún clan; parecían simples ladrones. Se los veía confundidos y sin organización. Niall se alegró. ¡Pan comido! No obstante, cuando vio que el que iba tras Gillian le miraba con deseo el trasero, blasfemó. Ordenó a sus hombres que los rodearan y esperó el mejor momento para atacar. Lo último que quería era que ella resultara herida.

Gillian, sorprendida por lo que estaba ocurriendo, no entendía realmente qué querían aquellos idiotas. Parecían aturdidos y faltos de experiencia, y cuando vio los caballos, sonrió. ¿Verdaderamente pretendían huir de allí con aquellos pobres y viejos animales?

El hombre mayor que la empujaba y tenía menos dientes que un anciano preguntó a sus compañeros mirando:

—¿Qué hacemos con esta fiera?

El más joven, que llevaba un carcaj a la espalda, contempló a Gillian con descaro y dijo, tras chasquear la lengua:

—A mí se me ocurren varias cosas.

«Si me tocas..., te mato», pensó Gillian, retándole con la mirada; estaba segura de que si tuviera su espada aquél no le duraba ni un asalto.

Un pelirrojo, de mediana edad, murmuró:

—El trato es matarla. Debemos meterla en el lago con las manos atadas, y cuando se ahogue, le quitaremos la soga para que parezca un accidente.

Gillian, atónita pero sin demostrarles ni un ápice de miedo, gritó tras darle una patada en la pierna al desdentado:

—Cuando mi esposo se entere de que...

—¡¿Tu esposo?! —gritó también el joven, acercándose a ella—. Tranquila, pequeña, te echará de menos un par de días en el lecho, pero estoy seguro de que rápidamente tendrá quien se lo vuelva a calentar.

Una extraña rabia se apoderó de Gillian, que, con todas sus fuerzas, le lanzó al hombre una gran patada, aunque éste la evitó. Agarrándola por la cintura, aquel extraño intentó besarla, pero la soltó al recibir un mordisco.

—¡Perra! —gritó, dándole un bofetón.

—¡Hijo de Satanás! ¡Me las pagarás! —exclamó asqueada, escupiéndole a la cara.

—¡Basta ya, Eddie! —gritó el viejo—. No nos han pagado para eso. Hagamos nuestro trabajo y salgamos de aquí cuanto antes.

Y entonces, llevaron a Gillian hasta la orilla del lago y el viejo se metió en él. Por su parte, el que la había abofeteado la empujó, y ella cayó al agua.

—¿Por qué hacéis esto? —preguntó Gillian, intentando liberarse de las cuerdas que le sujetaban las manos a la espalda. Era imposible.

El viejo no contestó y la arrastró hacia el centro del lago.

—Mi hermano y mi marido os buscarán y os matarán. Ellos nunca creerán que me ahogué.

—¿Y quién les va a decir que hemos sido nosotros? —rió el hombre—. Milady, cada uno se gana la vida como puede y nuestro trabajo es éste. A nosotros nos da igual quién muera después de haber cobrado nuestro dinero.

Gillian fue a responder, pero se le llenó la boca de agua. Aunque se puso de puntillas, segundos después ésta le cubrió la nariz. El hombre, sin un ápice de piedad, la soltó, y Gillian gimió al sentir que estaba sola en medio de aquella gran masa de agua. Asustada, comenzó a dar saltos para sacar la cabeza y tomar aire. En uno de aquellos saltos, vio durante una fracción de segundo a uno de los barbudos de su marido blandir la espada contra uno de los asaltantes.

«Sí..., sí..., ya están aquí», pensó, aliviada.

Pero al notar que sus pulmones flojeaban y que sus saltos cada vez eran menos vigorosos, se desconcentró, perdió el equilibrio y cayó hacia atrás. La falda se le enredó entre las piernas, el mundo se le oscureció y no tuvo fuerzas para tomar impulso y salir. Histérica a causa de la asfixia y la oscuridad, cuando creía que iba a morir, sintió que unas manos grandes la cogían con fuerza y la sacaban al exterior.

Boqueando como un pez, Gillian apenas podía pensar, ni ver, ni mirar. Sólo tosía e intentaba llenar sus pulmones de aire. ¡Necesitaba aire!

—Tranquila, Gillian; respira.

Aquélla era la voz de Niall. ¡La había encontrado! Y mirándole a través de su enmarañado pelo, intentó hacer lo que él decía. Él, al sentir que temblaba, la asió con delicadeza por la cintura, y agradeció que los temblores de ella no le dejaran notar los de él.

Al lanzarse al agua y ver que Gillian no emergía, había pensado lo peor. El lago era oscuro y fangoso, y se le había helado la sangre al creer que no llegaría a tiempo de rescatarla. Por eso, en ese momento, mientras caminaba con ella en sus brazos, respiró, aliviado.

Una vez que llegó a la orilla y la sentó en la tierra seca, le levantó el mentón, le retiró con cuidado el pelo enmarañado de la cara y la miró. No había vuelto a hablar con ella desde que había salido de la habitación enfadado la noche anterior, y al tenerla allí ante él como un pollito empapado, sonrió.

—No le veo la gracia, McRae —balbuceó ella mientras miraba aquella cara llena de magulladuras. Sin necesidad de preguntar imaginó que Kieran estaría peor.

—¿Habías visto alguna vez a esos hombres?

Gillian, volviéndose hacia su derecha, se encontró con las miradas ceñudas de los barbudos guerreros de su marido, y tras desviar la vista y observar a los hombres que yacían muertos en el suelo, negó con la cabeza.

—No, nunca los había visto.

En ese momento, Megan y Shelma se acercaron.

—Gillian, ¿estás bien? —preguntó Megan. Y clavando la mirada en su marido, gruñó—: ¡Maldita sea, Duncan! No volveré a salir sin llevar mi espada encima.

—¡Ohhhhhh, por supuesto que no! —exclamó Shelma, mirando a su vez a su esposo.

—Tranquilas —masculló Niall—. Está bien.

Duncan, mientras las mujeres comenzaban a hablar sobre lo ocurrido, se aproximó a su hermano.

—¿Quiénes eran esos hombres? —preguntó.

Niall con una mueca le indicó no saber nada y blasfemó al ver que sus hombres los habían matado antes de sacarles información.

—Tomad esta manta, milady —dijo Ewen, tendiéndosela—. Os hará entrar en calor.

—Gracias, Ewen. —Y en dirección a sus amigas, murmuró—: Dijeron que alguien les había pagado para verme muerta.

Los highlanders se intercambiaron miradas.

—Sinceramente, esposa, algo me hace suponer que muchos pagarían por ello, y quizá incluso yo no tarde mucho —bromeó Niall al ver el gesto de rabia de Gillian.

—¡Niall! —se quejó Megan, pero una dura mirada de su marido la hizo callar.

—¡Oh, Dios! —bramó la mujer, levantándose para ir hacia él—. Eres un maldito zopenco. Un patán. Te aseguro, McRae, que yo sí que pagaría para que tú desaparecieras.

Entonces, todos la observaron con gesto grave. ¿Cómo podía decir aquello estando recién casada? Al darse cuenta de lo que había dicho, cerró los ojos y maldijo en silencio. Niall la cogió del brazo y, tras darle un tirón para acercarla a él, le siseó al oído:

—Recuerda, mujercita mía, no me enfades y no tendré que azotarte.

—¡Ja! Atrévete —exclamó, levantando el mentón.

Incrédulo por su reacción, y enfadado por cómo sus guerreros lo miraban, Niall le exigió sin apenas mover los labios:

—Bésame y discúlpate.

—¡¿Qué?!

—Bésame. Todos nos miran.

Resoplando, se puso de puntillas, le echó los brazos al cuello y, clavándole puñales con los ojos, le dijo:

—Tesorito, disculpa lo que he dicho. Estoy nerviosa y...

Él la agarró por la cintura, la alzó y, atrapando aquellos labios que tanto deseaba besar, se los devoró. Segundos después, oyó a sus hombres aplaudir. Abrió un ojo y vio a su cuñada Megan sonriendo. Pero también se percató de que uno de los ladrones se levantaba y, antes de desplomarse muerto, lanzaba una daga hacia ellos. Sin pensar en él, giró a su mujer para evitar que le alcanzara, pero con el movimiento, la estampó contra un árbol.

—¡Maldita sea! —gruñó ella—. Pretendes abrirme la cabeza, ¡so bestia!

Él no contestó, pero la soltó. Gillian, entonces, vio la daga clavada en el hombro de su esposo y gritó, asustada:

—¡Ay, Niall!, ¡ay, Dios! ¡Te han herido!

—No me llames tesorito —respondió él, dolorido.

Megan le atendió con rapidez y le hizo una primera cura después de sacarle la daga con delicadeza. Niall apenas cambió su gesto mientras la mujer le curaba, y Gillian, horrorizada, escuchaba a los hombres de su marido relatar cómo él la había protegido con su cuerpo, de modo que se sintió fatal.

Una vez que comprobaron que todos los apresores estaban muertos, los subieron a un par de caballos y regresaron al castillo, donde Axel se indignó al saber lo que había ocurrido en sus tierras. Duncan, preocupado por su hermano, le obligó, pese a las continuas negativas, a subir a la habitación para que su mujer pudiera terminar la cura. Allí, Megan y Shelma, bajo la atenta mirada de Gillian, le curaron y le cosieron la herida. Cuando acabaron se marcharon, dejándolos solos en la habitación.

Niall se encontraba desnudo de cintura para arriba, a excepción del vendaje que le cubría parte del hombro. Estaba sentado en el borde de la cama, con la espalda muy recta, mientras Gillian, apoyada en la ventana, se recreaba admirando la esplendorosa espalda de su marido. Sus hombros anchos, fuertes y morenos brillaban a la luz de las velas, y su musculosa espalda, plagada de cicatrices, le conmovió. Con deleite, bajó la vista hasta donde los pantalones comenzaban y suspiró al notar la sensualidad que aquel cuerpo transmitía.

—¿Quieres un poco de agua? —preguntó, cautelosa.

—No.

Intentando entablar conversación con él, volvió a preguntar:

—¿Te encuentras bien?

—Sí.

Al ver lo difícil que Niall se lo ponía, volvió a atacar:

—¿Te duele el hombro?

—Esto para mí no es dolor.

Escuchar el dulce tono de la voz de Gillian lo destrozaba. Deseaba salir de aquella habitación, pero si lo hacía, su propio hermano o el de ella se le echarían encima, y no estaba de humor para discutir con nadie.

Con la respiración entrecortada por lo que sentía al tenerlo medio desnudo ante ella, tras un breve silencio dijo con voz aterciopelada:

—Gracias por no haber permitido que la daga se clavara en mí. Sé que...

—Tú no sabes nada, Gillian. Cállate.

Pero pocos segundos después ella percibió un encogimiento del cuerpo de su marido.

—Niall, si te duele, a mí me lo puedes decir —murmuró.

Primero, la miró con curiosidad, y luego quiso decir algo, pero no pudo. Ella era tan bonita, tan preciosa, que lo que menos quería hacer con ella era hablar. Al sentir su mirada, Gillian se movió, se puso delante de él y se agachó sin rozarle.

—Niall, déjame darte las gracias por no haber permitido que me ahogara en el lago y por impedir que la daga me alcanzara. —Al comprobar que él no respondía y deseosa de verlo sonreír, cuchicheó—: ¿Eres consciente de que hoy te podrías haber librado de mí?

Mirándola a los ojos fue consciente, sin embargo, de otra cosa: lo que más deseaba en aquel momento era hacerle el amor. Pero aquello era querer un imposible y, sonriendo por lo que ella había dicho, murmuró:

—Debería haberlo recordado. Creo que la próxima vez lo tendré en cuenta.

Olvidando sus fricciones, ella le devolvió la sonrisa y él, hechizado por su preciosa mujer, dijo para acabar con aquella tortura:

—Descansa, Gillian. Mañana al amanecer partimos para Skye, y el viaje es largo. —Al ver que lo miraba asustada, añadió cerrando los ojos—: No te preocupes, duerme tranquila. No voy a propasarme.

Una mezcla de alivio y decepción inundó el interior de la joven, quien, incorporándose, se dirigió al hogar y encendió un par de velas más.

—Por el amor de Dios, Gillian, deja de iluminar la estancia o no podremos dormir.

Ella se detuvo y, mirando con resignación las velas aún apagadas, murmuró:

—Es que yo no puedo dormir a oscuras.

—¡¿Cómo?!

—No..., no me gusta la oscuridad.

—¿Te asusta?

Sin importarle qué pudiera pensar él, respondió con sinceridad:

—Sí, Niall. Nunca me ha gustado la oscuridad.

Sorprendido por aquella revelación, dio unos golpes en la cama con la mano y en un tono más afable le indicó:

—Acuéstate. Yo estoy aquí, y nada tienes que temer.

Con las pulsaciones a mil, deseó salir corriendo de allí, e incapaz de hacerle caso, buscó una excusa.

—Niall, yo me muevo mucho en la cama y no quiero hacerte daño en el hombro. Lo mejor será que yo duerma en la silla. —Y sentándose en ella, dijo—: Es muy cómoda.

—Ni lo pienses, mujer. —Se levantó, tiró de ella y la obligó a tumbarse a su lado—. Dormirás en la cama conmigo, y no se hable más.

Al ver que ella lo miraba con la cabeza apoyada encima de la almohada, no pudo evitarlo y rozándole con su callosa mano el óvalo de la cara le susurró, poniéndole la carne de gallina:

—Duerme, Gillian. Confía en mí.

Una vez que dijo aquello, Niall con todo el dolor de su corazón se volvió hacia la puerta, y Gillian intentó dormir, aunque no lo consiguió.

20

Gillian cabalgaba sobre *Thor* más callada de lo normal, mientras observaba en la lejanía cómo uno de aquellos highlanders barbudo trataba con mimo a *Hada*. Todavía cuando cerraba los ojos oía el sonido regular de la respiración de Niall en su cama. Eso la hizo suspirar. Aquella noche había sido la primera que había compartido lecho con un hombre. Con su marido. Con Niall. Durante años había imaginado ese momento lleno de ternura y pasión, y no como lo que fue: una noche llena de sentimientos contradictorios y soledad.

Megan y Shelma, que cabalgaban junto a ella, intentaron entablar conversación, pero rápidamente comprobaron que no estaba muy habladora. ¿Qué le pasaba a Gillian? Tras cuchichear entre ellas llegaron a la conclusión de que la tristeza por alejarse de su hogar y su familia era lo que la mantenía tan abstraída.

Para Gillian, haberse despedido de su hermano Axel, de su abuelo Magnus y de todas las personas que en el castillo habían convivido con ella desde que nació había sido lo más duro que había tenido que hacer en su vida. Y como no quiso dejarlos tristes, hizo caso del consejo de Niall, y con una fantástica sonrisa de felicidad, se despidió de ellos, prometiendo volver pronto a visitarlos.

Durante las largas horas de cabalgada se fijó con curiosidad en los hombres de su marido. Todos iban sucios y eran espeluznantes, groseros y sin ninguna clase. Nada que ver con los guerreros de Duncan o Lolach. Tiempo atrás había oído que la mayoría de ellos eran asesinos, pero cuando Cris le dijo que aquello no era verdad quiso creerla. Sin embargo, al sentir sus miradas y cómo le sonreían con sus toscos modales, lo comenzó a dudar.

Llegada la tarde, los lairds ordenaron parar. Todos estaban hambrientos. Con rapidez, varios hombres, tras encender una fogata, comenzaron a cocinar. En todo aquel tiempo, Niall no la había mirado ni una sola vez, ni había hablado con ella, y cuando Gillian vio que se bajaba de su imponente caballo e iba hacia la carreta de Diane, blasfemó. Entonces, ambos se dirigieron juntos hacia el bosque y quiso degollarlos.

«¡Malditos..., malditos sean!», pensó, furiosa.

Indignada por aquella humillación ante todos, clavó sus talones en *Thor*, pero al sacar la espada el bueno de Ewen atrapó las riendas del caballo y la detuvo.

—No es buena idea, milady.

Tan ofuscada estaba que no respondió y, finalmente, dejó que el hombre la guiara hasta donde estaban los caballos de su nuevo clan. El clan de Niall.

Malhumorada por aquel desplante, descabalgó de un salto del caballo y, de pronto, se encontró en medio de todos aquellos barbudos malolientes. Sin querer asustarse por la pinta que tenían, levantó el mentón y comenzó a caminar; pero una rama traicionera le hizo dar un traspié; y si no hubiera sido porque Ewen la sujetó, habría acabado en el suelo. Como era lógico, los hombres prorrumpieron en carcajadas.

—¡Que te estampas, mujer! —gritó uno.

—Un poco más y besas el suelo, rubita —se carcajeó otro.

Ewen, al ver cómo ella resoplaba, la miró y le indicó:

—No son malas personas, señora, pero no saben cómo trataros. Dadles tiempo y os aseguro que terminaréis sintiéndoos orgullosa de ellos.

Gillian se alisó la falda, dispuesta a darles el voto de confianza que Ewen le pedía.

—Como sabéis, me he casado con vuestro laird y me debéis un respeto. Mi nombre es Gillian. No rubita, ni mujer, ni nada por el estilo. Por lo tanto, os ruego, caballeros, que me llaméis milady.

—¡Oh, cuánta delicadeza! —rió uno de ellos, y los otros lo imitaron.

Gillian, mirándolos, se convenció de que aquellos brutos sólo entenderían las cosas si los trataba con brutalidad, así que decidió cambiar el tono:

—Al próximo al que le oiga llamarme rubita, muchacha o cualquiera de los calificativos que estáis acostumbrados a usar cuando veis a una mujer, os juro por mis padres que se las tendrá que ver conmigo.

Sorprendidos por la osadía de aquella pequeña mujer de pelo claro, se miraron y prorrumpieron en carcajadas. Gillian, volviendo sobre sus pasos, llegó hasta el caballo, cogió la espada y la alzó ante todos.

—¿Quién quiere ser el primero en medir su gallardía conmigo? —preguntó.

Ewen, acercándose a ella, dijo:

—Milady, creo que no deberíais...

Gillian lo miró y, tras pedirle silencio, se volvió de nuevo hacia aquellos barbudos.

—Acaso creéis que me dais miedo porque yo soy una mujer, o pretendéis que me sienta inferior porque soy más pequeña y delicada que vosotros.

—No, guapa; sólo pretendemos que no te hagas daño —voceó un hombre de incipiente barba rubia.

Gillian le clavó sus fríos y azules ojos y se acercó a él.

—Dime tu nombre.

Incómodo por cómo todos lo miraban, respondió:

—Donald Howard.

Gillian, al observar la corpulencia del hombre, bajó la espada, y le tendió la mano.

—Encantada de conocerte, Donald. —Y asiéndose la falda, hizo una pequeña genuflexión.

El highlander, desconcertado, miró a sus compañeros, que se encogieron de hombros. Al ver que ella seguía con la mano tendida hacia él, miró a Ewen, y éste, con un gesto rápido, le indicó que le besara la mano.

—Lo mismo digo, gua..., digo, milady —respondió, besándosela, mientras hacía el mismo movimiento con la pierna que ella.

Divertida, Gillian comprendió que aquel salvaje no sabía lo que tenía que hacer.

—No debes agacharte como yo. Cuando un hombre saluda a una dama con educación, tras besarle la mano, sólo tiene que inclinar la cabeza.

Donald seguía perplejo.

—Ewen, ¿podrías indicarles a estos caballeros cómo se saluda a una mujer? —pidió Gillian.

El aludido se acercó a ella hasta quedar enfrente, y al ver su gesto pícaro, sonrió. A pesar de que habían pasado seis años desde la última vez que la había visto, aquella joven seguía siendo una criatura encantadora.

—¿Cómo os llamáis? —preguntó ella amablemente.

—Pero ¡mujer! Si lo acabas de llamar por su nombre —gritó uno al escucharla.

—Quizá se ha dado un mal golpe en la cabeza y ha perdido la memoria —se mofó otro.

—O bebió demasiada agua del lago —gritó un pelirrojo, que consiguió que todos soltaran una nueva carcajada.

Gillian maldijo lo catetos que eran.

—Ya sé, maldita panda de salvajes, que Ewen se llama Ewen —gritó—. Sólo quería demostraros cómo se hace, malditos estúpidos.

Rieron de nuevo, pero Gillian no se rindió.

—¿Cómo os llamáis, caballero? —volvió a preguntar a Ewen.

—¿¡Caballero!? Pero si Ewen es un maldito highlander; ¡qué dice esta mujer de caballero! —gritó una voz al lado de Gillian.

Con una rapidez espectacular, Gillian se revolvió y, dejándolos a todos boquiabiertos, pasó su acero a tan escasos centímetros de la cara del que había hablado, que le arrancó un buen trozo de barba.

—Si alguno más vuelve a interrumpirme —tronó—, os juro que lo próximo que haréis será cavar su tumba, ¿entendido?

Todos se quedaron mudos, incluso parecía que no respiraban, y Gillian, tras pasar su mirada por encima de ellos, se volvió a un jovial Ewen y preguntó de nuevo:

—¿Cómo os llamáis, caballero?

—Ewen McDermont.

—Encantada de conoceros.

Gillian flexionó las rodillas, inclinó con gracia la cabeza y levantó su mano, y Ewen, cogiéndosela con suavidad, inclinó también la cabeza y le dio un delicado beso en los nudillos.

—El honor es mío, milady —dijo.

Una vez que acabaron la representación, Gillian se volvió hacia los hombres y les gritó:

—A partir de este momento no pretendo que me beséis la mano cada vez que me veáis, pero sí quiero que aprendáis por lo menos a tratarme, porque no voy a consentir que ninguno me vuelva a llamar por otro nombre que no sea el que me corresponde, ¿lo habéis entendido?

Todos la miraron, pero ninguno respondió. De pronto, Gillian se percató de que uno de aquellos salvajes se daba la vuelta para marcharse sin más. Rápidamente se sacó la daga de la bota y la lanzó con destreza; el arma pasó rozando la oreja del hombre y se clavó en un árbol. Sorprendido, se paró y, tras tocarse la oreja y ver sangre, se volvió para encontrarse con las caras de confusión de los otros y el gesto de enfado de Gillian.

—He dicho, malditos necios, que si me habéis entendido —gritó fuera de sus casillas.

Absolutamente todos asintieron con la cabeza. Instantes después, los hombres desaparecieron de su alrededor, excepto Ewen.

—Milady, creo que los habéis asustado —le dijo con gesto divertido.

Ella caminó hasta el árbol, sacó de un tirón la daga y, volviéndose hacia el highlander que con una sonrisa la miraba, le susurró:

—Sujétame, Ewen, que me tiemblan hasta los dientes.

Complacido, la tomó del brazo y la acompañó hasta el caballo a fin de coger una manta para que entrara en calor. Después de dialogar un rato con ella, se marchó, y Gillian se sentó bajo un enorme árbol, alejada de los demás. Cansada por todo lo acontecido, y por la noche en vela que había pasado, se acurrucó junto al tronco, y cuando parecía que su cuerpo comenzaba a relajarse, una voz la sobresaltó:

—¿Qué les has hecho a mis hombres?

Abrió los ojos de golpe y se encontró a Niall con cara de pocos amigos, de pie, frente a ella.

—¡¿Cómo?!

—No pongas esa cara de inocencia, Gillian, que nos conocemos.

Gillian le miró con la boca abierta mientras se levantaba del suelo.

—Arnald, uno de mis hombres, ha venido a verme muy enfadado —voceó—. Le has cortado parte de su barba, y se siente mal por ello, y a Jacob casi le arrancas una oreja.

—Pero serán asnos, quejicas y enclenques... —soltó, incrédula—. Yo no les he hecho nada; se lo han hecho ellos solitos a consecuencia de su comportamiento.

Durante gran parte del camino, Niall había pensado en cómo favorecer el entendimiento entre ella y sus hombres. Sabía que Gillian tenía carácter, pero nunca podía haberse imaginado que ella sola sería capaz de enfrentarse a todos ellos.

—Esos cavernícolas que tienes como guerreros, además de sucios, malolientes y maleducados, ¡oh, Dios!, escupen en cualquier sitio ¡qué asco! Y además, no han parado de mirarme con gestos lascivos desde que salimos de Dunstaffnage. Y te digo una cosa, McRae: que se alegren si sólo le he cortado a uno la barba y a otro le he arañado la oreja, porque como sigan así, sus vidas conmigo serán mucho peor. —Pasmado ante lo que oía, Niall no podía ni hablar. Lo tenía completamente hechizado—. No pienso permitir que esos..., esos... ordinarios, toscos y agrestes hombres me llamen rubita o guapa como si fuera una mesonera cualquiera. Pero bueno, ¿qué clase de educación tienen? ¿De dónde has sacado a ese grupo de estúpidos? ¿Acaso no les has dicho que ahora soy su señora y me deben un respeto? —Al ver que él sonreía, más enfadada, gritó—: Si algo tengo claro es que no voy a permitir que esos mostrencos barbudos me avergüencen ante nadie. ¡Me has oído, McRae! —Él asintió—. El día de nuestra boda, además de humillarme y ponerme este..., este absurdo trozo de cuero marrón en el dedo —dijo, enseñándoselo—, me dejaste muy claro que yo sólo sería la dueña de tu hogar, y me guste o no tendré que vivir con ellos, y pienso enseñarles modales.

Mientras Gillian continuaba despotricando, moviéndose de un lado para otro, Niall sólo podía admirar, contemplar y disfrutar de su esposa. Aquella pequeña y menuda mujer se había enfrentado a más de un centenar de hombres con caras de asesinos sin dudarlo y sin un ápice de miedo. Eso le gustaba. Prefería que ella fuera así a una blandengue como Diane. Satisfecho, miró el dedo de Gillian y comprobó que el trozo de cuero marrón seguía anudado. Eso le hizo sonreír. Sabía que los modales de sus guerreros eran pésimos, aunque nunca le había importado hasta ese momento. Pondría remedio aquella noche. Hablaría con ellos y les dejaría un par de cosas claras. Gillian era su esposa y, efectivamente, la señora de todos. Debía replantearse lo que ella le exigía, o los volvería tan locos que al final era de temer que se tomaran la ley por su cuenta. Una vez decidido, centró de nuevo la atención en Gillian.

—Esos mentecatos, simples e insulsos guerreros tuyos apren...

—Si vuelves a insultar una sola vez más a alguno de mis hombres —la cortó Niall con voz tajante—, seré yo quien te enseñe modales a ti y te azotaré delante de ellos, ¿lo has entendido?

Aunque abrió la boca para contestar, pestañeó, incrédula, por lo que él estaba dispuesto a hacerle. Resopló, y de una manera que hizo que el corazón de Niall se desbocara, se marchó a grandes zancadas. Siguiéndola con la mirada, la oyó maldecir y, con una sonrisa en la boca, murmuró:

—Menos mal que te has alejado, Gata; si no, hubiera acabado rendido a tus pies.

21

Dos días después, entre lluvia y fango, la comitiva continuaba su camino. Durante ese tiempo, Niall y Gillian intentaron mantener su falsa felicidad ante los demás, a pesar de los continuos tonteos de Diane. En varias ocasiones, Gillian deseó cogerla de su bonita cabellera y arrancarle los pelos uno a uno. Pero sabía que eso le causaría más mal que bien, y por ello se contuvo.

Todos se percataban de la situación tan incómoda que la boba de Diane ocasionaba entre los recién casados, pero callaban. Megan y Shelma, en la intimidad, habían comentado entre cuchicheos que si eso les ocurría alguna vez a ellas directamente rajarían en canal a la intrusa. Cris observaba como todos y no decía nada. Pensaba igual que las otras, y comprobó que Gillian apenas podía contenerse. Sólo había que ver con qué cara miraba a su hermana y resoplaba alejándose cuando ésta aparecía.

Durante el día, los recién casados intentaban cruzar sus caminos lo menos posible, aunque cuando lo hacían sonreían como tontos, e incluso, en ocasiones, se besaban ante todos. Eran besos que Niall exigía y que Gillian, a pesar de refunfuñar, disfrutaba. Cuando cenaban todos juntos, bromeaban y reían, pero por debajo de la mesa se propinaban continuas patadas.

Por las noches, cuando llegaba el momento de descansar y se metían en la tienda, Niall y Gillian se hacían la vida imposible, hasta que él salía a dormir al raso junto a sus hombres, o bien ella cogía su manta y se enrollaba con ella en un lateral de la tienda, lejos del jergón, la comodidad y la cercanía de su marido.

Durante aquellos días, los hombres de Niall, tras la charla que éste había tenido con ellos, intentaron acercarse lo menos posible a la mujer de su laird. Y ocurrió algo que la sorprendió: en un par de ocasiones aquellos toscos guerreros, al dirigirse a ella, la habían llamado milady. Eso la hizo sonreír.

Una de las noches, después de acampar y cenar todos juntos, Duncan y Megan decidieron dar un paseo por los alrededores, necesitaban un poco de intimidad. Gillian, ayudada por el joven Zac, llevó a las pequeñas Johanna y Amanda a la tienda para acostarlas, mientras Niall observaba a su mujer reír y besuquear a las niñas.

«Lo que daría yo porque me besuqueara así», pensó, mirándola con recelo. Pero levantándose de donde estaba, decidió ir con sus hombres. El trato con ellos le refrescaría la cabeza y calmaría la entrepierna, que estaba cada día más acalorada.

Después de besar a las pequeñas, Zac se marchó. Había visto salir a la guapa Diane de su carromato y corrió para hacerle compañía. Su juventud hacía que la siguiera como un cordero a todos lados.

—Tía Gillian, ¿es cierto que la tía Shelma una vez le dio un puñetazo al tío Lolach en la nariz?

Al recordar aquel momento, Gillian sonrió.

—Totalmente cierto. Pero no se lo recordéis a Lolach; estoy segura de que aún le duele.

Las niñas se carcajearon. Entonces, la pequeña Amanda preguntó:

—¿Y también es cierto que mamá, la tía Shelma y tú os escapasteis del tío Niall una noche y, al final, os encontró?

Sorprendida por las preguntas que las niñas le hacían, las miró y dijo:

—Pero ¿quién os cuenta esas cosas?

—Mamá —confesó Johanna—. Por las noches, cuando nos lleva a la cama, nos cuenta historias divertidas para que nos riamos.

—Desde luego vuestra madre... —murmuró Gillian. Pero al ver la cara de las niñas asintió, y dijo—: Sí..., es cierto. Una vez nos escapamos de vuestro tío Niall, pero no debimos hacerlo porque casi nos cuesta la vida. Y a propósito, si no queréis que se enfade, no se lo recordéis, ¿vale?

Las pequeñas asintieron, y Johanna cuchicheó:

—Cuéntanos tú algo. Hoy no está mamá y queremos nuestra historia.

—¿Y qué os cuento yo?

—A mí me gustaría que nos contaras cómo te sentiste la primera vez que viste al tío Niall. ¡Es tan guapo...!

—¡Ufff, cariño!, de eso hace mucho, y yo era muy pequeña —suspiró sin querer recordar aquellos tiempos.

Amanda, haciendo grandes esfuerzos por no dormirse, preguntó:

—¿Tenías ya una espada como la mía?

Divertida, Gillian sonrió, y tras besarla y pasarle la mano por los ojos para que los cerrara, le susurró:

—No, cariño, yo no tuve una espada tan maravillosa como la tuya hasta que no fui mayor, y me la regaló Mauled, uno de los abuelos de vuestra mamá. Ahora duerme.

La niña, acurrucándose junto a su amada espada, se quedó dormida con rapidez. Johanna se resistió un poco más, pero Gillian, cantándole una canción que hablaba de bellas princesas y apuestos príncipes, consiguió que cerrara los ojos y que por fin se durmiera.

Una vez que comprobó que las pequeñas se habían quedado

dormidas, salió de la tienda y, sumida en sus pensamientos, se encaminó hacia la suya, aunque antes pasó a visitar a sus caballos. La herida de la pata de *Hada* parecía haber mejorado y eso la hizo muy feliz.

—Buenas noches, milady.

Levantó la cabeza y se sorprendió al ver que quien la había saludado era el barbudo que días atrás le había servido de conejillo de Indias ante el resto de los hombres.

—Hola, Donald, buenas noches. ¿Estás de guardia?

Boquiabierto porque recordara su nombre, se paró y la miró.

—Sí, señora, esta noche me toca a mí. Podéis dormir tranquila.

Sorprendida por aquellas formas tan correctas sonrió, pero al verlo escupir arrugó la cara.

—¡Oh, Dios!, Donald, ¿cómo puedes hacer algo tan desagradable? —le dijo.

—¿El qué, milady?

—Pero a vosotros qué os pasa. ¿Dónde os han criado?

El highlander no sabía qué responder.

—Eso que acabas de hacer, el escupir, es algo feo, irritante y sucio, y a las mujeres nos da mucho asco.

—Yo no tengo mujer; no debo preocuparme.

«¡Oh, Dios!, es para darle con un tronco en la cabeza», pensó Gillian.

—Pero seguro que tienes alguna enamorada, ¿verdad?

—No, milady. Las mujeres no suelen mirarme, y si acaso me miran, es para huir.

Sin que pudiera evitarlo, ella asintió.

—¿Lo ves, Donald? ¿Cómo vas a pretender que una mujer te mire con agrado si haces esas guarrerías? Y si huyen de ti es por la pinta de oso apestoso que llevas.

—No intento gustar a las mujeres. Soy un guerrero.

Gillian puso los ojos en blanco y suspiró.

—Vamos a ver, Donald, una cosa no quita la otra. Se puede ser un fiero guerrero y gustar a las mujeres.

Encogiéndose de hombros, él respondió:

—Milady, yo sólo quiero ser buen guerrero. El resto, no me importa.

—¿No te gustaría formar tu propia familia?

El hombre bajó la mirada y no contestó.

—¿De dónde eres? —continuó ella.

—Antes vivía en Wick.

—¿Y no tienes familia allí? Padres, hermanos...

—Tenía..., tenía mujer e hijo, pero murieron. —Aquella revelación tocó el corazón de Gillian—. Por eso me marché a luchar con vuestro marido a Irlanda, y ahora mi hogar es Duntulm. No quiero regresar a Wick; creo que los recuerdos me matarían.

Conmovida, Gillian se acercó más al hombre.

—Siento lo de tu familia —susurró—. Lo siento muchísimo, Donald. Yo no sabía...

—No se preocupe, milady; eso ocurrió hace tiempo.

Se quedaron un momento en silencio.

—¿Cuántos años tienes? —preguntó Gillian, al fin.

—Veintiocho.

Lo miró, incrédula y se llevó las manos a la cabeza.

—¡Por san Ninian!, sólo eres dos años mayor que yo y pareces mi abuelo.

Al ver el gesto del hombre se apresuró a decir:

—¡Oh, discúlpame, Donald! Soy una bocazas en ocasiones, y ésta ha sido una de ellas.

—No, no sois una bocazas, milady.

—Sí, Donald, sí lo soy. Pero a pesar de ser una bocazas, tengo que decirte que esas barbas, esos pelos enmarañados y tus toscos modales te hacen parecer mayor.

—Es lo que siempre he intentado —dijo el hombre con orgullo.

—Pero vamos a ver, Donald, ¿por qué todos os empeñáis en dejaros esas barbas y esos pelos? Parecéis un ejército de salvajes.

Eso hizo reír al hombre, que mirándola dijo:

—Milady, tras años de lucha, todos nosotros hemos sido heridos en batalla. Yo, particularmente, tengo una cicatriz que me cruza el cuello, y la barba la oculta, y como yo, hay muchos.

—Entonces, ¿me estás diciendo que dejándoos esas barbas y esos pelos ocultáis lo que vuestros años de lucha hicieron en vuestros rostros y cuerpo?

—Sí, milady. No es agradable que cuando uno va a un pueblo, la gente, en especial las mujeres, miren las cicatrices con asco.

«Por Dios, ¿dónde hay un tronco que se lo estampo?», se le ocurrió.

—¡Por todos los santos, Donald!, ¿no habéis pensado que quizá os miran así por la pinta que lleváis? Pero si parece que no os habéis metido en un lago desde el día en que vuestra madre os parió...

Eso le hizo sonreír. Tenía razón. No eran muy amigos del agua y el jabón.

Consciente de que era como hablar con un trozo de sebo, Gillian decidió darle las buenas noches y no insistir más. Por ello, tras besar a *Hada* y a *Thor*, se volvió hacia el guerrero y se despidió.

—Buenas noches, Donald, que tengas buena guardia.

Sólo había dado dos pasos cuando el hombre la llamó...

—Milady, ¿podría consultaros algo?

Asombrada, se volvió y lo miró.

—Tú dirás.

El hombre, tras tragar con dificultad, miró al suelo y murmuró:

—El caso, milady, es que hay una joven que sirve en el castillo de los McLeod llamada Rosemary a la que me gustaría cortejar, pero ella ni siquiera sabe que existo.

«¡Oh!, el trozo de sebo se ha deshecho», pensó con emoción Gillian, y boquiabierta por aquella confidencia se acercó a él.

—Normal, Donald. Te lo acabo de decir. Las mujeres nos fijamos mucho en esas cosas, y esas barbas, más la pinta de salvaje que llevas, no nos gustan nada. A las mujeres nos atraen los hombres limpios, educados y aseados.

—¿En serio? —preguntó, sorprendido.

—Totalmente en serio, Donald.

Viendo que él se quedaba pensativo, ella sonrió y le dijo:

—Haz una prueba, Donald. Rasúrate la barba para que ella vea tu cara; aséate y arréglate un poco ese pelo —dijo, señalándolo—. Si haces eso, quizá, y sólo digo quizá, ella se fije en ti. Tal vez te sorprendas al comprobar que, si le gustas, en lo que menos reparará será en la cicatriz de tu cuello.

Donald resopló. Aquello suponía demasiado trabajo.

—¿Rosemary es bonita? —insistió Gillian.

Fue mencionar aquel nombre de mujer y Donald se transformó, mostrándole que poseía una bonita sonrisa.

—¡Oh, sí!, milady. Es preciosa, y tiene una encantadora risita.

Satisfecha al ver que Donald sabía sonreír, le dio un par de palmadas en el hombro. Entonces, Gillian se alejó, pero antes le advirtió:

—Yo ya te he indicado el camino. Ahora eres tú el que ha de decidir si quiere que la preciosa risita de Rosemary sea sólo para ti. Buenas noches, Donald.

—Buenas noches, milady.

La conversación con Donald la había puesto de buen humor y se dirigió contenta hacia su tienda. Al entrar, la encontró oscura y vacía. ¿Dónde estaba Niall? Con rapidez, encendió varias velas para iluminar el espacio y, se puso la camisola de dormir. Sin esperar a que su marido regresara, se enrolló en un par de mantas, y el sueño pronto la venció.

22

Bien entrada la noche, Niall apareció en la tienda y se la quedó mirando. Los bravucones de sus hombres se mofaban cada vez que llegaba la noche y él se metía en ella junto a su recién estrenada esposa. Lo que no sabían, ni él pensaba revelarles, era que aún no la había poseído. Pero aquella noche, tras haber bebido más de la cuenta, sus hombres le acompañaron y, desde el exterior, juraron por san Ninian, san Fergus y todos los santos escoceses que no se moverían de allí hasta que notaran que la tienda se movía impelida por la pasión. Algo ebrio, pero no tan borracho como los otros, Niall miraba a Gillian a la luz de las velas cuando ésta, sobresaltada, se despertó.

—¿Qué pasa? —preguntó, frotándose los ojos.

Niall, con el pelo despeinado, la camisa abierta y una sonrisa socarrona, dijo más alto de lo normal:

—Esposa, ¡desnúdate!

Gillian se quedó paralizada. Pero cuando oyó los vítores de los hombres a escasos metros de ella, lo entendió todo, y mirando los ebrios ojos de su marido, susurró cogiendo su daga:

—Como se te ocurra acercarte a mí, te juro que no respondo.

Megan y Duncan, que regresaban de su paseo, al ver tal congregación de hombres alrededor de la tienda de Gillian y Niall se acercaron con curiosidad. Instantes después, Shelma y Lolach se les unieron.

Mientras tanto, en el interior de la tienda, Niall, divertido, murmuraba:

—Eres mi esposa y como tal te tomaré, lo quieras tú o no.

Asustada, la joven se levantó con premura y lo miró con el cejo fruncido.

—Niall, no me hagas hacer algo que no quiero y de lo que sé que mañana me arrepentiré —le advirtió—. Si me pones un dedo encima, te prometo que yo te pongo la daga entera.

Él se carcajeó, e instantes después, se oyeron las risotadas del exterior. Y antes de que ella pudiera esquivarlo, la agarró por la cintura e intentó darle un beso. En ese envite, Gillian, sin proponérselo, le clavó la daga en el brazo. Pero al sentir cómo ésta entraba en la carne, gritó.

Aquel grito desgarrador hizo que los guerreros vociferaran y brindaran, mientras Niall, incrédulo, se miraba la herida.

—¡Niall! ¡Oh, Niall! Quítate la camisa... ¡Oh, Dios...! ¡Oh, Dios! —gritó Gillian, buscando con qué curarle.

Megan y Shelma se rieron, mientras Lolach le daba un golpe en la espalda a Duncan, que, sorprendido, sonrió.

Niall, sin quitarle el ojo de encima a su histérica mujer, que no paraba de gritar, se despojó de la camisa, sin importarle la sangre que corría por su brazo.

—¡Oh, Dios!, ¡qué grande..., qué grandeeeeeeeeeee! —gritó, trastornada, al ver la herida que le había hecho.

—No me toques —siseó, furioso. Aquella bruja le había herido y eso lo enfadó.

—No me digas eso. ¡Déjame tocarte! Déjame que te lave, que...

—He dicho que no me toques, Gillian.

Compungida, susurró:

—¡Oh, Diosssssssss...!, si es que todo lo hago mal.

Tras revolver en uno de los arcones, Gillian rasgó con furia un trozo de tela, pero cuando fue a ponérselo en el brazo, él, con gesto tosco, la rechazó, le quitó la tela de las manos y él mismo se curó. Perturbada por lo que había hecho, fue tras él y, arrepentida como nunca en su vida, le susurró:

—Niall, lo siento... —E intentando ayudarlo, dijo—: Por favor..., por favor..., por favor, no te muevas; deja que yo continúe. Yo lo hago mejor... Deja que yo...

—No, déjame a mí, mujer —bramó él—. Tú estate quietecita.

Shelma y Megan se miraron, incrédulas. ¡Vaya..., qué fogosa era Gillian!

—¡Ay, Dios, Niall! Yo..., yo sólo quería...

—Sé muy bien lo que tú querías —vociferó él.

—No, no puedes saberlo.

—Sí, lo sé.

—Noooooooooo.

Molesta por lo cerril que se había puesto Niall, y sintiéndose culpable por haberle herido, gritó:

—¡Oh, Niall!, ¡maldita sea! ¿Quieres parar y dejar que sea yo quien lo haga? Sé hacerlo muy bien. Te lo prometo.

Alejándose de ella y cada vez más molesto por su insistencia, siseó:

—Que no, que te estés quieta, que tú ya has hecho bastante.

Pero Gillian no cedió.

—Por favor, Niall —le pidió, dulcificando el tono—, prometo hacerlo con delicadeza. Te aseguro que tendré cuidado. Por favor..., por favor..., déjame.

En ese momento, se oyó una voz desde el exterior que gritó por encima de todas:

—Mi señor..., dejad que lo haga ella y disfrutad, que su mujer parece fogosa.

Al oír aquello, ambos se miraron al mismo tiempo. Niall sonrió y, para deleite de sus hombres, gritó ante la cara de pasmo de ella:

—¡Oh, sí, Gillian! Hazlo... Sigue tú. ¡Eres cautivadora!

—No grites, Niall, por el amor de Dios —murmuró, avergonzada.

—Sigue, Gillian... sigue —insistió él, disfrutando de la situación.

Los hombres, enloquecidos, volvieron a gritar, mientras se felicitaban unos a otros ante las caras de incredulidad de Megan y Shelma.

—¡Ay, Dios!... —suspiró Gillian, roja como un tomate, al oír los gritos de los hombres.

Pero sin que pudiera evitarlo, y sorprendiendo a su marido, se llevó la mano a la boca, se dejó caer al suelo y comenzó a reír.

Los hombres que rodeaban la tienda, contentos con lo que habían oído, comenzaron a dispersarse, y Megan y Shelma se fueron con sus maridos a sus respectivas tiendas, dispuestas a pasárselo tan bien como se lo estaba pasando su amiga Gillian.

Niall no daba crédito a lo que había ocurrido, y al ver a Gillian revolcarse por el suelo muerta de risa, se dejó caer junto a ella y ambos rieron como llevaban tiempo sin hacer.

—¡Ay, Niall! —dijo Gillian, tumbada en el suelo—. Esto es lo más divertido que me ha ocurrido en la vida.

El highlander, con el estómago dolorido de tanto reír, se olvidó de su corte y asintió. Durante un buen rato compartieron risas y miradas cómplices, hasta que ella recordó lo que le había hecho y se sentó en el suelo.

—Dame tu brazo herido.

—¿Para qué?

—Dámelo.

Niall, sin ganas de enfadarse, pero aún tumbado en el suelo, extendió el brazo, y Gillian con rapidez revisó la herida.

—Maldita sea, ¿por qué te habré hecho esto?

Poniéndose el otro brazo debajo de la cabeza, Niall suspiró.

—Quizá porque eres una salvaje.

Clavando sus claros ojos en él, la mujer levantó una ceja, pero rápidamente Niall dijo con una encantadora sonrisa:

—Es broma..., es broma. Me lo has hecho sin querer. Lo sé; no te preocupes.

Con delicadeza, ella le lavó la herida, y tras ver que era más superficial que lo que en un principio había creído, suspiró, aliviada.

—Me congratula decirte que de ésta no morirás.

—Bien. Me alegra saber que no te voy a dejar.

Gillian, hechizada por el momento, la luz de las velas y la quietud de la noche, se inclinó hacia él y lo besó. Llevaba días anhelando aquello, pero no se había atrevido. Sólo disfrutaba de sus besos cuando estaban ante la gente y él le exigía que lo besara. Pero aquella noche no. Aquella noche fue ella quien tomó la iniciativa, y mordisqueándole primero el labio inferior, le hizo abrir la boca y lo devoró.

Con el corazón avivado por la impulsividad de ella, Niall se dejó besar. Aquello era lo mejor que le había pasado en los últimos días y estaba dispuesto a disfrutarlo. Gillian, sorprendida por su atrevimiento, cada vez más caliente y con el corazón al galope, se tumbó encima de él.

—Gillian, creo que...

—¡Chist..., calla! —la interrumpió con un tono de voz ronco y sensual.

No quería pensar. Sólo quería estar así, mientras presa de una agitación ardorosa sentía cómo el centro de su feminidad se humedecía anhelando algo que le pertenecía.

Enloquecido por el momento, Niall respiraba agitado, con la mirada cada vez más encendida por la lujuria. Aquella que encima de él se contoneaba y apretaba su sexo contra él era su Gillian, su Gata, mientras la sangre le ardía anhelando su contacto.

Sin nada que perder, ella le cogió las manos y se las puso alrededor de la cintura. Entonces, él se percató de que sólo llevaba la fina camisola de dormir y unas ligeras calzas a modo de ropa interior. Abducido por la lujuria, metió sus manos por debajo de la prenda. Era exquisita y tentadora. Subió la mano con delicadeza por la suave espalda, y ella gimió cerca de su oído. Con las retinas oscurecidas por el deseo, Niall rodó con ella por la tienda hasta dejarla debajo de él, y apoyándose en los codos para no aplastarla, le susurró entre jadeos:

—Te arrancaría la ropa y te haría mía aquí y ahora.

—Hazlo —lo invitó con vehemencia—. Soy tuya.

Aquella invitación tensó aún más la entrepierna de Niall. Deseaba como nunca hacerle el amor. Deseaba desnudarla, deseaba lamer cada rincón de su Gata hasta que cayera rendida ante él, ante su marido. Deseaba oírla gemir, mientras la penetraba con pasión una y otra vez, mirándola a los ojos; pero aquél no era el lugar. Ella se había rendido y se había entregado sin que él le hubiera exigido nada, y deseó aprovecharlo; pero algo dentro de él le gritaba que no lo hiciera.

Envalentonada, Gillian levantó una de sus manos, le tocó la frente y le retiró el pelo de la cara mientras lo miraba con la respiración acelerada como si fuera la primera vez en su vida que lo veía. «¡Oh, Dios!, es tan atractivo...» Pensar que otra pudiera besar aquellos labios o tocarle le hizo sentir una punzada en el corazón.

—Voy a besarte —murmuró Niall con la voz entrecortada.

Ella asintió; no deseaba otra cosa. Cerró los ojos, y él la devoró. Le mordió los labios, jugueteó con su lengua, mientras sus manos vagaban por aquel cuerpo que bajo él vibraba pidiéndole más. Sin dejarle pensar, ella comenzó a pasar sus manos por aquella fabulosa y musculosa espalda, mientras instintivamente se abría de piernas bajo él hasta quedar colocada de tal manera que Niall sintió el calor que su sexo desprendía por él.

Ser consciente de que podía rasgar las finas calzas que llevaba para entrar en ella lo hizo temblar. Y cuando Gillian sintió la dura erección, sin aliento, gimió:

—¡Oh, Dios!

A cada momento más enloquecido, la apretó contra su sexo y, al oírla jadear, sonrió. Durante unos segundos, se miraron fijamente, con las respiraciones acompasadas, y él lo volvió a hacer. Movió sus caderas con un movimiento rotativo sobre ella que la hizo jadear de nuevo.

—Sigue... —imploró ella.

—¿Estás segura, Gillian?

—Sí...

Él volvió a mover sus caderas, y ella repitió:

—Sí.

Niall la miró con una ternura que la dejó exhausta, mientras sentía que su piel abrasaba como si la estuvieran metiendo directamente en una fragua. No tenía miedo a lo que él le pudiera hacer. Lo deseaba. Deseaba enfrentarse a Niall cuerpo a cuerpo, como el día en que luchó contra él en el campo.

Chispas de fuego saltaron entre ellos cuando Niall volvió a apretar y ella jadeó de nuevo. Y cuando notó que él metía sus manos bajo las calzas para tocarle los rubios rizos, si no hubiera sido porque él tomó su boca, habría chillado de excitación.

Duro como una piedra, continuó su exploración hasta llevar sus dedos al centro del deseo de ella. Ardía. Mirándola a los ojos, le abrió con delicadeza los pliegues de su sexo y vibró al sentir en ella exaltación, delirio, fogosidad y deseo.

—¡Oh, sí, Niall!

—Me estás volviendo loco, cariño.

Con una sonrisa ponzoñosa por aquel apelativo tan afectuoso, murmuró:

—Siempre me ha gustado volverte loco, ¿lo has olvidado?

—¿Ah, sí? —rió él.

—Sí —jadeó, arqueándose.

—Hoy te voy a volver loca yo a ti —le dijo, enloquecido por su entrega y por cómo ella se movía debajo de él.

Gillian, deseosa de que así fuera, abrió más las piernas para facilitarle las cosas. Sentir las manos abrasadoras de Niall en aquel lugar tan íntimo, mientras le volvía a devorar la boca con pasión, hizo que la lujuria de ella explotara al sentir cómo primero él introducía un dedo y luego dos, y comenzaba a moverlos en su interior.

Niall disfrutaba viéndola gemir y arquearse para él, en busca una y otra vez de sus íntimas caricias, hasta que notó cómo el cuerpo de ella comenzaba a temblar hasta llegar al clímax.

—Eres preciosa, cariño —susurró, besándola con pasión mientras ella temblaba.

Con toda la ternura la acurrucó junto a él. Necesitaba sentirla cerca para aliviar la dureza que en su entrepierna protestaba por no haber sido invitada a aquel lujurioso baile de jadeos y gemidos. Cuando Gillian quiso hablar, él no la dejó. Le puso un dedo en los labios y, tras besarla en la frente, la obligó a callar, hasta que, rendida, se durmió.

Al amanecer, Niall la miraba, consciente de que aquel ataque pasional de su mujer había derribado parte de su fortaleza. Ahora la deseaba más que antes y eso le nublaba la razón. Lo ocurrido no había sido un triunfo para él, al revés. Su preciosa y guerrera mujer había conseguido llegar de nuevo a su dolido corazón y si no paraba a tiempo aquel ataque, sabía que tarde o temprano lo lamentaría.

23

Aquella mañana, cuando salieron de la tienda para continuar el camino, ni se miraron, ni se dirigieron la palabra, mientras todos los felicitaban con una sonrisa socarrona, sin ser conscientes de lo que había pasado entre ellos dos. Cuando Gillian vio a Megan y Shelma, pensó en contarles la verdad, pero ellas comenzaron a relatarle su noche de pasión con sus esposos, y decidió callar.

Ya en camino, cada vez que Gillian cerraba los ojos y pensaba en lo que había ocurrido esa noche, se excitaba. ¿La había llamado cariño, o sólo lo había imaginado? Recordar que Niall la había tocado en aquel lugar tan íntimo la volvía a calentar. Eso le preocupó. No podía estar todo el día pensando en lo que había hecho, ni deseando que le volviera a suceder otra vez.

Se alegró al ver que su marido, aquella mañana, la miraba más a menudo. ¿Pensaría lo mismo que ella?

Al atardecer decidieron hacer noche en un pueblecito llamado Pitlochry. Una vez en la posada, los lairds, y sus mujeres y las hermanas McLeod se refrescaron en sus habitaciones. Lo necesitaban.

Tras asearse, Niall abandonó la habitación con rapidez. Estar a solas con Gillian le resecaba la boca y le hacía sentir, además, un constante cosquilleo en la entrepierna. La joven, al ver que se marchaba, suspiró.

Utilizó la jofaina y el aguamanil que había en la habitación para lavarse, y sin dilación, se puso un vestido de color verde musgo oscuro y se peinó el largo cabello, todo ello mientras continuaba pensando en Niall.

Desde lo ocurrido la noche anterior, sólo con mirarle cualquier parte del cuerpo sentía deseos de tirarse directamente a su cuello. Pero no, no podía hacerlo. Como había sido ella quien había tomado la iniciativa, sentía la necesidad de que fuera él quien lo hiciera.

—¡Oh, Dios!, me avergüenzo de mí misma. Parezco una vulgar ramera —susurró frustrada, mirándose en el espejo.

Se levantó, y a pesar de que había comenzado a llover, abrió los postigos de la ventana para que el aire frío de las Highlands la espabilara. Al sentir cómo las gotas caían sobre su rostro sonrió, aunque dejó de hacerlo cuando oyó a unas mujeres que hablaban bajo su ventana:

—Te digo yo que a esos highlanders que acampan a las afueras del pueblo los podemos engatusar y robar lo que deseemos.

—¿Habéis visto qué barbas llevan? Son repugnantes —murmuró una morena.

—¿Conocerán el agua y el jabón?

Gillian supo de inmediato que hablaban de los hombres de Niall. No había duda. Acuciada por la curiosidad, sacó medio cuerpo fuera de la ventana para poder ver mejor a las mujeres que se habían reunido bajo el tejadillo y comprobó que se trataba de cuatro. Por su aspecto debían de ser las furcias de Pitlochry. Pero no dijo nada y continuó escuchándolas.

—He oído que esta noche vendrán a la taberna a refrescar sus toscas gargantas —dijo una mujer pelirroja, de grandes pechos—. Sólo hay que asegurarse de atontarlos con nuestros encantos, y esos estúpidos no se enterarán de que les quitamos alguna que otra moneda.

«¿Serán sinvergüenzas?», pensó.

—Pero yo he visto a muchos highlanders —murmuró una morena.

—Sí, pero yo hablo de los de largas barbas y pinta de sucios. Parecen medio tontos —aclaró la pelirroja.

—No sé, Brígida —intervino otra de las mujeres—. No sé si es buena idea lo que propones.

—Tú puedes hacer lo que quieras —siseó con descaro la pelirroja—, pero yo tengo claro que esos salvajes son presa fácil. Pero ¿los has visto bien? Sólo hay que restregarse un poco con ellos para sacar beneficios.

—La verdad es que tienes razón —añadió la morena—. Cuenta conmigo; unas monedas extras me vendrán muy bien. Si puedo robarles algo, luego lo puedo vender y algún provecho sacaré.

Las mujeres se alejaron con una risotada mientras Gillian bullía en su interior. ¿Cómo podían ser tan desvergonzadas?

Molesta por lo que había oído y empapada por la lluvia, fue a cerrar los postigos de la ventana cuando se fijó en una joven de pelo castaño, con dos niños. La vio pararse frente a la posada bajo el aguacero. Tras dar un beso a una niña de unos diez años le dejó un bebé en brazos, se quitó su vieja y agujereada capa, y los tapó a los dos. Luego, cruzó la calle y entró en el establecimiento.

Congelada de frío, Gillian cerró finalmente la ventana, se secó la cara con un trozo de paño y volvió a peinarse el pelo. La humedad lo había rizado. Pasado un rato, se miró en el espejo, levantó el mentón y pensó: «Gillian, adelante». Con seguridad salió al pasillo oscuro y de madera, y tras bajar una escalera, llegó a una gran sala llena de gente. Buscó con la mirada a Megan o a Niall, y cuando los vio se encaminó hacia ellos.

Él la vio llegar; estaba tan bonita y reluciente que sonrió. Su mujer era una preciosidad, y no le gustaron las miradas que los extraños clavaron en ella. Con gesto posesivo, la asió del brazo y la sentó junto a él. No quería problemas. Con una maravillosa sonrisa, Gillian bromeó con Megan, Shelma y Cris. Y cuando preguntó por Diane, y Cris le indicó que estaba cansada y prefería quedarse en su habitación, se alegró.

Durante la cena todos estuvieron distendidos y alegres, incluso Gillian se fijó en que Niall parecía estar más atento con ella que ninguna otra noche. En un par de ocasiones, sus ojos se encontraron y le sonrió de una manera muy diferente. Su sonrisa denotaba felicidad, y eso le gustó. Degustaron un plato maravilloso de ciervo en salsa que les supo a gloria, y todos parecían felices, hasta que Gillian se fijó en la muchacha que les servía: era la misma que había visto besar a los niños y entrar en la posada. Le miró la cara y se sorprendió al verle los ojos enrojecidos. ¿Habría llorado?

Una vez que dejó el tenedor encima de la mesa, Gillian se percató de que la joven, antes de regresar a la cocina, se acercó a la puerta de la posada y miró al exterior con gesto preocupado. El posadero, agarrándola por el pelo, la hizo regresar al trabajo.

«Pero ¿qué hace ese hombre?», pensó, indignada.

Sin entender qué le pasaba, vio cómo la muchacha intentaba decir algo, pero el hombre no la escuchaba; es más, le gritaba que la posada estaba llena y que tenía que trabajar. Finalmente, la joven cogió otro caldero lleno de estofado y comenzó a servir más raciones.

Gillian, al desviar la vista hacia el otro lado del salón, se fijó en que en el fondo estaban las furcias que había oído hablar bajo su ventana, y tras recordar sus intenciones, decidió no quitarles la vista de encima, y más cuando vio a Aslam, Liam y Greg reír con ellas.

—¿Qué te ocurre? —le preguntó Niall al oído.

Estaba tan concentrada en lo que sucedía a su alrededor que se había olvidado de él y casi saltó de la silla.

—¡Oh, nada! Me gusta fijarme en la gente. Sólo eso.

Con un movimiento de cabeza, Niall asintió. Fue a decirle algo cuando su hermano Duncan entabló conversación con él. En ese momento, la joven camarera llegó hasta ellos y dejó varias jarras de cerveza en la mesa. Cuando ya se iba, ella la tomó de la mano con delicadeza y le preguntó:

—¿Te ocurre algo?

Sorprendida, la chica negó rápidamente con la cabeza, pero sus ojos enrojecidos y llenos de lágrimas la delataban.

—No, milady; no os preocupéis.

Se alejó con premura, aunque antes de regresar a su trabajo volvió a asomarse por la puerta de la posada. La curiosidad pudo con Gillian, quien, tras levantarse e indicar que iba un momento al aseo, fue hasta la puerta de la posada y miró. Al instante, lo entendió todo cuando vio bajo el aguacero a la misma niña que había visto antes de bajar a cenar con el bebé en brazos. Se había refugiado debajo de una carreta.

Con celeridad salió por la puerta, y echándose la capucha de la capa que llevaba, fue hasta el carro y se agachó.

—Hola, me llamo Gillian. ¿Cómo te llamas? —dijo.

La pequeña se asustó y apretó más contra su pequeño cuerpecito al bebé mientras respondía tiritando:

—Demelza.

—¡Oh, qué nombre más bonito! Me encanta. ¿Y el bebé cómo se llama? —le preguntó Gillian sonriendo bajo el aguacero.

—Colin. Mi hermanito se llama Colin.

—Precioso nombre también —comentó observando al bebé dormido. Entonces, le tendió la mano y señaló—: Demelza, creo que tú y Colin tenéis frío, ¿verdad? —La cría asintió—. Ven, no tengas miedo, os llevaré a un sitio más calentito.

Con el susto en los ojos, la niña negó con la cabeza.

—No puedo. Mi mamá me ha dicho que la esperara aquí hasta que ella regresara. Está trabajando en la posada. —Y abriendo los ojos, le susurró—: Esta noche seguro que traerá algo de comida.

Conmovida, Gillian no lo pensó y se metió debajo de la carreta justo en el momento en que Niall salía por la puerta en su busca. Se quedó con la boca abierta cuando vio lo que hacía.

—Demelza, ¿por qué no estás en tu casa? En una noche como la de hoy no es buena idea estar en la calle. Tu hermano y tú podríais enfermar de frío.

—No tenemos casa, señora. Vivimos donde podemos.

A Gillian se le puso la carne de gallina.

—¿Tampoco tenéis un familiar que os atienda en su casa hasta que tu mamá regrese? —volvió a preguntar.

Con una tristeza que encogió el corazón de Gillian, la pequeña negó con la cabeza y fue a decir algo cuando de pronto oyó un vozarrón que decía:

—¡Por todos los santos, Gillian!, ¿qué haces ahí debajo?

La pequeña reaccionó encogiéndose y cerrando los ojos. Gillian miró a su marido, que la observaba atónito, y dulcificando la voz, dijo:

—Niall, te presento a Demelza y a Colin. —Y clavándole la mirada, murmuró—: Estaba convenciendo a Demelza para que me acompañe al interior de la posada. Hace mucho frío para que esté aquí, ¿no crees?

Él, al ver sus ojos angustiados por la situación de aquellos niños, cambió el tono de voz y, dirigiéndose a la pequeña, le indicó:

—Demelza, creo que mi mujer tiene razón. Si entráis en la posada, estaréis mejor que aquí.

La niña, a punto de llorar por lo asustada que estaba, negó con la cabeza.

—No podemos entrar allí. Si lo hacemos, el posadero se enfadará con mi mamá, y entonces esta noche no podremos cenar calentito.

A Niall se le retorcieron las tripas. ¿Cómo podía aquel hombre ser tan cruel? Pero Gillian, dispuesta a no dejarla allí, insistió mientras le quitaba la capa vieja y empapada, y le ponía la suya propia para abrigarla. La niña y el pequeño la necesitaban más que ella.

—Escúchame, tengo una idea. ¿Qué te parece si mi marido habla con el posadero para que no regañe a tu mamá? —La pequeña la miró, y Gillian, con una sonrisa añadió—: Te aseguro que mi marido, Niall McRae, sabe convencer muy bien a la gente, y el posadero lo escuchará. ¿Lo intentamos?

La cría miró a Niall, que, agachado, las observaba, mientras una rabia se apoderaba de él viendo el sufrimiento de aquella pequeña.

—No te preocupes, Demelza, yo hablaré con el posadero, ¿de acuerdo?

Tras mirarlos a los dos, la pequeña se encogió de hombros.

—Mientras yo salgo de aquí con ellos, por favor, Niall, ve entrando tú y dile a Megan que necesitaré algo de ropa de Johanna y algo seco para Colin.

Niall asintió, se quitó la capa y se la tendió a su mujer, que, con una sonrisa, se la cogió. De inmediato, salió disparado hacia la posada, mientras Gillian abandonaba la protección de la carreta y ayudaba a la pequeña para que la siguiera. Sin ponerse la capa de su marido, se la echó por encima a la niña, que en esos momentos, una vez fuera del carromato, parecía temblar más.

—No tengas miedo, cariño. Ahora ven..., vamos dentro de la posada.

Gillian intentó quitarse el barro que manchaba su vestido. Estaba calada, el pelo se le pegaba a la cara y tenía frío. Así que, sin perder más tiempo, cruzó la calle con los niños y entró en la posada.

—¿A que aquí se está más calentito? —preguntó con una sonrisa a la niña.

Sin embargo, antes de que Demelza pudiera responder, el posadero se le tiró encima y comenzó a empujarla.

—¡Sal de aquí, mujer! Y llévate a esos niños. Éste no es lugar para vosotros.

Niall, que hablaba con Duncan en ese momento, al ver que se trataba de su mujer, quiso ir hacia ellos, pero su hermano se lo impidió; Gillian, colérica, le había soltado una patada en toda la espinilla al posadero, y éste gemía de dolor. La mujer puso a los pequeños detrás de ella y voceó ante la mirada de todo el mundo:

—Si vuelves a tocarme, maldito gusano, te lo haré pagar.

En ese momento, la madre vio a sus hijos y soltó la cazuela para llegar hasta ellos y abrazarlos. Parecían congelados. Pero el posadero, enfurecido, la agarró del pelo y la tiró al suelo, y su cuerpo rodó hasta dar contra unas sillas. La pequeña, asustada al ver a su madre en aquel estado, lloró mientras el hombre gritaba:

—¡Te he dicho cientos de veces, Helena, que no quiero ver a tus hijos en mi posada! ¿Cómo lo tengo que decir? Saca ahora mismo a esa morralla de aquí si no quieres que yo mismo los saque a patadas.

Gillian, incrédula por lo que aquel bestia decía y hacía, se sacó con rapidez la daga de la bota, y poniéndosela a éste en el cuello, gritó mientras observaba cómo Megan y Cris ayudaban a la mujer a levantarse:

—¡Maldito hijo de Satanás! Sólo un cobarde es capaz de tratar a una mujer y a sus hijos así.

El posadero, que apenas podía creer que aquella pequeña ladrona se le encarara de tal manera, sacó con rapidez una daga del cinto y se la puso a Gillian en el estómago.

—Quítame ahora mismo la daga —gritó, clavándole la punta—, o te juro, maldita furcia, que te rajo de arriba abajo a ti y...

Pero no pudo decir más. Unos poderosos brazos lo sujetaron por detrás, lo alejaron de la mujer y, tras golpearle la cabeza contra la pared, le sisearon al oído:

—Si le tocas un solo pelo a mi mujer, a esos niños o a su madre, quien te raja de arriba abajo soy yo, ¿me has oído?

El posadero, al volver sus ojos y ver al laird Niall McRae sujetándolo, palideció. Nunca pensó que aquella pequeña mujer, empapada y con el vestido embarrado, pudiera ser su esposa.

—Disculpadme. Yo no sabía... Pero los niños...

Gillian se acercó a él con las manos en jarras y se le encaró.

—Los niños no se moverán de aquí. Está lloviendo, hace frío, y ellos no molestan a nadie. Si es necesario dormirán en mi habitación, ¿entendido?

Con gesto de disgusto, el posadero miró a Niall, luego a Gillian y, finalmente, a la madre de los pequeños.

—De acuerdo —siseó.

Una vez dicho eso, se alejó, y Gillian, volviéndose hacia la camarera, soltó al ver que sangraba por la boca:

—¡Maldito bruto! Helena, lo siento, y...

Pero a la mujer lo que menos le importaba era su herida; sólo le importaba el bienestar de sus hijos, y aquella noche ya no pasarían frío.

—¡Gracias, milady! Se lo agradeceré eternamente.

—No ha sido nada, de verdad —susurró, mirándola.

En ese momento, Megan tomó de la mano a la mujer.

—Ven conmigo. En mi habitación tengo ropa seca para tus hijos y para ti —le dijo.

Las mujeres se encaminaron hacia la escalera, pero, cuando Gillian se dio la vuelta para seguirlas una mano, la sujetó. Al volverse se encontró con Niall escrutándola.

—¿Estás bien? ¿Te ha hecho daño el posadero con la daga? —le preguntó con voz aterciopelada.

Tras soltar un resoplido que hizo sonreír a Niall contestó.

—No te preocupes, estoy bien. Lo importante es que Demelza y Colin estén aquí. No podía consentir que siguieran debajo de la carreta pasando frío.

Cogiéndola de manera posesiva por la cintura, Niall la acompañó hasta la escalera que subía a las habitaciones y, dándole un beso en sus mojados labios, murmuró:

—Anda, ve a cambiarte de ropa, o la que enfermarás serás tú, y date prisa en bajar porque te pediré un caldo para que entres en calor.

Subida a los dos primeros escalones, su cara quedó frente a la de él y, con una pícara sonrisa, le dijo:

—¿Estás seguro de que el posadero no me querrá envenenar?

—Si en algo aprecia su vida, más le vale que no lo intente —respondió, ufano.

—Vaya..., me alegra ver que en algo aprecias mi vida, McRae —murmuró ella como una tonta.

Al darse cuenta de la preocupación que había demostrado por ella, el highlander dio un paso hacia atrás para no besarla y, mientras se alejaba, dijo para molestarla:

—No, Gillian, lo que aprecio es mi tranquilidad. Y hoy quiero tener una noche tranquila, aunque, como el posadero, en ocasiones sienta deseos de envenenarte.

Gillian maldijo en silencio, pero sonrió. Y sin darle el gusto de contestarle se marchó. Una vez que se cambió de ropa y visitó a Helena y a sus hijos, que estaban en la misma habitación de Johanna y Amanda, regresó al salón. El posadero la miró con gesto agrio, y ella, con mofa, pestañeó.

—Gillian, ni lo mires —la reprendió, divertida, Megan.

Con una sonrisa en la boca, volvió a sentarse a la mesa donde todos estaban. Viendo un cazo humeante de caldo ante ella, le preguntó a su marido:

—¿Estás seguro de que puedo tomarlo sin ningún peligro?

Niall, risueño, se la quedó mirando.

—Te lo pregunto porque por tus últimas palabras, creo que no sólo el posadero puede intentar envenenarme.

Él, sin responder, cogió el cazo y, acercándoselo a los labios, dio un sorbo y volvió a dejarlo donde estaba.

—¿Te quedas ahora más tranquila?

—Sí, pero esperaré unos instantes antes de tomarlo por si caes fulminado.

Niall soltó una carcajada. Su mujer era tremenda.

Pasado un rato, mientras los hombres estaban enfrascados en una conversación y las mujeres en otra, Gillian se percató de que las furcias ya no estaban, ni tampoco Aslam, Liam y algunos otros.

«¡Maldita sea!, se han ido y no me he dado cuenta. Seguro que caerán en la trampa de esas malas mujeres», pensó al mirar a su alrededor y no verlos.

—¿Hace mucho que se han ido los hombres de Niall? —preguntó volviéndose hacia sus amigas.

Megan y Shelma se encogieron de hombros; no se habían fijado. Pero Cris respondió:

—Sí, los he visto salir mientras te estabas cambiando de ropa.

—¿Se han ido con las furcias con que estaban? —quiso saber, malhumorada.

Cris asintió, y Gillian, tras maldecir, dio un manotazo en la mesa que atrajo la atención de todos, incluida la de su marido.

—¿Qué te ocurre ahora? —preguntó Niall.

—¡Oh, nada! Acabo de recordar que me he dejado el vestido empapado sobre la cama. —Y levantándose, añadió—: Iré a quitarlo, o esta noche el lecho estará mojado.

Niall asintió y volvió a su conversación con Duncan y Lolach, mientras Shelma y Cris continuaron con sus confidencias. Pero Megan, que la conocía muy bien, se levantó.

—Espérame, Gillian; subiré contigo.

Tras dar un beso a su esposo y las buenas noches al resto, desaparecieron por la escalera, pero antes de llegar a su habitación, Megan, tirándole del brazo, le preguntó:

—Gillian, ¿dónde se supone que vas?

Sorprendida por aquella pregunta pensó en contarle una mentira, pero al ver la guasa en los ojos de su amiga decidió decirle la verdad. Minutos después, ambas saltaban desde la ventana de Gillian hasta el suelo, espada en mano.

Cuando llegaron hasta el lugar donde los hombres habían acampado, saludaron a varios de los highlanders que hacían guardia. Éstos se sorprendieron al verlas caminando por allí en una noche tan fría y lluviosa, en vez de estar en la posada con sus maridos y calentitas.

Sin tiempo que perder, llegaron hasta donde hacían noche los hombres de Niall, y con paciencia, pero ocultas tras unos árboles, esperaron a que acabara lo que los resoplidos de ellos y los grititos de las mujeres indicaban que estaban haciendo.

Poco después, vieron como las furcias salían de debajo de las mantas, y tras reunirse las cuatro, se dispusieron a regresar al pueblo.

—Vaya..., vaya..., ¡qué sorpresa encontraros por aquí! —dijo Gillian, saliendo a su paso.

Las mujeres, al ver ante ellas a las esposas de los hermanos

McRae, se miraron, sorprendidas, aunque la pelirroja preguntó con descaro:

—¿Hay algún motivo que lo impida?

Megan miró a Gillian.

—No..., creo que no. ¿Tú conoces alguno? —le dijo con sorna.

Gillian, después de dar un par de estocadas al aire con la espada, clavó sus ojos en la pelirroja de grandes pechos.

—Hum..., tienes razón, Megan. No, no creo que haya motivo alguno.

La fulana morena, retirándose el pelo de la cara, masculló:

—Entonces, apartaos de nuestro camino. Llevamos prisa.

—¡Oh!, llevan prisa —se guaseó Megan.

—¿Y por qué lleváis tanta prisa? —preguntó Gillian, acercándose a la pelirroja.

—No es de vuestra incumbencia.

Gillian y Megan se miraron, y entonces la primera dijo en alto:

—¡Desnudaos!

Las mujeres se miraron unas a las otras sin entender nada, hasta que la pelirroja, dando un paso al frente, sonrió.

—¡Vaya, milady! No sabía que os gustaran estos jueguecitos, pero si os agradan, por unas monedas, os complaceré.

—¡Argh! Ni lo sueñes —respondió Gillian.

Eso hizo reír a Megan, hasta que una de aquéllas habló:

—Disculpad, milady, siempre había creído que los fieros hermanos McRae eran unos hombres complacientes en la cama, y...

Megan entendió a la primera lo que la mujer quería decir, así que levantó la espada con rapidez y le dio un golpe en el trasero a la furcia.

—Nuestros esposos nos complacen en la cama como ningún otro hombre podría hacerlo. No penséis lo que no es.

—Pero, entonces, ¿qué es lo que queréis? —gritó la morena cada vez más nerviosa.

En ese momento, varios de los hombres que habían tenido relaciones con ellas se acercaron.

—¿Ocurre algo, señoras? —preguntó Aslam.

Gillian volvió su rostro hacia él y, sin poder aguantar un instante más, preguntó:

—¿Con cuál de ellas has retozado esta noche, Aslam?

Incrédulos por lo que oían, los hombres se movieron nerviosos. ¿Quién era ella para preguntar semejante cosa?

—Aslam, responde —exigió Megan.

El highlander, cada vez más ofendido por la indiscreción, las miró con gesto grave y respondió:

—No creo que sea de vuestra incumbencia con quién comparto lecho.

—Milady —señaló Lian—, vuestro esposo nunca nos exigió que contáramos nuestras intimidades y...

—Tenéis razón —convino Gillian—, pero si os pregunto esto es por un motivo. Ciertamente, lo que hagáis o dejéis de hacer con vuestra intimidad es algo que no me incumbe, pero si estoy aquí es por algo. Creedme.

Las furcias, cansadas de aquello, hicieron ademán de irse, pero Gillian, volviéndose con rapidez, les cortó el paso.

—De aquí sólo os marcharéis si antes os desnudáis.

—¡Milady! —voceó Donald, sorprendido.

En ese momento, la pelirroja dio un paso hacia Gillian y, con las manos apoyadas en las caderas, gruñó:

—Mire, señora, nosotras seremos furcias, pero no tontas.

—No..., desde luego tontas no sois —siseó Megan.

Dispuesta a acabar con aquella situación, y visto que ninguno quería cooperar, Gillian miró a los hombres y, con voz de disgusto gritó:

—¿De verdad tengo que creer que, además de sucios y malolientes, sois tan bobos como para no percataros de lo que estas mujerzuelas os han hecho?

—Milady —rió Lian—, a mí lo que me ha hecho esa mujer me ha gustado mucho y...

—Serán necios... ¡Cierra el pico, Liam, no quiero saber nada más! —mascullÓ Gillian mientras Megan reía.

Sorprendiéndolos a todos, Gillian cogió a la morena, que temblaba, y tras arrancarle de un tirón la capa, le quitó una bolsita. Al abrirla y sacar una daga y un anillo, preguntó:

—¿De quién es esto que tengo en las manos?

Lian, al reconocer la daga de su padre y el anillo de su madre, torció su gesto de bobalicón.

—Es mío, milady.

Gillian, mirándolos a todos, voceó con las pertenencias aún en la mano.

—Si estoy aquí es porque oí a estas ladronas comentar los propósitos que tenían. Piensan que por vuestra apariencia sucia y desaseada sois unos salvajes atontados a los que se les puede robar con facilidad.

Atónitos, los hombres se miraron. De repente, Aslam se acercó a la pelirroja y la cogió por el brazo.

—Devuélveme lo que me has quitado si no quieres que te rebane el pescuezo.

Sin pensarlo, la mujer sacó de debajo de la capa una daga e intentó clavársela a Aslam en el estómago. Éste fue rápido, pero aun así lo alcanzó.

De prisa, Megan y Donald lo auxiliaron. Gillian, espada en mano, horrorizada por lo que aquella furcia había hecho, la desarmó para deleite de los hombres y le gritó cientos de obscenidades por lo que acababa de hacerle a uno de los suyos.

Una a una devolvieron todas las pertenencias que habían robado ante los ojos incrédulos del resto de los highlanders. En ese momento, Duncan y Niall, avisados por algunos de sus hombres, caminaban hacia ellas con los rostros descompuestos. ¿Qué hacían allí sus mujeres?

—¡Oh, oh! Tu marido y el mío vienen hacia nosotras —susurró Megan al verlos andar hacia ellas con gesto enfadado.

Gillian se volvió y se encontró con la furiosa mirada de Niall. Resopló.

—¡Maldita sea! Pero ¿es que tiene que enterarse de todo lo que hago?

Los hermanos McRae llegaron hasta ellas y, una vez se enteraron de lo ocurrido, como Aslam se encontraba bien a pesar de la herida, dejaron marchar a las furcias. Entonces, el grupo de highlanders comenzó a disiparse, excepto los barbudos.

—Os podéis retirar —ordenó Niall, molesto con su mujer.

—Disculpadnos, señor —dijo Aslam—, antes querríamos agradecerles a nuestra señora y a la mujer de vuestro hermano lo que han hecho por nosotros. Y yo personalmente quiero agradecerle a lady Megan la delicadeza que ha tenido al curarme.

—Lo que tienes que hacer ahora es cuidarte para que no se te abra la herida e ir en carreta, ¿lo harás? —preguntó Megan, y el hombre asintió—. Sólo serán un par de días, hasta que la herida cicatrice. De todas formas, mañana por la noche te volveré a curar.

—Gracias, milady. —Aslam asintió volviéndose hacia Gillian, añadió—: Quiero que sepáis que estoy muy orgulloso de que seáis mi señora, y de saber que sois capaces de desenvainar la espada para defender a un salvaje y sucio highlander como yo.

—Aslam... No digas eso, por favor —sonrió Gillian, conmovida.

Oír que aquellos hombres acogían a Gillian como su señora

hizo que a Niall se le acelerara el pulso. Saber que si algo le ocurría a él esos hombres darían su vida por ella le hinchó el corazón, aunque no cambió su gesto tosco. Tenía que estar enfadado con ella.

—Señoras —dijo Lian—, muchas gracias por evitar que esas mujeres se hayan llevado nuestros tesoros más queridos.

—¡Ah!, no os preocupéis. Lo importante es que no lo han conseguido —sonrió Megan ante el gesto ceñudo de su marido, que tiró de ella para llevársela.

—Muchas gracias, señora —respondieron el resto de los highlanders viendo cómo aquella morena se alejaba mientras discutía con su esposo.

Volviéndose hacia Gillian, que aún parada ante ellos sonreía, Aslam dijo:

—No sé cómo agradeceros el que evitarais que esa mujer se llevara el anillo de mi desaparecida hermana. Muchas gracias, milady.

Cada vez estaba más conmovida por sus palabras y su gratitud.

—No tenéis nada que agradecerme —replicó con una sonrisa—. Yo solamente he hecho por vosotros lo que siempre he pensado que vosotros haríais por mí. Cuando he oído a esas mujeres lo que pensaban hacer a mis hombres no me ha gustado y simplemente he intentado impedirlo. Pero también os digo una cosa. Ellas y otras mujeres, por vuestro aspecto sucio y desaliñado, creen que no tenéis más de dos dedos de frente. Deberíais preocuparos un poco más de vuestra apariencia. No digo que debáis oler a flores, pero un aspecto como el que presentan los hombres de Duncan o Lolach os beneficiaría a todos; os lo aseguro.

Los highlanders asintieron, y cuando se volvieron para marcharse, Niall, sin saber si debía enfadarse o no con su mujer, la asió del brazo y, acercándose a su oído, le susurró:

—¿Eres consciente de que cada vez deseo con más fervor envenenarte?

Con una sonrisa que le hizo estremecer, contestó:

—¿Eres consciente de que si lo haces *mis* hombres irán a por ti?

Niall no respondió. Sin hablar llevó a su mujer a la posada y, tras acostarse junto a ella en el lecho, se dio la vuelta e intentó dormir. Pero Gillian tenía frío y los pies congelados y, sin querer evitarlo, se arrimó a él. Sentir su calor, aunque sólo fuera el de su espalda, la reconfortaba. Niall, al notar su cuerpo frío, se volvió y, pasándole el brazo por debajo del cuello, la acercó a él.

—Gracias —susurró, emocionada.

—Duérmete, Gillian. Es tarde —respondió él sin querer moverse, o lo siguiente que haría sería hacerle el amor.

24

Por la mañana, cuando Gillian se despertó, estaba sola en la habitación. Acercó su nariz a las sábanas donde Niall había dormido, olió y sonrió. Después de remolonear durante unos segundos en el lecho, finalmente se levantó, se arregló y, con una sonrisa en el rostro, bajó los escalones hasta llegar al salón, donde vio a su marido dialogando con la odiosa Diane. Sin torcer su gesto por la incomodidad que aquella mujer le producía, se sentó junto a Niall a la espera de un «buenos días». Pero él ni la miró y continuó conversando con la otra.

Mientras desayunaba, Megan y Shelma bajaron con sus hijos, y sin pensarlo, tomó el cazo de gachas y se sentó con ellas. Niall, al notar que ella se movía de su lado, la siguió con la mirada, pero no dijo nada.

Una vez que todos desayunaron, los lairds pagaron al posadero las monedas correspondientes y decidieron marcharse. Pero cuando apenas habían dado diez pasos, alguien gritó:

—¡Lady Gillian..., lady Gillian!

La joven se volvió y vio correr hacia ella a Helena, la mujer que había salvado de las garras del posadero la noche anterior. Iba con sus hijos, Demelza y Colin.

—Helena, podías haber dormido hasta bien entrada la mañana. Mi marido te ha dejado la habitación pagada para una temporada.

—Gracias, milady —contestó—, pero yo, si me lo permitís, os quería pedir un favor muy importante para mí.

—Dime. ¿Qué ocurre?

La mujer, con los ojos llorosos, pidió a su hija que se alejara unos pasos con el bebé en brazos y, tras tragar con dificultad, dijo con un hilo de voz:

—Milady, mi vida es penosa y creo que difícilmente mejorará. Mis hijos pasan hambre y frío, y yo no puedo hacer nada por evitarlo. Por ello, con todo el dolor de mi corazón, os quería pedir que os los llevarais. Sé que con vuestro clan podrán tener un techo que los cobije y una mejor vida que la que yo les puedo dar.

La mujer, al ver el gesto desencajado de Gillian, se retorció las manos nerviosa, y continuó:

—Entiendo que tres bocas que alimentar es algo excesivo, por ello sólo os pido que os llevéis a mis niños. Mi hijos aún no comen mucho, son pequeños, pero..., pero estoy segura de que en unos años trabajarán con fortaleza y..., y... podrán ser útiles, y...

Gillian no la dejó continuar. Le asió las manos y dijo:

—Helena, ¿cómo puedes pedirme que me lleve sólo a tus hijos?

—Estoy desesperada, milady, y temo que mueran en la calle de frío. Por favor..., por favor...

Destrozada por la súplica y el dolor de aquella mujer, Gillian le secó las lágrimas con los dedos y, levantándole el mentón, murmuró:

—Los tres formáis una familia, y si estáis dispuestos a viajar con nosotros a Skye, hablaré con mi marido e intentaré convencerlo para que...

—No hay nada de que hablar, Gillian —la interrumpió Niall, acercándose a ellas.

Dispuesta a batallar, lo miró.

—Helena, estaré encantado de que formes parte de nuestro

clan en Skye —dijo él—. Bajo ningún concepto permitiré que te separes de tus hijos. Como dice mi mujer, los tres formáis una familia, y así debe continuar siendo. Recoge lo que te quieras llevar, ponlo en una de las carretas y ven con nosotros a tu hogar.

Helena, emocionada, asió con fuerza la mano de su hija, y cogió al bebé en brazos.

—Aquí está todo lo que tengo, mi señor.

—Muy bien —asintió él.

Con un silbido, Niall llamó a Ewen, que tras escuchar lo que éste le decía, asintió y se volvió hacia una temblorosa Helena.

—Ven conmigo. Te llevaré hasta una de las carretas para que puedas viajar con tus hijos.

La mujer miró a Gillian y a Niall y les besó las manos.

—Gracias..., gracias..., muchas gracias.

Instantes después, cuando Helena se marchó con Ewen, una orgullosa Gillian miró a su marido y, con una radiante sonrisa que casi le paralizó el corazón, se acercó a él para darle un rápido beso en los labios.

—Muchas gracias, Niall. Lo que acabas de hacer te honra como hombre.

Confundido por el beso, asintió, y dándose la vuelta, comenzó a dar órdenes a sus hombres.

Aquella mañana, Gillian viajó con una amplia sonrisa en el rostro. Lo que había hecho Niall la había emocionado. Saber que Helena y sus hijos viajaban con ellos hacia Skye la hacía muy feliz.

A media mañana, se acercó hasta el carro donde viajaban la mujer y sus hijos, y se sorprendió al ver que Aslam, que iba en la misma carreta, tenía en sus brazos al pequeño Colin. Desconcertada por cómo aquél sonreía, cruzó una mirada complacida con la de Ewen, que expresaba igualmente su satisfacción.

Por otra parte, en varias ocasiones, Gillian observó que su duro marido miraba en su dirección. ¿La estaría buscando?

«¡Oh, Dios!, soy una mema. En cuanto me mira me pongo a sonreír como una boba.»

Tras un buen trecho, los lairds levantaron la mano para indicar que pararían a comer y, como siempre, los encargados de preparar el sustento de todos ellos encendieron el fuego con celeridad.

—¿Te apetece venir con nosotros a cazar?

Gillian se sorprendió al descubrir a su guapo marido a su lado.

—Sí..., claro que sí. Me encantaría.

—¿Puedo ir yo también? —preguntó Cris.

—Por supuesto —asintió Niall.

Instantes después, unos diez hombres con las dos mujeres se alejaron del grupo. Ellos llevarían la comida. Niall comprobó que su mujer, aquella rubia pequeña, era una estupenda cazadora. Sin necesidad de bajarse del caballo, apuntaba y con tiros certeros y decididos conseguía dar caza a los conejos.

Entre ella y Cris, les facilitaron de tal manera el trabajo que en menos tiempo del acostumbrado ya tenían en su poder una docena de conejos. Para refrescar a los caballos, Niall propuso parar cerca del lago para que los animales calmaran su sed. Una vez que desmontaron, algunos se tumbaron para aprovechar los escasos rayos de sol que se filtraban entre la arboleda, mientras las mujeres lanzaban las dagas midiendo sus punterías.

—Sujetemos varias hojas con unos palitos en el árbol —pidió Gillian a Cris.

Ambas lo hicieron, y cuando Gillian acabó, comenzó a mover con agilidad su daga entre los dedos. Niall sonrió y recordó que había visto hacer lo mismo a su cuñada Megan, y que ésta le había indicado que había sido Gillian quien la había enseñado.

—Muy bien —dijo Cris cuando terminó de colocar las hojas.

Con maestría, las dos mujeres lanzaron una vez tras otra las dagas.

—Te gané.

—La próxima vez te ganaré yo.

—¡Ja! No te dejaré —se mofó Gillian—. Soy invencible con la daga. En Dunstaffnage, mi hermano Axel se enfadaba porque nunca conseguía ganarme.

—¿En serio? —rió Cris.

—¡Oh, sí! Axel tiene muy mal perder. Y si quien le gana soy yo, peor.

Ambas rieron, y eso hizo sonreír a su marido y los guerreros. Niall se levantó y fue hasta ellas.

—Te reto con la daga. ¿Te atreves? —dijo sorprendiendo a Gillian.

La joven se volvió hacia él y sonrió. Su marido quería medir su puntería, y eso le gustó.

—¿Estás seguro? —preguntó ante la expresión burlona que mostraba él.

Aquel comentario hizo que los guerreros se carcajearan por el descaro de la jovencita en desafiar a su señor, a su marido; pero Niall estaba cada vez más convencido, y asintió.

Cris colocó distintas hojas a lo largo del árbol, mientras Niall y Gillian se observaban.

—Veamos, ¿te parecen bien veinte tiros? El ganador será el que clave más veces la punta de la daga en el centro del palo que sujeta la hoja.

—¡Perfecto! —accedió Gillian.

Al lanzar el primer tiro, Niall clavó la daga en el palo. Gillian sólo lo rozó. Los hombres aplaudieron. Su laird tenía una puntería increíble.

«¡Vaya, vaya, McRae!, con que ésas tenemos», pensó mirándolo de reojo. Y se volvió hacia él y le dijo en tono meloso:

—Por cierto, esposo, no hemos estipulado el premio del ganador. ¿Qué podría ser?

Niall sonrió mientras su entrepierna le comenzaba a cosquillear. Imaginar que su premio era ella resultaba lo más excitante del mundo.

—¿Tú qué premio propones?

Gillian, con una sensual sonrisa, fingió deliberar la respuesta, mientras sus ojos recorrían de arriba abajo el cuerpo de Niall. Y acercándose un poco más a él, dijo poniéndole el vello de punta:

—Creo que lo más justo para los dos sería que cada uno pidiera lo que más desee en ese momento, ¿no crees?

«¡Cielos, Gillian!, me vas a volver loco», pensó él, y tragando saliva, asintió:

—De acuerdo, Gata.

Con una sonrisa, la joven se retiró el pelo de la cara y, tras guiñarle un ojo, volvió a lanzar. Esa vez su tiro no erró y partió el palito en dos.

Lanzamiento tras lanzamiento se esforzaban al máximo por acertar. Ambos eran excelentes tiradores y deseaban vencer. En un momento dado, Niall se percató de que ella se tocaba el brazo y arrugaba el entrecejo, pero no se quejó. Entre los tiros que llevaba con él, los hechos con Cris y la caza, el cansancio comenzaba a pasarle factura. Conmovido, el highlander le preguntó:

—¿Quieres que lo dejemos?

Sorprendida, suspiró; pero lanzó y acertó de pleno.

—¡Oh, no!, una apuesta es una apuesta —susurró, humedeciéndose los labios con provocación.

Iban empatados; únicamente les quedaban cinco tiros. Pero

Niall ya sólo podía pensar en los labios húmedos y provocativos de Gillian, y por ello, erró el tiro.

—¡Empate! —gritó Cris, mientras los hombres aplaudían.

Gillian, agitada, se recogió el pelo con las manos de forma premeditada. Dejó al descubierto su frágil y suave cuello, y con una sensualidad que trastocó de nuevo a Niall, se aproximó a su amiga Cris con gesto divertido.

—¡Uf, qué calor!

Niall, sin que pudiera apartar sus ojos de aquella sedosa y fina piel, se sintió como un bobo. Sólo podía admirarla mientras sentía cómo su entrepierna latía deseosa de aquella mujer. Había elegido su premio. Ella sería su premio. Tan abstraído estaba que no despertó hasta que oyó decir a Cris.

—Niall..., te toca tirar.

Intentando obviar lo que le apetecía, se concentró y miró hacia el árbol; flexionó las piernas y tiró. Pero la punta de su daga quedó a escasos milímetros del palito.

—Punto para Gillian —aplaudió Cris.

La joven lanzó con rapidez y acertó de lleno.

—Punto para Gillian, y os quedan tres tiros a cada uno —advirtió Cris.

Gillian contenta con el desconcierto que veía en los ojos de Niall, miró a su amiga y le guiñó el ojo.

—Mientras lanza él, iré a refrescarme un poco.

Malhumorado por su torpeza, Niall la siguió con la mirada, y de nuevo se quedó petrificado cuando vio que ella se acercaba al lago, se mojaba las manos y después se las posaba sobre su cuello, y muy..., muy lentamente las bajaba hacia sus pechos.

«¡Oh, Dios!, esto es peor que una tortura», pensó Niall, abrumado.

Divertida y aún mojada, la joven regresó hasta él y, atrayendo de nuevo su atención, preguntó en tono meloso:

—¿Todavía no has tirado?

Él la miró dispuesto a responder, pero al ver cómo las gotas descendían por el escote, susurró:

—Dame un instante, mujer.

Centrándose, Niall tiró y acertó de pleno.

—Punto para Niall —dijo Cris. Y de nuevo sin darle tiempo a respirar, Gillian tiró y acertó también—. Punto para Gillian, y os quedan dos tiros.

—¡Bien! —gritó la joven.

Los hombres, cuya curiosidad por lo que ocurría iba en aumento, se arremolinaban a su alrededor, y de nuevo Gillian entró en acción. Cogió una hoja de un árbol y, después de limpiarla con la mano, se la acercó a los labios y, con una sensualidad que los hizo suspirar a todos, sonrió.

«¡Oh, Dios!, no debo mirarla..., no debo mirarla», pensó Niall. Pero su concentración al ver cómo todos observaban a su mujer se esfumó y erró el tiro.

—Punto para Gillian —gritó Cris, emocionada, mientras reía por la debilidad de los hombres ante los encantos y coqueteos de las mujeres.

—¡Mierda! —se quejó Niall. Sólo le quedaban dos tiros y aquella bruja lo estaba hechizando con sus encantos.

De nuevo, ella tiró y acertó.

—Punto para Gillian, y sólo queda un tiro para cada uno —dijo alterada, Cris.

Encrespado y malhumorado porque aquella pequeña bruja con sus artimañas le estuviera ganando lanzó el último tiro y erró, mientras ella con una sonrisa socarrona tiró y ganó.

—Ganadora, Gillian —sentenció Cris ante el desconcierto del resto de los barbudos.

Las mujeres, abrazadas, comenzaron a saltar, mientras Niall, molesto por haber sido derrotado ante sus hombres, siseó a Ewen, que lo miraba con gesto divertido:

—Cambia esa expresión, o te juro que hoy tú y esa bruja dormís bajo algún lago.

—Lo que ordenéis, mi señor —contestó riendo el hombre.

Y cuando Niall iba a soltarle un puñetazo, oyó a sus espaldas:

—Esposo, ¿puedo ya cobrar mi premio?

Se volvió hacia ella y la observó. Estaba preciosa.

—De acuerdo. ¿Qué quieres? —preguntó con la boca seca.

Gillian *la Retadora* comenzó a caminar con lentitud alrededor de Niall, hasta quedar de nuevo frente a él. Se alzó de puntillas. Subió las manos hasta enredar sus dedos en el fino cabello de él para atraerlo hacia ella. «¡Dios santo!», pensó, excitado. Y cuando su aliento y su cercanía consiguieron que él inspirara hondo y se estremeciera ante ella, lo soltó y, acercándose a su amiga, que la miró tan desconcertada como Niall, dijo:

—Un abrazo de Cris es lo que más me apetece en este momento.

Niall, en ese instante, deseó ponerla sobre sus rodillas y azotarla. Aquella bruja con ojos del color del cielo y piel como la seda había hecho lo mismo que él el día en que pelearon con la espada. Pero al ver a sus hombres sonreír y a ella mirarle con ese gesto de desafío en la mirada que tanto le gustaba, no pudo por menos que asentir y aceptar su derrota.

Mientras regresaban con la caza, los hombres aún reían por lo ocurrido. Ewen y Cris cabalgaban juntos, y Gillian se acercó a su marido.

—Niall, debo parar un segundo con urgencia.

—¿Qué ocurre?

Molesta por tener que confesar aquello, susurró:

—Tengo una necesidad urgente.

—¿Tan urgente como para no poder llegar al campamento? —se mofó él.

Incrédula por la osadía de Niall, asintió.

—Sólo será un segundo. Te lo suplico.

Con una sonrisa en los labios, tras indicarle a Ewen que continuaran el camino, se desviaron. Al llegar a una arboleda, Gillian se bajó con urgencia del caballo.

—No te alejes, tesoro —gritó su marido con ironía.

Gillian no quiso responder a aquella provocación, y se adentró en el bosque. Tras aliviar su urgencia, emprendió el regreso mientras oía rugir su estómago. Estaba hambrienta. De pronto notó que unas manos tiraban de ella y le tapaban la boca. Comenzando a patalear, Gillian vio que se trataba de dos hombres. Por su apariencia sucia y desaliñada, podía haberlos confundido con dos de los salvajes de su marido, pero no. Aquellos sujetos nada tenían que ver con los hombres de Niall.

—¡Oh, qué tierna y sabrosa palomita hemos cazado hoy!

—Ni que lo digas.

En ese momento, el estómago de Gillian volvió a rugir. Los hombres, sorprendidos, se miraron y sonrieron mientras le ataban las manos a la espalda.

—¡Vaya!, presiento que tienes tanta hambre como yo. —Y acercándose más a ella, el más alto siseó—: Aunque yo más bien tengo hambre de lo que guardas entre tus bonitas piernas.

Gillian abrió la boca y, con toda la fuerza del mundo, le mordió en la mano haciéndole gritar.

Aquel grito fue lo que alertó a Niall, que tras correr hacia donde ella había desaparecido y no verla, maldijo y se adentró en el bosque.

—¡Maldita sea! ¡Me ha mordido!

—Y más que te morderé como se te ocurra ponerme la mano encima. ¡Cerdo!

El hombre, con la mano dolorida, le dio un bofetón que la hizo caer hacia atrás.

—Cállate, o conseguirás que te mate antes de disfrutar de tu cuerpo.

—¡Que me calle! ¡Ja!... Eso no os lo creéis vosotros ni borrachos.

Sufriendo a causa del tremendo mordisco que Gillian le había dado en la mano, el hombre se volvió hacia su compañero y le exigió:

—Tápale la boca antes de que se la tape yo de una pedrada.

—No podrás —gritó ella—. Suéltame las manos y veremos quién da la pedrada antes.

Con celeridad el otro sacó un trapo sucio y poniéndoselo en la boca la hizo callar.

Niall llegó hasta ellos y, tras comprobar sin ser visto que sólo se trataba de dos bandidos, pensó qué hacer. Había dejado la espada en el caballo y no quería retroceder y perderlos de vista; por ello, sin más demora, salió a su paso.

—Creo, señores, que tenéis algo que me pertenece.

Gillian suspiró, aliviada.

Los hombres, al ver aparecer a aquel individuo de entre los árboles, se miraron con precaución.

—¿Qué tenemos que sea tuyo? —preguntó uno de ellos.

Tras un bostezo que a Gillian se le antojó interminable, Niall respondió con desgana.

—La fiera a la que habéis cerrado la boca es mi insufrible esposa.

Eso hizo reír a los villanos, pero a Gillian no.

—Y aunque a veces —continuó Niall— sienta ganas de matarla o cortarle el pescuezo por lo insoportable y problemática que es, no puedo, es mi querida esposa.

Gillian, aún con el trapo en la boca, gruñó, pero ellos no le hicieron ni caso.

Con un gesto agrio, el que había sido mordido por la mujer, preguntó:

—Si es tan insufrible, ¿por qué vienes a rescatarla?

Niall se rascó la cabeza y respondio con pesar.

—Porque me guste o no reconocerlo, todo lo que tiene de brava lo tiene de fiera en el lecho.

No pudiendo creer que hubiese dicho aquellas terribles palabras, Gillian protestó y gesticuló, y Niall sonrió.

—La verdad es que es muy bonita —aseguró uno de los bandidos, pasándole la mano por los pechos—. Y su tacto parece ser muy suave.

Ver cómo aquel impresentable rozaba el pecho de Gillian hizo que Niall se tensara. Nadie a excepción de él cometía semejante osadía. Lo mataría. Pero manteniendo su imperturbabilidad, asintió:

—¡Oh, sí! Ella es muy suave. Tocad..., tocad. A mí no me importa —los animó para desconcierto de Gillian.

En ese momento, a la joven le volvieron a rugir las tripas, y los hombres rieron, para su horror.

«¡Maldita sea mi hambre!»

—¿No te recuerda esta moza a Judith, la furcia de Portree? —dijo el bandido más alto a su compañero.

«¡Vaya..., qué suerte la mía!», pensó ella.

—Es verdad. Es pequeña, pero con cuerpo tentador —coincidió el otro, mirándola con deseo—. Y por su bravura, parece ser tan ardiente como Judith. ¡Oh, hermano!, cómo lo hemos pasado con ella bajo las mantas, ¿eh?

—¡Ni que lo digas! —asintió el otro, relamiéndose.

Gillian intentó gritar. Mataría a Niall. No quería que la compararan con una furcia, y menos conocer los detalles de aquella pecaminosa relación. Niall, comprendiendo que aquellos dos tenían menos cabeza que un bebé de teta, y sabedor de que con dos estocadas se los quitaría de encima, dijo para su regocijo y horror de su mujer:

—Si tanto os gusta mi ardiente esposa, os la cambio por algo que tengáis de valor. Estoy seguro de que ella os hará olvidar a esa tal Judith cuando la tengáis bajo las mantas. —Al ver a su mujer poner los ojos en blanco, sonrió y prosiguió—: Será una manera de no tener que soportarla, y así todos quedamos satisfechos. ¿Qué os parece?

«Te mato..., te mato, McRae... De ésta te mato», pensó Gillian, que no podía creer lo que Niall les había propuesto. ¿Cómo iba a dejar que se la llevaran?

Los hombres intercambiaron una mirada y asintieron:

—De acuerdo. La moza lo merece. ¿Por qué deseas cambiarla? —preguntó el más joven.

Gillian, maldiciendo a través del trapo, gritó. Si ese patán descerebrado la cambiaba, que se preparara para cuando ella le encontrara. Lo despellejaría. Pero Niall, sin mirarla para aparentar dejadez, paseó la vista por las escasas pertenencias de aquellos hombres y propuso, señalando una de las dos espadas que estaban en el suelo:

—¿Qué os parece mi rubia mujer por esa espada y unas tortas de avena?

«¿Tortas de avena? Torta es la que te voy a dar yo cuando te pille, McRae», dijo para sí misma, cada vez más humillada.

Los gañanes, a cuál más tonto, tras mirarse asintieron, y con rapidez el más joven se acercó hasta la espada, la cogió junto a una bolsa de tortas de avena, y acercándose hasta Niall, se lo entregó todo.

Como si tuviera en sus manos una espada de acero damasquinado, Niall la miró con interés.

—Es una buena espada —dijo el hombre—. Se la robé a un inglés hace tiempo. Es un buen cambio.

Niall dio un par de estocadas al aire y asintió. Entonces, con un movimiento rápido, cogió a aquel hombre del cuello y dándole un golpe con la empuñadura de la espada le hizo caer sin conocimiento al suelo. Sin darle tiempo al otro a reaccionar, le puso la punta de la espada en el cuello.

—Si en algo aprecias tu vida y la de tu hermano —amenazó—, ya puedes salir corriendo, y no regreses hasta que mi mujer y yo nos hayamos marchado, ¿me has entendido?

El tipo, sin ningún tipo de reparo, comenzó a correr despavorido sin mirar atrás. Ya regresaría a por su hermano. Una vez que quedaron solos con el hombre sin sentido tirado en el suelo, Niall se acercó a Gillian con expresión burlona y le quitó la mordaza.

—¡Tortas de avena! —gritó, enfadada—. ¿Me ibas a cambiar por unas tortas de avena?

El highlander volvió a ponerle la mordaza, y ella gritó, deseando cortarle el pescuezo.

—Si vas a seguir aullando no te quito el bozal —rió, divertido.

Segundos después, y un poco más calmada, ella asintió, y él le quitó la mordaza.

—¡Tortas de avena! —exclamó—. Pensabas cambiarme por unas malditas tortas de avena.

Niall sonrió. Era imposible no reír viéndola a ella y su gesto de indignación.

—Dicen que son muy nutritivas y que dan fuerza —masculló él mientras le desataba las manos.

Una vez liberada, Gillian le miró con intención de protestar y cruzarle la cara por lo que le había hecho creer, pero al verle sonreír, también sonrió.

Aquel entendimiento entre ambos fue tan fuerte que Niall la cogió por la cintura, la acercó hasta él y la besó. Aunque tuvo que dejar de besarla al oír cómo de nuevo las tripas de ella rugían como un oso.

«¡Qué vergüenza, por Dios!», pensó al separarse de él y ver cómo la miraba.

—Creo..., creo que me llevaré unas tortas para el camino —susurró, confundida.

Él, con gesto alegre, se agachó, cogió un paquete y se lo tiró mientras pensaba: «Regresemos al campamento antes de que el hambre me entre a mí, y yo no me contente sólo con las tortas de avena».

25

Al día siguiente, tras pasar una noche en la que Niall apenas pudo dormir, observando en la semioscuridad de su tienda a su mujer, se levantó sin fuerzas. Día a día, la presencia y el carácter de Gillian lo consumían. Cuando no deseaba matarla o azotarla por los continuos líos en los que se metía, deseaba tomarla, arrancarle la ropa y hacerla suya. Pero se abstenía; intuía que si lo hacía, su perdición por ella sería total.

Cabalgó alejado de Gillian gran parte de la mañana, hasta que finalmente pararon para comer. La joven se alegró porque aquello suponía la cercanía de Niall. Pero cuando vio que él se llevaba a la tonta de Diane a cazar con él y sus hombres, deseó cogerlo de los pelos y arrastrarlo por todo el campamento. ¿Por qué le hacía eso? ¿Por qué la besaba con tanta pasión y luego ni la miraba? ¿Por qué se empeñaba en irse con aquella atolondrada en lugar de quedarse como Lolach y Duncan con sus mujeres?

Todas esas preguntas martilleaban una y otra vez la cabeza de Gillian, hasta que el mal humor la atenazó. Pero no se quedaría mirando como una tonta. Si se quería ir con aquella boba que se marchara. Ella ya encontraría qué hacer. Con rapidez desmontó de *Thor*, y proponiéndose no pensar en el deseo que él le despertaba, sacó un cepillo y comenzó a cepillar al caballo con tal brío que, de seguir así dejaría sin un pelo al pobre *Thor*.

Tan abstraída estaba en sus pensamientos y el brioso cepillado que no notó que alguien se acercaba por detrás.

—Milady, acabamos de llegar del arroyo y..., y... queríamos que vierais el resultado.

Cuando Gillian levantó la mirada para contestar, casi se cayó para atrás. Aquellos que estaban frente a ella eran Donald y Aslam, que se habían rasurado las espantosas barbas y se habían cortado el pelo. Ante ella había dos nuevos hombres, altos, guapos, de facciones cinceladas y dueños de unos penetrantes y expresivos ojos castaños y verdes, respectivamente.

—¡¿Donald?! —preguntó.

—Sí, milady.

—¡¿Aslam?! —volvió a preguntar.

—El mismo, señora —contestó, riendo.

Se quedó embobada con el cambio obrado en ellos, y luego, se emocionó.

—Donald, no conozco a tu adorada Rosemary, pero si cuando te vea no cae rendida a tus pies, es que está totalmente ciega. —Y mirando al otro highlander, prosiguió—: Aslam, creo que alguien que no está muy lejos, cuando te vea, se va a quedar tan sorprendida como yo.

El highlander sonrió y, conmovido, se pasó la mano por la barbilla.

—¿Eso cree, milady? —se asombró el hombre.

—¡Oh, sí!, te lo puedo asegurar.

—¿De verdad creéis que así sabrá la linda Rosemary que existo? —insistió Donald.

Gillian asintió con alegría.

—Te lo aseguro, Donald. Es más, si ella no se fija en ti, te garantizo que muchas otras mujeres lo harán.

En ese momento, Gillian vio pasar a Cris y la llamó. Cuando ésta se acercó hasta ellos, le preguntó:

—Cris, conoces a todos los hombres de mi marido, ¿verdad?

Sin prestar atención a los highlanders que estaban junto a Gillian la joven respondió:

—Sí, por suerte o por desgracia, tengo que lidiar muy a menudo con esa pandilla de salvajes. ¿Por qué? ¿Qué han hecho ahora?

Pasmados por lo que la joven había dicho, los hombres la miraron.

—¿Conoces a estos hombres? —preguntó Gillian.

Cris miró a aquellos guapos jóvenes de pelo claro y pensó que si los hubiera visto con anterioridad los recordaría. Por ello, tras observarlos, negó con la cabeza.

—Y si te digo que son Donald y Aslam, ¿qué dirías?

Asombrada, la muchacha volvió a clavar sus ojos en ellos.

—¿Sois vosotros? —preguntó.

Con una sonrisa incrédula por la expectación causada, asintieron:

—Sí, señorita Cris, soy Donald.

—Y yo Aslam; se lo aseguro.

Dando una palmada al aire, la chica, atónita, dio un paso atrás.

—¡Por todos los santos, estáis magníficos! —exclamó—. Pero... ¿cómo no habéis hecho esto antes? Sois unos guerreros muy agraciados.

Gillian, contenta, les dijo:

—¿Lo veis? ¿Veis como las mujeres ahora sí que os admirarán?

Turbados, se encogieron de hombros. Nunca entenderían a las mujeres. En ese momento, se acercaron varios hombres de Niall, y uno de ellos vociferó, mirando a su alrededor:

—¿Dónde demonios está Donald? Llevo buscándolo un buen rato y no lo encuentro.

Donald se volvió, extrañado porque no lo hubiera reconocido.

—Estoy aquí, Kevin, ¿estás ciego?

Los highlanders de largas barbas le miraron e, incrédulos, se acercaron a él.

—¡Por las barbas de mi bisabuelo Holden! —clamó uno.

—Si no lo veo..., no lo creo —comentó otro al reconocer la risotada de Aslam.

Muertas de risa, Gillian y Cris eran testigos de cómo aquellos salvajes se aproximaban hasta los highlanders y los observaban patitiesos. Durante un buen rato, se divirtieron con las ocurrencias que decían y, por primera vez, Gillian se sintió una más del grupo. Poco después, oyó que Johanna la llamaba. Se despidió de los hombres y se encaminó hacia los niños. Todos jugaban juntos, excepto Demelza, que aún no se quería separar de su mamá.

—Tía Gillian —dijo Johanna—, Trevor no cree que tú y mamá sois capaces de cabalgar sobre dos caballos, ya sabes, con un pie puesto en cada uno de ellos.

Ella sonrió. Llevaban años sin practicar aquel loco juego y, mirando al niño, respondió:

—Trevor, eso era algo que tu tía Megan y yo hacíamos hace tiempo. Ya no lo hacemos.

—¿Lo ves, listilla? —recriminó el niño mirando a su prima—. Tu madre y Gillian son demasiado viejas para hacer ese tipo de cosas.

Se quedó petrificada por lo que aquel mocoso había dicho.

—¿Me has llamado vieja, Trevor? —le preguntó.

El crío, al ver a la mujer con los brazos en jarras, se disculpó.

—No. Yo no...

—Sí, sí, te lo ha llamado —apostilló Johanna.

Trevor, abrumado por la mirada de tanta mujer, finalmente resopló:

—Vale, de acuerdo. Lo he dicho, pero ha sido sin querer.

Aquella disculpa hizo reír a Gillian, quien, tocándole la cabeza para revolverle el pelo, le dio a entender que no ocurría nada.

—No pasa nada, cielo; no te preocupes. Pero como consejo te diré que no llames nunca vieja a ninguna mujer, o tu vida será un infierno, ¿vale?

Con una sonrisa idéntica a la de su padre, Trevor asintió y se marchó.

—Mami dice que tú eres la mujer más valiente que conoce —dijo, chupándose un dedo Amanda.

—¡Oh, no, cariño! ¡Megan es más valiente que yo! Te lo puedo asegurar.

—Tía Gillian, te voy a contar un secreto. Mi mamá aún hace lo de los caballos. Yo la he visto —cuchicheó Johanna, acercándose a ella.

—¿En serio? —preguntó, incrédula.

La pequeña asintió con un gesto de cabeza.

—¿Tu padre la ha visto hacerlo?

La niña, con expresión pícara, negó con rapidez, y se acercó a ella antes de susurrar:

—Papá se enfadaría mucho si viera las cosas que mamá hace con el caballo. Es un secreto entre nosotras; ella me enseña a hacerlo, y yo no se lo cuento a él.

—¡Ah, excelente secreto! —contestó, divertida, Gillian, y Johanna se alejó corriendo tras su primo Trevor.

—Yo quiero aprender a montar a caballo para ser una gran guerrera como papá y el tío Niall —gritó la pequeña Amanda con su pequeña espada de madera en la mano.

Gillian, agachándose, la besó.

—Cuando crezcas un poquito más, tu mamá te enseñará todo lo que quieras. ¡Ya verás! —le aseguró.

La cría se sintió encantada, y rodeó con sus cortos bracitos el cuello de Gillian y la besó. Ésta, complacida por aquella muestra de cariño, le hizo cosquillas, y Amanda comenzó a reír a carcajadas. Tenía tantas cosquillas como Megan.

Las risotadas de la pequeña atrajeron la mirada de Niall, que llegaba en ese momento de cazar. El rato que había estado separado de ella y en compañía de Diane le había hecho valorar de nuevo lo luchadora y divertida que era su esposa. Todo lo contrario a Diane, que cada día era más insulsa, blandengue y bobalicona, actitudes que él detestaba en una mujer.

Se apeó del caballo, caminó hasta un árbol y se apoyó en él. Desde allí estuvo observando cautivado a Gillian mientras ésta jugaba con la pequeña Amanda, hasta que apareció su hermano Duncan.

—¿Qué tal la caza hoy? —preguntó.

—Bien. Casi una docena de conejos —respondió Niall, abstraído.

Duncan, al ver el modo como su hermano miraba a su hija y a Gillian, le susurró:

—¿Cuándo vas a dejar de evitar lo inevitable?

Consciente de lo que aquél había querido decir, Niall lo miró ceñudo, y Duncan, cabeceando, añadió:

—Esa mujer a la que miras como un bobo babeante es tu esposa. Pero si no quieres perderla, deja de tontear con la McLeod.

—No tonteo con Diane.

—¿Estás seguro que no tonteas con la McLeod? Porque siento decirte, hermano, que es lo que piensa todo el mundo y...

—Seguro que Megan ya te ha ido con ese cuento, ¿verdad?

Molesto, Duncan contestó:

—Megan también se ha dado cuenta, pero no estoy hablando de eso. Te hablo de que todo el mundo comienza a murmurar. Te acabas de desposar con Gillian y no es normal que te vayas de caza o pasees con la McLeod. —Al ver que su hermano no contestaba, inquirió—: ¿Te gustaría que Gillian se marchara con otro hombre de paseo por el bosque? Porque te recuerdo que tú lo haces ante ella y ante todos, y estoy seguro de que es para darle celos.

El cuerpo de Niall reaccionó a la regañina de su hermano y sacando pecho, le aseguró:

—Nunca lo hará por la cuenta que le trae.

—Escucha, ella...

Niall no le dio tiempo a terminar.

—En cuanto a lo de darle celos, no sé de lo que hablas. Diane sólo es una joven muy agradable.

Una gran risotada de Duncan hizo que Niall lo mirara y gruñera.

—Deja ya de reír como un idiota si no quieres que me enfade contigo.

Pero su hermano, dándole un golpe en la espalda, continuó riendo.

—¿De verdad tengo que creer que hubieras deseado un matrimonio con una mujer como la McLeod antes que con Gillian?

—No.

—Lo sabía —contestó el highlander aún riendo mientras contemplaba cómo Megan y Shelma disfrutaban juntas.

—Pero a veces me gustaría que fuera menos impetuosa, menos guerrera, menos...

—No digas tonterías —le cortó Duncan—. Si algo te ha gustado siempre de ella es su manera de ser. A ti y a mí no nos gustan las mujercitas al uso que sólo cosen y visitan las abadías. A los McRae nos atraen las mujeres con carácter, capaces de blandir una espada en defensa de los suyos, y dulces y apasionadas en la intimidad.

Niall sonrió, y Duncan prosiguió:

—Hace algún tiempo un amigo... —dijo pensando en Kieran O'Hara— me comentó que nunca intentara domesticar ni cambiar a Megan porque dejaría de ser ella. Y te puedo asegurar que aún le doy las gracias por esas palabras. Me gusta cómo es, aunque en ocasiones esa cabezonería suya me haga sentir ganas de matarla. Adoro su forma de ser. Me enloquecen nuestras peleas, y más aún nuestras reconciliaciones. Me apasiona verla disfrutar de la vida de nuestras hijas, de su locura y del amor. Y eso, hermano, no tiene precio.

Niall se sintió conmovido ante la franqueza de Duncan y sonrió. Siempre había sabido que Megan y su hermano estaban hechos el uno para el otro, y también sabía que Gillian y su cuñada estaban cortadas por el mismo patrón. Eran dos guerreras.

—Vale, Duncan, entiendo lo que me quieres decir, pero...

—No hay peros que valgan, Niall. Si realmente la quieres, ámala, y déjate de jueguecitos con Diane. Porque conociendo a Gillian, tarde o temprano, ese juego te traerá problemas.

Una vez dicho eso, Duncan le dio un golpe en el hombro y se dirigió hacia su mujer. Cuando llegó hasta ella la besó y, tras guiñarle un ojo a su hermano, que sonrió, se marchó a dar un paseo con ella.

26

Niall pensó en lo que Duncan le había dicho. Su mujer le gustaba más que ninguna, pero se negaba a caer bajo el mismo influjo de amor en que su hermano o Lolach habían caído. Sin saber por qué comenzó a andar hacia Gillian. Ésta, sin advertir aún la presencia de su marido, le dio un último beso a la pequeña Amanda y la dejó en el suelo. La niña corrió dispuesta a pillar a su hermana y a su primo.

Con una cariñosa sonrisa en la boca, Gillian los estaba viendo correr alrededor de los guerreros cuando la voz de Niall la sobresaltó:

—¿Has comido algo, esposa?

Volviéndose hacia él, cambió su gesto. Aún estaba enfadada porque se hubiera marchado de caza con Diane y no le hubiera dicho nada a ella. Sólo pensar que aquélla lo pudiera besar le ponía enferma. Aun así, con fingido disimulo, respondió:

—No. Todavía no he comido. Ahora lo haré.

Sin querer mirarlo a los ojos, le rodeó para pasar por su lado, pero él la asió por la cintura.

—¿Qué te ocurre, Gillian? —le preguntó.

—Nada. ¿Por qué? ¿Me tiene que pasar algo?

Clavando sus preciosos ojos en ella, le susurró:

—Estaba deseando regresar para verte. ¿Tú no lo deseabas?

«Sinvergüenza, y por eso te has ido con Diane.»

Incapaz de permanecer impasible le dio un pisotón, y el hombre arrugó la cara.

—¡Oh, sí!, ya lo he visto, y por eso, en vez de decirme a mí que me fuera contigo de caza se lo has dicho a esa idiota de Diane. ¿Qué pasa, McRae, ella te regala sus favores cada vez que estáis solos?

«¡Maldición!, ¿por qué no me habré callado?», pensó nada más decirlo.

Oír aquello era lo último que esperaba y más tras la advertencia de Duncan.

—Mi relación con Diane es...

Pero Gillian no lo quería escuchar.

—No quiero hablar de esa mentecata, ni de vuestra relación, y tampoco me apetece hablar contigo. —Y poniéndose las manos en la cintura, murmuró—: Si ya lo decía Helda, cuando un hombre consigue su propósito luego no te vuelve a mirar. Y claro, tú ya has conseguido meter tus manazas bajo mi falda, y como has comprobado que lo que hay no te agrada, buscas tu placer en otras, ¿verdad?

Estupefacto, boquiabierto y sorprendido por lo que Gillian decía, respondió:

—¿De qué demonios estás hablando, mujer?

—¿Mujer? ¿Ya vuelvo a ser ¡tu mujer!? ¡Maldita sea, pedazo de alcornoque!, tenme un respeto.

«¡Por todos los santos! No se cansa de pelear», pensó, incrédulo.

—¡Me vuelves loco! —gritó, sin embargo—. Eres insoportable, tesorito.

«Ya estamos con lo de tesorito», se dijo, más enfadada.

—Y tú, un majadero.

Sobrecogido por su reacción, resopló. Su intención al acercarse a ella era disfrutar de su compañía, pues era lo que más le apetecía; pero, como siempre, sus encuentros acababan en discusión. Por ello, malhumorado, sentenció:

—Si continúas insultándome ante mis hombres, tendré que tomar medidas, ¿me has oído?

Cruzándose de brazos ante él, pateó el suelo y se mofó.

—¡Oh, claro que te he oído, esposo!

Cada vez más enfadado, la agarró por el brazo y comenzó a andar a grandes pasos ante la mirada atónita de todos.

—Pero, bueno, ¡suéltame! ¿Adónde me llevas?

—No te desboques, esposa, y respétame —voceó Niall.

Suspirando por aquel tono, se dispuso a presentar batalla.

—¡Oh, disculpad mi atrevimiento, *esposísimo* mío!

Desde su altura, Niall la miró e inexplicablemente, incluso para sí mismo, sonrió. Tenerla asida de aquella forma, mientras olía el maravilloso perfume que emanaba frescura y sensualidad, lo volvía loco. Le habría gustado gritarle que se acercaba a Diane para no sucumbir a sus encantos, pero eso le hubiera dejado desprotegido. Por ello, sin bajar la guardia, no respondió, y continuó caminando.

Niall fue hasta donde uno de los guerreros cocinaba. El estofado que removía en un gran caldero oscuro olía muy bien. El hombre llenó con rapidez dos cazos de estofado y se los entregó. Con una deslumbrante sonrisa, Gillian se lo agradeció, y el cocinero, un muchacho joven del clan de Lolach, asintió, complacido. Niall sintió celos y, sin soltarla del brazo, la llevó hasta un árbol, donde, sentándose en el suelo, la obligó a hacer lo mismo junto a él. Sin mirarse ni hablarse, comenzaron a comer.

En silencio, observaron cómo los niños jugaban. Johanna y Trevor chinchaban a la pequeña Amanda, que espada de madera en mano corría tras ellos. Inconscientemente, Niall, viendo a sus sobrinas, curvó los labios y sonrió.

—Los niños siempre me han gustado mucho, pero Johanna y Amanda, esas dos preciosas damitas, me han robado el corazón.

El suave tono de voz que empleó al hablar de sus sobrinas enterneció a Gillian, que lo miró y se aguantó las ganas de tocarle el cabello cuando una ráfaga de aire se lo descolocó.

—Sí, creo que Duncan y Megan han tenido mucha suerte con sus hijas.

—Son dos niñas preciosas, y tan valientes como sus padres —aseguró él, soltando una carcajada al ver a la pequeña Amanda tirarse como un muchacho contra su primo—. Amanda, Johanna, Trevor, ¡os vais a hacer daño! —gritó, divertido.

El niño, levantándose, le dio una patada a su prima Johanna en el trasero, y echó a correr. Ésta, con el cejo fruncido, se levantó del suelo, se recogió las faldas y corrió tras él como alma que lleva el diablo. La pequeña Amanda, mirando a su tío, le dedicó una sonrisa que habría derretido al mismísimo infierno. Después, gritó mientras corría tras los otros niños:

—Tío Niall..., yo soy una guerrera y los guerreros no se hacen daño.

—¡Vaya con la pequeña! —dijo Gillian sonriendo.

—Son auténticas McRae —apuntó con orgullo Niall.

—Disculpa, pero también son hijas de Megan —concluyó ella.

Curvando los labios, miró hacia donde estaban su hermano y Megan, que reían en aquel momento.

—Tienes razón. Son hijas de ambos. Pero déjame decirte que esa pequeña mezcla de sangre inglesa que corre por las venas de mi loca cuñada es lo que tiene hechizado a mi hermano y a todo aquel que se cruza con ella. Y lo mismo digo de Shelma.

Gillian sonrió. Ella también tenía sangre inglesa, algo que Niall sabía, pero que había omitido comentar.

—Que Dios ampare al hombre que se enamore de cualquiera de mis sobrinas. Su vida será una auténtica batalla.

Aquella pequeña broma relajó el ambiente e hizo que se miraran con dulzura, pero fue tal el desconcierto que sintieron que con rapidez cambiaron de gesto y desviaron los ojos hacia otro lugar.

Diane, que pasaba junto a los pequeños acompañada de su sufrida criada, protestó al ver el polvo que los retoños levantaban con su extraño juego de guerra. Rápidamente, se alejó, horrorizada. No le gustaban los niños. Eso hizo reír a Gillian.

En ese momento, Megan se acercó hasta sus hijas y su sobrino Trevor y, regañándoles por cómo se estaban ensuciando, los obligó a ir a la carreta para lavarse las manos antes de comer. Una vez que desaparecieron, Niall y Gillian se quedaron en silencio, hasta que un chillido de Diane volvió a atraer su atención. La joven se había pinchado con la rama de un árbol en un dedo y gritaba angustiada.

—Si esa mujer es capaz de vivir donde tú vives yo lo soy también —cuchicheó Gillian mientras sufría al ver cómo aquélla trataba a su pobre criada, que intentaba mirarle el dedo. Pero la caprichosa de Diane sólo miraba a Niall, pidiéndole ayuda.

Niall, sin embargo, hacía caso omiso; sólo tenía ojos para su mujer. Tenerla tan cerca le ofrecía un espectáculo increíble. Gillian era un deleite para la vista. Su precioso y ondulado cabello rubio, su aroma y su suave y claro pecho, que se movía al compás de su respiración, estaban consiguiendo que él se excitara como un idiota. Por ello, aclarándose la garganta, le dijo:

—Tengo que hablar contigo sobre lo que pasó hace unas noches, y también, sobre tu nuevo hogar.

—¿Sobre lo que pasó? —suspiró ella—. Quiero que sepas que...

Pero los grititos de Diane le hicieron callar y, mirando a su marido, gruñó:

—¡Oh, Dios! Esa tonta es insoportable con sus grititos de jabalí en celo.

Niall retuvo una carcajada, consciente de que decía la verdad. Diane era insufrible, pero no queriendo darle la razón, la miró y con gesto ceñudo, sentenció:

—Sé educada, mujer. Diane es una dama y merece ser tratada con respeto. El que tú no tengas su delicadeza y su saber estar no te da derecho a hablar así de ella. Respeto, Gillian; respeto.

Deseosa de decir todo lo que se le pasaba por la mente, resopló, y con la furia instalada en sus palabras, respondió:

—*Mi señor*, creo que vuestra amiga Diane demanda vuestra presencia. —Y mofándose, añadió—: Pobrecita, se habrá clavado una espinita y necesitará de vuestra comprensión.

Aquel comentario, y en especial el tono, le hizo gracia, pero no cambió su expresión.

—¿A qué viene eso de *mi señor*? —preguntó.

—Me has pedido respeto y...

—Gillian..., ¿quién es ahora la insoportable?

Dispuesta a no dar su brazo a torcer, respondió:

—*Mi señor*, acabáis de dejarme claro que yo debía...

—Lo que te he dejado muy claro es que no pienso permitir que te sigas comportando como lo hacías en Dunstaffnage. No pretendo que me ames con locura, pero sí que seas educada y te sepas comportar como mi mujer, o...

—¡¿O?! —le soltó, cada vez más molesta.

«Debo ser masoquista, pero me encanta cuando me mira así», pensó él, y prosiguió:

—O... tendré que volver a azotarte y enseñarte educación.

Gillian intentó levantarse, pero él, sujetándola del brazo, no se lo permitió.

—Cuando esté hablando contigo me escucharás. Y hasta

que yo no termine lo que estoy diciendo no te moverás, ¿entendido?

Ella le pellizcó en el brazo, y a pesar de que Niall sintió un dolor increíble, no la soltó.

—Gillian, si no te comportas —murmuró entre dientes—, tendré que tomar medidas contra ese tosco e impertinente carácter de niña caprichosa que tienes.

Ella suspendió el pellizco y miró a su alrededor. Nadie los miraba. Y levantando el mentón, preguntó:

—¿Medidas? ¿Qué medidas tomarás?

Al ver que él no respondía, prosiguió sin ningún miedo:

—¿Pretendes lanzarme por algún acantilado, fustigarme o quemarme en una hoguera por caprichosa ante los bonitos e increíbles ojos de tu dulce dama Diane? Porque si es así te juro que lucharé por defenderme, aunque termine muerta y despedazada en cachitos. Y si ser una dama es ser y representar lo que es ella, me alegra escuchar de tu boca que soy todo lo contrario.

Enloquecido por besarla, la agarró del pelo con fuerza para atraerla más hacia él y le siseó cerca de la boca:

—Gillian, no me des ideas, por tu bien, y procura no enfadarme. Ya no soy el joven tonto que manejabas a tu antojo hace años. He cambiado, y hoy por hoy, cuando me enojan, soy capaz de cualquier cosa.

Aguantando el dolor, ella bufó.

—Ya sé que haces cualquier cosa. Te has casado conmigo.

Finalmente, Niall llevó su boca hasta la de ella y la besó. Con deleite, le mordisqueó el labio inferior, hasta que la hizo abrir la boca y se la tomó. Sorprendida, intentó zafarse de él, pero fue notar su dulce sabor y claudicar. Vibró al sentirse entre sus brazos. Lo deseaba. Pero entonces él se puso a reír, ella se tensó y la magia desapareció.

Pensó en darle un manotazo o pellizcarle en la herida que le había hecho en el brazo, pero el deseo irresistible que la embargaba le impidió razonar. Niall percibió su tensión, pero no la soltó, y le metió aún más la lengua en la boca, exigiendo que no parara. Para su satisfacción, al final ella soltó un gemidito que la delató.

En ese momento, se comenzaron a oír aplausos y gritos de los guerreros. Niall la liberó y se separó de ella para aceptar sonriendo las bravuconadas que sus hombres les dedicaban.

Humillada al sentirse el centro de atención en un momento tan íntimo, Gillian cerró el puño para darle un golpe, pero Niall, mirándola, susurró:

—Si haces eso lo pagarás, tesorito.

Ella se refrenó.

—No me gusta que me trates ante todos como lo acabas de hacer, y menos que me llames así.

Tras una risotada que hizo que todos los miraran, él murmuró:

—Te llamaré y trataré como yo quiera, ¿entendido? Eres mi esposa, ¡mía! No lo olvides.

—Claro que no lo olvido. Me quisiste cambiar por tortas de avena.

—Al menos son nutritivas, y no dañinas como tú. —Y sin darle tiempo a contestar, añadió—: Nunca olvides que soy tu dueño y te cambiaré por lo que quiera. No eres tan valiosa como Diane o cualquier otra dama. ¿Qué te has creído?

—¡Ojalá no estuviera aquí y mi vida fuera otra! ¡Ojalá pudiera dar marcha atrás a los días! De haberme casado con Carmichael, al menos habría sabido lo que podía esperar: muerte por asesinato. Pero ¿de ti?, ¿qué puedo esperar de ti, además de vejaciones y humillación? No te lo voy a consentir..., no. Y si tengo que acabar yo misma con mi vida, lo haré antes de que tú lo hagas. Te detesto, Niall. Te detesto tanto que no te lo puedes ni imaginar.

Dolorido y confundido por aquellas duras y terribles palabras la miró y, con gesto grave, sentenció:

—No me detestes, Gillian; mejor tenme miedo.

Furiosa, la joven levantó la mano, pero al ver la mirada gélida de él y los guerreros, la bajó. Con una sonrisa maléfica, Niall se rascó el mentón.

—A partir de hoy, cada vez que cometas un error en lo referente a mi persona, te cortaré un mechón de tu adorado pelo. —Ella blasfemó—. Y si continúas con tu irrespetuosa manera de ser, te encerraré en cualquier torreón oscuro hasta que consiga doblegar tu voluntad y estés tan asustada que no recuerdes ni cómo te llamas, ¿me has entendido?

No contestó. Se limitó a dirigirle una mirada glacial, y él continuó:

—Olvida lo que te dije sobre tener un heredero contigo. Tenías razón. Puedo tenerlo con cualquiera de las fulanas con las que me acuesto, y estoy seguro de que me resultará más agradable y placentero. Eso sí, tú lo cuidarás y lo criarás como si se tratara de tu propio hijo. —Ofendida, no consiguió ni abrir la boca—. Y tranquila, lo que ocurrió aquella noche en la que te lanzaste sobre mí no volverá a ocurrir. Sólo te pediré algún que otro beso y exigiré alguna sonrisa para que la gente no murmure. Eras y eres un problema. Tu hermano y tu abuelo estaban convencidos de que terminarías en la horca tras matar a Carmichael, y no andaban desacertados —dijo, recordando lo que ella había comentado—. Y únicamente te diré una última cosa para aclarar nuestra situación. Si no permití que Kieran se casara contigo, no fue porque sintiera algo por ti. No, no te equivoques, tesorito. Si me casé contigo fue porque le debía muchos favores a tu hermano y, casándome, he saldado todas mis cuentas con él de por vida.

—Eres despreciable —susurró ella, respirando con dificultad.

—Sí, Gillian, soy despreciable. Y para ti pretendo ser el ser más despreciable de toda Escocia, porque tenerte a mi lado es y será una carga muy difícil de llevar.

—Te odio —gimió al sentir que el corazón se le paralizaba.

Niall sonrió con maldad, pero todo era fachada. El corazón le palpitaba desbocado al ver el horror y el dolor en los ojos de ella.

—Me alegra saber que me odias, tesoro mío, porque tú sólo serás la señora de mi hogar, no de mi vida ni de mi lecho. Mis gustos por las mujeres son otros —dijo, mirando a Diane de forma insinuante—. En una mujer me atraen dos cosas: la primera, su sensualidad, y la segunda, que sepa lo que me gusta en la cama. Y tú no cumples nada de lo que busco.

—Eres un hijo de Satanás. ¿Cómo puedes ofenderme así? —Intentó abofetearle.

Con un rápido movimiento, él la detuvo y, sacándose la daga del cinto, le cortó un mechón del cabello. Ella gritó, y Niall, enseñándole el trofeo, siseó:

—Cuidado, Gillian. Si no te controlas, te quedarás calva muy pronto.

Aquello era insoportable, y levantándose, furiosa, intentó andar, pero Niall le tiró de la falda y la hizo caer sobre él. Asiéndola con rudeza entre sus brazos, la aprisionó y, sin darle tiempo a respirar, la besó. Pero esa vez ella no gimió ni respondió. Instantes después, cuando Niall separó sus labios con una sonrisa triunfal, susurró:

—Estoy en mi derecho de tratarte y hacer contigo lo que quiera —dijo, enseñándole la daga que le había sacado de la bota—. No lo olvides, tesorito.

—Dame mi daga.

—No, ahora no. Quizá más tarde —respondió él, guardándola junto a la suya en su cinto.

Soltándola como quien suelta un fardo de heno, la dejó marchar justo en el momento en que comenzaba a llover. Con una fría sonrisa, la vio alejarse furiosa y enfadada. Intuía que maldecía aunque no la oía. En ese instante, Ewen llegó hasta él.

—Mi señor, creo que deberíais venir un momento.

—¿Ahora? —preguntó, molesto.

—Sí, ahora. —Necesitaba que viera lo que ocurría entre sus hombres.

Niall, volviéndose para mirar a su esposa, que desaparecía entonces tras unos árboles, gritó:

—Gillian, sé buena, y no te metas en problemas.

La mujer se paró y, de pronto poniéndose las manos en las caderas, dijo enfadada:

—No, tesorito, no te preocupes.

Al ver cómo se alejaba a grandes pasos, Niall suspiró. Se llevó el mechón de pelo a los labios y lo besó. Después, lo guardó y se marchó con Ewen a ver a sus hombres.

27

Maldiciendo como el peor de los guerreros, Gillian se alejó. Necesitaba sentir el aire frío y la lluvia en su cara para darse cuenta de que estaba despierta y lo que había escuchado no era un mal sueño. ¿Cómo podía ese asno tratarla así y, a la vez, en otros momentos, ser tan dulce y arrebatador?

Sentándose en el suelo, bajo un enorme árbol, suspiró, y agarrándose su precioso cabello, maldijo al ver el trasquilón. Soltándolo con rabia, pensó: «¡Estúpido!».

Él pretendía tener un hijo con otra, humillarla y encima obligarle a que lo criara. ¡Nunca! Y menos aún permitiría que la tratara como él pensaba. Prefería la muerte.

En ese momento, vio salir corriendo de detrás de unos matorrales a Trevor y a Johanna, pero no vio a la pequeña Amanda. Eso le extrañó, y durante unos instantes esperó a que la pequeña apareciera. Sin embargo, al ver que no era así, fue hacia los matorrales.

—¡Amanda! —llamó Gillian, pero la niña no respondió.

De pronto, oyó un gemido no muy lejos y corrió hasta la orilla del río, donde encontró a la pequeña agarrada a una rama dentro del agua. Con rapidez, Gillian se metió en el río y sorprendida vio como éste se la tragaba. Era una orilla engañosa y a la pequeña le debía haber pasado igual. Tras sacar la cabeza del agua, nadó hasta ella y, cogiéndola con fuerza, le susurró mientras la besaba:

—Cariño, no llores. Ya estoy aquí, y no te va a pasar nada.

—Mi espada —gimió la pequeña.

Gillian miró a su alrededor y, al ver que el juguete de madera flotaba no muy lejos de ellas, dijo:

—Mírala, cariño. Está allí, ¿la ves?

Pero la niña hizo un puchero.

—Se la ha llevado un dragón.

Gillian sonrió.

—Cariño, los dragones no existen.

Y antes de que ninguna se pudiera mover, sobrecogida, vio cómo un bicho se enrollaba lentamente en la espada y la alejaba.

Asustada, Amanda soltó un aullido de pánico y, con rapidez, Gillian nadó hacia la orilla. Una vez allí, la sacó y, después, salió ella y la abrazó.

—Ya está, mi amor. Ya está.

—¡El dragón se lleva mi espada! —gritó Amanda.

—Tranquilízate, cariño. Ese bicho no nos ha hecho nada —susurró, besándola con el pulso acelerado—. Y por la espada no te preocupes. Estoy segura de que mamá o papá te regalarán otra y...

—Pero ésa era la espada del tío Zac. ¡Yo quiero mi espada! —sollozó la niña, que intentó lanzarse al agua de nuevo.

Gillian observó de nuevo la espada, que parecía flotar. Odiaba las serpientes. Les tenía pánico.

—Mamá siempre dice que tú eres muy valiente, pero yo no lo creeré si dejas que ese dragón se lleve mi espada. Por favor..., no dejes que se lleve mi espadaaaaaaaaaaa.

Gillian volvió a mirar hacia el río, donde parecía que sólo flotaba la maldita espada. ¡Ni loca!

—Amanda, cariño, no tengo el carcaj ni la daga para matar al dragón —explicó al oír los berridos de la cría—. Tampoco llevo la espada para poder coger la tuya del lago. —Pero al ver el puchero y los hipos de la niña, asintió—: De acuerdo, intentaré coger la maldita espadita.

Con cuidado, volvió a meterse en el río. Pero la seguridad la abandonó. Sin daga ni espada, si el bicho la atacaba, no podría defenderse. Sabía que bajo la superficie aquella serpiente campaba a sus anchas, y eso la hizo estremecer. ¿Y si había más?

—Amanda, no tengas miedo, cariño —gritó para infundirse valor.

—No, tía, no lo tengo. —La pequeña tiritó—. Y tú, ¿tienes miedo del dragón?

«¡Oh, Dios! Sí. Como aparezca el bicho me da algo», pensó.

—No, cariño; a mí no me da miedo nada —dijo muy a su pesar.

Atenazada de terror, se acercó nadando hasta el juguete de la niña. En ese momento, notó que algo rozaba sus piernas y, tras hacer aspavientos con los brazos y las manos, sintió un pequeño pellizco en el muslo derecho, pero continuó. Entonces se dio cuenta de que había perdido su cordón del dedo. Su anillo de casada. Y parándose, buscó a su alrededor.

—¡Maldita sea, maldita sea! —vociferó, angustiada, porque, le gustara o no reconocerlo, aquel costroso cordón significaba mucho para ella.

—¿Qué te pasa, tía? —preguntó la niña.

—¡Ay, Amanda! Acabo de perder mi anillo de boda.

La pequeña se encogió de hombros.

—No importa. Seguro que el tío Niall te compra otro.

Gillian resopló.

—¡Oh, sí!, no dudo de que ese patán me lo compre —susurró para que la niña no lo oyera.

Al no ver el odioso cordón por ningún lado y con prisa por

salir del agua, con determinación agarró la espada y nadó hasta donde la niña la esperaba.

Una vez fuera, respiró. Ya no tenía que temer a ese odioso reptil. La pequeña Amanda, emocionada, se abalanzó sobre ella para besarla y coger su amada espada.

—Gracias, tía Gillian. Eres la mejor. La más valiente. Mamá tiene razón.

Con el corazón a punto de salírsele del pecho por el miedo que había pasado, consiguió sonreír, mientras con pesar miraba su dedo. Finalmente, tomó a la pequeña en brazos y, tiritando, regresó al campamento, donde Johanna gritó al verlas aparecer empapadas.

—¡Mamá!, Amanda se ha vuelto a caer al río.

Megan se levantó de un pequeño tronco y, al ver el aspecto de su hija y su amiga, corrió hacia ellas. Duncan, Niall y Lolach, que en ese momento hablaban, al oír el grito de Johanna se volvieron, y con rapidez, Duncan fue en su busca. Niall, al ver a su mujer empapada y con una pinta pésima, siguió a su hermano, aunque antes cogió un par de plaids para tapar a aquellas dos descerebradas.

—¡Oh! Mi papi me va a regañar. Y mami tiene cara de enfado —cuchicheó Amanda en su oído—. Me dijo que no me acercara al agua.

—No te preocupes, cariño —susurró Gillian, congelada—. Les diré que me caí yo y que tú te lanzaste a ayudarme.

—¡Qué buena idea! —sonrió la pequeña, encantada.

Megan se paró ante ellas con gesto serio y ojos risueños.

—¿Se puede saber qué ha pasado para que tengáis esa pinta las dos? —preguntó.

Amanda se estrechó contra Gillian, y ésta tras suspirar, dijo:

—Megan, ¡soy una torpe! Me he caído al río y Amanda se ha lanzado para salvarme.

Su amiga, conmovida por aquella mentira, dijo cogiendo a su pequeña:

—¡Oh, mi niña!, pero qué valiente eres.

Amanda, feliz porque su madre creyera aquello, sonrió, enseñando su boca mellada.

—Soy una guerrera, mami.

—Menos mal que estaba ella allí —asintió Gillian—. Si no hubiera estado, no sé qué habría hecho. Gracias, Amanda, eres una excelente rescatadora.

Duncan y Niall llegaron hasta ellas y al oír eso último sonrieron. La pequeña dijo:

—Tío Niall, Gillian ha perdido el anillo de vuestra boda, pero no la regañes, ¿vale?

Gillian maldijo en silencio, y Niall, al recordar el cordón de cuero, sonrió para sus adentros, pero voceó:

—¡¿Cómo?!

La niña, al percibir el tono de aquél y la cara de disgusto de Gillian, dijo tocándole la mejilla con su manita fría:

—Tío, mírame. —Él la miró—. No te enfades con ella. Lo ha buscado en el agua fría mucho rato, pero no lo ha encontrado. Y yo, para que no llorara, le he dicho que tú le comprarías otro más bonito.

—¿Tiene que ser más bonito? —bromeó Niall.

—¡Oh, sí, tío! Gillian se merece un anillo de princesa.

Los ojos de Niall se cruzaron con los de su mujer, pero ella, aún molesta, los retiró.

—Venga..., venga..., id a cambiaros de ropa las dos o cogeréis una pulmonía —las apremió Duncan. A Gillian le castañeteaban los dientes.

Niall le dio un plaid a Megan para que tapara a la niña y otro a su mujer.

Gillian tomó la manta que Niall le ofrecía, pero estuvo a punto de gritar cuando escuchó:

—Mujer, ¡qué torpe eres! —Lo miró furiosa—. Perder el anillo que te regalé en nuestra boda. Anda, toma tu daga y ve a ponerte ropa seca. Tienes peor aspecto que los salvajes de mis hombres.

Su primer instinto fue clavarle la daga que su esposo le acababa de devolver, pero se limitó a decir:

—Intentaré ser menos torpe, tesorito.

Levantando la barbilla, se marchó.

—No habrás creído que Amanda salvó a Gillian, ¿verdad? —susurró Duncan, divertido.

Con una mueca en los labios, Niall se mofó, y haciendo sonreír a su hermano, respondió:

—Por supuesto que lo he creído. Mi pequeña sobrina Amanda es una gran guerrera.

28

La noche se les echó encima. Como la lluvia era copiosa, al final habían decidido no levantar el campamento.

Los niños revoloteaban alrededor de la mesa y tuvo que ser Megan quien, enfadándose, logró sentar a los tres pequeños, que no paraban. Cris hablaba con Shelma cuando vio aparecer a su hermana Diane que, sin saludar a nadie, se sentó a la improvisada mesa.

—Es increíble el cambio que están experimentando tus guerreros, Niall —le dijo riendo Shelma, que observaba a algunos de aquéllos.

—¡Qué apuestos son! —cuchicheó Megan, sentándose mientras veía a Aslam pasear con Helena y sus hijos.

Niall todavía no se había repuesto de la impresión que había tenido cuando había ido con Ewen hasta ellos y los había encontrado sin sus barbas ni su rudo aspecto feroz. De pronto, su ejército de barbudos se estaba convirtiendo en un puñado de highlanders preocupados por su aspecto personal.

Cuando Niall preguntó el motivo de aquel cambio y Donald le explicó que se debía a los sabios consejos de su mujer, blasfemó. Finalmente, no obstante, acabó sonriendo.

—Creo con sinceridad, querido cuñado, que Duntulm se te llenará de mujeres —le aseguró Megan—. Cuando muchas de las mozas casaderas que conozco los vean, ¡la de bodas que se van a celebrar!

—Y la de niños que nacerán —se mofó Duncan, haciéndole sonreír.

—¡Por todos los santos! —exclamó Cris al fijarse de nuevo en el guerrero—. Donald es muy agraciado. Quién podría haber dicho que bajo toda esa montaña de pelo aparecería un joven tan varonil.

—En efecto... —asintió Lolach—. Antes os conocían como el ejército de los salvajes y ahora os conocerán como el ejército de los pimpollos.

—Mientras no pierdan su hombría me da igual su aspecto —apostilló Niall, molesto al ver que no aparecía Gillian. ¿Dónde estaba?

—Será un clan muy hermoso, comandado por un laird muy apuesto. Estoy segura de que vayan donde vayan calentarán muchos corazones —añadió Diane, consiguiendo que todos la miraran.

Megan, sorprendida por la desfachatez de la joven, soltó sin que pudiera evitarlo:

—¡Oh, sí!, desde luego Gillian tiene razones para estar contentísima. Tener un esposo tan guapo y enamorado de ella, y un ejército de hombres tan apuestos, que darían su vida, es como para que se te caliente el corazón, ¿no crees, Diane?

Pese a sentirse irritada por cómo aquélla había dejado claro ante todos que Niall era de Gillian, Diane no respondió.

Duncan y Niall se miraron y sonrieron. Megan defendía como nadie a su gente, y Gillian era su gente.

—Por cierto, ¿dónde está Gillian? —preguntó Cris, extrañada de no verla allí.

—No la he visto en toda la tarde —respondió Shelma, sentándose a la mesa.

—Es verdad, tras regresar empapada con Amanda no la he vuelto a ver —aseguró Megan.

Niall, que llevaba rato pensando lo mismo, miró a Ewen.

—Ve a mi tienda y dile a mi querida esposa que la estamos esperando —le ordenó.

El highlander se marchó rápidamente. Niall, para disimular su impaciencia por verla, bebió de su copa. Pocos instantes después regresó Ewen.

—Señor, su esposa me ha dicho que no se encuentra bien, que la disculpéis.

Megan cruzó una mirada con su hermana y, levantándose, puso en un plato un poco de pan y queso.

—Le llevaré algo de comer.

Duncan la detuvo y, mirando a su hermano, dijo:

—Niall, deberías llevar algo de comer a tu esposa, ¿no crees?

Molesto por cómo todos lo miraban, y en especial por la sonrisita tonta de su buen amigo Lolach, cogió el plato que su cuñada le tendía y se marchó.

Malhumorado, se dirigió hacia donde estaba su mujer. A aquella caprichosa le gustaba llamar la atención, pero él la trataría como se merecía. No obstante, al acercarse a la tienda y verla tan oscura, se sorprendió. Gillian odiaba la oscuridad. Abriendo la tela, entró, y cuando sus ojos se acostumbraron a la oscuridad, la vio. Se acercó a ella y le dio con el pie en lo que él presuponía el trasero.

—Gillian, tesorito, ¿qué te pasa?

—Tengo mucho frío —respondió con un hilo de voz.

—Mujer, eres tan torpe que no resistirás mucho en mis tierras. —Ella murmuró algo que él no entendió—. Dices que Diane es débil por clavarse una espinita en un dedo y lloriquear. Pero ¿qué deben de pensar mis hombres al ver que tú, la Retadora, estás medio muerta por tener frío?

—Déjame en paz, Niall —gruñó ella sin fuerzas.

Pero él no quería dejarla en paz. Quería oírla, y continuó:

—Por cierto, esposa, cuando desees proponer cambios entre mis hombres, me gustaría que antes lo hablaras conmigo.

Ella no respondió.

—¡Maldita sea, Gillian! ¿Cómo se te ocurre ordenarles que se conviertan en bellos adonis cuando lo que yo preciso son guerreros fieros que den miedo? ¿Acaso no sabes que necesito highlanders aterradores para defender mis tierras?

Al ver que ella callaba, se extrañó, así que volvió a atacar:

—Nunca imaginé que fueras tan débil por un poquito de frío.

—No lo soy.

—¡Oh, sí, sí que lo eres! No intentes negarlo, niñita malcriada. Sinceramente, creo que estás montando un nuevo numerito de los tuyos porque aún estás dolida por las palabras que hoy te he dedicado. Asúmelo, Gillian.

En vano, esperó durante unos segundos alguna contestación.

—¿Estás escuchándome?

—Sí..., sí...

Dado el bajo tono de sus respuestas, finalmente dijo:

—Debes comer. Te he traído un poco de pan y queso. Te vendrá bien.

Pasados unos instantes, ella contestó sin moverse:

—No..., no... puedo.

Pero Niall no estaba dispuesto a dejar que aquella caprichosa se saliera con la suya. Todo era puro teatro. Estaba enfadada por las cosas que él le había dicho y no pensaba consentir ni un momento más tan absurdo juego.

—Vamos a ver, tesorito. Si antes de que yo cuente hasta tres no te levantas, te juro que lo pagarás. Todos están cenando, y te esperan. ¿Acaso no te das cuenta?

—No puedo, Niall... Tengo..., tengo mucho frí..., frío —susurró, deseosa de que la dejara en paz. No quería ni podía pelear. No tenía fuerzas.

Harto de tanta contemplación, se acercó a oscuras hasta ella, la destapó, la asió por las axilas y la sentó. Esperó que ella le gritara y pataleara, pero al ver que no hacía nada, acercó la boca a su oído y se dio cuenta de que tenía el cabello empapado, como si acabara de salir del río. Extrañado, tocó su frente y, al notar la gran calentura, la tumbó. Ella no se movió. Rápidamente cogió una vela, salió hasta la fogata más cercana y la encendió.

Con pasos decididos, entró de nuevo en la tienda y, al verla hecha un ovillo, le aproximó la luz. Se quedó sin habla al verla empapada en sudor, temblorosa y con un extraño color azulado en el rostro.

—Por todos los santos, Gillian, ¿qué te ocurre?

Ella, como pudo, abrió los ojos. Estaban vacíos y sin vida, y unos círculos negros los rodeaban. De prisa Niall salió de la tienda y, sin moverse de la entrada, llamó a gritos a su cuñada. Megan se levantó como un resorte y, seguida por todos, corrió hacia donde él estaba.

—¿Qué pasa?

—Algo le ocurre a Gillian —dijo, desconcertado y sin saber qué hacer.

Volvieron a entrar en la tienda y, ya con más luz, todos se quedaron sin habla al ver a la joven temblar de una manera descontrolada.

—¡Dios mío!, ¿qué le pasa? —preguntó asustada Cris, mientras su hermana Diane, al ver el rostro azulado de Gillian, abandonó la tienda con una disimulada sonrisa.

—Iré a por tu bolsa de pócimas —se ofreció Shelma con rapidez.

Niall se agachó junto a su temblorosa esposa y, levantándola del suelo, la asió entre sus brazos mientras Megan se agachaba junto a él.

—Gillian, cariño, ¿qué te pasa? —la interrogó Megan, pasándole la mano por el pelo, incrédula de ver cómo sudaba y temblaba.

Al oír su voz, la joven abrió los ojos, pero no dijo nada. Sólo la miró, y poco después se desmayó.

—¿Qué te pasa? —vociferó Niall, moviendo a su mujer—. ¡Gillian, maldita sea, no me hagas esto! Despierta.

Pero Gillian no despertó. Estaba sumida en un profundo sueño, mientras en el campamento, con lo ocurrido, se organizaba un buen revuelo.

Shelma entró con rapidez en la tienda con la bolsa de las pócimas, y Megan, mirando a su marido y a Lolach, les pidió ayuda para que convencieran a Niall de que soltara a su mujer.

—Si no la sueltas, poco podré hacer por ella —le aseguró Megan.

—¿Por qué está así? ¿Qué le ocurre? —preguntó Niall, desesperado tras dejar a su joven esposa sobre unas mantas con delicadeza.

—¿Sabes si ha comido algo que le haya podido sentar mal?

—No, no lo sé —susurró Niall.

No quería ni imaginarse que ella hubiera provocado aquello. Pero tras pensar en las terribles cosas que le había dicho, el imponente highlander tembló al recordar las palabras de ella «Prefiero acabar con mi vida antes de que tú lo hagas». Si algo le ocurría a ella por su culpa, no se lo perdonaría mientras viviera.

29

Estaban angustiados atendiendo a Gillian cuando entraron los niños. Rápidamente, Cris y Zac se los llevaron.

—No sé qué le puede pasar —susurró Megan, desesperada.

Tan loco de agitación por que ella hubiera hecho una tontería, Niall fue a decir algo cuando se abrió la cortina de la tienda y apareció Zac con la pequeña Amanda en brazos.

—Sácala de aquí ahora mismo —le ordenó Duncan al ver a su hija mirar con gesto de horror a Gillian.

—Un momento —pidió el muchacho. Y mirando a su hermana dijo—: Amanda me acaba de decir que esta tarde, cuando se metió a salvar a Gillian en el río, en el agua había un dragón.

—¡Oh, Dios! Sacad a la niña de aquí ahora mismo —gritó, desesperado, Niall.

Adoraba a su sobrina, pero no era momento de oír tonterías. Los dragones no existían. Sin embargo, Shelma y Megan se miraron y con rapidez le preguntaron:

—Cariño, ¿recuerdas cómo era el dragón?

La niña, asustada en brazos de Zac, asintió.

—Tenía la cabeza gorda y con rayas naranjas.

—¡Oh, Dios! —susurró Shelma, llevándose la mano a la cara.

Niall, sin entender a qué se referían las mujeres, las miró, y Megan, de inmediato, destapó a la joven temblorosa y gritó:

—¡Salid todos de aquí!

Duncan, al detectar premura en la voz de su mujer, no preguntó y salió junto a Lolach y los demás. En la tienda sólo quedaron Shelma, Megan y Niall.

Sin hablar, las mujeres, ante los ojos incrédulos de Niall, comenzaron a desnudar a Gillian.

—Pero ¿qué estáis haciendo? Va a coger frío.

Megan, mientras desabrochaba los lazos del vestido de Gillian, le dijo:

—Creo que le ha mordido una serpiente y debemos encontrar dónde.

Sin esperar un segundo más, Niall las ayudó, explorando con detenimiento los brazos, los codos, las manos... hasta que de pronto Shelma gritó:

—¡Aquí!

Niall observó el torneado y fino muslo de Gillian y vio una pequeña marca roja que supuraba un liquidillo dorado.

—Iré a por agua caliente —anunció Shelma, y desapareció.

Megan, sin dejar de examinar la herida, murmuró:

—Pásame mi talega. Necesito ver que tengo todo lo que preciso.

Conmovido por la quietud que presentaba su mujer en aquel instante, Niall entendió los desvelos de su hermano cuando su cuñada Megan enfermaba. Verla allí tumbada e inmóvil, cuando Gillian era una joven activa, divertida y guerrera, lo mataba. De pronto ella se movió, y abriendo los ojos de golpe, dijo mirando a Megan:

—No dejes que se vayan.

—Tranquila, Gillian —susurró Megan, secándole la frente.

Pero ella volvió a gemir.

—No..., que no se vayan. Dile a mamá que me dé un beso.

Niall, desconcertado, miró a su cuñada, y antes de que él dijera algo le musitó:

—El veneno la está haciendo delirar. No le tengas en cuenta nada de lo que diga.

—Papá, mamá, ¡no me dejéis! —gritó Gillian, poniéndoles la carne de gallina.

Instantes después, pegó un chillido horrorizado y también a gritos dijo que sus padres habían muerto. Cuando Shelma entró con un caldero lleno de agua caliente, Megan echó unas semillas diminutas, unas hierbas rojas y un poco de cáscara de roble. Aquello debía hervir durante un rato.

—¡Ay, Megan!, estoy asustada. Su color es demasiado fúnebre —susurró Shelma.

Megan no contestó. Su cuñado la miró en busca de respuestas, pero ella no podía hablar; estaba terriblemente asustada. El veneno había corrido por el cuerpo de Gillian durante demasiado tiempo y quizá fuera tarde.

En ese momento, Gillian se volvió hacia Niall y le clavó sus ojos sin vida.

—Niall..., estás aquí —murmuró al reconocerle.

Sin importarle nada, excepto su mujer, sonrió y se acercó a ella.

—Claro, ¿dónde quieres que esté si no?

Ella pestañeaba, y Niall pensó que iba a perder la conciencia, pero con sus impactantes ojos azules fijos en él, inquirió:

—¿Te siguen gustando mis besos con barro?

Entonces, las mujeres lo miraron con ganas de llorar. Aquello era una anécdota de cuando eran unos niños. Muy niños.

—Por supuesto, cariño. Tus besos con barro, o sin él, son los mejores que nunca he recibido —contestó, secándole la frente.

Gillian sonrió, y con un hilo de voz, preguntó:

—¿Me darías un beso ahora?

Sin pensar, acercó sus labios a los de ella y la besó, pero la calentura que sintió en los abrasadores labios de Gillian le mató. Estaba ardiendo, y aunque su cuñada no dijera nada, veía la preocupación en sus ojos.

—Niall, perdóname. Yo..., yo a veces... No me cambies por tortas de avena...

—Tranquila, cariño; no te volveré a cambiar —murmuró él, besándole la frente.

Levantando con debilidad la mano, se la miró, y con un puchero, sollozó:

—He perdido mi horroroso anillooooooooooooooo. Soy una torpe.

Niall, tragándose sus emociones, le acarició el pelo empapado y, con una ternura que hizo que su cuñada se emocionara, le susurró al oído:

—Escúchame, Gata. Te compraré el anillo más bonito que jamás nadie haya tenido, pero no quiero verte llorar. Eres una mujer fuerte, una guerrera y no una torpe mujercita como he afirmado esta tarde. Nada de lo que te he dicho lo sentía, ¿me has entendido?

Con una dulce sonrisa, ella volvió a cerrar los ojos, y cayó de nuevo en un profundo y tormentoso sueño. Shelma comenzó a llorar, y Duncan, que había entrado segundos antes, tras una mirada de su mujer, agarró a su cuñada y, sin que ésta opusiera resistencia, la sacó de la tienda y la llevó junto a Lolach, que al verla llorar de aquella manera pensó en lo peor, así que suspiró al saber por Duncan que Gillian seguía viva.

El tiempo pasaba, y ésta empeoraba. Nada podían hacer, excepto rezar y esperar un milagro. Megan, consciente de por lo que Niall estaba pasando, pensó por un momento cómo podía aliviarlo, pero estaba tan preocupada por Gillian que apenas podía pensar con claridad.

—Niall, sal a estirar las piernas.

—No. Quiero estar con ella —murmuró, secándole con un paño húmedo el sudor.

No pensaba alejarse de su mujer. De su Gillian. Se sentía culpable por lo ocurrido, y aunque sabía que la mordedura era lo que la mantenía en aquel estado, se culpaba una y otra vez. Quería estar con ella, a su lado. Necesitaba cogerla de la mano y tocar con delicadeza aquella perfecta y graciosa cara, y pensar que todo saldría bien. Gillian no podía morir. No podía desaparecer de su vida.

Pero Megan insistió:

—Escucha, Niall. No puedes ayudar en nada más. Sólo hay que hacerle beber la pócima. Es necesario que el brebaje entre en ella para que el veneno que se ha extendido por su cuerpo sea expulsado, y hay que rezar para que el emplaste que le hemos puesto absorba al máximo la ponzoña concentrada que sin duda aún hay en la herida. Si el emplaste se pone negro es que está funcionando. Pero poco más podemos hacer. Y aunque me duela en el alma decirte esto, debemos estar preparados por si ocurre lo peor.

Niall negó con la cabeza y afirmó con la seguridad de un guerrero:

—Mejorará. Gillian es fuerte y no se rendirá.

Con cariño, Megan tocó la mejilla de su cuñado y, con una triste sonrisa, le susurró, agotada:

—Niall...

—No, Megan —replicó éste—. Gillian no morirá. No se lo voy a permitir.

Tras asentir, ojerosa y triste, Megan le dio un beso a Gillian en la frente y, mirando a su cuñado, le susurró mientras se sentaba a esperar en el fondo de la tienda:

—Dios te oiga, Niall. Dios te oiga.

Cuando Megan se recostó, Niall se tumbó junto a su mujer. Nada podía hacer por ella excepto estar a su lado y esperar. Por ello, conociendo el alma guerrera de ella, se le acercó y le murmuró al oído:

—Escúchame, mujer malcriada y consentida, no se te ocurra morir para escapar de mí, porque te juro por mi vida que si lo haces te buscaré como sea, llegaré hasta ti, te traeré de vuelta conmigo, y por Dios que me las pagarás.

Ella se movió, intranquila, y Niall suspiró, seguro de que le había oído.

30

Durante aquella larga y tormentosa noche, obligaron en varias ocasiones a Gillian a que bebiera aquella amarga y maloliente poción. No fue tarea fácil. Ella, en su delirio, se empeñaba más en escupir que en tragar, pero Niall no se rindió. Y con gesto fiero, aunque estaba exhausto, le ordenó que tragara una y otra vez, hasta que Megan le indicaba que ya podía parar. El emplaste que le habían puesto en la mordedura parecía funcionar y, con el paso de las horas, comenzó a oscurecerse. Eso les alegró.

Al amanecer, Gillian continuaba igual, pero viva. Duncan intentó sacar de la tienda a su mujer para que descansara, pero ésta se negó. No se movería de allí hasta que Gillian estuviera a salvo. Lo mismo pasó con Niall.

Las largas horas del día siguiente, Niall las pasó mirando a su inerte esposa, mientras la conciencia le atormentaba por todo lo que le había dicho. ¿Cómo había sido capaz de decirle aquellas barbaridades?

Con paciencia, ayudó a una extenuada Megan con el brebaje y, al anochecer del segundo día, ambos se relajaron al notar que la mujer cada vez deliraba menos, la fiebre parecía remitir y dejaba de temblar. Eso los animó.

—Tenías razón, Niall —sonrió Megan, quitándole el emplaste del muslo para colocarle otro fresco y limpio—. Gillian es muy fuerte.

—Te lo dije —sonrió el highlander por primera vez.

En ese momento se abrió la tela de la tienda y apareció Duncan.

—¿Os traigo algo de comer? —preguntó, consciente de que aquellos dos no se moverían de allí si no era con Gillian por delante.

—No, cariño —suspiró Megan, levantándose—. Llévame a descansar un poquito, que estoy agotada. Niall puede quedarse a solas con su mujer. Creo que el peligro ya ha pasado.

—Deseo concedido, cariño —susurró Duncan, asiéndola por la cintura.

Con una sonrisa en la boca, el highlander guiñó un ojo a su hermano, y éste, con gesto fatigado, asintió. Tomando la mano a Megan, se la besó y, antes de que se marchara, dijo:

—Sabes que te adoro, ¿verdad?

Con cariño, ella se agachó y, dándole un beso en la mejilla, respondió:

—Tanto como yo a ti, tonto.

Duncan, emocionado por el cariño verdadero que aquellos dos se profesaban, sonrió y le susurró al oído a su mujer:

—¿Y a mí me adoráis también, mi señora?

Sabiendo que su cuñado aún los miraba y conociendo lo mucho que le gustaba ver a su marido sonreír, le dio un suave beso en los labios y le indicó:

—A ti te quiero, te adoro, te amo y, en ocasiones, te odio. ¿Qué más puedes pedir, Halcón?

Con una risotada que llenó el corazón de Megan, Duncan la tomó en brazos y la llevó a su tienda. Su mujer necesitaba descansar, y él, tenerla cerca.

Agotado por las horas transcurridas, pero feliz por la mejoría de Gillian, Niall se tumbó a su lado, y vigilando su respiración, acercó su frente a la de ella.

—Eres una auténtica McRae. Una luchadora. Y aunque no

volveré a repetir estas palabras delante de ti, necesito decirte que te quiero más que a mi vida porque siempre has sido y serás mi único y verdadero amor.

Instantes después, agotado, se durmió junto a ella.

El tercer día amaneció y con él la actividad del campamento. Todos estaban felices por saber que la mujer del joven laird McRae mejoraba y se recuperaría: todos, excepto Diane, que maldijo con rabia dentro de su carromato.

Niall se despertó sobresaltado. Se había quedado dormido. Con premura observó a su mujer, que parecía dormir plácidamente. Comprobó que los oscuros cercos negros que le rodeaban los ojos ya no estaban. Su bonito rostro volvía a tener un color normal y la fiebre había desaparecido por completo.

Feliz y motivado por aquella mejoría, destapó el muslo de ella, y al ver el emplaste oscurecido, hizo lo que había visto hacer a Megan. Se lo quitó y con delicadeza le puso uno nuevo. Sin que pudiera evitarlo observó su cuerpo suave y curvilíneo. Nunca la había visto completamente desnuda y, con picardía, levantó un poco más la manta y resopló al ver lo preciosa que era.

Al notar cómo su entrepierna se endurecía ante aquel espectáculo, bajó la manta, la besó en la frente y se levantó. Decidió salir de la tienda. Necesitaba refrescarse, o era capaz de hacer suya a su mujer pese a estar en aquel estado. Cuando Niall abandonó la tienda, Gillian abrió con torpeza un ojo y sonrió.

31

Dos días después, Gillian estaba ya casi repuesta y viajaba recostada en una de las carretas, junto a Helena, que resultó ser una encantadora y agradable compañía. Con curiosidad, Gillian observó a sus guerreros. Aquellos toscos y barbudos hombres comenzaban a dejar de serlo, y eso le gustó.

—Helena, ¿qué piensas de Aslam? —preguntó al ver cómo aquel fiero guerrero convertido en un adonis se pavoneaba siempre que podía ante la mujer para hacerla reír.

—Es agradable, milady.

Gillian, con comicidad, se acercó más a ella y le cuchicheó al oído:

—¿Sólo agradable?

Aquello hizo reír a Helena. Aún recordaba el primer impacto que sufrió al subir a aquella carreta y ver a aquel gigante barbudo y peludo mirándola. Lo temió.

—Milady, ¿qué estáis queriendo decir? —inquirió, sonrojada.

—Helena..., Helena..., tú ya me entiendes.

La carcajada de ésta hizo que Aslam, que llevaba sobre su caballo a Demelza, la mirara con cara de bobalicón y los otros highlanders se mofaran de él.

—Milady, entiendo lo que me queréis decir y sólo puedo responder que él es encantador con mis hijos y conmigo, algo a lo que no estamos acostumbrados.

—Eso es magnífico, Helena —suspiró Gillian mirando las anchas espaldas de su marido.

En esos días, tras lo ocurrido, el trato entre Niall y Gillian se había relajado. Él intentaba suavizar sus comentarios mordaces, y ella se lo agradecía. Un poco de paz, tras varios días de lucha, era de agradecer, aunque le costara horrores contener sus impulsos asesinos cada vez que veía a Diane cabalgar como una loca para estar con él.

Circunspecto, Niall se percató de cómo sus hombres cambiaban día a día. Uno tras otro se habían afeitado las barbas y se habían arreglado el cabello, incluso intentaban no escupir a cada momento, algo que las mujeres agradecieron hasta la saciedad y a él le agradó.

Ver al rudo de Aslam paseando al anochecer con un bebé en brazos y una niña cogida a su otra mano era algo que Niall nunca había esperado. Pero desde la llegada de Helena aquel tosco hombre prefería una buena charla con ella sentado bajo un árbol a una borrachera con sus compañeros.

Durante aquellos días, y en sus ratos de ocio, con su cariño y paciencia, Gillian, ayudada por sus amigas y, en ocasiones, por Helena, les enseñó a los highlanders modales para cortejar a las damas.

Una de aquellas noches, Aslam dejó muy claro que Helena era cosa suya, y todos sus compañeros lo respetaron. Y jornada a jornada, Niall se percató de que no sólo su vida cambiaba con la presencia de Gillian, sino también la de todos.

Cuando la mejoría de ésta se hizo notable, y sin entender por qué, la rivalidad entre ambos regresó. Él parecía incómodo en muchas ocasiones a pesar de que ella intentaba agradarle. Lo que no sabía Gillian era que Niall luchaba única y exclusivamente contra sí mismo. Delante de la gente mantenían las formas y la sonrisa, pero en cuanto se quedaban solos en la tienda por las noches poco les faltaba para liarse a golpes de espada.

Cada noche, Niall demoraba todo lo que podía en ir a dormir. Y si entraba y notaba que ella estaba despierta, cogía su manta y se echaba lo más lejos de ella que podía. La tentación de sucumbir a los encantos de su mujer cada vez era más grande y sólo la podía refrenar mostrándose enfadado y molesto con ella. Gillian, en silencio, sentía tal rechazo por parte de él que deseaba que otra víbora le picara, para que Niall se le acercara y fuera amable. Pero callaba y no decía nada.

Por su parte, Niall apenas descansaba. Pensar que tenía a pocos metros a la mujer que le había robado la vida le estaba matando. La adoraba como nunca adoraría a ninguna otra, pero no estaba dispuesto a ponérselo fácil. Ella no se lo merecía.

Megan se percató de que algo ocurría. Pero tras hablarlo con Duncan y él aconsejarle que se mantuviera al margen, intentó no mediar en aquella relación, aunque no pudo evitar relatarle a Gillian mil veces con pasión cómo Niall la había besado desesperado cuando ella estaba delirando. A su cuñada eso le hacía sonreír, y si en un principio pensaba que lo que creía haber oído había sido un sueño, cada día estaba más segura de que ciertamente no era así.

La mañana en que Gillian tuvo que despedirse de Shelma, Trevor y Lolach se entristeció. Habían llegado al punto del viaje donde éstos se desviaban hacia Urquarq. Tras muchos besos y deseos de volver a verse pronto, prosiguieron su camino, y Gillian fue consciente de que pronto se quedaría a solas con Niall.

Aquella noche llegaron al castillo de Eilean Donan, el precioso hogar de Duncan, Megan y sus hijas. Allí, las aldeanas casaderas, al ver a los guapos hombres de Niall, los saludaron con unas sonrisas y pestañeos que los dejaron descolocados. Fue tal el desconcierto de los hombres al comprobar cómo las mujeres decentes les sonreían que apenas sabían qué decir, mientras Gillian los miraba, asombrada.

Como festejo por su llegada a Eilean Donan, la gente del castillo organizó una cena de bienvenida. Como era de esperar, Diane no acudió. Prefirió quedarse en la habitación, deseosa de que amaneciera para marcharse de allí.

Tras la cena, los lugareños comenzaron a tocar las bandurrias y las gaitas, y con rapidez los aldeanos de Eilean Donan empezaron a bailar. Desde su posición, Gillian observó cómo aquellos toscos guerreros de su marido miraban a las mozas del lugar, pero no se atrevían a decirles nada. Estaban tan acostumbrados a tratar con furcias que cuando una dulce jovencita los miraba se ponían rojos como tomates.

«Vamos, muchachos, lanzaos», pensó Gillian.

Sentada junto a su marido, seguía la conversación que éste mantenía con Duncan, pero sus ojos estaban sobre los rudos hombres que con sus torpes movimientos le pedían ayuda. Megan, que también se había percatado de la situación, sonrió sin que pudiera remediarlo al ver cómo algunas de las mujeres que conocía cuchicheaban sobre ellos. Pero Gillian ya no podía más, y volviéndose hacia su marido, que parecía haberla olvidado, lo llamó:

—Niall..., Niall...

—Dime, Gillian —respondió él, mirándola.

—¿Te importa si me levanto y bailo con alguno de tus hombres?

Sorprendido por la prudencia que ella mostraba al preguntar, la observó con desconfianza mientras ella seguía hablando.

—Todas esas jóvenes están deseando bailar con ellos, pero no sé qué les pasa a esos memos que ni uno solo se atreve a bailar.

Niall desvió la mirada hacia sus hombres y casi se carcajeó al ver la cara de circunstancias que ponían. Unos parecían corderos degollados por sus caídas de ojos y otros, highlanders enfadados y a punto de sacar la espada. Finalmente, se sintió incapaz de negarle aquello a su mujer, así que la miró y, cerca de su oído, le susurró:

—No están acostumbrados a tratar con mujeres decentes, a excepción de vosotras, y creo que eso es lo que los tiene asustados.

Aquella confidencia hizo sonreír a Gillian, que, divertida, le comentó:

—Contempla la cara de Kennet... Por todos los santos, Niall, ¡se está poniendo bizco!

Niall sonrió y, siguiéndole el juego, añadió:

—Al pobre de Johan parece que le han clavado a la pared.

—¡Oh, Dios!, ¡pobrecillo! —se carcajeó Gillian, tapándose la boca con la mano escondiéndose detrás de su marido.

Aquel grado de complicidad y confianza gustó a Niall, que, como siempre que se dejaba llevar, disfrutó cada momento de su cercanía. Verla reír de aquella forma contra su hombro era un bálsamo demasiado exquisito como para dejarlo escapar; por ello, prefirió seguir divirtiéndose durante un rato, hasta que finalmente entendió que sus hombres necesitaban ayuda.

—Tienes razón. Creo que si bailas con alguno de ellos, el resto se animará a bailar.

—Sí, creo que será la mejor opción —asintió Gillian, que al intentar levantarse notó cómo Niall la obligaba a sentarse de nuevo.

—A cambio, te exijo un beso.

Al ver que ella lo miraba sorprendida, el highlander le aclaró:

—Quiero que todos vean que si sales a bailar con mis hombres es con mi beneplácito.

Con mirada burlona, ésta se le acercó, y tras darle un dulce pero corto beso en los labios, le preguntó al separarse:

—¿Contento?

—No —susurró él.

Y con una intensidad que hizo que la sangre de Gillian se calentara, Niall hundió la mano en su frondoso cabello, la inmovilizó y le dio un implacable beso, de modo que ambos vibraron de auténtica pasión.

Una vez que se separaron, miró a su mujer, abrumado por la intensidad de aquel corto beso.

—Ahora ya puedes bailar con mis hombres.

«¡Ay, Dios!, no sé si podré», pensó ella, pero al final se levantó.

—De acuerdo.

Como si flotara sumida en sus pensamientos, antes de llegar hasta los hombres de su marido, se acercó a una de las mesas laterales, donde las criadas habían puesto bebidas frescas. Con la boca seca y el corazón desbocado, cogió una jarra y se la llenó de cerveza. ¡Cielo santo!, cada vez que la tocaba la hacía arder. Aquel beso abrasador la había dejado seca y con las piernas tan flojas que parecían de harina. Volviéndose hacia su marido, lo miró con disimulo y se alegró de que él estuviera hablando con su hermano.

Megan contempló, divertida, el acaloramiento de Gillian tras dar un beso a su marido, y animó a Cris para que ambas se unieran al baile.

—¡Vaya, vaya!, ¿es pasión lo que veo en tus ojos? —preguntó Megan.

—Hum..., yo creo que es deseo, exaltación, fogosidad... —apostilló Cris.

Se atragantó con sus comentarios y se echó parte de la cerveza encima.

«¡Dios!, ¿tanto se me nota?», pensó, pero tras sonreír y ver sus caras alegres, dejó la jarra sobre la mesa y dijo, mirando a los guerreros:

—Anda, dejaos de tonterías e invitemos a esos brutos a bailar. Nos necesitan.

Gillian le sugirió a Helena que sacara a bailar a Aslam, mientras ellas se dirigieron a Donald, Kennet y Caleb. Ése fue el primer baile de los muchos que aquella noche se bailaron.

De madrugada, cuando las mujeres decidieron marcharse a descansar a sus habitaciones, Gillian observó que su marido la miraba con una intensidad desbordante. Eso la puso nerviosa. Una vez que llegó a la habitación, se cambió de ropa y, ansiosa, esperó su compañía. Pero, para su desconcierto, el tiempo pasó y él no apareció. Finalmente, con tristeza, se durmió.

32

A la mañana siguiente, el viaje continuó hacia Skye a bordo de una enorme barcaza. Gillian, con lágrimas en los ojos, pero consolada por Cris, se despidió de Megan y las niñas, quienes con una sonrisa en la boca movían sus manos y le gritaban que pronto la irían a visitar. Niall, al ver los ojos llorosos de su mujer, sintió deseos de abrazarla, pero no se le acercó. La noche anterior, a pesar de haber ido en varias ocasiones hasta la puerta de su habitación, al final no entró.

Tras desembarcar en el puerto de Portree, según se adentraban en la isla de Sky, poco a poco, el camino se volvió angosto y fangoso. Todo era salvaje y extrañamente virgen, ni siquiera había sido explorado por los escoceses. Gillian lo miró todo con curiosidad. Aquel paisaje brusco era demasiado abrupto para lo que ella estaba acostumbrada. Como era de esperar, Diane no paró de protestar desde su carro.

Sin apartarse de Gillian, Cris le fue comentando curiosidades del lugar. Eso amenizó el viaje ya que Niall, de nuevo, ni la miraba. ¿Cómo podía haberla besado en la fiesta de la noche anterior con aquella pasión, y luego no hacerle ni caso? Enredada en sus pensamientos estaba cuando divisaron un gran pedrusco. Al ver que ella lo miraba con sorpresa, Cris le explicó que a aquella enorme piedra los lugareños le llamaban Storn.

Tras bajar una escarpada colina, aparecieron ante ellos varios hombres a caballo. En ese momento, Gillian oyó a Cris blasfemar.

—¿Qué pasa, Cris?

Con gesto sombrío y entre dientes, ésta respondió:

—Problemas.

Asombrada, Gillian miró a los guerreros que se erguían delante de ellos. Eso la tensó. Niall, que iba en cabeza con Ewen, levantó su mano y ordenó a sus hombres que se detuvieran.

—¡Maldita sea! —gruñó Cris sin moverse de su lado, reconociendo a los dos hombres que se acercaban.

—¿Quiénes son ésos? —preguntó Gillian al notarla nerviosa.

—El laird Connors McDougall y el insoportable de su hijo, Brendan.

«McDougall, como yo», pensó Gillian.

Con curiosidad, pero con los ojos alerta, observó cómo Niall se apeaba del caballo y saludaba a aquellos que, como él, habían desmontado de los corceles. Parecían conocerse y llevarse bien. Entonces, Niall le dijo algo a Ewen, y éste se encaminó hacia ella.

—Milady, vuestro marido os requiere. Desea presentaros a los McDougall.

—¡Oh, qué ilusión! —se mofó Cris.

Ewen sonrió, pero con un movimiento de cabeza le ordenó calma. Ella, asintiendo, le hizo caso.

—Pues si me los quiere presentar, no diré que no —dijo Gillian, que mirando a Cris, preguntó—: ¿Vienes conmigo?

—No, Gillian. Yo no me acerco a esos McDougall ni aunque esté ahogándome.

A pesar de que la respuesta de Cris la cogió por sorpresa, Gillian espoleó el caballo y, tras una pequeña galopada, llegó hasta donde ellos estaban. Sin esperar a que su marido la ayudara a bajar, se apeó y se acercó hasta los hombres, quienes, al advertir su presencia, clavaron sus claros ojos en ella. Niall, agarrándola con posesión por la cintura, la acercó a él.

—Gillian, te presento a Connors y Brendan McDougall. —Ella sonrió, y Niall prosiguió—: Connors es el laird de los McDougall de Skye y Brendan es su hijo.

—Encantada de conoceros —asintió con gracia, pero aquellos fieros guerreros la miraron de arriba abajo de una manera que hizo que ella se alertara.

El primero que se le acercó fue Connors, el más anciano, un hombre alto, de poblada barba rubia, ojos fríos y grandes cejas, que mirándola desde su enorme altura, dijo:

—Es un placer conoceros, milady. Cuando Niall nos ha dicho que se había desposado no lo he creído. Pero al ver vuestra belleza lo envidio.

—Gracias por el halago —respondió aún agarrada a Niall, que la sujetaba con fuerza.

Entonces, le llegó el turno al más joven. Era tan alto como Niall, y a diferencia de su padre, sus ojos denotaban calidez; sin embargo, su voz al saludarla sonó fría y cargada de ironía.

—Me alegra saber que mi amigo Niall ha contraído matrimonio con una bonita mujer, aunque no comparto su pésimo gusto para elegir compañera.

—¡Brendan! —bramó Niall, que sacó su espada.

De pronto, Gillian oyó el sonido del acero. Vio desenvainar las espadas a todos los hombres de su marido y después a los demás.

—No voy a permitir que seas descortés con mi mujer, Brendan. Exijo tus disculpas inmediatamente.

—¿Cómo te atreves a traer a una McDougall de Dunstaffnage a Skye? —vociferó el joven—. ¿Acaso no sabías lo que esto iba a suponer?

Gillian, al ver la tensión en el cuerpo de Niall mientras la escondía tras él, fue a decir algo cuando lo oyó sisear:

—Cuando llegué aquí hace años os dejé muy claro a vosotros y a los McLeod que yo, Niall McRae, soy hombre de elegir mis propias amistades, y mucho más a mi mujer. Nadie me dirá nunca con quién he de luchar ni confraternizar. ¿Has entendido, Brendan?

El más anciano, al ver la fiereza en los ojos de Niall, le exigió a su hijo:

—Pídele disculpas a la mujer de Niall ahora mismo.

Pero el joven, rebelándose, gritó mirando a Gillian:

—Padre, ¿cómo puedes consentir que la nieta de una sucia inglesa pise nuestras tierras?

Al oír aquello, Gillian lo entendió todo, y deshaciéndose del brazo protector de su marido, se plantó ante aquel hombre y se irguió todo lo que pudo.

—Si vuelves a hablar de mi abuela en esos términos, maldito bestia —chilló—, te las verás conmigo. Nadie insulta a mi familia estando yo delante, ¿me has entendido, McDougall de Skye?

Brendan sonrió.

—¿De qué te ríes, necio cenutrio? —vociferó, descolocándolo.

Atónito, Niall cogió del brazo a su mujer para que se estuviera quieta y no liara más las cosas, y aunque se resistió, la volvió a poner tras él.

—Gillian, cierra la boca; te lo ordeno.

Connors McDougall, sorprendido por cómo aquella pequeña mujer se les había encarado, miró a Niall y dijo:

—Vaya, McRae, tu esposa tiene carácter.

Niall fue a responder, pero Gillian, aún detrás de él, se le adelantó:

—¡Oh, sí!, no lo dudéis. Tentadme y me conoceréis.

Volviéndose de nuevo hacia ella, Niall le clavó su mirada más sanguinaria, y Gillian resopló.

—Vale, lo siento, ya cierro la boca.

Brendan, al sentir la mirada de su padre, cuando Niall se giró de nuevo hacia ellos, dijo:

—Disculpa mi atrevimiento. —Y moviéndose hacia un lado para ver la mirada ceñuda de la mujer, repitió—: Milady, disculpad mis palabras.

Niall guardó su espada, y sus hombres hicieron lo mismo. Después, se volvió hacia su ofuscada mujer y, tras indicarle que no abriera la boca, la cogió por la cintura y la levantó hasta el caballo.

—Gillian, despídete y regresa de inmediato con mis hombres —le ordenó.

Ella obligó al animal a dar la vuelta y, con la furia en los ojos, se colocó en su lugar de nuevo. Cuando llegó hasta Cris, que había sido testigo de la escena, maldijo:

—¡Maldito estúpido ese Brendan McDougall!

Con una sonrisa, Cris asintió:

—Totalmente de acuerdo contigo. ¡Es un estúpido en toda regla!

—Te juro que le hubiera cogido por el cuello y...

—Relájate, Gillian —susurró Cris mientras observaba cómo los McDougall de Skye se marchaban y Niall montaba en su caballo—. No merece la pena; créeme.

Con gesto de furia, Gillian continuó el camino, hasta que poco a poco y gracias a las divertidas ocurrencias de Cris se relajó. Al anochecer, avistaron una fortificación. Era la fortaleza de Dunvengan, propiedad de los McLeod. Cris, Diane y su sufrida criada se quedarían allí.

Según se acercaban, Gillian miró el castillo y un repelús le recorrió el cuerpo al sentir su tenebrosidad. Aquel lugar, visto sin la luz del día, tenía un aspecto lúgubre, tétrico, fantasmagórico.

Nada que ver con su precioso castillo de Dunstaffnage. Niall, acercándose a ella le preguntó:

—¿A qué se debe ese gesto?

Sorprendida por su cercanía, y en especial porque le hablara, contestó:

—¡Qué lugar más triste! Su visión me ha puesto la carne de gallina.

Niall sonrió. Ella había tenido la misma percepción del lugar que él tuvo cuando lo vio por primera vez. Pero sin entrar en explicaciones, le indicó:

—Prepárate. Jesse McLeod, el padre de Cris y Diane, organiza unas fiestas fantásticas. Conociéndole y sabedor de nuestra llegada, seguro que algo habrá planeado.

Tras descender por una pequeña loma, tomaron un camino que les llevó directamente hasta las puertas del castillo de Dunnotar. Gillian miró hacia los hombres de su marido y, con una sonrisa, comprobó cómo las aldeanas sonreían, mientras ellos, con galantería, inclinaban la cabeza a su paso.

«Bien muchachos..., bien», pensó orgullosa de ellos.

Cuando llegaron a un patio cuadrado e iluminado con cientos de antorchas, un hombre grande y con una barba pelirroja abundante salió a recibirlos.

—¡McRae! Bienvenido.

«Otro barbudo», se dijo Gillian.

El hombre miró a Diane, que se había empeñado en hacer el último trecho del camino sobre un bonito corcel oscuro.

—Diane, cariño mío, por fin has regresado.

—Sí, padre, he regresado a mi hogar —suspiró ella con dulzura.

Al sentirse ignorada, Cris, tras guiñarle un ojo con complicidad a Gillian, dijo:

—Hola, padre, yo también he regresado.

El hombre la miró, y tras asentir con una sonrisa, volvió a mirar con ojos de enamorado a su dulce Diane.

Incrédula por aquella indiferencia, Gillian miró a su joven amiga, y Cris, acercando su caballo al de ella, murmuró:

—Como te habrás dado cuenta, en mi propio hogar, ante la belleza de mi perfecta hermana, soy invisible.

Instantes después, una mujer de pelo rubio y vestido reluciente salió por la puerta y gritó mientras Niall, con una encantadora sonrisa, se apeaba de su caballo.

—¿Dónde está mi preciosa hija?

—Aquí, madre —gritó Diane como si fuera una chiquilla.

Gillian, estupefacta por la indolencia que mostraban hacia la buena de Cris, fue a decir algo, pero se quedó sin palabras al ver que su guapo marido ayudaba primero a bajar a Diane de su caballo. Indignada, vio cómo ella se le echaba encima y lo miraba a los ojos.

«¡Dios!, dame fuerzas, o soy capaz de lanzarle la daga a la cabeza», pensó Gillian cada vez más ofendida.

—¡Argh! Mi hermanita se supera día a día, y tu marido es más tonto de lo que yo pensaba —se mofó Cris, bajando sola de su caballo.

Molesta por aquel teatrillo, Gillian se tiró de su corcel, y antes de que su marido la mirara, estaba a su lado con una seductora, pero fría sonrisa.

El barbudo, tras besar primero a Diane y luego a Cris, la miró y preguntó:

—Y esta encantadora jovencita, ¿quién es?

«La que le va a sacar los ojos a tu preciosa Diane», se dijo Gillian.

Niall la agarró por la cintura para atraerla hacia él y anunció con tranquilidad en la voz:

—Jesse McLeod, te presento a lady Gillian McRae, mi mujer.

Era la primera vez que escuchaba a Niall presentarla por aquel nombre y sintió que el vello se le ponía de punta. Incluso parecía que él se henchía de orgullo.

—¿Os habéis casado, Niall? —preguntó la mujer, sorprendida.

Diane, con un mohín caprichoso, miró a su madre y asintió.

—¡Oh, vaya por Dios! —murmuró la mujer, turbada.

Gillian, al presentir el reproche en la voz de la mujer que abrazaba a Diane, fue a hablar, pero Cris se le adelantó:

—Sí, madrastra —aclaró Cris, mirándola con dureza—. Niall se ha desposado con Gillian, una maravillosa mujer que para mi suerte caza y maneja la espada como yo. Por lo tanto, a partir de ahora tendrás que buscar otro candidato para tu preciosa y encantadora Diane.

—¡Christine! —bramó Jesse.

Pero Cris, tras pestañear con gracia a su padre, le hizo sonreír para desagrado de las otras dos.

Cada vez más pasmada, Gillian miró a su marido, que permanecía impasible sin mover un solo músculo de la cara. Tras aquel maravilloso recibimiento, Cris entró en el interior del castillo mientras Diane y su madre la seguían con pesadumbre en la mirada.

Jesse McLeod, tras resoplar, les invitó a entrar en su hogar. A partir de ese instante, Niall no la soltó.

33

Como bien había dicho Niall, los McLeod organizaron un gran banquete, seguido de una estupenda fiesta. Durante la misma, los hombres de Niall bailaron y rieron con las mujeres de la aldea. Donald, en un momento de la celebración, atrajo la atención de Gillian, y con disimulo, le señaló a una joven rubia, algo rolliza, pero con una preciosa cara angelical.

«¡Vaya, Donald!, ésa debe de ser tu Rosemary», pensó Gillian, sonriendo. Por señas, le animó a que se acercara. Rojo como un tomate, el highlander le hizo caso. Al llegar hasta ella, le tomó la mano y, tras besarla con delicadeza, comenzó a hablar. Feliz por aquel logro, Gillian quiso aplaudir, pero se contuvo.

Aquella noche, entre cerveza y cerveza, Niall volvió a percatarse de cómo sus hombres buscaban continuamente la aprobación de su mujer cada vez que se acercaban a alguna moza. Y eso le llenó de orgullo. Aquellos brutos comenzaban a quererla.

Durante la velada, Niall no consintió separarse de Gillian ni un solo instante, y cuando otros hombres le pidieron permiso para bailar con ella, no siempre aceptó. Sólo la dejó bailar con los hombres de su clan.

—¿Por qué no puedo bailar esta canción? —preguntó ella, acercándose a él mientras se llenaba su copa de plata de cerveza.

—Debes descansar —le dijo con seriedad mientras observaba a otros bailar.

Pero aquella pieza le encantaba, y al ver a Cris bailando, la envidió.

—¡Oh, venga! Me encuentro perfectamente bien. No estoy cansada.

—No, no bailarás.

—Pero...

Sin dejar de mirarla, el highlander torció el gesto y le susurró al oído:

—He dicho que no, y no quiero volver a repetirlo... tesorito.

Molesta, Gillian dio furiosa un zapatazo al suelo, con la mala suerte que tocó sin querer la pierna de Niall. Entonces, él, a modo de respuesta, movió a propósito el brazo y la golpeó en la espalda. A Gillian se le achinaron los ojos en busca de venganza, así que movió la mano sobre la mesa y la copa llena de cerveza cayó sobre su esposo. Éste, al notar que se mojaba, se echó para atrás, y ella quedó libre de su mano y consiguió escapar.

Enfadado por la jugarreta de su mujer, pero sabiendo que no podía salir ante todos y arrancarla de la mano del guerrero que bailaba con ella, con gesto serio la vigiló, y masculló cuando ella le guiñó un ojo y le sonrió de un modo indecoroso.

Gillian conocía su potencial cuando bailaba. Siempre la habían alabado por su gracia al moverse, y con la mirada clavada en su marido, comenzó a hacerlo. Su deseo por él crecía por momentos, y ver cómo lo miraban las mujeres de aquel castillo le hizo entender que había compartido lecho con muchas de ellas, algo que no estaba dispuesta a permitir, y menos estando ella presente.

Con gracia giró sobre sí misma, y cuando volvió a mirar a su esposo vio que éste hablaba con Diane, que aprovechando que ella se había levantado, se había sentado en su lugar.

«¡Oh, Diane!, mi paciencia contigo está llegando a su límite», pensó clavándole la mirada.

Niall volvió a mirar a su mujer. No le hacía gracia que ella bailara con otro, y se sorprendió al ver la mirada asesina que ella tenía clavada en Diane. Y recordó la advertencia de Duncan: «Ten cuidado porque, conociendo a Gillian, al final tendrás problemas».

Divertido por lo mucho que le revelaba aquel gesto, le dedicó una incitante sonrisa a la hija de McLeod, lo que hizo que Gillian perdiera un paso y casi cayera. Consciente de la sonrisa de su marido, maldijo en silencio y, acercándose a su acompañante le habló al oído, y éste sonrió. Aquello hizo que Niall dejara de sonreír como un tonto y volviera a fijarse en ella.

Contenta, y cuando creía que había conseguido captar toda la atención de su guapo marido, una nueva mujer, voluptuosa y de grandes pechos, le llevó una jarra fresca de cerveza. Niall, encantado, le dedicó una de sus maravillosas sonrisas, y la mujerzuela se marchó, aunque desde la esquina se volvió para mirarlo y tirarle un beso.

«No puede ser. ¿Más competencia?», se preguntó Gillian a punto de saltar sobre ella.

Cuando miró de nuevo a su marido, éste, con un gesto nada inocente, se encogió de hombros. Molesta, Gillian le quitó la copa a su acompañante y, tras dar un buen trago, que algunos guerreros vitorearon con escándalo, se la devolvió al guerrero y, con una mirada nada inocente, contempló a su ceñudo esposo y, encogiéndose de hombros, sonrió. Niall, con semblante serio y tras un movimiento de mentón, le indicó que volviera junto a él, pero ella continuó bailando.

«No, McRae..., no iré.»

En ese momento, Diane posó su mano en el hombro de él, y Niall, aprovechando la cercanía, le dijo algo al oído, y aquella boba, con una sensualidad que dejó atontada a Gillian, se sonrojó. Con la boca abierta estaba cuando su marido volvió de nuevo sus inquietantes ojos hacia ella y se carcajeó.

«Sí quieres guerra, McRae, la vas a tener.»

Dispuesta a que fuera él quien la observara, Gillian bailó una pieza tras otra, ante la incomodidad de su marido, que se movía nervioso en su silla, mientras era testigo de cómo los guerreros del clan McLeod la miraban con lujuria.

A medianoche, agotada y con un dolor de pies infernal de tanto bailar, al ver que Niall hablaba con Ewen, se escabulló y se acercó hasta una de las largas mesas para beber algo fresco.

«¡Uy, uy!, creo que por primera vez en mi vida estoy algo bebida», pensó al sentir que el suelo se movía.

Tenía sed. Sentía la boca seca como un trozo de corteza de roble, y tras ver que no había ninguna jarra de agua, optó por llenarse una nueva jarra de cerveza.

—Me encanta ver cómo bailas —dijo una divertida Cris—, no como el pato de Diane, que parece tener tres pies en vez de dos.

Eso la hizo reír y tras mirar a la joven, que cuchicheaba junto a su madre, preguntó:

—Oye, Cris, la relación con tu madrastra no es muy buena, ¿verdad?

—Es pésima —asintió—. Mi padre era viudo cuando conoció a Mery. Yo tenía siete años, y hasta ese momento había sido su vida, su luz y sus ojos. Él me enseñó a montar y a cazar, pero cuando unió su vida a esa bruja, todo cambió. Si mi padre salía a solas conmigo a cazar, ella le reprochaba que no la quería, y así con todo. Luego, nació Diane. —Y con mofa, añadió—: ¡La luz y belleza de sus vidas! Y Mery supo hacer ver a mi padre que la delicadeza de mi hermana era mil veces más recomendable para una damita que mi brutalidad. Los años pasaron, Diane cada vez se volvió más bella, más caprichosa y delicada, y yo, pues lo que ves.

—Yo veo en ti una preciosa y valerosa muchacha que sabría sacar adelante a su clan —aclaró Gillian—, mientras que tu hermana no sabría nada más que dar problemas. Eso es lo que veo.

Conmovida por esas palabras, la joven sonrió.

—Gracias, Gillian. Nunca imaginarás lo que me alegra haberte conocido. —Y encogiéndose de hombros, dijo—: Para mi padre soy lo más parecido al hijo que nunca tuvo. Para mi madrastra, soy la hija que nunca debió existir, y para Diane, soy la horrible hermana que una muchacha fina como ella no debería tener.

—¡Bah, ni caso! —Chasqueó la lengua—. ¡Ay, Cris!, creo que he bebido demasiado; me noto algo mareada.

Tras soltar una carcajada, Cris la agarró del brazo y la llevó cerca de un gran ventanal. El aire frío les vendría bien a ambas.

—¡Oh, Dios!, todo comienza a darme vueltas —susurró Gillian, cerrando los ojos. Al abrirlos vio que Diane y su madre hablaban en esos momentos con Niall.

Cris, al comprobar hacia dónde miraba su amiga, le susurró, divertida:

—Ni te preocupes. Tu guapo marido nunca ha querido saber nada de ella.

Gillian sonrió, y tras beber otro buen trago de cerveza, dijo:

—Entre tú y yo, Cris, espero no tener que arrancarle los pelos de la cabeza a tu preciosa hermana, uno a uno; aunque ganas no me faltan.

—¡Oh, Gillian!, yo estaría encantada de ayudarte.

Las jóvenes soltaron una risotada tan enérgica que todo el mundo las miró.

—Cris, ¿crees que mi marido es un hombre apuesto? —preguntó, dando un nuevo sorbo a su bebida.

—¡Oh, sí!, sin duda, Gillian. —Y quitándole la copa para beber ella, respondió—: Tienes un esposo muy apuesto, aunque particularmente no es mi tipo de hombre.

Entonces, Gillian recordó algo.

—Por cierto, querida amiga, recuerdo que en Dunstaffnage me dijiste que en tu tierra existía alguien especial y que, llegado el momento, me lo contarías.

Sonrojándose como nunca la había visto, Cris asintió.

—Te lo presentaré, llegado el momento.

—¡Tramposa!

—Sólo te adelantaré que cuando me besa... paseo con las estrellas.

Llevándose las manos a la cabeza, Gillian dijo en tono de mofa:

—Christine McLeod, cómo puedes haber probado los besos de un hombre sin estar desposada. Eres la vergüenza de tu familia. ¡Descarada!

Soltando una escandalosa risotada, consiguieron otra vez que todos las miraran.

—¡Por todos los santos! Si Niall se da cuenta de que estoy ebria me matará —balbuceó Gillian, tapándose la boca.

Pero éste, tras evaluar sus descontrolados movimientos, intuyó lo que pasaba, y levantándose para disgusto de Diane, caminó hacia su mujer.

—¡Oh, oh!, disimula, que viene el que te matará —se burló Cris.

El highlander, una vez que llegó hasta ellas, las observó. Y al ver los colores en las mejillas, dijo, tirando de ella hacia la escalera:

—Es tarde, Gillian. Se acabó la fiesta por hoy. Cris, ve a tu cuarto antes de que tu madrastra te vea en estas condiciones.

Sin que pudiera soltarse de su brazo, Gillian intentó andar al ritmo que su marido le marcaba. Cuando comenzó a subir los peldaños, tropezó, y si no hubiera sido porque Niall la llevaba sujeta, habría rodado por la escalera.

—¿Quieres hacer el favor de mirar por dónde vas? —gruñó Niall, pero al observarla y oír su contestación tuvo que sonreír.

—¡Augh! Niall, no corras tanto. Los escalones no dejan de agrandarse.

Él se recreó en su sonrisa ebria, y ella, flotando como en una nube, se encogió de hombros y le cuchicheó:

—¿Sabes que las mujeres piensan que mi marido es muy guapo?

—Lo que piensen las mujeres es algo que no me importa.

Pero Gillian, arrinconándole contra la pared, subió dos escalones para estar a su altura, y acercando su boca a la de él, susurró:

—Me gusta mucho que mi marido sea guapo.

—¡Vaya!, me alegra saberlo —aclaró, retirándole el pelo de la cara.

—Pero tengo que decirte, querido esposo, que al igual que me agrada que seas agraciado, odio que las mujeres te miren. Y creo que si continuáramos más días con la simple y boniata de Diane, tendrías un grave problema.

Sin apartarse de ella, Niall preguntó:

—¿Ah, sí?, ¿qué problema?

Ella resopló para quitarse un mechón que le caía por encima de los ojos.

—Terminaré matándola por querer apropiarse de lo que es mío —respondió. Y besándole con torpeza en los labios, susurró—: Y tú no lo olvides, eres mío.

Escuchar aquello le agradó. Era la primera vez que ella hablaba con propiedad y admitía que él era su marido.

—¡Uf! ¡Por san Ninian, qué calor!

Ella se abanicó con una mano, mientras que con la otra se levantaba el pelo para dejar pasar el aire.

Complacido por la cantidad de cosas que su esposa le estaba revelando, se le dibujó una sonrisa en la cara, y ella le volvió a besar:

—¡Ay!, me vuelves loca cuando sonríes... ¡Pero qué guapo... eressssssss!

Cada vez más sorprendido por la melopea que llevaba Gillian, le preguntó:

—¿Qué has bebido?

Ante aquella pregunta, ella se echó hacia atrás y gritó:

—¡¿Tengo mal sabor de boca?!

—No, Gillian, sabes muy bien.

Pero ella no lo oyó y, con gestos cómicos, se llevó las manos a la boca y comenzó a echarse el aliento. Con expresión horrorizada, lo miró y susurró:

—¡Argh! ¡Qué asco! Huelo como las caballerizas de Dunstaffnage.

Consciente de que su mujer necesitaba dormir, la cogió entre sus fuertes brazos y subió hasta una de las habitaciones, mientras sonreía por los tontos comentarios de ella en referencia a todo lo que se le cruzaba.

Una vez que llegó hasta la habitación que Mery, la madre de Diane, le había indicado que ocuparían, abrió la puerta y entró a Gillian.

—¡Vayaaaaaaaa..., qué lugar más fastuoso! ¿Tu hogar es tan primoroso como éste?

—No, Gillian, creo que no —contestó riendo.

Sin dejar de sonreír, la soltó con cuidado sobre la cama para que durmiera la trompa, pero Gillian, agarrándose a su cuello, le hizo tropezar y cayó encima de ella.

—Niall, ¡que me aplastas!

—No me extraña, tú me estás empujando —se quejó él mientras ponía las manos sobre el lecho para intentar levantarse.

Pero Gillian no lo dejó. Y clavando sus almendrados ojos marrones en ella, Niall le susurró a escasa distancia de su boca:

—Creo que es mejor que me sueltes, Gillian. No estás en condiciones de...

No pudo terminar la frase, porque ella se incorporó y lo besó. Tomó sus labios y, con deleite, le mordió el inferior con tal frenesí que al final él respondió. Sintió tal fogonazo de emociones que dejó caer de nuevo su cuerpo sobre el de ella, pero haciéndola rodar en la cama la colocó encima de él. No la quería aplastar.

Gillian, con gesto juguetón, se agachó y comenzó primero a pasarle la lengua por el cuello, para luego repartirle dulces besos en la cara y en los labios, mientras él intentaba mantener el control.

«No, ahora no», pensó el highlander mientras ella lo besaba.

No quería que fuera de ese modo. Ella se merecía algo mejor. Si le hacía el amor estando ebria, además de que no se lo perdonaría a sí mismo, ella le martirizaría toda la vida. Por eso, sentándose en la cama con Gillian encima, le susurró con voz ronca, cargada de pasión:

—No, Gillian, cariño, no es el momento.

Molesta por que le negara lo que tanto deseaba, movió las caderas de delante hacia atrás, y él se endureció instantáneamente.

—Gillian..., para. No sabes lo que haces.

Ella sonrió, y bajando la boca hasta su oído, le cuchicheó:

—Niall..., me encanta cómo besas. Creo que tus besos y tus labios son de lo mejorcito que he probado.

Ahora el molesto era él. Aquella libertina se permitía el lujo de revelarle detalles que no deseaba conocer y, mortificado por ello, preguntó:

—¿Se puede saber cuántos labios has probado antes que los míos?

La mujer, echándose hacia atrás en actitud altamente lasciva, puso su escote ante la cara de Niall y, soltándose el broche del pelo, respondió:

—¡Oh, por Dios! —Rió como una tonta—. Durante años, varios hombres han intentado hacerme suya, y todos comenzaban por mi boca.

El pelo le molestaba en la cara, y soplando con gracia, prosiguió:

—A ver, que yo recuerde me han besado... James, Ruarke, Deimon, Harald, Gre...

Tapándole la boca con la mano, él le espetó con gesto severo:

—Ya basta. No quiero oír ni un solo nombre más, o cuando vuelva por Dunstaffnage, desnucaré a más de uno.

—¿Celoso, Niall? —le preguntó, asombrada.

Éste levantó las cejas y negó.

—No, Gillian, pero sí sorprendido por tu experiencia.

Eso la hizo reír a carcajadas, y moviéndose con descaro para colocarse justo encima de su duro sexo, le susurró al oído, mientras él intentaba recular sin éxito.

—Tengo que confesarte algo, McRae. Ninguno de los labios que me han besado son tan fantásticos como los tuyos, que son calientes, apasionados y hacen que me tiemblen las rodillas.

Entonces, el que tembló fue él. Se sentía tan embravecido como el mar de Duntulm los fríos días de invierno. Pero cerrando los ojos, intentó controlarse. No podía dejarse llevar por el momento; sabía que si lo hacía, se arrepentiría.

—¿Niall?

—¿Qué? —respondió, mortificado por la erección.

—¿Yo hago que te tiemblen las rodillas?

«Tú haces que me sienta en el cielo», pensó, mirándola. Pero no estaba dispuesto a agradarla, así que contestó:

—No lo sé, Gillian; no te he probado lo suficiente como para saber siquiera si me gustas.

Ella dio un respingo.

Al mirarla vio que achinaba los ojos. Se estaba enfadando. ¡Bien! Así acabaría con aquella placentera pero tortuosa agonía. Gillian, al imaginar a Niall besando apasionadamente a otras, dio un ágil salto hacia atrás y se levantó.

—Maldito, maldito..., ¡maldito seas, McRae! Te desprecio por lo que acabas de decir. —Y sacándose la daga de la bota con rapidez, dejó a Niall sin palabras cuando se cortó un mechón de pelo y, tirándoselo, gritó—: Toma, ya he hecho el trabajo por ti. ¡Maldito hijo de Satanás!

Al verla tan furiosa, Niall de un tirón la obligó a sentarse de nuevo sobre él, y moviéndose con celeridad, la hizo rodar sobre la cama hasta ponerse encima de ella. Sin perder su autocontrol, la besó. Le devoró la boca de tal manera que ella creyó morir asfixiada.

—¿Qué haces ahora, McRae? —suspiró sin fuerzas.

Con una fingida indiferencia, respondió:

—Probando para ver si me gustas tanto como yo a ti.

—¡Ni se te ocurra! —gritó, horrorizada.

—¿Por qué, Gillian?

Temblando como una hoja al sentirse cautivada, murmuró:

—Me huele el aliento tanto como a un guerrero. —Y arrugando la nariz, susurró—: ¡Qué asco me doy!

Él sonrió. Gillian podía parecer cualquier cosa menos un guerrero, y le producía de todo, menos asco. Su pelo rubio y descontrolado esparcido y esos soñadores ojos azules lo tenían atontado. La deseaba tanto que sólo podía pensar en separarle las piernas y tomar su virtud como un canalla. Pero no lo haría.

—Quiero besarte. ¿Puedo ahora?

Embriagada por su cercanía, ella asintió, y Niall se lanzó a devorar aquellos labios tentadores, rojos y abrasadores, mientras ella abría su boca para recibirlo. Con delicadeza, la degustó, la saboreó, y cuando ella creía que no podía más, él comenzó a bajar la boca peligrosamente por su delicado cuello.

—¿Te agrada esto, Gillian?

—Sí —susurró ella, desperezándose mientras sentía cómo los labios de él la lamían con posesión, y sus manos le acariciaban los suaves y sedosos pechos.

Con deleite, volvió a tomar su boca, aquella boca carnosa y provocativa que le volvía loco, mientras apretaba con la ropa de por medio su duro y fuerte sexo contra ella. No le haría el amor, pero necesitaba hacerla sentir lo que él tenía para ella. Acalorada por el sinfín de sensaciones que su cuerpo experimentaba, respiraba con dificultad. Todo aquello era nuevo para ella, pero ansiaba más. Deseaba más. No quería parar.

Él era ardiente, suave, rudo y deseable, y cuando algo estalló en su interior y soltó un gemido de pasión, Niall supo que la tenía a su merced, y que, en ese momento, podría mancillar su cuerpo y ella aun así le exigiría más.

Incapaz de resistirse a la suavidad de su mujer y a sus dulces y excitantes gemidos, los besos de Niall se volvieron más exigentes, más pasionales, más profundos y voraces. Disfrutó al verla rendida a él, al meter su callosa mano bajo sus faldas y al sentir cómo, sin ningún decoro, ella abría las piernas.

—¡Oh, sí!..., sí..., me gusta.

Embriagada por el momento, hundió sus dedos en el cabello

de él y lo atrajo hacia su boca para besarlo con más profundidad. Totalmente entregada a sus caricias, disfrutó con avidez de lo que Niall le ofrecía. Adoraba aquellos besos dulces y maravillosos, y se volvía loca al sentir su pasión.

Con las pulsaciones aceleradas a pesar del control que él mantenía sobre su propio cuerpo, tras morderle el lóbulo de la oreja y posteriormente besarla, susurró:

—¿Quieres que continúe, Gata?

Al oír aquel nombre, gimió, y mareada por su sabor y por las emociones que experimentaba, asintió. Niall soltó un gruñido de satisfacción, le levantó las faldas y, tocándole con gesto posesivo primero las caderas y luego las piernas, se las separó. Ella lo miró, y él se situó de tal manera sobre ella que se sobresaltó, excitada, al sentir aquella dureza.

Con la respiración entrecortada, la oyó jadear, y en ese momento, se juró que acabaría con aquel juego, un juego que nada tenía que ver con los que practicaba con las furcias con las que se solía acostar.

Aquellas mujeres querían ser sometidas por él, querían que las penetrara, no deseaban dulces besos ni dulces palabras de amor como anhelaba Gillian. Por ello, y sabedor de que si no paraba entonces, ya no podría parar, le dio un dulce y lánguido beso en los labios y se separó de ella de mala gana. Gillian, al dejar de notar la presión que ejercía sobre ella, abrió los ojos con desesperación y, mirándole, le susurró:

—No pares, Niall, por favor.

Pero él, sin escucharla, respondió:

—Estás bebida, y esto no tiene por qué ocurrir así. Si continúo, mañana me odiarás.

Tras colocarse las ropas y echarle una última mirada, abrió la puerta de la habitación y se marchó.

Con gesto tosco, Niall subió a las almenas del castillo de Dunvengan dispuesto a matar a quien se encontrara en su camino. Estaba desesperado por amar a su mujer, pero no debía. Él sabía que no debía.

Mientras, en la intimidad de la habitación, Gillian, con los ojos llenos de lágrimas, lloró. No entendía por qué no había querido hacerle el amor. Poco después, se acurrucó entre las pieles del lecho y, sin darse cuenta, se durmió.

34

Al amanecer, una criada del castillo de Dunvengan la despertó. Debía levantarse con premura, pues su marido y sus guerreros querían partir para su hogar. Rápidamente, a pesar de que la cabeza le iba a explotar, se vistió, y cuando bajaba por la escalera, se encontró con Cris, que subía en su busca.

—¡Oh, qué horror, Gillian! Estoy apesadumbrada. Creía que os quedaríais al menos un día aquí.

Todavía medio dormida, la joven suspiró.

—Yo también, Cris..., pero por lo visto mi marido tiene prisa por llegar a su hogar.

—Vuestro hogar, Gillian..., vuestro hogar.

Recogiéndose el cabello con el trozo de cuero, dijo, sentándose en la escalera circulare.

—Cris..., estoy asustada. Por primera vez en mi vida tengo miedo. Me quedo sola con Niall y sus hombres, y yo...

—Tranquila. Niall y esos brutos te cuidarán, te lo aseguro. —Y ayudándola a levantarse de los escalones, le indicó—: Ahora sal y demuéstrale a la tonta de mi hermana y a su madre que eres la digna mujer del guapo Niall McRae.

Gillian sonrió y la abrazó.

—Te voy a echar de menos, Cris.

—¿Sabes?, eso no te lo voy a permitir. Vivimos tan cerca que pienso ir a visitarte en cuanto regrese de un viaje que tengo que hacer con mi padre en unos días.

—¿Lo prometes? ¿Prometes que me visitarás?

—No lo dudes, Gillian. Te lo prometo.

Instantes después, cogida de la mano de Cris, llegó hasta donde Niall hablaba con los McLeod, y tras despedirse de ellos, él la ayudó a subir a su caballo y, para su desconcierto y el de las otras, antes de soltarla, la besó.

De camino al castillo de Duntum, Gillian apenas cruzó una mirada con Niall. Se moría de la vergüenza. La bebida de la noche anterior no le había nublado la mente; contrariamente, se la había avivado. Con el corazón a punto de salírsele, rememoraba una y otra vez los momentos que su juicio se empeñaba en recordar. Pensar en cómo la había besado, la había tocado, la había hecho vibrar y suspirar, en más de una ocasión estuvo a punto de hacerla caer del caballo. Mientras, Niall parecía tranquilo.

Lo que no sabía Gillian era que él estaba más desconcertado que ella. En el corto trayecto hacia Duntulm, Niall no paró de rememorar lo que había ocurrido la noche anterior. Pensaba en sus dulces besos, en la suavidad de su piel y en aquellos pechos llenos y redondos que ella se había empeñado en restregarle. Tan sólo recordar la entrega de ella hacía que su entrepierna volviera a latir.

Cuando pararon cerca de un pequeño lago para que los caballos bebieran agua, ninguno se acercó al otro. Se limitaron a mirarse y, con ello, su deseo y sus pensamientos se avivaron más. Niall sólo deseaba llegar a Duntulm, meterla en sus aposentos, arrancarle la ropa y hacerle lo que la noche anterior no había acabado.

Cuando retomaron el camino, Gillian comprobó cómo en varias ocasiones él se volvía para mirarla. De pronto, levantó su mano, y todos los guerreros se pararon. Dirigiéndose a ella, le indicó que se acercara. La joven espoleó a *Thor* hasta llegar a su altura. Y sorprendiéndola, le tomó la mano y, señalando hacia el horizonte, le indicó:

—Gillian, quiero que veas conmigo por primera vez Duntulm.

Como una tonta, se quedó mirando los labios de él mientras sentía cómo un latigazo le atravesaba la mano que él le tenía cogida. Tras tragar la saliva que en la garganta se le había quedado acumulada, miró hacia adelante. Y su gesto se suavizó.

—¿Qué te parece? —preguntó Niall.

Pero no podía contestar. Estaba maravillada. Frente a ella, una gran llanura acababa a los pies de un castillo aún en construcción y detrás estaba el mar. Junto a él, había varias casitas del tono gris de la piedra de la fortaleza, y un poco más alejadas, unas pequeñas cabañas de piedra y techos de paja.

Sin que pudiera describir aquel gesto y sin soltarle la mano, Niall insistió:

—¿Te agrada lo que ves?

Ella no respondió. Sólo podía admirar el paisaje y su atardecer anaranjado.

Niall, desconcertado por su silencio, comenzó a hablar:

—Ya sé que el castillo no es tan grande como Dunstaffnage ni tan impresionante como Eilean Donan, pero desde hace un tiempo es mi hogar. Cuando Robert me lo regaló por los servicios que presté junto a su hermano en Irlanda era una ruina de los pictos, pero en estos años mis hombres y yo hemos conseguido levantarlo y casi acabarlo. ¿Ves aquellas tierras en el horizonte? —Ella asintió—. Aquello son las Hébridas Exteriores. Desde nuestra habitación las vistas son espectaculares y te garantizo que verás unas maravillosas puestas de sol, con la isla de Tulm y el archipiélago al fondo. —Ella continuaba sin hablar, y eso estaba comenzando a desesperarlo—. En esta zona, la gente se dedica al cultivo, a la cría del ganado y a la pesca. Nuestro clan se ocupa del ganado. Ya te enseñaré dónde tenemos a los animales. Las cabañas que ves allí son las que usan las gentes de paso cuando vienen en época de esquile.

Atontada y maravillada, Gillian asintió. Y dando un tirón de su mano para que él se acercara, se irguió en su caballo para parecer más alta y, descolgándose, lo besó en los labios. Necesitaba hacer aquello, aunque cuando se apartara él ni la mirase. Los guerreros, al verlo, aplaudieron y vociferaron. Les gustaba ver a su laird tan bien atendido por su esposa. Niall, sobrecogido por aquella reacción, sonrió, y asiéndola de las caderas, la levantó del caballo, y como si de una pluma se tratara, la sentó ante él.

—Me encanta tu hogar —murmuró, emocionada.

—Nuestro hogar, Gillian —la corrigió Niall rápidamente.

En ese momento, los pocos aldeanos y guerreros que trabajaban en el castillo les avistaron y los saludaron, y sus voces se sumaron a las de los guerreros que desde detrás de ellos gritaban. Niall y Gillian sonrieron.

—Es el lugar más bonito que he visto nunca —susurró, maravillada.

Niall, con una sonrisa parecida a la de antaño y con el cabello despeinado por la brisa, asintió. Agarrándola con fuerza, la besó, y espoleando al caballo lo hizo galopar hasta llegar al patio de armas de Duntulm. Una vez allí, la gente se apiñó a su alrededor. Estaban felices. Su laird había regresado y con esposa. Niall descabalgó, y asiéndola por la cintura, la bajó. Hubo de contener la apetencia de llevarla directamente a sus aposentos para terminar lo que no había acabado la noche anterior. Cogiéndola con fuerza de la mano, comenzó a presentarle a su gente, hombres barbudos y desaliñados que la recibieron con una grata sonrisa en los labios.

Con la felicidad instalada en el rostro, Gillian intentó atender y recordar los nombres de las personas que le presentaban, y en ese momento, comprobó que lo que los hombres de su marido le habían dicho en el camino era verdad. Allí no había mujeres, a excepción de las ancianas y de un par de jóvenes que, agarradas a sus maridos, la observaban. Cuando entraron en el castillo y miró a su alrededor, el alma se le cayó a los pies. Aquel sitio estaba sucio, mal cuidado y necesitaba una buena limpieza.

Cuando entraron en el enorme salón, comprobó que allí sólo había una mesa desvencijada de madera oscura y dos bancos, a cuál peor, y junto al enorme hogar, una vieja silla destartalada que parecía tener los días contados.

«La falta de mujeres es la causa de que esto esté así», se dijo Gillian.

Niall, que la conocía muy bien, sabía lo que pensaba, a pesar de su sonrisa. Y casi soltó una carcajada cuando contempló la cara de su esposa al ver que uno de los caballos de sus hombres entraba en la estancia y campaba tranquilamente por el salón.

Le miró, pasmada, y él, encogiéndose de hombros, confesó:

—A mí nunca me ha importado.

Ella suspiró y, dispuesta a solucionar aquello, le aseguró:

—Una mano femenina le vendrá muy bien. Ya lo verás.

Y acercándose a ella, le cuchicheó al oído:

—No lo dudo, tesorito, para eso estás tú aquí.

Tras mirarle con una mueca, decidió no responder, y se dejó llevar por las dos únicas mujeres jóvenes que había, que se empeñaron en enseñarle la cocina. Helena las acompañó. Y casi se cayeron hacia atrás cuando ambas vieron lo que aquellas mujeres llamaban cocina: un oscuro, húmedo y viejo zulo.

«Aquí van a cambiar muchas cosas» reflexionó, intentando sonreír.

Niall, ansioso, esperó a que Gillian apareciera por la puerta y lo mirara. Le gustara o no, temía que a una mujer de carácter como ella, acostumbrada al lujo y la elegancia de Dunstaffnage, le horrorizara aquel lugar. Pero cuando se asomó a la puerta de la mano de Helena y sonrió, supo que ambos habían encontrado su hogar.

El resto de la noche la pasaron mirándose con una pasión que no dejó indiferente a nadie. Cenaron los ricos platos que las mujeres habían preparado para celebrar su llegada y brindaron con copas de plata ante los vítores de los hombres. Tras la cena, los guerreros, aquellos brutos, empezaron a dar palmadas y a bailar, hasta que dos de los ancianos comenzaron a tocar sus gaitas. Helena bailó con un encantado y sonriente Aslam, que le había pedido a su señor que le permitiera ocupar una de las cabañas cercanas a la fortaleza con ella y sus hijos. Aquella noche, Gillian bailó con sus guerreros, incluso consiguió sacar a bailar a su marido. Y cuando la premura y el deseo de sus miradas se hicieron escandalosos, sin importarles nada, Niall la cogió en brazos y, sonriendo por los vítores de todos, la llevó hasta el único lugar que nadie le había enseñado, su habitación.

35

Sin hablar y con la pasión en sus miradas, Niall la llevó hasta el piso superior. Cuando él abrió la puerta de la estancia, a Gillian le latía con tanta fuerza el corazón que pensó que le iba a explotar. Tras posarla en el suelo, ella entró, y él cerró la puerta apoyándose en la hoja. Con lujuria, paseó sus ojos por las dulces curvas de su pequeña mujer. Era deliciosa. Durante el tiempo que había durado la cena y la fiesta posterior, Niall sólo había pensado en arrancarle el vestido y hacerla suya sin piedad, una y otra vez. Deseaba tocar sus pechos, meter su lengua entre sus muslos y...

«¡Por san Ninian!, ¿qué estoy pensando?», se regañó al ser consciente de la presión de su entrepierna. Mientras, ella, ajena a aquellos pensamientos pecaminosos, miraba la destartalada estancia, tan parecida al resto del castillo. Acostumbrada a su engalanada habitación de Dunstaffnage, aquélla era fría e impersonal. A excepción del enorme hogar donde crepitaba el fuego y el gran ventanal, sólo había una cama inmensa y un viejo arcón. Pero emocionada por cómo la había tratado Niall desde que habían llegado a Duntulm, volviéndose con gracia le sonrió. Aquella sonrisa hizo que él diera dos pasos hacia ella para tomarle la mano. Estaba helada.

—¿Tienes frío?

Con rapidez, ella negó. No sentía frío, pero los nervios por estar en aquel lugar a solas con él la tenían atenazada. Dispuesto a calmarla, Niall la cogió de las manos con delicadeza y, mirándola a los ojos, murmuró:

—Tengo algo para ti.

—¿Para mí? —preguntó, sorprendida.

Él asintió, y ella se sonrojó.

—Cierra los ojos.

Incapaz de hacerlo, Gillian fue a protestar, pero él le puso un dedo en la boca, lo que consiguió excitarla más.

—Confía en mí. No te haré daño ni te cambiaré por tortas de avena.

—¿Seguro? —bromeó.

—Te lo aseguro. Cierra los ojos.

Una vez que se convenció de ello, Gillian primero cerró uno y luego otro. Pero Niall, al ver que cuando cerraba el derecho abría el izquierdo, y viceversa, dijo:

—No seas tramposa, Gillian, que te estoy mirando.

—¡Argh! Me has pillado.

Al final, consiguió que ella se relajara y cerrara los ojos. Se quitó un cordón de cuero del cuello y, tras sacar un anillo que de él colgaba, se lo puso en el dedo y, para finalizar el momento, le dio un beso en la mano.

—Ya está. Ya puedes mirar.

Nerviosa porque había sentido el beso y el roce del anillo al pasar por su dedo, abrió los ojos, y al verlo, se quedó fascinada. Aquél era el anillo que había visto el día de su cumpleaños en el mercadillo cercano a Dunstaffnage. Deslumbrada, iba a decir algo cuando él se le adelantó:

—Te oí que le decías a Megan que el marrón de su piedra te recordaba el color de mis ojos. Y sin saber siquiera si te lo daría o no, decidí comprarlo.

—Es precioso. Me encanta —confesó, embobada.

Y él se sintió satisfecho por verla tan maravillada por el regalo.

—Me complace ver que he acertado y te gusta. Por un momento he pensado que podrías tirármelo a la cabeza.

Emocionada como una niña, susurró:

—¡Oh, Niall!, gracias.

El highlander, consciente de las escasas defensas que le quedaban sin derruir ante los encantos de ella, sonrió embelesado.

—Este anillo es mucho más propio para mi esposa, y no el que te puse en su día.

—Y que yo perdí. —Suspiró al recordar el cordón de cuero.

Saber que él había comprado algo para ella y que durante todo aquel tiempo lo había guardado la hechizó, y cuando Niall se agachó para abrazarla con delicadeza y sintió cómo hundía su rostro en su cuello, el calor la devoró y, levantando las manos, le agarró el rostro y lo besó.

Aquel beso fue especial. Era el preludio de lo que iba a suceder. Al notar que ella temblaba, con una ternura que Gillian desconocía, él le preguntó:

—¿Qué te ocurre?

—Quiero aprovechar este instante —susurró Gillian sin dejar de abrazarlo—. Porque estoy convencida de que mañana o dentro de un rato no me mirarás, y esta maravillosa tregua entre nosotros se habrá acabado.

Clavando su apasionada mirada cerca de su boca, él murmuró:

—No, cariño, yo deseo tanto como tú la paz. Pero para asegurarme de que así será debes prometerme tres cosas.

—Tú dirás.

—La primera: me respetarás y nunca levantarás el acero contra mí.

Asombrada, abrió los ojos y murmuró:

—Niall, por Dios, yo nunca haría eso.

—Prométemelo —insistió.

—Te lo prometo. —Sonrió—. ¿La segunda?

—Duntulm es sagrado, un lugar de paz, y nunca permitirás que el desastre o la guerra llegue a nuestro hogar. Este lugar es nuestra vida, no un campo de batalla, porque aquí quiero ser feliz contigo y mi gente. ¿Lo prometes?

—Claro..., claro... que sí.

—Y la tercera..., nunca me mentirás.

Aquella petición a Gillian le hizo sonreír, y preguntó:

—¿Crees que algo así es fácil de prometer?

—Sí.

—Pero Niall..., yo no soy mentirosa, pero a veces una mentira piadosa es...

—Una mentira piadosa... es aceptable y perdonable. Una mentira dañina no lo es.

Con una graciosa sonrisa que desbocó nuevamente el corazón de Nial, la joven murmuró:

—Sabiendo que las mentiras piadosas son aceptables..., te lo prometo, siempre y cuando tú tampoco me mientas a mí.

—Te lo prometo, cariño..., te lo prometo.

En ese instante, Gillian quiso gritar de felicidad, y él murmuró en un tono ronco que le puso el vello de todo el cuerpo de punta:

—No me tengas miedo, Gillian. Nunca te haría daño.

—Lo sé —asintió ella, subyugada—. Lo sé...

Con delicadeza, le tomó de la barbilla para volverla a besar, y con una pasión desbordada, atacó su boca, derribando uno a uno los miedos que ella pudiera aún albergar.

Abandonada a sus caricias, Gillian le dejó hacer. Ella era una mujer inexperta en aquel arte, pero comprobó cómo él, sin prisa pero sin pausa, con delicadeza, comenzó a desatarle los cordones de su vestido, hasta que la prenda cayó al suelo, y se quedó únicamente vestida con la camisola blanca y las calzas. Intentando contener su temblor, Gillian posó sus manos sobre los hombros de Niall, y éste, asiéndola por la cintura, la levantó hasta ponerla a su altura y, mirándola a los ojos, le dijo:

—Nunca podrás imaginar cuánto he deseado que llegara este momento, Gata.

Arrollada por aquellas palabras y por la subyugación que veía en sus ojos, lo besó mientras él se encaminaba hacia la cama, donde la dejó con cuidado sobre las frías sábanas. A Gillian se le puso la carne de gallina mientras miraba cómo él, sin apartar sus almendrados ojos marrones de ella, se desnudaba. Al ver la reciente cicatriz de su brazo, ella sonrió, pero al fijarse en la cantidad de cortes y cicatrices que tenía en el abdomen, se horrorizó. ¡Cuánto dolor había debido de sentir su marido!

Con la respiración agitada, observó sus fuertes brazos, su amplio pecho curtido por la guerra, sus corpulentas piernas, y cuando se deshizo de los pantalones de cuero marrón y aquel tenso y oscuro miembro que tenía entre las piernas apareció, se escandalizó. Fue tal su confusión al ver por primera vez el sexo de su marido que, avergonzada, cerró los ojos.

—Gillian, abre los ojos, y mírame.

Con una comicidad que podía con toda la voluntad de Niall, ella abrió con cuidado un ojo y luego otro, para encontrarse con el sonriente rostro de él. Tomándola de las manos la incorporó, de modo que su cabeza quedó justo frente a aquel órgano. Niall, al ver su cara de horror, no pudo por menos que soltar una carcajada.

—Tócame.

Con las pulsaciones aceleradas, Gillian levantó su mano y la posó sobre la pierna fuerte y recia de él. Notó su poderío, y su mano siguió subiendo por el interior de ésta. Tras cruzar una mirada desafiante con él, pasó su mano por aquel miembro erecto y se sorprendió al sentir su extraña y placentera suavidad. Asombrada, volvió a tocarlo, pero se asustó cuando oyó un sonido gutural proveniente de la garganta de su marido.

—¡Ay, Dios!, ¿te he hecho daño? —preguntó, horrorizada.

Conmovido por la inexperiencia de Gillian, Niall sonrió mientras se tumbaba en la cama junto a ella.

—No, cariño, todo lo contrario; es muy placentero notar tus caricias.

Gillian se tendió y, volviéndose hacia él, lo miró. Él, encantado por su belleza, le dio un sabroso beso, le abrió la camisola y luego se la quitó. Gillian no podía dejar de ruborizarse al quedar desnuda de cintura para arriba. Aquello era todo nuevo para ella y, sentir la apasionada mirada de él, aun sin notar sus caricias, la hacía arder. Acercándose un poco más a ella, le quitó las calzas y las tiró al suelo, y esa vez ella se encogió.

La impaciencia que sentía por tomar el cuerpo de su mujer martilleaba la entrepierna de Niall, pero se obligó a refrenar sus propios deseos y centrarse de momento en su esposa. Ella lo merecía. Pero verla en aquel estado, acariciar su sedosa piel y sentir su total rendición, le había caldeado de una manera a la que no estaba acostumbrado. Sentir la dulzura de Gillian y pensar que legítimamente era suya... lo volvía loco de excitación.

Consciente de lo que suponía aquello para ella, rodó sobre la cama hasta quedar sobre ella, con cuidado de no aplastarla. Con delicadeza, le hundió los dedos en la base del cráneo y comenzó a moverlos con tal deleite y parsimonia que Gillian suspiró:

—¡Oh!

—¿Te agrada?

—¡Oh, sí!, me encanta. Me hace sentir muy bien.

Recreándose, acercó su cálida y ardiente boca a la de ella, y sacando la húmeda lengua, jugueteó sobre sus labios, hasta que Gillian los separó, y él pudo acceder con languidez a su interior, mientras ella se movía cada vez más ansiosa y emitía pequeños sonidos de satisfacción que lo enloquecían.

Sin ninguna prisa, tras explorar su boca, bajó lentamente la lengua por el cuello hasta llegar a sus pletóricos y rosados pechos. Con suavidad, Niall llevó sus dedos hasta los rosados pezones, y cuando comenzó a acariciarlos con movimientos circulares y muy placenteros, ella suspiró al sentir cómo su bajo vientre vibraba. Incapaz de dejar de mirar aquellos exquisitos senos, Niall aproximó su cálida boca hasta uno de ellos, mientras que pellizcaba el otro con delicadeza. Al notar aquellas íntimas caricias, ella se arqueó y jadeó. Maravillado por su sensualidad y dispuesto a no dañarla, continuó su exploración.

Después de un rato de juegos íntimos entre los dos, Niall se levantó y se arrodilló en el suelo. Estirándose sobre ella le besó el ombligo, y ella volvió a jadear, pero al intuir las intenciones de él, asustada, se incorporó.

—No..., ahí no —gritó.

Con una sonrisa morbosa que hizo que ella se estremeciera, él asintió:

—Claro que sí.

—No.

Levantándose del suelo, se tumbó en la cama, y tras besarla, le susurró con intensidad mientras le acariciaba los muslos:

—Separa las piernas para mí, Gata.

—Niall...

—Hazlo, cariño; te prometo que disfrutaremos los dos.

Esclavizada por el deseo, finalmente cerró los ojos y se dejó vencer.

—Así..., pequeña Gata, relájate y ábrete para mí.

El timbre ronco y profundo de su voz la excitó más de lo que él podría haberse imaginado. Sentir que él era su marido y que ella accedía a sus deseos la calentó de tal manera que, cuando Niall se agachó de nuevo y tocó aquellos rizos que nunca habían sido tocados por ningún otro hombre, gimió. Maravillado por lo que tenía ante sus ojos, pasó su boca por aquel precioso sendero y, separando los labios inferiores comenzó a tocarla, primero con suavidad, y cuando notó que aquello se humedecía lo suficiente, con gesto posesivo pero delicado introdujo un dedo. Gillian gritó, e incorporándose, cogió la cara de Niall y lo besó. Mientras ella le devoraba la boca y él sentía que su autodisciplina se apagaba por momentos, movió con cuidado el dedo dentro del cuerpo de Gillian, que gemía una y otra vez sobre su boca, hasta que se tensó entre jadeos, y él entendió que estaba preparada para recibirlo:

Con la respiración entrecortada, Gillian sintió que él sacaba su dedo de allí, la tumbaba, le separaba las piernas y se colocaba sobre ella, aunque antes cogió un cojín y lo puso debajo de sus caderas para facilitarle la entrada. Sin apartar los ojos de él, Gillian vio cómo Niall tomaba su viril miembro y lo llevaba hasta el lugar donde ella quería que lo introdujera. Ella movió sus caderas, nerviosa.

—¡Eh! Cuidado, cariño. Es tu primera vez y no quiero hacerte daño.

—Me gusta cuando me llamas cariño —susurró ella con dulzura.

—Te lo llamaré siempre que quieras.

Excitada y alterada por lo que le decía y por lo que iba a ocurrir aquella noche, jadeó. Había oído hablar a muchas mujeres sobre aquel momento y sabía que le dolería; sólo la primera vez, al menos eso le habían asegurado todas. Niall, al ver el miedo en sus ojos, se estremeció, y capturando su boca mientras el deseo le consumía, comenzó a moverse sobre ella una y otra vez, consiguiendo que disfrutara y que sus jadeos fueran en aumento, hasta que llegó a un muro infranqueable que él estaba dispuesto a traspasar. Parándose, la miró a los ojos y, con voz ronca, murmuró:

—Esto te va a causar un poco de dolor, cariño. No puedo evitarlo...

—Lo sé... —asintió, asustada.

Con la vista fija en ella, la apretó contra él como si su abrazo pudiese absorber su dolor. Viendo que ella cerraba los ojos, arremetió, y en el momento en que su cuerpo cedía, Gillian chilló. Con el corazón en un puño, Niall no se movió. Debía dar unos instantes a que el interior de su mujer se acoplara a él antes de continuar. Atontado, no podía apartar sus ojos de ella, nunca había estado más bella, y tras repartir un sinfín de dulces besos por su cara, vio que lo miraba y supo que el dolor comenzaba a remitir.

Cuando notó que la respiración de Gillian se normalizaba, comenzó a moverse con cierto miedo de dañarla, pero cuando ella le exigió más profundidad con sus caderas mientras le clavaba las uñas en la espalda, él no pudo resistirse y se la dio. Comenzó a entrar y salir de ella, controlando sus propias apetencias de apretarla contra él hasta traspasarla, hasta que Gillian le reclamó más al subir sus caderas hacia él.

Un hormigueo sensual y desgarrador recorría el cuerpo de Gillian, en tanto disfrutaba una y otra vez de aquellas agradables acometidas. Notó cómo su cuerpo se abría como una flor y se abandonó para recibirle. El sentimiento de placer era inmenso, hasta que notó como si algo en ella explotara y un chorro caliente de vida le recorriera el cuerpo, acompañado por unas oleadas indescriptibles de placer. Entre espasmos y gemidos lujuriosos, se aferró a él. Aquellos jadeos fueron los que determinaron el fin de la voluntad de Niall, que, al verla en aquel ardoroso estado, no pudo más, y agarrándola con fuerza, se hundió en ella una y otra vez, hasta que, por fin, tras un grito gutural y masculino, derramó en ella su semilla, y agotado, paró para después rodar y quedarse junto a ella.

Con los ojos fijos en el techo, Gillian respiraba aún con dificultad. Aquel placer tan pagano del que siempre había oído hablar había sido... espectacular. Sin atreverse a mirarlo oyó el respirar agitado de Niall, que la observaba aguardando que ella hablara. Temía haberle hecho demasiado daño y sólo podía esperar a que le confirmara que estaba bien.

Deseaba con locura que ella anhelara volver a ser complaciente con él. Deseaba tanto disfrutar de su cuerpo como él necesitaba que ella quisiera tomar el suyo. Entonces, ella lo miró, y con una reveladora mueca le hizo saber que estaba bien.

—Ha sido increíble —susurró, sorprendiéndolo.

—He procurado no hacerte daño, pero...

—Ya lo sé... —le cortó—. Habría dado igual que otro me hubiera tomado en su cama. Me habían dicho que la primera vez siempre duele, aunque, bueno, también dicen que depende de la delicadeza del hombre. —Y dedicándole una sonrisa, musitó—: Estoy segura de que tú eso ya lo sabes, eres un hombre experto.

Aquello de «que otro me hubiera tomado en su cama» le molestó y, frunciendo el cejo, la tomó posesivamente por la cadera, la giró hacia él y le aseguró:

—Nadie que no sea yo te tomará nunca, ni en la cama ni en ningún otro lugar.

Aquellas palabras y en especial la sensualidad de la mirada de Niall hicieron que volviera a vibrar. Ella no deseaba que otro hombre la tocara ni hiciera lo que a su marido por derecho le correspondía, pero con una torcida sonrisa respondió:

—Entonces, tesorito, me querrás no sólo como dueña de tu hogar.

Escuchar sus palabras, ver su mirada y tenerla desnuda ante él lo hicieron sonreír.

—Creo, señora mía —dijo, sentándose sobre ella—, que necesito probar un poco más de ti para saber realmente si te quiero como algo más.

Gillian, entonces, dejó de sonreír y se tensó. Niall, al darse cuenta de ese cambio, le cogió las muñecas y, tras inmovilizárselas con su fuerte mano sobre su cabeza, le susurró, haciéndola sonreír otra vez:

—De momento, cariño, no abandonarás mi lecho, ni ahora, ni nunca. El resto ya se verá.

Sin darle tiempo a decir nada, el apasionado highlander le volvió a devorar los labios, e instantes después, le hacía de nuevo el amor.

36

Durante cinco días con sus cinco noches, ninguno de los dos abandonó la habitación. No querían separarse, sólo querían besarse y hacer el amor una y otra vez. Pasados diez días, los guerreros miraban divertidos a su laird. Al alba se reunía con ellos en la liza, donde ponían en práctica todas sus habilidades con la espada y demás. Pero era ver aparecer a Gillian y ya no existía nada.

Niall sólo tenía ojos para su mujer. No le importaban el castillo, ni las tierras, ni el ganado, únicamente le interesaban ella, su comodidad y su felicidad. Había días que se dedicaban a pasear por los alrededores de Duntulm cogidos de la mano mientras él observaba los adelantos de las obras y sonreía como un tonto ante cualquier comentario que ella hacía. Era graciosa, viva, divertida, y eso le gustaba. ¡Le encantaba!

Otro día cabalgaron hasta una de las preciosas playas de arena blanca, donde Gillian, tras recordar el consejo de Megan y Shelma sobre «hacer el amor rodeada de agua», hizo que su marido la siguiera corriendo tras ella por la playa, hasta que, sumergidos y rodeados por el mar, hicieron apasionadamente el amor.

Durante aquellos paseos, Gillian conoció a otros aldeanos, gentes de su marido. Aquéllos eran los que se cuidaban del ganado y la trataron con adoración, una adoración que Niall comprendía. ¿Quién no adoraba a Gillian?

Pasado el primer mes, Aslam y Helena contrajeron matrimonio. Todo era perfecto. Gillian estaba feliz con un marido que la adoraba, su gente la quería y el interior del castillo cada día era más cálido y acogedor. ¿Qué más podía pedir?

La gente de Duntulm se acostumbró tanto a los besos de sus señores como a sus continuas regañinas. Los ancianos los observaban con curiosidad y sonreían; tan pronto se los veía besándose con pasión como discutiendo como verdaderos rivales. Escuchar el grito de «¡Gillian!» a su señor, o «¡Niall!» a su señora, se convirtió en algo más dentro de sus vidas.

El día en que Cris apareció por Duntulm la alegría de Gillian la desbordó. Ver que su amiga había cumplido su promesa de visitarla tras el regreso de su viaje le llenó el corazón de dicha. Orgullosa le enseñó el anillo que Niall le había regalado y se mostró endemoniadamente feliz. A partir de aquel momento, las visitas de Cris se sucedieron de continuo, y eso hizo que Gillian se integrara más en su hogar.

Una mañana en la que Niall tuvo que salir junto a algunos de sus hombres para ocuparse de unos asuntos, Gillian miraba desde la ventana de su habitación y suspiró. Necesitaba hacer algo para desentumecer sus músculos. Iría a buscar a Cris; seguro que le encantaría combatir con ella. Tras vestirse, se puso sus pantalones de cuero bajo la falda, cogió la espada y, decidida, fue hasta la pequeña caballeriza para coger a *Thor*.

—¿Salís, milady? —preguntó Kennet, mirándola.

Gillian decidió no decir la verdad. Niall la tenía muy controlada y, si le explicaba a aquel guerrero dónde se dirigía, se empeñaría en acompañarla. Por ello, mostrando la mejor de sus sonrisas, respondió:

—Sólo iré hasta el lago. No te preocupes, Kennet.

—Iré con vos —se ofreció.

Ella dejó escapar un delicado suspiro.

—Kennet, me gustaría tener un poco de intimidad.

—Pero mi señor me ha dado órdenes de...

—Voy a bañarme, Kennet —cortó ella—. ¿Acaso para eso también necesito acompañante?

Colorado como un tomate, el hombre asintió.

—De acuerdo, milady, pero tened cuidado.

Con una radiante sonrisa, Gillian se montó en *Thor*, y clavando sus talones en el animal, galopó en la dirección que había mencionado. Al llegar al lago, sin embargo, continuó por el sendero que, según Cris le había indicado, acortaba el camino y llevaba hasta la fortaleza de los McLeod.

Mirando a su alrededor, disfrutó del paisaje. Sus extensos y verdes valles, en ocasiones abruptos, sus cascadas e incluso sus acantilados eran increíblemente hermosos, algo que Gillian comenzó con rapidez a amar. Cuando llegó hasta una preciosa cascada, recordó que había estado con Cris allí y que ésta le había confesado que aquel lugar era su preferido.

Con curiosidad, guió a *Thor* y encontró el caminito serpenteante. Sin pensarlo dos veces, comenzó a bajar por él y se sorprendió al ver dos caballos. Clavó la vista en uno de ellos. Era el caballo de Cris.

Con una sonrisa pícara, Gillian desmontó y, con sigilo, comenzó a andar hacia el lugar donde se oían risas. Al llegar a unos grandes matorrales, identificó la voz de su amiga y sonrió al asomarse y verla en actitud muy cariñosa con un hombre. Eso le gustó a Gillian, que en ese momento decidió salir de su escondite.

—Vaya..., vaya..., Cris..., por fin voy a conocer a tu enamorado —dijo, plantándose ante ellos con una sonrisa divertida y las manos en las caderas.

Entonces se percató de quién era él y su cara cambió. ¿Qué hacía su amiga con ese hombre?

Él, al verla, se apartó de su enamorada y blasfemó, mientras

Cris, alarmada, caminaba hacia Gillian, que los miraba, incrédula.

—Te lo puedo explicar —susurró Cris, agarrándola del brazo.

Pero Gillian no se lo podía creer.

—¿¡Brendan!? —gritó.

—Sí. Gillian...

—Tu enamorado es el cretino de Brendan McDougall.

—¡Chist!, no grites —le pidió Cris.

—Me alegra saber que te fijaste en mí el día en que nos conocimos —se mofó él.

Gillian, mirándolo con desagrado, espetó:

—¡Oh, sí, claro que me fijé en ti, idiota! Y tuviste suerte de que Niall me sujetara, porque, si no, te hubiera cortado la lengua por hablar de mi abuela en aquel tono.

—Todo tiene una explicación —aseguró él.

—Sí, Gillian, deja que se explique —insistió su amiga.

—Eso..., deja que me explique.

Pero la joven, enfadada con aquel hombre, le gritó en tono de mofa:

—Tus explicaciones me sobran, McDougall de Skye.

Aquel último comentario hizo reír a Brendan, que tras recibir un manotazo de Cris en el brazo, calló.

—¡No te rías, Brendan!

—Cris, ¿por qué me has dado un golpe? —preguntó, molesto.

—Porque es normal que esté enfadada contigo. El día del que habla Gillian te comportaste como un verdadero asno —respondió ella.

—Yo diría algo peor —siseó Gillian.

El highlander sonrió y, mirando a su enojada enamorada, dijo:

—Recuerda, cielo, ese comportamiento es el que mi padre espera de mí. No lo olvides.

«¿Cielo?», repitió para sus adentros Gillian.

Y Cris, derretida por cómo aquél la miraba, respondió:

—Lo sé, amor.

«¿Amor?», volvió a repetirse Gillian.

No pudiendo creer lo que acababa de descubrir, miró a su amiga y, llevándose las manos a la cabeza, gritó:

—¡Por todos los santos escoceses, Cris!, ¿qué estás haciendo con este hombre?

—Gillian...

—Ni Gillian ni nada, est...

—¿Quieres hacer el favor de tranquilizarte? —la cortó al notarla tan alterada.

—¿¡Que me tranquilice!? —gritó.

—Sí.

—Cómo quieres que me tranquilice cuando estás con este..., este..., este...

—McDougall de Skye —dijo con sorna él, que se había sentado sobre una roca.

Gillian asintió y continuó:

—¡Por todos los dioses, Cris! Niall me contó que su clan y tu clan son enemigos acérrimos. ¡No se soportan! Llevan enfrentados media vida.

—Lo sabemos, McDougall de Dunstaffnage, no hace falta que grites. —Brendan suspiró al recordarlo.

Pero Gillian, volviéndose hacia él, gritó:

—Y tú, maldito patán, tuviste la osadía de hablar de mi abuela y despreciarme delante de mi marido por mi sangre inglesa. ¡Que no se te vuelva a ocurrir!, o te juro por esa sangre inglesa que llevo que te rebano el pescuezo.

Sorprendido por la fiereza de Gillian, el joven la miró.

—Aunque no lo creas, pensaba pedirte perdón, pero esperaba que fuera en otro momento mejor que éste.

Cris, sin saber qué decir, la miraba desconcertada, mientras Gillian no paraba de andar de un lado para otro, en busca de una rápida solución.

—Pero, Cris, ¿en qué estás pensando?

—En que lo amo, Gillian. Sólo en eso.

Aquella sinceridad hizo que ésta se parara y la mirara. El hombre, al escuchar a su amada, se levantó con rapidez y, acercándose a ella, la tomó por la cintura y se enfrentó a Gillian.

—Y yo la amo a ella. No concibo mi vida sin Cris y me da igual el resto.

Atónita, Gillian los miró y susurró:

—Pero vuestras familias, vuestros clanes, nunca permitirán que estéis juntos, ¿no os dais cuenta?

—Lo harán. Me casaré con ella y tendrán que aceptarlo —asintió él, y Cris sonrió.

Aquello era una locura, una locura que con seguridad acabaría mal. Gillian resopló.

—Vamos a ver, Brendan, piensa. Eres el sucesor de tu padre en tu clan. ¿Crees que a él le gustará saber que su único hijo se va a casar con la hija de su mayor enemigo?

—No, no le gustará. Lo sé, Gillian. Al igual que sé que al padre de Cris tampoco le gustará, pero nosotros nos amamos y...

—... os matarán —sentenció Gillian.

—¡Argh! ¡Qué mal suena eso! —exclamó Cris, sonriendo.

—Pero no veis que estáis poniendo en peligro vuestras vidas por algo que con seguridad vuestros padres no consentirán.

—Nos marcharemos de Skye y nos casaremos —afirmó Brendan.

—¡Oh, qué romántico! —se mofó Gillian.

Cansada de la negatividad de su amiga, Cris intervino:

—Sí..., tan romántico como todo lo que organizamos para

que Niall se casara contigo a pesar de todos los problemas, y mírate ahora, ¡eres feliz!

Al ver que Gillian sonreía con picardía, Brendan añadió:

—Mira, Gillian. Comprendo tu preocupación por Cris, pero lo que yo necesito que entiendas es que nadie más que yo desea que ella sea feliz. Sólo hay que esperar el momento oportuno para intentar que los demás lo acepten.

—No lo entenderán —susurró la mujer sin mirarlos.

Entonces, Cris, cogiéndola de las manos, le preguntó:

—¿Tú lo entiendes, Gillian? ¿Puedes entender que en mi vida sólo exista Brendan, y que si no estoy con él no quiera estar con nadie?

Gillian reflexionó. ¿Cómo podía no entenderla si ella sólo había amado a un hombre? Al ver la desesperación en sus miradas y sentir que entre ellos había verdadera adoración, admitió sonriendo:

—Claro que lo entiendo. Tú precisamente mejor que nadie sabes que lo entiendo. —Y, mirándoles a los ojos, sentenció—: Podéis contar conmigo para lo que necesitéis. Y tranquilos, mis labios están sellados.

Conmovido por lo que aquello significaba, Brendan le tendió la mano, satisfecho.

—Gracias por entendernos y ser nuestra alidada, McDougall de Dunstaffnage.

—De nada, McDougall de Skye —replicó Gillian con una sonrisa mientras le estrechaba la mano.

Aquel día Gillian se percató de dos cosas: la primera, que aquéllos estaban locos por haberse enamorado; la segunda, que ella estaba rematadamente loca por ayudarlos.

37

Pasó otro mes y el secreto de Cris y Brendan continuó a buen recaudo en el corazón de Gillian. Incluso con el transcurso de los días comprobó que aquel highlander era un joven excelente, nada que ver con el bobo que había conocido el día de su llegada a Skye. Una de las tantas tardes que se unía a ellos bajo la cascada, en un arranque de sinceridad, Brendan le contó que aquella apariencia de odio y malestar era lo que su padre esperaba de él. Su padre quería un hijo que odiara todo lo que no fuera del clan McDougall de Skye, y se limitaba, de momento, a tenerlo contento.

Gillian, en ese tiempo, no le contó nada a Niall. Sabía que hacía mal ocultándole aquel secreto, pero lo había prometido. Cuando Niall se marchaba con sus hombres o trabajaba en las reparaciones de Duntulm, ella, con la ayuda de las pocas mujeres que había, limpiaba el interior del castillo. Todo estaba viejo y sucio, pero se negó a comprar muebles bonitos, hasta que las paredes de piedra resplandecieran, y los suelos de madera y piedra quedaran tan limpios que se pudiera comer en ellos. Intentar tener un castillo tan bien cuidado como Dunstaffnage era imposible, pero sabía que con esfuerzo, ayuda y, sobre todo, limpieza, su hogar mejoraría mucho.

Niall, en ese tiempo, suavizó su carácter, tanto que en ocasiones ella temía que algún día tanta dulzura acabase. Adoraba cómo él la buscaba, la miraba, la besaba o la cogía de la cintura y se la llevaba a cualquier lugar para hacerle el amor con verdadera pasión. Suspiraba con candor cuando la llamaba cariño, y aunque durante el día su vida era apacible y con cientos de quehaceres, sus noches se volvieron sexualmente batalladoras.

Una tarde, desde lo alto de la fortaleza, Gillian observaba la enorme llanura que por un lado del castillo se extendía ante ella. Y sonrió como una tonta al recordar aquello que un día Niall le susurró al oído: «Viviremos en un lugar desde donde se domine la llanura». Su hogar era una maravilla. Tener aquella llanura y, al otro lado del castillo el mar, era un lujo que no todos podían poseer.

Apretándose al cuerpo el plaid que la cubría, miró a su alrededor. Todo era majestuoso, a pesar del frío y la neblina, que comenzaba a desaparecer. Gillian, divertida, posó sus ojos en Aslam, y sonrió al observar cómo él, al ver a Helena aparecer con la pequeña Demelza y Colin, iba hacia ella para besarla. Días atrás, ambos le comunicaron que estaban esperando un hijo, y eso los llenó de alegría.

—¿Qué haces aquí con lo fría que es la tarde?

Volviéndose, Gillian sonrió al ver a Niall caminar hacia ella.

—Estaba admirando el paisaje. Es tan bonito que a veces me resulta increíble creer que yo vivo aquí.

Con una mueca cautivadora, su esposo la abrazó y, besándola en el cuello, susurró:

—Créetelo, cariño, es tu hogar.

—Nuestro hogar —aclaró ella con picardía.

Con una plácida sonrisa, Niall miró a su mujer y se preguntó si algún día su corazón dejaría de dispararse cada vez que la mirara. Desde que él había bajado sus defensas en la relación, su mundo se había convertido en un lugar feliz y lleno de alegrías. Verla reír con sus hombres o jugar con los pocos niños que en

Duntulm había lo enloquecía. Y aunque en ocasiones el carácter de ella le ofuscaba, estaba tan enamorado que lo pasaba por alto. No quería enfadarse con ella ni que nada estropeara su felicidad. Nunca nadie había conseguido que perdiera el juicio de esa manera. No podía pensar en otra cosa que no fuera ella, y necesitaba saber continuamente que estaba bien y feliz.

—Hum..., me encanta estar así. Me gusta tanto que podría permanecer días y meses abrazada a ti.

—No te quito la razón, cariño —sonrió él—. Pero si me das a elegir, el momento que más me gusta es cuando te tengo en la intimidad de nuestro lecho desnuda, ardiente y jadeando de placer, sólo y exclusivamente para mí.

—Pero bueno, ¡qué descarado eres!

Consciente de que a ella le pasaba lo mismo, la levantó en brazos y le preguntó:

—¿Acaso me vas a decir que a ti no te gusta?

—Me enloquece —susurró ella, besándolo—. Es más, ¿qué te parece si en este instante te hago jadear yo a ti?

—¿Quién es la descarada ahora? —dijo él, riendo.

Pero Gillian, dispuesta a continuar con el juego, le puso las manos en el cuello, saltó y se colgó de él. Como era de esperar, Niall, sin perder un segundo, la sujetó, y ella le abrió la boca, le metió la lengua y comenzó a besarlo con auténtica pasión.

—Gillian..., no es momento. Alguien nos puede ver —musitó él, enloquecido por aquella fogosidad.

—Vayamos a esa esquina —dijo ella con una traviesa mirada en los ojos—. Siéntame sobre aquella piedra, y te aseguro que nadie nos verá.

Pasmado, Niall miró hacia donde ella le indicaba e, incapaz de negárselo, fue hasta allí e hizo lo que le pidió. Con rapidez, ella abrió las piernas y, con una desfachatez que provocó que su marido se endureciera, le susurró al sentir que el núcleo de su feminidad le latía con fuerza:

—Poséeme aquí.

—¿¡Cómo!? —estalló Niall, sorprendido.

—Ven aquí, McRae —masculló, acercándole a ella.

Cogiéndole una mano, se la llevó hasta su sexo.

—¿Notas cómo palpito por ti? Es verte y desear que me poseas donde quieras.

Él sintió cómo su cuerpo comenzaba a reaccionar. Sentir el calor y la humedad que había entre las piernas de ella lo enloquecía, y soltando un gemido, sonrió.

Dispuesta a conseguir su propósito, y con la sangre hirviendo por él, Gillian le echó mano a la hebilla del cinturón y se lo desabrochó. Aproximándolo aún más, le dijo tras pasarle la lengua por el cuello:

—No tienes que bajarte los pantalones; sólo saca lo que tanto placer me da e introdúcelo en mí. Lo anhelo.

Con una perversa lujuria en la mirada, hizo lo que ella le pedía, y liberó su miembro y la atrajo hacia él para hacerla sentir su propio ardor.

—¿Tanto lo deseas? —le preguntó.

—Sí..., lo deseo.

Pero Gillian, inquieta, ya no podía esperar más. Ardía por él. Necesitaba que la penetrara, y cogiéndolo, se adelantó un poco en la piedra. Separándose los pliegues con su propia mano, se ensartó en él y lo hizo jadear.

—Me vuelves loco, Gata —susurró con la mirada oscurecida.

Gillian sonrió y, asiéndose de sus hombros, le suplicó:

—Cógeme de las caderas y hazme gemir.

Totalmente hipnotizado por la sensualidad de ella, agarrándola posesivamente de las caderas, comenzó a moverse a un ritmo infernal. Sentir su pene dentro de ella en aquella posición le volvió loco. Con cada empuje, ambos jadeaban, dispuestos y anhelando una nueva embestida. Gillian sentía cómo la sangre le hervía con cada envite, cada vez más rápido, más certero, más profundo.

El placer era inmenso. Quiso gritar, pero no debía. Sólo podía dejarse poseer por su marido. Cuando el clímax llegó, se agarró a él con fuerza y gimió. Niall, al sentirla desmadejada entre sus brazos, contrajo el gesto en una mueca y, tras un gruñido varonil y una fuerte embestida que la empaló, se dejó caer sobre su hombro.

Después de aquel arranque de pasión sólo se oía el sonido del viento y los jadeos de ellos, hasta que Gillian comenzó a mover su cuerpo y él, exhausto, murmuró:

—A este paso, acabarás conmigo antes de la primavera.

Ella rió mientras se acurrucaba contra su pecho y con dulzura le besaba.

—Te adoro, Gillian —le susurró con los labios pegados a su pelo.

Escuchar eso hizo que se estremeciera. Niall era un hombre que le demostraba continuamente su amor con hechos, pocas veces con palabras, y que dijera aquello le gustó.

—Vaya..., McRae —se mofó ella—, debo entender que tu sacrificio al casarte conmigo ha merecido la pena.

—Totalmente, aunque a veces, cuando me contestas o te vuelves testaruda, reconozco que maldigo por no haber dejado que te desposaras con Kieran O'Hara. —Sonrió mientras se abrochaba el cinturón del pantalón, y al ver su gesto divertido, la besó y murmuró—: Nunca habría permitido que te hubieras casado con otro que no fuera yo, porque tus besos de barro son míos, y si alguien tiene que cambiarte por alguna torta de avena, ése soy yo.

Ella se carcajeó, y Niall, al sentir que había desnudado demasiado su corazón, dijo, poniéndola en el suelo:

—Anda..., bajemos de las almenas antes de que inventes de nuevo algo.

Divertida por la maravillosa sonrisa que le veía, se rascó la barbilla.

—Hum..., ahora que lo dices, creo que si nos metemos en esa almena...

Niall se rió con ganas y, echándosela al hombro, le dio un dulce azote en el trasero.

—Lo dicho, esposa..., tú me quieres matar.

38

Durante el siguiente mes, la felicidad entre Gillian y Niall fue completa. Era como si no pudieran dejar de besarse y hacerse arrumacos. Su necesidad de tocarse era tal que Niall comenzó a preocuparse. ¿Era normal desear tanto a su mujer?

Una mañana en la que Gillian holgazaneaba mirando por la ventana, vio a Cris llegar a caballo. Con rapidez, salió de su habitación y corrió escaleras abajo para recibirla.

—¡Qué alegría verte! —gritó con las mejillas arreboladas a causa de la carrera.

Cris, tirándose del caballo al verla, la abrazó, y Gillian se dio cuenta de que en su cara había rastros de lágrimas.

—¿Qué te pasa, Cris?

Pero ésta, en vez de contestar, se puso a sollozar y a soltar palabras que Gillian no conseguía entender. Sin perder un instante se la llevó hasta un banco de madera que había en un lateral del castillo y, después de conseguir que se sentara y se calmara, volvió a preguntar:

—Cris, ¿qué pasa? ¿Qué te ocurre?

De nuevo, prorrumpió en sollozos, y Gillian, desesperada y sin saber qué hacer, la abrazó. Poco más se le ocurría.

No muy lejos de ellas, en las caballerizas, Niall mantenía una interesante conversación con su buen amigo y vecino Brendan McDougall. Ambos hablaban de la armería que Niall quería hacer en Duntulm.

—Vayamos al interior del castillo. Tomaremos algo fresco —le invitó Niall.

Con pasos seguros, ambos se dirigieron hacia la puerta principal charlando, cuando al doblar la esquina Niall se fijó en que Gillian abrazaba a Cris, y ésta parecía llorar. Brendan se detuvo en seco. ¿Qué le ocurría a su amada Cris? Niall, al ver cómo las miraba, pensó que iba a comenzar a increparla por pertenecer al clan enemigo.

—Brendan, Christine McLeod es tan bien recibida en mi casa como lo eres tú. Retén tu lengua. Y, por favor, no te muevas de aquí hasta que yo regrese. No quiero problemas.

Brendan, consumido por la preocupación al ver a Cris frotarse los ojos, deseó correr hacia ella. Necesitaba saber qué le pasaba, qué era lo que había conseguido desmoronar su tremenda fortaleza. Pero, pensando con frialdad, contestó:

—No te preocupes, Niall. No me moveré de aquí.

Entonces, éste se acercó rápidamente hasta las mujeres y, agachándose, comenzó a hablar con ellas. Desesperado, Brendan los observaba, y se percató de que Gillian lo había visto, incluso Cris, pero ni la una ni la otra le hicieron señal alguna.

—Vamos a ver, Cris —bufó Niall—, si no dejas de llorar y contestas a lo que te pregunto, me voy a enojar.

Dándole un manotazo en el brazo, Gillian le regañó.

—Mira, Niall, si has venido aquí para ponerla más nerviosa, mejor será que te vayas con el bruto ese que nos mira. No creo que a Cris le apasione saber que él está viendo que ella está llorando.

—Gillian —bufó, mirándola—, retén tu lengua y tus actos o...

—No discutáis por mí —cortó Cris al ver cómo los dos se retaban.

De inmediato, ambos clavaron sus ojos en ella, y Gillian le preguntó:

—Ahora que has podido parar de llorar, ¿nos puedes contar qué te pasa?

Cris, tras sonarse la nariz con un trozo de tela que sacó de la manga de su vestido, miró a Brendan que, con expresión ofuscada, la miraba a su vez.

—Me acabo de enterar de que el hombre al que amo se desposará pronto.

—¿¡Cómo!? —gritó Gillian.

—Lo que has oído —gimió la joven, volviendo a sollozar.

No podía ser. Brendan adoraba a Cris. Desconcertada, Gillian miró a aquel highlander que, cada vez más cerca, los miraba con gesto terrible. Niall, sorprendido al conocer que la intrépida Cris amaba en secreto a alguien, susurró:

—Cris, no sabía que tú...

—No tenías por qué saberlo —lo interrumpió Gillian.

—Bueno, mujer, tampoco te pongas así —la increpó él.

—¡No discutáis! —gritó Cris, y levantándose, miró a Brendan con furia—. Tú, estúpido, ¡qué miras!

Niall resopló, e interponiéndose en el campo visual de Cris, dijo con rotundidad:

—Cris, le acabo de decir a Brendan que tú eres bien recibida en mi casa, y quiero que te quede claro a ti que él es bien recibido también.

Pero Cris no lo quería escuchar; sólo quería ir hacia Brendan y arrancarle la piel a tiras. Por ello, moviéndose con celeridad, se encaró al joven, que la miraba desconcertado, y volvió a gritar:

—¡Eres un maldito hijo de Satanás, Brendan McDougall! Tú, y todo tu maldito clan.

«¡Ay, Dios mío, la que se va a liar!», pensó Gillian al ver cómo Niall miraba a aquellos dos.

Sin entender lo que pasaba, Brendan se acercó hasta ellos y, sin perder su compostura, preguntó en el tono más agrio que pudo:

—¿Por qué me insultas, McLeod?

Gillian, temiéndose lo peor, se acercó a su amiga y susurró:

—Cris, por favor, déjalo. Vayamos a hablar a otro lado. Estoy segura de que lo que nos has contado no es verdad. Todo tendrá su explicación.

Pero Cris, despechada, se lanzó contra Brendan y, como una fiera, comenzó a darle patadas y puñetazos.

—¡Por todos los santos, ¿te has vuelto loca, mujer?! —gruñó Niall.

Brendan, que sujetaba a Cris, en un murmullo casi inaudible le preguntó al oído:

—¿Qué pasa, amor?

Cris no respondió, y Niall la cogió del brazo y dijo.

—¡Maldita sea, Cris! Si estás furiosa por lo que nos has contado, ¿por qué lo pagas con Brendan?

—Tú no sabes nada —gritó la joven, fuera de sí.

Niall observó el semblante de su amigo y, sin explicarse qué ocurría allí, volvió a mirarla.

—¿Tan grande es el odio que le tienes que algo ajeno a él se lo haces pagar también?

—Vámonos, Cris —le ordenó Gillian, cogiéndola de la mano mientras miraba a Brendan con gesto impasible. Deseaba gritarle que era un mentiroso, pero no quería liar más las cosas.

Entonces, Cris, humillada y destrozada, se dio la vuelta, y soltándose del brazo de Gillian, corrió hacia su caballo.

—Niall, por favor, intenta hablar con ella. Temo que haga una tontería —le rogó Gillian.

Ante aquella súplica, éste corrió hacia Cris, y se quedaron solos Gillian y Brendan.

—Eres un maldito bastardo, ¿lo sabías? —bufó, volviéndose hacia él.

Pero Brendan sólo podía ver cómo Cris llegaba hasta el caballo, montaba y se alejaba a todo correr.

—¡Maldita sea, Gillian! ¿Qué le pasa? ¿Qué ocurre para que esté así?

Con precaución, la mujer miró hacia atrás y, al ver a su marido lo suficientemente lejos como para que no pudiera oírla, con un gesto nada dulce, preguntó:

—¿Cuándo pensabas decirle que te habías comprometido con otra mujer?

—¡¿Cómo dices?! —susurró, incrédulo.

—Ya..., ya, disimula, maldito estúpido. Cris está destrozada porque se ha enterado de que pronto te vas a desposar con otra que no es ella. ¿Cómo has podido hacerle eso?

—Eso es mentira —bufó—. Yo no me voy a desposar con nadie y...

«¡Oh, gracias a Dios!», se dijo a sí misma, suspirando.

En ese momento, Niall llegó hasta ellos.

—Discúlpala, Brendan. Se ha enterado de algo que la ha alterado, y de ahí, su reacción. Cris es una buena muchacha y...

Pero Brendan no le dejó terminar:

—No te preocupes, Niall —gritó, corriendo hacia su caballo—. Lo entiendo. Luego volveré para que podamos terminar de hablar. Acabo de recordar que tengo algo muy importante que hacer.

Instantes después vieron marcharse a Brendan al galope, algo que Gillian entendió pero que Niall no. Cuando se volvió hacia su esposa para comentar lo ocurrido, se sorprendió al ver en ella una significativa sonrisa que rápidamente retiró. Escrutándola con la mirada, preguntó en tono dulzón:

—Gillian, ¿hay algo que yo no sepa y que tú debas contarme?

«¡Ja! ¡Si tú supieras...», se dijo, pero con la más dulce de las sonrisas, le cogió del brazo y murmuró:

—No, tesorito.

—¿Seguro?

—Segurísimo —asintió ella, tocándose el cuello.

Pero algo lo hizo dudar. La conocía y sabía que cuando se tocaba el cuello y, en especial, se lamía el labio inferior algo pasaba. En ese momento, unos highlanders a caballo pasaron junto a ellos, y Gillian se los quedó mirando.

—¿Quiénes son?

Niall, sin quitarle los ojos de encima, respondió:

—Los hombres de Brendan. Al ver que se ha marchado van en su busca.

«¡Oh, Dios mío! ¡Oh, Dios mío!, debo avisarlos, o los pillarán», pensó, horrorizada.

Con rapidez se deshizo del abrazo de su marido, e inventándose una excusa, dijo:

—Niall, tengo..., tengo que hacer algo urgentemente.

Convencido de que ella sabía más de lo que decía, la agarró de nuevo.

—¿Adónde vas, Gillian? —le preguntó.

—Tengo que ir a ver a *Hada* al establo.

—¡¿Ahora?!

—Sí.

De un tirón se soltó de él, pero antes de que pudiera dar dos pasos, su marido la sujetó otra vez con gesto grave.

—Sé que pasa algo. Lo veo en tu mirada y la premura. Dime qué ocurre, o de aquí no te mueves.

Con el corazón desbocado, Gillian gimió.

—No puedoooooooooo.

—¿Que no puedes? Por todos los santos, mujer, ¿acaso me ocultas algo?

—Sí, pero yo...

—Gillian, estás acabando con mi paciencia —protestó Niall.

Incapaz de continuar allí sin hacer nada, ella resopló.

—Tengo que confersarte algo..., pero..., pero quiero que lo tomes como una mentira piadosa.

—¡¿Una mentira piadosa?!

Al ver su gesto ofuscado, la mujer le tomó la mano.

—Esa clase de mentiras eran aceptables —murmuró—. Tú lo dijiste, y yo..., yo... lo prometí, y..., y... luego, yo...

—¡Por el amor de Dios!, ¿qué ocurre? —bramó él.

Y tras sopesar que era preferible que se enterara Niall a que se enteraran los padres de Cris y Brendan, con rapidez le contó lo que sabía, y dejó a su marido con la boca abierta.

—Que Brendan y Cris...

—Sí —gritó, ansiosa—. Ahora, por favor, avisémoslos, o todo el mundo se enterará.

Niall comprendió la gravedad de la situación, así que ambos montaron en sus caballos.

—Desde luego, Gillian, no sé cómo lo haces, pero estás metida en todos los líos.

Sin que ella respondiera, se lanzaron al galope con la esperanza de llegar a tiempo.

39

Por suerte para todos, los guerreros de Brendan McDougall se encaminaron hacia sus tierras y pasaron de largo por la cascada, sin saber que su jefe y la hija del jefe del clan enemigo estaban allí.

Cuando Gillian y Niall llegaron, aquellos dos discutían a voz en grito, algo que a éste no le sorprendió. La joven tenía el mismo carácter endemoniado que su mujer e idéntica manera de discutir.

—¡Vaya, vaya, Brendan! —dijo Niall, sorprendiéndolos—. Nunca me lo hubiera imaginado de ti.

Al verlos aparecer, Cris y Brendan miraron con reproche a Gillian, pero ésta desmontó del caballo y les explicó lo ocurrido. Mientras, su marido, entre divertido y aún tremendamente sorprendido por la situación, la escuchaba montado en su corcel.

—De verdad, lo siento. Sabéis que vuestro secreto hubiera ido conmigo a la tumba, pero al ver a tus hombres salir tras de ti he creído que era mejor que Niall lo supiera, si de este modo evitaba que os pillaran los guerreros.

—Sí, la verdad es que sí —asintió Cris, más tranquila, mientras Brendan la tenía sujeta por la cintura.

Gillian comprobó que los jóvenes parecían más relajados, así que preguntó:

—Por favor, ¿me quiere decir alguien qué es lo que ha pasado?

McDougall, tras cruzar una mirada con Niall, que seguía sonriendo con cara de bobo, respondió:

—Lo que le han contado a Cris es mentira. Yo no me he comprometido con nadie ni pienso comprometerme ni casarme con otra que no sea ella.

—¡Oh, me alegro! —suspiró Gillian, encantada—, porque te juro que cuando he visto a Cris en esa situación, he sentido unos deseos terribles de lanzarte la daga y clavártela en medio de la frente.

—¡Vaya, qué sanguinaria! —dijo riendo Brendan.

—No lo sabes tú bien —contestó Niall, bajándose de su caballo.

Cris, aún con el rostro enrojecido pero feliz, respondió:

—No entiendo por qué mi hermana ha dicho eso esta mañana durante el desayuno.

—¿Quién? ¿La divina Diane? —preguntó con sorna Gillian, haciendo sonreír a su marido.

—Sí. Esta mañana, mientras mi padre y yo desayunábamos ha aparecido de pronto y ha dicho que le había llegado el rumor de que Brendan McDougall contraería matrimonio dentro de poco con una joven de su clan. Te juro, Gillian, que he creído morir.

—Lo que no entiendo —susurró el joven— es quién puede haberle dicho semejante tontería.

—No cabe duda de que un tonto —apostilló Niall, y todos rieron.

Pero en ese momento Brendan dio un respingo y dijo, atrayendo la atención de todos:

—Un momento. Hace unas noches estuve tomando unas cervezas con John, el herrero de mi clan, y entre fanfarronadas recuerdo que le mencioné que algún día le sorprendería la noticia de mi próximo enlace. Por cierto, ahora que lo pienso, anoche quedó en traerme unas dagas y no apareció.

—¿Tú dijiste eso? —sonrió Cris.

—Sí, amor... Recuerdo haberlo dicho.

Aquel apelativo tan cariñoso de Brendan a Cris sorprendió de nuevo a Niall, que sonrió. Nunca hubiera imaginado que el tosco McDougall fuera capaz de decir palabras tan dulces, y menos a Christine McLeod, la joven guerrera del clan enemigo. Pero a pesar de que aquello entre ambos a él le pareciera perfecto, sabía que la historia no podría terminar bien. Iba a decirlo cuando Gillian preguntó:

—Pero ¿qué tiene que ver tu herrero con la boba de Diane? Con lo tonta y fina que es nunca se acercaría a un simple highlander.

—Vete tú a saber —respondió Brendan, riendo—. Tampoco imagina nadie que Cris y yo...

—¡No me lo puedo creer! —soltó, de pronto, Cris.

—¿Qué pasa? —preguntó Niall, perdido.

Cris se llevó una mano a la boca.

—Dices que anoche habías quedado con el herrero y no apareció.

—Así es —asintió Brendan.

—Justamente anoche —continuó Cris—, Diane llegó tarde y muy acalorada de dar un paseo por el bosque, y por cómo se tapaba el cuello estoy segura de que debía de tener alguna señal. La conozco y es como su madre. Todo lo que tiene de mema lo tiene de lianta. —Todos rieron—. Papá le preguntó que de dónde venía tan acalorada, y ella, con una sonrisa alelada, respondió que de cualquier lado en el que no hubiera un cerdo McDougall.

Dando una palmada, Brendan lo entendió.

—Y anoche John no me trajo las dagas que yo le encargué.

—¡Tu hermana y su herrero! —exclamó, divertido, Niall.

—Me huelo que sí —dijo Cris, y se puso a reír.

—Pues no te extrañe —se mofó Gillian—. ¡Anda con la mosquita muerta! Si es que son las peores...

Cada vez más convencida de lo que pensaba, Cris preguntó a su amado:

—Cariño, ¿cómo es tu herrero? Sé perfectamente cómo le gustan los hombres a esa necia y con que me lo describas sabré si tiene algo con él.

Con la diversión instalada en el rostro, Brendan dijo:

—John es tan alto como yo. Fuerte. Soltero. Ojos y cabello claro, y según dicen las mujeres, es agraciado y seductor. Por cierto —añadió, riendo—, siempre se vanagloria de que cada vez que se acuesta con una mujer le chupa el cuello para dejarle su señal.

—Confirmado —apuntó Cris—. La simple de Diane y tu herrero se vieron anoche.

Gillian y Niall se miraron, sorprendidos, y la primera exclamó:

—Anda..., para que te fíes de las damiselas delicadas.

Eso hizo reír a carcajadas a Niall. Su mujer, a veces, decía unas cosas tan graciosas que era imposible no reír con ella. A partir de ese momento, Cris y Gillian comenzaron a parlotear entre ellas mientras los hombres las miraban.

Con la diversión en la mirada, Niall se acercó a Brendan y, dándole un golpe en la espalda, le preguntó:

—¿Desde cuándo estáis juntos?

Asumiendo que su secreto ya no era tal, se encogió de hombros.

—Desde hace bastante tiempo.

Niall, maravillado por lo bien que habían sabido engañar a todo el mundo, asintió.

—Sabes dónde te estás metiendo, ¿verdad?

—Sí.

—Ni tu padre ni el de ella os lo pondrán fácil. Vuestros clanes son rivales desde antes de que vosotros llegarais al mundo. ¿Cómo vais a solucionar eso?

Brendan, tras mirar con dulzura a Cris y sentir que la vida sin ella no tenía sentido, murmuró casi avergonzado:

—Sinceramente, amigo, me da igual que mi padre o el padre de Cris intenten matarme; no me alejaré de ella, porque la quiero con toda mi alma.

—Vaya..., me sorprende tu romanticismo.

—¿Acaso tú no morirías por Gillian?

Entonces, miró a su problemática mujercita y, tras echarle el brazo por los hombros a su amigo, susurró:

—No te quepa la menor duda. Adoro a esa fierecilla.

40

Pasados unos días, Niall ordenó una mañana a sus hombres que subieran una bañera a la habitación. Le apetecía intimar con su mujer un rato. Pero aquello incomodó a Gillian. Esa mañana sólo quería dormir y estaba de un humor pésimo.

—Buenos días, preciosa.

—Tengo sueño. Déjame dormir —respondió, dándose la vuelta.

Juguetón y deseoso de intimidad, Niall se acercó a ella y la besó en la nuca. Al ver que no reaccionaba, la cogió de los hombros y la zarandeó.

—¿Qué piensa mi preciosa esposa?

—En que como no pares te voy a abrir la cabeza —contestó, malhumorada.

Pero Niall continuó insistiendo y dando una palmada al aire, dijo:

—Ya es tarde, holgazana. Es hora de levantarse.

—No —protestó ella, cerrando con fuerza los ojos.

—Sí.

—He dicho que no.

Sin perder su humor ni su paciencia, Niall tiró de ella, que se puso en pie.

—¡Por todos los santos! —bramó, enfadada; tenía el pelo revuelto y los ojos hinchados de tanto dormir—. ¿No puedes respetar mi sueño?

—No, cariño. Con lo preciosa que estás en este instante, de ti no puedo respetar nada.

Fue a contestar pero no pudo. Niall, con su ansiosa boca, ya la besaba, y ella, sin dudarlo, le respondió, hasta que de pronto le empujó. Aquel gesto no le gustó a Niall, que frunció el cejo.

—¿Qué pasa? ¿Por qué rechazas mi beso?

—¡Maldita sea, Niall!, no lo he rechazado, pero o me separaba de ti o moría asfixiada.

—Te noto algo alterada.

«¡Oh, qué observador!», pensó, y clavándole una mirada asesina, le espetó:

—No estoy alterada, pero tú me alteras. Deseo dormir y no sé cómo he de decírtelo para que lo entiendas.

Eso le hizo sonreír. Desde que ella había llegado a Duntulm, sus días se habían convertido en los mejores de su vida. Aquella que por las noches se abrazaba a él para dormir era su Gillian, su Gata, y era tal su felicidad que a veces creía que le iba a estallar el corazón, o que iba a despertar y todo habría sido un sueño.

—Niall, por favor..., por favor, déjame descansar —murmuró ella, intentando tumbarse en la cama—. No me apetece bañarme ahora.

Conmovido por su gesto aniñado, se sentó en la cama con ella encima y dijo mientras le repartía dulces besos por el cuello:

—Te bañarás ahora conmigo.

—No..., no lo haré.

—Sí..., sí lo harás —ronroneó, mordisqueándole la oreja.

Pero Gillian no pudo más, y al notar que le tiraba del pelo, protestó:

—¡Ay! Me haces daño.

La paciencia de Niall comenzó a resquebrajarse. Con desgana, enfadado, le preguntó:

—¿Se puede saber qué te pasa que no paras de gruñir?

—A mí no me pasa nada —gritó—. Pero si primero siento que me asfixias y luego me tiras del pelo, ¿qué debo hacer, callarme y aguantar? Porque si he de callar cuando me haces daño o algo no me agrada, no pienso hacerlo, ¿me has oído?

Molesto por su tono de voz, se levantó de la cama, pero lo hizo tan de prisa que, sin que lo pretendiera, Gillian cayó de culo al suelo.

—¡Ay! Pero ¡serás bruto...! —gritó, malhumorada.

Intentó ayudarla a levantarse, pero ella le retiró su mano de un manotazo y se levantó sola. Una vez de pie, y a pesar de tener que echar la cabeza hacia atrás para hablar a su enorme marido, gritó con muy mal genio:

—McRae, no vuelvas a tirarme o...

—¿O qué? —vociferó él, mirándola con gesto brusco.

Finalmente, aquella descarada había conseguido enfadarlo.

—Si te lo digo, no te sorprendería —espetó, dando un paso atrás.

Extrañado por aquella respuesta, la miró y le aclaró:

—Gillian, no me gusta nada el tono en el que me hablas cuando dices McRae, y menos aún, tu caprichoso comportamiento.

—Y a mí no me gusta que porque yo me queje por algo que me desagrada tú protestes.

¿Su mujer no podía callar? ¿Por qué se empeñaba en quedar ella siempre por encima?

—¿Para todo tienes que tener una réplica? —preguntó Niall.

—Por supuesto —asintió con descaro.

Consciente de que debía templar su impulso de castigarla, el highlander cogió una de las sábanas de la cama y, tras tirársela a la cabeza, preguntó:

—¿Para esto también tienes réplica?

Sin variar su gesto, Gillian asió las dos almohadas y se las lanzó con fuerza.

—¿Te vale esto, o quieres más?

No quería enfadarse con su mujer. Alterado, se acercó a la bañera y, tras meter la mano en el agua, la salpicó. Ella ni se movió. Al ver que no respondía, él volvió a salpicarla.

—¡Oh, venga! ¡Quita esa cara de mal humor y sonríe! —dijo intentando firmar la paz.

—No me apetece.

En ese mismo momento, Niall tiró un trozo de jabón a la bañera y las salpicaduras mojaron de nuevo a Gillian, pero ella esa vez sí respondió. Cogió con furia un jarrón que había sobre una mesita, sacó las flores y le tiró el agua a la cara.

—Lo siguiente que te tiraré será el propio jarrón.

El gesto de Niall se tornó tosco, y Gillian volvió a dar otro paso atrás, mientras el agua chorreaba por la cara del hombre, que bufaba.

—¿Se puede saber qué te ocurre, mujer? —bramó, molesto, y limpiándose la cara de malos modos, rodeó la bañera para acercarse a ella, que reculó.

Asustada por cómo él se movía y por su semblante serio, gritó:

—¿Qué vas a hacer, Niall?

—Lo que te mereces, ¡malcriada!

Con fuerza la asió y la arrastró a la cama, y cuando Gillian notó que la ponía boca abajo sobre sus piernas, le subía la camisola y le dejaba el trasero al desnudo, una rabia incontrolable hizo que le mordiera la pierna con brutalidad. Tal fue el dolor que le causó que Niall blasfemó y la soltó.

—¡Maldita sea, Gillian, me has hecho daño!

Entonces, sin esperarlo, vio cómo ella cogía su espada y, con un rápido movimiento, le ponía la punta del acero en la garganta.

—Tú pretendías hacerme daño a mí. Yo sólo me he adelantado.

La miró, incrédulo, y sin moverse, murmuró entre dientes:

—Baja ahora mismo la espada, Gillian.

—No dejaré que me azotes.

—¡Bájala! —apremió él.

—Si me prometes que no me azotarás —exigió ella.

A punto de cogerla por el cuello y no azotarla, sino matarla, bramó como un poseso.

—He dicho que bajes la espada de una maldita vez o te juro que lo lamentarás.

Consciente, de pronto, de que su marido estaba muy enfadado y de lo absurdo de la situación, dio su brazo a torcer y bajó la espada. Realmente, no sabía por qué había hecho aquello. Todo resultó tan rápido que levantarla fue un movimiento espontáneo.

Con la rabia instalada en su tensa mandíbula y en sus ojos, Niall se acercó a ella, que no se movió, y cogiéndole con una mano la barbilla y con la otra sacándose una daga de la cintura, le siseó en la cara:

—Si vuelves a hacer lo que has hecho, no respondo de mis actos.

Y sin más demora le cortó con la daga un gran mechón dorado. Gillian, horrorizada, chilló y lo empujó.

—¡Por todos los santos escoceses! —voceó al ver el enorme mechón que le había cortado—. ¿Cómo has podido hacerme esto?

—Sencillamente porque te lo merecías y porque creo que tu comportamiento ha puesto fin a nuestra luna de miel. Has incumplido tu promesa de no levantar una arma contra mí, ¿lo recuerdas? Te perdoné tu mentira piadosa, a pesar de saber que el día que se conozca la relación entre Brendan y Cris tendremos problemas, pero no te voy a perdonar lo que acabas de hacer.

Gillian no contestó. Él tenía razón, pero ya nada se podía hacer, salvo no contestar. Eso sería peor. Durante unos instantes se miraron como verdaderos rivales, hasta que Niall se dio la vuelta y con pasos enérgicos cogió su propia espada, abrió la puerta de la habitación y se marchó. Gillian, destrozada por lo que había hecho, se tiró en la cama, para maldecir una y otra vez.

41

Tras el episodio de la habitación, aquella noche Niall no apareció, para desesperación de su mujer. Ni tampoco al día siguiente. Simplemente desapareció de Duntulm. Sólo Helena y su paciencia le servían de paño de lágrimas.

—Milady, no os preocupéis, ya veréis como pronto regresará. Vuestro esposo os quiere...

—Lo que quiere es dejarme calva —gruñó, mirándose al espejo mientras la mujer le arreglaba el desaguisado que Niall había provocado.

Aquel comentario hizo sonreír a Helena. Cuando Gillian le contó que cada vez que discutían él le cortaba un trozo de cabello, no pudo por menos que sonreír.

—Los hombres a veces, milady, son peores que los niños. Actúan sin pensar.

—Me da igual. Niall no es un niño, o por lo menos eso creía —siseó mientras comía una torta de avena.

—No os mováis, o seré yo quien os haga un horrible trasquilón —sonrió con cariño la criada.

—Tranquila, Helena —se mofó al ver cómo su pelo menguaba—. Ya estoy acostumbrada a llevar el pelo lleno de trasquilones. Cuando salí de mi hogar, de Dunstaffnage, el cabello me llegaba por la cintura, y ahora, no me llega ni a media espalda.

Con ternura, la mujer terminó de arreglarle el pelo y sonrió al ver que Gillian abría descontroladamente la boca.

—¿Tenéis sueño, milady?

Tomando una nueva torta de avena, Gillian la mordisqueó y asintió.

—No sé qué me pasa últimamente, Helena; aunque duerma y duerma, cuando me despierto deseo seguir durmiendo.

Con una risita nerviosa, la mujer se puso ante ella.

—Milady, ¿podríais estar embarazada? Cuando me quedo embarazada, ése es uno de los síntomas que me alerta.

«¡Por todos los santos!», pensó Gillian. Sin embargo, sin cambiar su gesto, le indicó:

—Imposible. Hace poco tuve los días que toda mujer tiene al mes.

—Entonces, debemos estar alerta con vuestra salud. Comienza a hacer frío y, siendo éste vuestro primer invierno en Skye, os tenéis que cuidar —le aconsejó Helena, a quien no se le escapó que Gillian se tocaba instintivamente el estómago.

—No te preocupes; Helena; me cuidaré.

Una vez que acabó lo que estaba haciendo, ésta recogió sus enseres y se marchó. Gillian se quedó a solas en la habitación. Echando cuentas, se llevó las manos a la boca, asustada, al reparar en que llevaba más de un mes, casi dos, sin que la hubiera visitado la menstruación.

Estaba tan ocupada en satisfacer su cuerpo y el de Niall que no lo había advertido. Emocionada por lo que acababa de descubrir se volvió a tocar su liso estómago y sonrió. El malestar, el sueño y el voraz apetito sólo podían deberse a una cosa: ¡estaba embarazada!

Se debatía entre la alegría de la noticia y la tristeza de que su marido no estuviera allí para contársela. Niall sería un padre magnífico. Adoraba a los niños, y cuando supiera que iba a ser padre, ¡se volvería loco!

Pero cuando Gillian pensó en lo gorda y deforme que se pondría se horrorizó. Si Niall ya creía que Diane era más bonita que ella, no quería ni pensar lo que diría cuando rodara, más que andara, patiabierta al final del embarazo.

Conociendo a su marido, seguro que la trataría como Duncan a Megan. La sobreprotegería y no la dejaría apenas salir del castillo, manteniéndola todo el rato en la cama, descansada. Suspiró y decidió ocultar su estado todo el tiempo que pudiera. Pero al pensar en Niall sonrió y deseó contarle la buena nueva en cuanto regresara.

Al día siguiente, tras una terrible noche de pesadillas, una de las ancianas, Susan, fue a su habitación para avisarle de que tenía visita. Tan emocionada estaba, que no preguntó de quién se trataba, y tras bajar los escalones de dos en dos, se quedó petrificada al encontrarse en medio de su destartalado salón a Diane, junto a su madre.

En un principio, pensó en echarlas de su hogar. ¿Qué hacía esa idiota en su castillo? Pero intentó comportarse como lo que se esperaba de ella, y con una falsa sonrisa dijo, pese a las ganas de acuchillarlas:

—¡Oh, qué sorpresa! Diane, Mery, ¿qué hacéis por aquí? ¿No ha venido Cris con vosotras?

Las mujeres la miraron con curiosidad, y entonces Gillian se percató de que Mery le daba un pequeño empujón a su hija, que respondió:

—Christine ha preferido quedarse luchando en la liza con nuestros hombres.

«Eso es lo que yo necesito..., un poco de lucha», se dijo, pero al pensar en su bebé sonrió.

—Íbamos de camino al mercadillo de Uig —continuó Diane— y hemos pensado que quizá te agradaría acompañarnos.

Pero antes de que pudiera contestar, intervino la madre de Diane:

—Gillian, ¿qué tal te va todo? ¿Qué tal tu vida de casada? —le preguntó con la mejor de sus sonrisas.

—Bien —mintió—. La verdad es que no me puedo quejar. La gente es encantadora conmigo.

—¿Has cambiado de peinado? —preguntó Diane.

Con una fingida sonrisa, Gillian se tocó el cabello.

—Sí, me lo he cortado un poco. Lo tenía demasiado largo.

—¡Oh!, ¿cómo has podido hacerlo? Para un hombre, el cabello de una mujer nunca es demasiado largo. No vuelvas a cortarlo, o tu marido se fijará en otra —le aconsejó Mery.

—Madre, Gillian es muy bonita y no creo que Niall deje de amarla por un poco más o un poco menos de cabello.

«¡Cuánta alabanza!», pensó Gillian.

Sorprendida por tanta amabilidad, Gillian miró a Diane sin pestañear. No se fiaba de aquella tonta ni un pelo. Pero entonces la madre añadió:

—Vamos a ver, Diane —la regañó Mery—. Dile a Gillian lo que has venido a hacer y déjate de rodeos.

Cada vez más aturdida por la visita, casi se cae de culo cuando Diane dijo:

—El motivo real de la visita era porque quería pedirte disculpas por el trato que te dispensé en Dunstaffnage y tras tu boda. Sólo espero que olvides mi obcecación por Niall y cambies tu opinión sobre mí.

Estupefacta, Gillian no sabía qué decir ante aquella revelación.

—¡Ay, cariño! —intervino Mery, cogiéndole las manos—, cuando Diane me confesó que había subido a tu habitación para atosigarte por lo de Niall... oh, Dios, ¡creí morir!

—No..., no os preocupéis —respondió Gillian—; eso está olvidado.

Diane, entonces, se abalanzó hacia Gillian y, arrodillándose ante ella, sollozó:

—Por favor, Gillian, me siento avergonzada de mi comportamiento y sólo espero que me perdones y algún día podamos ser amigas.

Conmovida, la ayudó a levantarse del suelo, y caminando hacia los bancos, hizo que se sentara mientras su madre con gesto desabrido las seguía.

—¡Oh, Gillian, me siento fatal! —sollozó Diane—. Me he comportado contigo como una verdadera arpía, y tú...

El gimoteo de la chica y los ojos horrorizados de su madre la impulsaron a decir:

—¡Basta ya, Diane! Todo está olvidado, y yo..., yo estaré encantada de que seamos amigas.

Diane prorrumpió entonces en nuevos sollozos, y Gillian le pidió a una desconcertada Helena, que las miraba desde la puerta, que preparara una infusión que le calmara los nervios. Finalmente, la bebida lo consiguió.

Un rato después, Diane y su madre, ambas más sonrientes, paseaban por las tierras de Niall del brazo Gillian, que, necesitada de afecto, se agarró a ellas con firmeza. Quizá no fueran sus mejores amigas, pero se sentía tan sola en aquel momento que un poco de amabilidad le iría bien.

—Por cierto —preguntó Mery—, ¿dónde está Niall? No le hemos visto.

Con rapidez, Gillian ideó una mentira. A pesar de que su corazón se había ablandado con Diane y su madre, no quería que ellas supieran que habían discutido y que ignoraba dónde estaba.

—Está de viaje. Recibió una misiva de su hermano Duncan y tuvo que marchar a Eilean Donan.

Diane, sorprendida, la miró y le preguntó:

—¿Por qué no te marchaste con él? Me consta que Megan y tú sois buenas amigas.

Tras soltar un suspiro de resignación, Gillian cuchicheó:

—Tengo mucho trabajo aquí, en Duntulm. Preferí quedarme para intentar poner en orden el destartalado hogar de mi marido. —Las otras asintieron—. Creo que un poco de mano femenina le vendrá muy bien. Y pretendo sorprenderlo a su llegada.

—¡Tengo una idea! —gritó Diane—. Vente al mercadillo. Estoy segura de que allí encontrarás todo lo necesario para convertir Duntulm en un precioso hogar y sorprender a Niall a su llegada.

—¡Oh, qué excelente idea! —asintió Mery—. Yo conozco varios ebanistas que trabajan maravillosamente la madera, y estoy segura de que si hablo con ellos te dejarán varios muebles a un precio estupendo.

Gillian lo pensó. ¡Podía ser una buena idea! Quizá si Niall a su regreso veía cambios en su hogar, se alegrara. Y mirándolas con una sonrisa, asintió.

—Perfecto. ¡Vayamos al mercadillo!

De forma decidida, Gillian les pidió a Donald y varios hombres más que las acompañaran a Uig. Necesitaban hacer unas compras. Pero se quedaron impresionados cuando les pidió que llevaran un par de carros.

Tras pasar gran parte de la mañana comprando por Uig con aquellas dos mujeres, por la tarde regresaron a Duntulm con los dos carros a rebosar y, tras éstos, dos carros más. Habían comprado sillas, mesas, telas para decorar ventanas, hacer cojines, vestidos y todo lo que hiciera falta. Gillian incluso se permitió comprar un par de enormes tapices y dos cuadros a un artista.

Al alba del séptimo día, incapaz de seguir durmiendo en aquella cama sin Niall, Gillian se levantó demasiado temprano y comenzó a trabajar. Pero poco después le entró un sueño horroroso y, recostándose en uno de los jergones que había en el salón junto a Donald y Liam, sin percatarse se escurrió entre ellos y con el calorcito que le proporcionaban se durmió.

—¡Por todos los santos, Gillian!, ¿qué haces durmiendo entre esos hombres? —gritó Mery al entrar en el salón y verla.

Con rapidez Gillian y sus guerreros se despertaron.

—Milady —susurró Liam, azorado—, podríamos haberos aplastado.

Divertida, Gillian se levantó y, quitándole hierro al asunto, dijo:

—Tranquilos. Estaba agotada y sin darme cuenta me he debido de quedar dormida entre vosotros. Pero estoy bien; no os preocupéis.

—¡Oh, Dios, Gillian! —le reprochó Diane—. Da gracias al cielo de que hemos sido nosotras. Si hubiera aparecido Niall o cualquier otro, podría haber pensado lo que no es.

Donald se ofendió. ¿Qué estaba queriendo dar a entender aquella mujer? Pero Gillian, al ver el gesto del hombre, le puso una mano en el hombro y dijo:

—Si Niall me hubiera visto, querida Diane, no habría pensado nada raro. No es la primera vez que me quedo dormida entre sus hombres.

Liam y Donald se miraron, boquiabiertos. ¿En qué otra ocasión había ocurrido? Pero al ver la cara de aquellas dos brujas, sonrieron al percatarse del ingenio de su señora para desconcertar al enemigo.

Diane y su madre se quedaron atónitas, pero no dijeron nada más. Poco después comenzaron a cortar telas con la ayuda de las ancianas y a coser cortinajes para las ventanas, mientras Gillian confeccionaba cojines y los hombres colocaban mesas y sillas.

—¿Qué más queréis que hagamos, milady? —preguntó Donald, mirándola.

—Deberías quitarte de encima esa horrible mesa, Gillian —dijo Diane, señalando el enorme mueble que presidía el salón—. Sé por Niall que la odia y sólo esperaba a comprar nuevos enseres para quemarla y destruirla.

—Y esa fea silla, ¡oh, Dios, qué horror! —apostilló Mery, señalando la silla destartalada que descansaba junto al hogar.

Dejando la costura a un lado, Gillian se levantó y, tras pensar lo que sus invitadas sugerían, dijo a los hombres:

—Destrozad esa mesa. Seguro que su madera nos vendrá muy bien para calentarnos.

—¿¡La mesa grande!? —preguntó Liam, sorprendido.

—Sí, y de paso aquella silla que hay junto al hogar.

Los hombres se miraron. Aquellas dos cosas eran los únicos muebles que su señor había llevado consigo cuando se había mudado allí.

—Milady —señaló Donald—, nosotros lo haríamos encantados, pero ¿estáis segura de que a vuestro esposo no le va a molestar que destruyamos la mesa y la silla?

—¡Oh, por Dios!, pero si son las cosas más horrorosas que he visto en mi vida... —se quejó Diane—. ¿Cómo le va a molestar a vuestro señor que eso desaparezca de su vista cuando la encantadora Gillian ha comprado elegantes y bonitos muebles? Pero, claro —añadió pestañeando—, lo que diga Gillian es lo que será.

—Por supuesto. Ella es la que tiene que decidir, pero con el gusto tan exquisito que tiene dudo de que le guste ver esa cochambrería por aquí —insistió Mery.

Agasajada por tantas lindezas, Gillian se convenció.

—Donald, estoy totalmente segura.

Sin embargo, los guerreros parecían no querer escuchar, e insistieron:

—Pero, milady, creo que es mejor que no lo hagamos porque esa m...

Gillian, al oír cómo resoplaban Diane y su madre, se volvió hacia los hombres y gritó en tono duro:

—He dicho que las destruyáis y que luego dejéis la madera junto al hogar. ¿Tengo que repetirlo más veces para que lo entendáis?

Ellos se miraron y se pusieron manos a la obra. Sacaron la mesa y la silla al patio del castillo. Poco después entraron y dejaron la madera junto al hogar. Diane y su madre se miraron y sonrieron.

42

Al amanecer del duodécimo día, Gillian, desesperada, miró por la ventana. ¿Dónde se había metido Niall? ¿Cuándo regresaría para que pudiera comunicarle que estaba embarazada?

Durante aquella mañana, Gillian esperó a Diane y a su madre, pero no aparecieron. Con la ayuda de los hombres, colgaron los tapices en el salón y los paños de tela azul claro sobre las ventanas, una vez que las hubieron limpiado las ancianas. Cuando acabaron, Gillian hizo poner alrededor del salón y el pasillo de subida a las habitaciones y almenas varios enganches de hierro para colocar antorchas y con ello dar luz al interior del castillo. Helena y la pequeña Demelza se entretuvieron en recoger flores del exterior de Duntulm, y Gillian se encargó de componer diferentes ramos con coloridas flores y situarlos por el salón. Por último, dispuso uno de los cuadros que había comprado encima del hogar de esa estancia y otro sobre el hogar de su habitación.

Aquella noche, cuando los guerreros entraron en el iluminado y reluciente salón, se quedaron maravillados. Lo que hasta hacía pocos días era un lugar oscuro, sucio y sombrío, se había convertido en una elegante estancia como la de otros castillos.

El decimoquinto día, mientras se desenredaba el pelo mirando desde las almenas, de pronto lo vio. ¡Niall!, y como una loca corrió en su busca. Necesitaba contarle su secreto, besarlo y pedirle disculpas. Nunca tendría que haberle puesto el acero en el cuello. Pero él, antes de que se le acercara, la detuvo con una dura mirada que hizo que a Gillian se le parara el corazón.

Tragando el nudo de emociones que sintió por aquel rechazo ante todo el mundo, se limitó a sonreír y ver cómo él, sin ni siquiera besarla, se marchaba con dos de sus hombres a revisar las obras del nuevo pozo.

Exacerbada y alterada, decidió dar un paseo por los alrededores. Necesitaba relajarse, o era capaz de lanzarse sobre su marido y exigirle explicaciones por su ausencia. Pasado un rato en el que paseó por la colina cogiendo flores, oyó vociferar su nombre:

—¡Gillian!

Levantando la mirada, vio que era Niall quien la llamaba, y el corazón le comenzó a latir descontrolado.

—¡Gillian! —volvió a oír.

Con una sonrisa, se cogió las faldas y corrió hacia él, pero de pronto se detuvo. Su marido, seguido por varios de sus hombres, parecía enfadado. Su gesto era terrible y andaba hacia ella a grandes zancadas.

«¡Oh, Dios!, ¿qué ha pasado?», pensó, horrorizada.

Niall parecía colérico. Fuera de sí. Pero mientras caminaba hacia él, intentó poner la más dulce de sus sonrisas.

La cara de Niall, sin embargo, denotaba todo menos ganas de confraternizar, y cuando llegó hasta ella, la cogió por los hombros y comenzó a zarandearla mientras gritaba fuera de sí:

—¡¿Qué has hecho con la mesa y la silla de mis padres?!

Gillian no lo entendió.

—¿A qué te refieres?

Clavando sus preciosos e incitantes ojos marrones en ella, bramó:

—Cuando me marché en el salón de Duntulm había una mesa

de roble de mi padre y una silla junto al hogar de mi madre. ¿Dónde están?

Gillian quiso morir. ¡Había ordenado destrozar los muebles de los padres de Niall! Dejó caer las flores que llevaba en las manos. ¿Qué podía decir?

—¡Contéstame, Gillian! —gritó, descompuesto.

«¡Ay, Dios... Ay, Dios!», se lamentó con la boca seca. Cuando le dijera lo ocurrido, ¡la iba a matar!

Tras tocarse el estómago para que le diera fuerzas y tomar impulso, lo miró y susurró, dispuesta a cargar con su culpa.

—Niall, yo ordené que...

Donald, Aslam y Liam se acercaron hasta ellos con celeridad y no la dejaron terminar.

—Disculpad, mi señor —interrumpió Donald, y Niall lo miró—. Al comprar su mujer las nuevas mesas, nos pidió que retirásemos del salón la mesa y la silla y las lleváramos a una de las habitaciones superiores, hasta que a su llegada usted decidiera dónde ponerlas.

Gillian se quedó con la boca abierta, mientras sentía unas terribles ganas de vomitar. Pero al notar la mirada de su marido, se puso las manos en las caderas y, levantando el mentón, preguntó:

—¿Algo más?

Niall, tras conocer lo que quería saber y sin volver a mirarla, se dio la vuelta y se marchó. En ese momento, Gillian miró a Donald, Aslam y Liam y, con una sonrisa, les susurró:

—Gracias, muchas gracias. Acabáis de salvarme la vida.

Aquéllos, con una sonrisa socarrona, le guiñaron el ojo, se giraron y se marcharon tras su laird, que a pasos agigantados regresaba al castillo.

«¡Uf!, de la que nos hemos librado, pequeño», pensó, tocándose el estómago, mientras observaba a su marido alejarse. Y al agacharse para recoger las flores que se le habían caído de las manos pensó en las odiosas de Diane y su madre, y dijo:

—Os vais a enterar de quién es Gillian, la McDougall de Dunstaffnage. Os voy a hacer pagar vuestra malvada fechoría con tal fiereza que vais a estar lamentándolo el resto de vuestras vidas. ¡Brujas!

43

Durante el resto del día, Niall no la buscó en ningún momento, incluso parecía rehuirla. En un par de ocasiones, sintió arcadas y que las piernas le flojeaban, pero respirando con disimulo, las aguantó. A cada minuto que pasaba, deseaba más que la mirara y sonriera. Estaba como loca por darle la noticia de su próxima paternidad, pero él parecía no querer saber nada de ella. Durante la comida se sentaron juntos, pero Niall continuó ignorándola; ni siquiera pareció darse cuenta de los cambios que había hecho en el salón, y eso la molestó.

«Hemos vuelto a tiempos pasados», pensó con amargura.

Él se dedicó a comer y a hablar con sus hombres, ignorándola, como si ella no estuviera, aunque por dentro se deshacía cada vez que la oía respirar. Durante el tiempo que había estado fuera, sólo había tenido una cosa en la cabeza: regresar a su hogar para ver a su mujer.

Gillian, a cada instante más herida y humillada por su desprecio, no pudo contener un segundo más su ira y le dio un golpecito en el brazo.

—¿Dónde has estado estos días? Estaba preocupada por ti —preguntó en un tono demasiado áspero.

Mirándola sin un ápice de dulzura, el highlander bebió de su copa y respondió:

—No es de tu incumbencia.

—¿Ah, no?

Sin quitarle los ojos de encima, siseó:

—No.

—Pues no me parece bien.

—Lo que te parezca a ti bien o no, sinceramente, esposa, no me interesa.

—¡Serás grosero! —gruñó ella.

Niall cerró los ojos y, tras bufar, murmuró:

—Gillian, acabo de llegar. Tengamos la fiesta en paz.

Tragándose la retahíla de maldiciones que estaba a punto de soltar, decidió respirar, y cuando estuvo más relajada, suavizó el tono de voz y, acercándose a él, le susurró al oído:

—Te he echado de menos.

Escuchar aquello y sentir su cercanía hicieron que a él le tambalearan las fuertes defensas que en aquellos días había logrado construir contra ella. Había sido una tortura separarse de lo que más quería, pero no podía permitir que ella, su propia mujer, blandiera la espada contra él. Entonces, inexplicablemente para él, sin mirarla respondió:

—Seguro que no tanto como yo a ti...

«Lo sabía», pensó a punto de echársele al cuello. Pero Niall añadió:

—Aunque siendo sincero, cuando la preciosa Diane y su madre me dijeron que te vieron retozando con mis hombres en el jergón del salón como una mujerzuela, me sorprendí. No me esperaba ese comportamiento de ti.

Boquiabierta, lo miró, y con fuego en los ojos, dijo:

—No las habrás creído, ¿verdad?

—Dime, ¿por qué no debería creer a esas dos inocentes damas?

«¡Malvadas brujas!»

—Estoy esperando, esposa. ¿Acaso rememorabas tus años en Dunstaffnage con tus mozos de cuadra?

Molesta, humillada, enfadada y un sinfín de cosas más, Gillian, sin mirarlo, blasfemó:

—Al demonio, McRae. Piensa lo que te venga en gana porque no voy a defenderme ante ti. Y si tú quieres creer que ellas son unas inocentes damas, ¡adelante!, pero permíteme decirte algo: espero no parecerme nunca a ese tipo de mujer, porque entonces me decepcionaría a mí misma.

Sin querer mirarla, él continuó comiendo, aunque con el rabillo del ojo pudo comprobar cómo ella rumiaba su mal humor. Estaba tan molesto y enfadado por lo que aquellas dos mujeres le habían insinuado cuando había pasado por Dunvengan que habría querido matarla nada más llegar a Duntulm.

Indignada, pensó en rebanarle el cuello.

—Te has cortado el cabello, ¿verdad, esposa?

Volviéndose hacia él, contestó con rabia:

—Sí, McRae; tuve que cortármelo gracias a ti.

Sin pestañear, la miró, y cogiéndole uno de los rizos que le caían por la espalda, dijo:

—Me gustabas más con el cabello hasta la cintura. Eras más femenina.

«¡Dios, ayúdame, o te prometo que le estampo la copa de plata en la cabeza!», pensó Gillian sin querer contestarle. No deseaba empeorar las cosas. Debía pensar en su bebé, pero él volvió a la carga con el peor de los comentarios:

—Creo que el cabello dice mucho de una mujer. Te muestra su delicadeza, su feminidad, su dulzura —murmuró con voz ronca—. Siempre he pensado que cuanto más largo es el pelo de una doncella, más deseable es.

«No debo contestar», reflexionó mientras comía el estofado que Susan había puesto ante ella. Pero Niall había llegado con ganas de lucha y continuó:

—Creo que deberías seguir el ejemplo de la dulce y arrebatadora Diane McLeod. —Aquel nombre hizo que se atragantara—. En alguna ocasión esa preciosidad se ha soltado el cabello ante mí para mostrármelo y es verdaderamente seductor. Bueno, en realidad ella, en sí, es fascinante, aunque tú no le tengas aprecio alguno.

«¿Dulce? ¿Arrebatadora? ¿Preciosa? ¿Fascinante? ¡Oh!, no, esto sí que no», pensó soltando el tenedor como si le quemara.

Al mirarlo para contestar, vio en sus ojos las ganas de pelea; por ello, y aun a riesgo de morir de rabia, Gillian sonrió y dijo, levantándose:

—Tienes razón, esposo. La preciosa Diane es un auténtico primor de mujer. Y ahora, si me disculpáis, debo atender ciertos asuntos personales.

Se marchó sin ver cómo Niall la seguía con la mirada y sonreía. Furiosa y terriblemente irritada, subió a su habitación. Colérica abrió uno de sus arcones y tras rebuscar encontró lo que buscaba. Quitándose el vestido, lo tiró con fiereza sobre la cama y se puso los pantalones de cuero y las botas de caña alta. Necesitaba desfogarse y sabía muy bien dónde tenía que ir.

Cogiendo un trozo de cuero marrón se sujetó el cabello y, mirándose en el espejo, murmuró con una perversa sonrisa:

—Diane McLeod..., me las vas a pagar.

Tras coger su espada, bajó con cuidado por la escalera, pero no quería pasar por el salón; si lo hacía, con seguridad su marido la interceptaría al verla con la espada y vestida de aquella manera. Por ello, se asomó por una de las ventanas de la escalera, y después de calibrar que si lo hacía con delicadeza no le pasaría nada a su bebé y que no había nadie que la viera, se lanzó sin percatarse que unos ojos incrédulos la miraban desde no muy lejos. Una vez se levantó, se encaminó hacia las caballerizas, donde *Thor* al verla resopló. Montó en él y lo espoleó para salir de allí cuanto antes.

En el salón, Niall seguía escuchando a sus hombres, pero realmente no oía de lo que hablaban. Estaba tan ensimismado en sus pensamientos acerca de su mujer que no se dio cuenta de que su fiel Ewen se había sentado a su lado hasta que éste habló:

—Bonito salón, mi señor.

Niall, volviendo en sí, miró a su alrededor, y con una sonrisa, asintió:

—Sí, Gillian ha hecho un buen trabajo.

Ewen se volvió entonces hacia los hombres y, con un movimiento de cabeza, les indicó que se alejaran, y éstos rápidamente lo hicieron.

—Mi señor...

—Ewen, por el amor de Dios, nos conocemos de toda la vida, ¿quieres llamarme por mi nombre? —protestó Niall.

El hombre sonrió y, tras dar un trago de cerveza, dijo:

—¿Puedo preguntarte algo?

—Tú dirás, Ewen —respondió McRae, reclinándose en la cómoda silla y sonriendo.

—¿Dónde está lady Gillian?

Al pensar en su combativa esposa, Niall sonrió.

—Ha subido a descansar. —Y con mofa, confesó—: Creo que está tan enfadada conmigo que ha preferido desaparecer de mi vista a seguir discutiendo.

Aquello hizo reír a Ewen, que, cogiendo una copa, la llenó de cerveza. Después de un largo trago para refrescar su garganta, murmuró:

—¿Estás seguro?

Sorprendido por la pregunta, Niall se incorporó de la silla.

—¿Debo dudarlo? —preguntó.

Ewen, con una sonrisa que le dejó paralizado, asintió.

—Creo que tu esposa ha decidido cambiar su descanso por algo más emocionante. —Al ver que Niall dejaba de sonreír, añadió—: La acabo de ver tirarse por la ventana de la escalera espada en mano.

—¡¿Cómo?! —exclamó, confundido—. ¡Que se ha tirado por la ventana y me lo dices tan tranquilo!

—No te preocupes. La altura no era mucha. Como era de esperar, se ha levantado como si nada, ha cogido su caballo y se ha marchado como alma que lleva el diablo.

Niall se había quedado pasmado y le temblaban las piernas. ¿Cómo era posible que Gillian se hubiera lanzado por una ventana? Por todos los santos, podría haberse matado.

—¿Hacia dónde se ha dirigido?

—La he visto coger el camino interior —respondió Ewen con una sonrisa en la boca.

Dando un manotazo en la mesa que movió los platos y las copas, soltó:

—Sí..., pero ¿adónde ha ido?

—Yo creo que lo sé —dijo Ewen, sonriendo de nuevo.

Niall, cada vez más molesto por aquella conversación, clavó la mirada en Ewen.

—Nos conocemos de toda la vida, y esa risita tuya de «te lo dije» me hace entender que tú sabes algo que yo no sé, ¿me equivoco?

—No, Niall, no te equivocas. —Y acercándose a él le cuchicheó—: Y sí, te lo dije.

Ewen soltó entonces una carcajada que hizo que varios de sus hombres los miraran. Pero Niall no tenía ganas de risas y, agarrándole por el cuello como cuando eran niños, le dijo a la cara:

—O me cuentas ahora mismo lo que sabes y dónde está mi impetuosa mujer, o te juro que haré que tu vida sea un infierno.

Ewen, con la diversión aún en su mirada, le explicó lo que sus hombres le habían contado aquella mañana respecto a lo ocurrido aquellos días en el castillo. Niall, sorprendido, dijo mientras ambos se encaminaban hacia los caballos:

—Creo que, como no lleguemos a tiempo, hoy en Escocia más de una se queda calva.

44

Cuando Gillian llegó a Dunvengan, su enfado había crecido tanto que la rabia le salía por todos los poros de la piel. Al bajar del caballo pasó primero por la liza y allí vio a Cris luchando con algunos hombres. Ésta, al verla vestida con el pantalón de cuero y con la espada, creyó que venía a entrenar. Pero al ver su gesto intuyó que algo pasaba, por lo que decidió salir y dirigirse a ella.

—Hola, Gillian —la saludó—. ¡Qué alegría verte!

—Lo mismo digo, Cris.

—Justamente mañana pensaba ir a visitarte.

—Me alegra saberlo —Gillian sin pararse.

—¿Ocurre algo? Te pasa algo, ¿verdad?

Sin responder continuó caminando hacia la puerta principal del castillo, y Cris, al ver aquella ofuscación, se plantó ante ella y la detuvo.

—Dime ahora mismo qué te ocurre, Gillian.

Conmovida por la mirada de Cris, respondió:

—Vengo dispuesta a matar a esas dos. ¿Dónde están esas malas brujas?

Sorprendida, Cris la cogió del brazo y se la llevó a una esquina para hablar con ella. Nada le habría gustado más que perder de vista a la idiota de su hermanastra y la madre de ésta, pero no quería que su amiga cometiera una imprudencia.

—Vamos a ver, ¿qué ha pasado?

Como un torrente desbocado Gillian comenzó a contarle

todo lo ocurrido, excepto su embarazo. Empezó con la discusión con su marido, siguió con la visita de aquéllas a Duntulm con falsas disculpas y malas ideas, continuó por lo que las dos necias habían insinuado sobre que ella retozaba con sus hombres, y terminó sollozando al recordar las palabras de alabanza de su marido hacia Diane y de desprecio hacia ella.

—Venga..., venga, tú y yo sabemos que el tonto de tu esposo lo ha dicho para molestarte.

—¡Cris..., ha puesto en duda mi fidelidad! —gritó, molesta.

La joven no supo qué contestar, pero algo le decía que Niall no era tonto, ¿o sí?

—Mira, Gillian. Olvida esa tontería. Nadie en su sano juicio creería semejante barbaridad y, por favor, hazme caso, ¡tú eres mucho más bonita que Diane! Nada le tienes que envidiar, ni siquiera su pelo.

«¡Ja!, salvo que me voy a poner gorda como un tonel, y él seguro que me lo reprochará», pensó con amargura. Pero limpiándose la cara que tenía llena de polvo del camino, dijo:

—Yo le soy fiel. ¿Por qué se empeña en creer que no? Además, ella es una joven muy bonita, ¡es preciosa! Lo que no entiendo es por qué el patán de Niall no se desposó con ella en vez de conmigo. Se ve a la legua que le atrae.

—Que no..., que no —insistió Cris—, que no lo atrae. Que Niall siempre ha intentado alejarse lo máximo que ha podido de ella. Es ella la que nunca ha dado su brazo a torcer desde que lo conoció.

—¡Oh, sí, claro!, y por eso dice que es fascinante, preciosa, cautivadora...

En ese momento, las puertas de entrada del castillo de Dunvengan se abrieron y ante ellas apareció una espectacular Diane seguida por su madre. Llevaba un magnífico vestido color crudo.

Gillian, tras clavar su mirada en ella, bramó sin que Cris lo pudiera remediar:

—¡Dianeeeeeeeeeeeee!

La muchacha, al escuchar aquel alarido y ver a Gillian andar hacia ella espada en mano, se asustó y, sin pensar en su madre, corrió hacia el interior del castillo.

—Gillian —gritó Cris, andando a su lado—, ¿no irás a matarla?

Furiosa, y con la vista clavada en las mujeres, siseó entre dientes:

—Cris, no me des ideas.

Más tranquila por aquella contestación, la joven sonrió y, encogiéndose de hombros, dijo, encantada:

—¡Ah!, pues entonces te ayudaré. Vamos a divertirnos.

Como si de un huracán se tratase, entró Gillian en Dunvengan seguida por una sonriente Cris. Sin que nadie se interpusiera en su camino, persiguieron a las mujeres, que huían despavoridas delante de ellas.

—Ya pararás, Diane..., ya pararás —voceó Gillian sin importarle cómo la miraban los criados que a su paso se encontraba.

En ese momento, Cris avistó a su padre. Necesitaba quitarlo de en medio, y ella sabía cómo. Con celeridad y determinación, se dirigió hacia él y le indicó que los hombres en la liza exigían su presencia para que les enseñara un par de movimientos magistrales. Orgulloso e hinchado como un pavo, y sin prestar atención a los chilliditos de agobio que proferían su mujer y su hija Diane, el hombre cogió la espada que tenía colgada en la pared del salón y salió a la liza acompañado por su hija. Cris habló con uno de los hombres y le pidió que le entretuviera todo lo que pudiera, y corrió de nuevo junto a Gillian.

En el interior del castillo, Diane y su madre llegaron hasta un pequeño salón y, asustadas, se miraron. Sólo podían huir o bien tirándose por la ventana, algo que dos damas como ellas nunca harían, o saliendo por una de las dos puertas que esa estancia tenía. El problema era que Cris estaba en una y Gillian en otra, y las cerraron tras de sí.

Con una sonrisa en la boca, Cris se apoyó en la puerta, dispuesta a disfrutar de algo que llevaba años queriendo presenciar. Gillian, con la espada en la mano, se plantó ante ellas dispuesta a hacerles saldar sus deudas.

—Madre, ¡haz algo! —gritó Diane, escondiéndose detrás de ella.

Gillian sintió vergüenza ajena.

—Vaya, Diane..., veo que eres muy valiente. —Y tomando aire añadió—: Vergüenza debería darte esconderte tras tu madre.

—¡Gillian! —gritó Mery—, ¿qué te propones viniendo así a nuestro hogar?

Clavando su fría mirada azul en ella, la hizo temblar.

—¿Qué os proponíais vosotras cuando acudisteis al mío?

Al ver que ninguna contestaba, Gillian continuó:

—Ambas sois de la peor calaña de mujer que pueda existir. Sabíais que mi esposo no estaba en casa y fuisteis a mentirme y a engañarme como a una vil tonta deseosa de afecto. ¡Y lo conseguisteis! Pero no contabais con que mis hombres fueran fieles y más inteligentes que vosotras ¡malditas brujas!

Las mujeres se miraron, y Gillian, con la cara contraída, prosiguió:

—Sois unas malditas víboras. Estáis furiosas porque Niall se ha casado conmigo y queríais que mi marido me odiara por haber acabado con lo único que en Duntulm tenía importancia para él. Sabíais que esa mesa y esa silla eran lo único que él tenía de sus padres, ¿verdad?

Diane la miró, y Mery sonrió.

Gillian quiso matarla por su maldad, pero conteniendo sus instintos más salvajes, gritó:

—Sois unas zorras, unas malas mujeres. No teníais bastante y también habéis inventado eso de que me visteis revolcándome con mis hombres en el salón. ¡Mentirosas! Ambas sabéis que eso es mentira.

—Yo no sé si es mentira. Vimos lo que vimos y punto. Si eres tan poco prudente como para hacerlo a la vista de todo el mundo, no tenemos la culpa —siseó Diane—. Además, te lo mereces. Tú me quitaste al hombre que yo quería, y lo voy a recuperar sea como sea.

—Te equivocas, Diane. Niall nunca será tuyo —gritó Cris, molesta al ver tanta maldad en aquellas dos.

—Tú cállate —gritó Mery a su hijastra—. Mi niña se merece ser la señora de Duntulm y no estamos dispuestas a permitir que una McDougall ocupe el lugar que le corresponde a Diane.

—Niall es mi hombre —voceó como una posesa ésta—, y conseguiré que te repudie a ti y al final sólo me desee a mí.

«La mato..., la mato», pensó Gillian, que se abalanzó sobre ella.

—Te voy a arrancar la piel a tiras, maldita mujer, y cuando acabe contigo, nadie te mirará porque serás tan fea que ni los sapos oscuros del bosque te querrán.

Pero Cris se interpuso. La vio tan ofuscada que temió lo peor y la paró.

—¡Suéltame! —gritó Gillian—. A esa malcriada le voy a dar la lección que se merece.

—Nada me gustaría más en este mundo —cuchicheó Cris—, pero me has prometido que no la ibas a matar.

—¿Estás segura de que yo te he prometido eso?

Cris, con una divertida mueca, asintió, y Gillian, resoplando, bajó la espada.

—Sólo hay que ver la rabia en tu mirada para saber que Niall te ha despreciado —increpó Diane—. Te ha tratado como lo que eres: nadie para él.

Gillian levantó la mano para abofetearla, pero Cris se la sujetó, y le cruzó la cara a su hermanastra con tal tortazo que la propia Gillian se asombró.

—Discúlpame, pero tenía que hacerlo yo. Llevaba años ansiando este momento —suspiró mirándola, mientras Diane lloriqueaba y Mery maldecía.

Entonces, Diane cogió fuerzas y empujó a Cris, que en su caída se llevó a Gillian por delante. Ambas cayeron al suelo, pero con rapidez y maestría se levantaron.

—Me las vais a pagar, ¡asquerosas! —bufó Diane—. Sois iguales, de la misma calaña. La vergüenza de vuestras familias.

—No, bonita, tú me las vas a pagar a mí —dijo entre dientes Gillian. Y cogiendo impulso le soltó un derechazo que hizo que la joven cayera hacia atrás ante el grito de horror de su madre.

Cris, sorprendida por cómo la había tumbado, le preguntó:

—¿Quién te ha enseñado a hacer eso?

Gillian, moviendo la mano y con una sonrisa en su rostro, suspiró:

—Fue Megan. Recuérdame que te enseñe la técnica de ese golpe infalible.

Ambas rieron.

—¡Christine! —gritó Mery, asustada al ver a su hija sangrar por el labio—. Te ordeno que acabes con esto y vayas a avisar a tu padre ¡ahora mismo!

—Ni lo sueñes, querida madrastra —susurró, desconcertándola—. Llevo toda la vida esperando ver algo así y ahora, pase lo que pase, lo estoy disfrutando.

—¡Christine! —berreó Diane—. Tu deber es ayudarnos.

—¿Ayudarte yo a ti? —se mofó Cris.

—¡Eres de los nuestros! —gritó Diane.

Pero Cris soltó una carcajada que hizo que Gillian sonriera.

—Querida Diane —respondió—, llevo toda mi vida cargando con el sambenito de que tú eres infinitamente mejor que yo; por ello, y como tú eres más lista, más guapa, más sensata y el orgullo de tu madre..., apáñatelas como puedas porque yo no pienso ayudarte. Te recuerdo, so mema, que tú nunca has querido que fuera de los vuestros. ¡Ah!, y por cierto —agregó, mirando a su madrastra—, que sepas que tu preciosa y virginal Diane, lo que tiene de preciosa lo tiene de poco virginal; si no, habla con el herrero de los McDougall de Skye. Creo que él, o quizá antes otro, se llevó su virginidad.

Sorprendida, Mery miró a su hija.

—Diane...

Con las uñas hacia fuera como una gata, Diane se lanzó hacia su hermana.

—¡Arpía! Estás loca como ella —dijo, señalando a Gillian—. Tú deshonras a nuestro clan, tú y sólo tú. Acabaré contigo. Haré que nuestro padre te repudie y te encierre en una abadía, y si no lo hace, yo misma te mataré porque te odio.

La espada de Gillian quedó a escasos centímetros de la garganta de Diane y, con gesto decidido, murmuró:

—Si tocas a Cris, es como si me tocaras a mí. Y si haces cualquiera de esas cosas, yo misma acabaré contigo, porque, como tu has dicho, estoy loca y las consecuencias no me importarán si con ello termino con tu vida, ¿entendido?

Diane, asustada, dio un paso atrás con la mala suerte de que se pisó el vestido y cayó de culo. En su caída se llevó un mantel y varios jarrones que hicieron un ruido atroz al llegar al suelo.

—¡Ay, mi niña...!

Su solícita madre acudió en su ayuda, mientras ella, como una ñoña, lloriqueaba. Enfadada por tanto teatro, Gillian cogió a Mery del vestido, la quitó de en medio sin miramientos y le gritó a Diane:

—Deja de lloriquear, estúpida, y levántate, maldita mentirosa.

—¡No! —chilló Diane.

Cris, al ver que su madrastra cogía un jarrón para estampárselo a Gillian en la cabeza, fue rápida y, empujándola, la hizo caer al suelo. Entre risas, le indicó con la espada.

—No..., no..., no. Si tocas a Gillian, es como si me tocaras a mí, y no lo voy a permitir.

Al ver la cara de odio de Cris y, en especial, la punta de la espada ante su nariz, Mery, sin que pudiera evitarlo, puso los ojos en blanco y se desmayó.

—¡Oh, qué bien! Una menos —dijo riendo Cris.

Diane pensó lo peor. ¿Qué le habían hecho esas dos a su madre? Y comenzó a gritar como una histérica. Pero Gillian, sin ganas de aguantar más tonterías, la agarró con furia del pelo. Pensó en cortárselo. Haciéndola gesticular de dolor, aproximó el rostro al de la otra y le siseó en la cara:

—Nunca más vuelvas a acercarte a Duntulm, a mi marido, a mi gente, y por supuesto, no vuelvas a levantar falsos testimonios sobre mí, o te juro que la próxima vez que te tenga así, te corto el cuello sin ninguna piedad.

En ese momento, las puertas del salón se abrieron de una patada, y al mirar, Cris y Gillian se encontraron con el gesto descompuesto de Niall, la cara de sorpresa de Jesse McLeod y la expresión divertida de los criados y Ewen. Diane sangraba en manos de Gillian, Mery estaba inconsciente en el suelo y Cris observaba tranquilamente la situación.

—¡Por todos los santos!, ¿qué está ocurriendo aquí, Christine? —preguntó Jesse McLeod.

—Conversaciones de mujeres, papá —respondió Cris, quitándole importancia.

Su padre la miró consternado, y al ver a su mujer en el suelo fue a hablar, pero Cris se le adelantó.

—Por la tonta de Mery ni te preocupes; sólo se ha desmayado. Es tan delicada que al vernos armadas...

Pero Diane no la dejó terminar y chilló como una loca:

—Papá, ayúdame. La mujer de Niall me quiere matar.

Las mujeres se miraron sin que les importara quién las observaba. Gillian le susurró al oído:

—Recuerda lo que te he dicho, Diane: no me busques, porque me encontrarás.

—¡Suéltala, Gillian! —bramó Niall con los ojos fuera de sus órbitas. Pero ¿qué hacía su mujer?

Gillian la dejó ir al mismo tiempo que le daba un golpe plano con la espada en el trasero.

—Anda, preciosa y delicada damisela, ve a llorar y a mentir como siempre, aunque esta vez cuéntale a tu padre lo que tienes con el herrero de los McDougall de Skye.

Al sentirse liberada, Diane pasó por encima de su madre y corrió a los brazos de su padre, que ante lo que Gillian había dicho se había quedado helado. Niall, al oír los sollozos de la chica, miró a Jesse McLeod y dijo:

—Te ofrezco mis disculpas por lo que aquí ha pasado.

El hombre, tras ver que ni su hija ni la mujer de Niall se movían, asintió y murmuró:

—Creo que será mejor que te lleves de aquí a tu mujer. Yo hablaré con Christine, e intentaré aclarar lo que ha ocurrido.

Niall se volvió hacia Gillian y le hizo un movimiento con la cabeza para que saliera. Después de cuchichearle algo a Cris, ésta caminó hacia él. Al llegar a su altura, Niall la asió del brazo, y ella, con voz cargada de resentimiento, murmuró:

—No te preocupes tanto por mí, esposo; yo estoy bien.

45

Cuando llegaron a Duntulm, tras un viaje en el que Gillian no abrió la boca, Niall la asió del brazo una vez se apearon de los caballos y la subió directamente a la habitación. Al entrar en la estancia, Gillian se acercó hasta un recipiente, donde se lavó las manos, mientras él la miraba sin saber realmente qué decir.

Estaba preciosa con aquella vestimenta y la cara llena de churretes. Sólo deseaba hacerle el amor una y otra vez, hasta que ella se rindiera y prometiera no volver a comportarse así. Pero tenía que castigarla y, en el camino, pensó en ello. No podía consentir que apareciera en los hogares de los vecinos, espada en mano, para solucionar sus problemas.

—Gillian, debemos hablar —dijo, tomándola de la mano.

«¿Hablar?... Dirás matarnos.»

Con la frustración en la cara, la mujer se sentó en la cama, y él lo hizo junto a ella. Pero como siempre que estaba a su lado, su entrepierna comenzó a latirle, y resopló dispuesto a no dejarse vencer en aquella batalla.

Finalmente, lo miró y, tras derretirse en sus almendrados ojos, habló:

—Tú dirás.

Furioso por cómo se sentía ante ella y por lo ocurrido, gritó:

—¿Cómo has podido hacer lo que has hecho hoy?

—¿Qué he hecho?

Incrédulo por la poca vergüenza de ella, volvió a gritar:

—¿Te parece poco ir al castillo de los McLeod y organizar la que has organizado?

—Nadie levanta falsos testimonios sobre mí y queda indemne.

—Pero ¿tú estás loca?

Gillian no respondió, pero sonrió. Eso le sacó a él más de sus casillas.

—Y todavía tienes el descaro de sonreír, mujer.

—Por supuesto.

—¡¿Por supuesto?! —bramó él.

—Mira, Niall, esa tontorrona de Diane, por no decir algo peor, me estaba buscando hasta que me ha encontrado y...

—¡Por todos los santos, mujer!, ¿cómo hay que decirte que te comportes como debes? Eres una dama, mi mujer; compórtate como tal.

—¿Y cómo hay que decirte a ti que odio que hables de Diane como si ella fuera la mujer que amas? ¡Estoy cansada! Me vais a volver loca. Si realmente tanto la adoras, dímelo y me iré, pero deja de trastornarme.

Endureciendo el tono de voz para demostrarle seguridad, señaló:

—En los últimos meses nuestra relación ha ido bien, pero sabes perfectamente que tú y yo nos casamos en unas circunstancias poco normales, ¿verdad?

—¡Oh, sí! ¡Cómo olvidarlo! —se mofó ella.

Intentando parecer imperturbable, él continuó:

—Sabes lo que pretendo y busco de ti, ¿verdad?

«Ya estamos con las tonterías de siempre», pensó, deseando patearle el cuello.

—¿A qué te refieres? —preguntó, pese a que intuía lo que él iba a decir.

Levantándose de la cama, dio dos zancadas para alejarse de

ella. Con Gillian tan cerca no podía razonar. Su perfume y el sonido de su voz le nublaban la razón.

—Vamos a ver, Gillian —apuntó en tono duro—, lo que ha ocurrido hoy en el castillo de los McLeod no puede volver a pasar. Y si ha ocurrido es porque he consentido tus caprichos de malcriada y no he sabido doblegar tu voluntad.

—Pero ¿qué estás diciendo?

—Sabes perfectamente a qué me refiero, Gillian —bramó él—. Dime a cuántas mujeres conoces que hagan lo que tú haces. Acaso crees que es fácil para mí aceptar que incumpliste tu promesa y me amenazaste con tu espada. ¡Por el amor de Dios, Gillian!, si no tomo cartas en el asunto, tarde o temprano tendré que matarte.

Turbada por lo que decía fue a contestar, pero él prosiguió:

—En el tiempo en que hemos estado separados he podido pensar y he tomado la decisión de que debemos olvidar lo que ha ocurrido entre tú y yo en los últimos meses y...

—¡¿Cómo?! —susurró, incrédula.

¿Quería olvidar los buenos días vividos, las noches de amor, los besos dulces?, ¿quería olvidar todo aquello? Pensó en el bebé que venía en camino, y eso la irritó. La indiferencia que él le prodigaba la resquebrajó como nunca y decidió no contarle su secreto, ¡no se lo merecía!

Sin mirarla a los ojos y sin saber lo que ella pensaba, continuó:

—Cuando hoy te he visto en Dunvengan con la espada en mano y a Diane sangrando he querido matarte. Me has avergonzado. Llevo seis años intentando mantener la paz entre los McLeod, los McDougall y los míos, y no voy a permitir que llegues tú, con tus ganas de guerra y de lucha continua, y lo estropees todo. Conocer que Cris y Brendan tienen una relación oculta no me agrada, porque sé que cuando se sepa ambos clanes se lanzaran contra mí y mi gente por no haber parado esa locura. ¿Acaso crees que para mí es fácil intuir lo que va a ocurrir?

—Eso nunca va a pasar, Niall.

—Pasará, Gillian, y yo tendré problemas por tu culpa —asintió con rotundidad—. Y en cuanto a lo de hoy creo que...

—Diane y su madre fueron quienes me animaron a...

—¡Cállate, Gillian! Estoy hablando yo —bramó, enloquecido.

Apretando los labios para no soltar las burradas que una mujer no debía decir, respiró y le escuchó:

—Creo que ha llegado el momento de aclarar ciertos puntos antes de que ocurra lo inevitable.

«¡Lo inevitable ya ha ocurrido, maldito patán, tu hijo crece en mis entrañas!», pensó. Pero tragándose la rabia lo miró y, sin cambiar el gesto, preguntó:

—Cuando hablas de lo inevitable, ¿a qué te refieres? ¿A que acepte de una vez que amas a la idiota esa de Diane o a que te enamores de mí y tras nuestra lujuria marital engendre un hijo tuyo?

«¡Maldita sea!, ¿cómo puede ser tan descarada?», pensó Niall mientras sudaba al imaginarla desnuda debajo de él. Tener a Gillian a su merced y hacerla suya era algo que una y otra vez le martilleaba la cabeza a la par que la entrepierna.

—Nada de eso ocurrirá —bramó, colérico—. Y ten cuidado con lo que dices. Te estás tomando demasiadas licencias conmigo, Gillian, y a partir de ahora no te lo voy a consentir. Si he de cambiar y volver a ser duro contigo, como al principio de nuestro enlace, lo haré.

Un dolor inesperado rasgó el pecho de la mujer.

—¿Duro conmigo? ¿Cuándo no has sido duro conmigo? Te pasas media vida enfadándote y reprochándome todo lo que ocurre. Eres el ser más despreciable y desagradecido que he conocido nunca. Consigues hacer que crea que me amas para luego marcharte y regresar al cabo de los días para decirme esto.

—¡Gillian, retén tu lengua de víbora!

Dando un manotazo a la cama, ella se levantó para hacerle frente.

—Realmente, ¿de qué quieres hablar, tesorito? ¿Acaso quieres decirme que prefieres a las fulanas o a tu linda Diane antes que a mí en tu lecho?

Él la miró, pero no respondió. Ella prosiguió:

—¿Debo presuponer que te da miedo que la lujuria que sientes por mí cuando me miras te haga olvidar quién eres y destruyas por mi culpa el hogar que has levantado con tu esfuerzo en Duntulm? ¿Tan mala influencia ejerzo sobre ti y tu clan, maldito necio?

—Gillian, como vuelvas a faltarme el respeto lo pagarás.

—Ya lo estoy pagando —resopló.

—No, esposa, te equivocas; lo estoy pagando yo.

Entonces, algo en ella explotó y, alejándose de él, siseó:

—¡Oh, tranquilo! No te faltaré más al respeto. Y a pesar de lo que ha ocurrido entre nosotros durante los últimos meses, nada me daría más repugnancia que volver a entregarme a un hombre como tú que continuamente me está comparando con una torpe y obtusa mujer. Sois tal para cual. —Y para rematarlo, añadió—: Nunca debimos casarnos. Nunca debí entregarme a ti. Deberías haberte casado con esa..., con..., con Diane y haberme dejado en paz, para que yo hubiera hecho con mi vida lo que me hubiese venido en gana.

Aunque esas palabras los hacían trizas a ambos, era como si se hubiera abierto la caja de los truenos y no pudieran callar.

—Si me casé contigo, ya sabes por lo que fue. ¡Me engañaste! Y yo decidí continuar con ese engaño para saldar las deudas que tenía con Axel. Debí haber dejado que te casaras con el patán de Ruarke Carmichael. Él debería haber sido tu marido, no yo.

—¿No lo dirás en serio? —gritó Gillian.

Al ver cómo ella echaba fuego por los ojos, deseó besarla, pero sin dar su brazo a torcer, asintió con gesto seguro:

—Totalmente en serio, Gillian. Soy sincero.

—Pues entonces, siendo sinceros, hubiera elegido a Kieran O'Hara. Como hombre me atrae mil veces más que Ruarke o que tú.

Aquello hizo hervir la sangre del highlander. ¿Qué era eso de que Kieran la atraía?

—No resoples, esposo, simplemente soy sincera contigo. —Pero al ver que él no contestaba, con tono nada apaciguador, continuó—: Así pues, debo volver a pensar lo que hace un tiempo: deseas una esposa para tu hogar, pero disfrutar de furcias en tu lecho, ¿verdad?

Niall no respondió. Sólo le clavó la mirada a modo de alerta; pero Gillian sin ningún miedo, prosiguió:

—Por mí, esposo, puedes acostarte y disfrutar con lujuria de todas las mujeres habidas y por haber en toda Escocia, incluida la McLeod. No me meteré en tus problemas de faldas, pero espero que tú tampoco te metas en los míos —soltó con una fría sonrisa mientras se tocaba el vientre.

Atónito por lo que ella dejaba caer, fue a decir algo, pero Gillian, levantando un dedo acusador, volvió a callarle.

—¡Ah!, se me olvidaba: cuidaré de tus hijos aunque sean de las furcias con el mismo esmero. —Y perdiendo los papeles, chilló—: Del mismo modo espero que tú cuides de los míos, a pesar de que sean de mozos de cuadra, ¿te parece bien, tesorito?

Como el más fiero de los guerreros aquella pequeña y menuda mujer rubia le gritó con descaro y lo retó, mientras se mantenía alerta ante cualquier movimiento. Estaba dispuesta a atacarlo con la daga que llevaba en su bota sin importarle las consecuencias, pero no pensaba dejarse embaucar de nuevo por aquellos labios ni por aquella sonrisa burlona que tanto le gustaba. Ya no. Y sin permitir que viera el miedo que le producía su maléfica y tormentosa mirada, curvó su boca y sonrió.

En ese momento, Niall explotó.

—¡Por todos los clavos de Cristo! —vociferó—, ¿cómo pude casarme con una arpía como tú?

Sin dar su brazo a torcer, y mirándose las uñas que deseaba clavarle a aquel idiota en la cara, contestó:

—Si mal no recuerdo, intenté evitarlo, pero no hubo manera.

Con pasos agigantados, Niall se alejó de ella. Temía hacerle daño. Aquella descarada le había dicho en sus narices que pensaba retozar con otros hombres y regalarles aquello que él ansiaba con verdadera lujuria.

Con una cólera desmedida, abrió la ventana, que casi arrancó. Necesitaba aire, o aquella mala bruja no saldría viva de la habitación. Gillian conseguía sacarle de sus casillas en cuanto se lo proponía. Pasaba de ser una dulce y enamorada esposa a la peor de las arpías. Cerrando los ojos, intentó tranquilizarse para no caer en la tentación de tirarla sobre la cama, desnudarla y aprovecharse de su cuerpo sin pensar en nada más. Debía ser fuerte si pretendía que lo respetara. Pero su mujer era demasiado lista, además de una excelente contrincante, y con sus palabras cargadas de maldad y reproches se lo hacía saber.

—Por cierto, esposo, ¿dónde están mis baúles? Si mal no recuerdo hasta esta mañana estaban aquí.

Volviéndose furioso hacia ella para contestarle, casi se atraganta al verla sentada con sensualidad sobre la cama. Clavándole la mirada en los pechos que subían y bajaban a una velocidad de vértigo, presos por la excitación del momento, finalmente se atragantó y tosió. Una vez que se repuso, Niall contestó:

—Ésta es mi habitación, Gillian. Sal de ella ahora mismo y llévate todas tus malditas velas.

Aturdida, irritada y muy enojada porque aquel idiota la estaba echando, se levantó como una fiera y le gritó perdiendo todo el control:

—Pero, bueno..., ¡serás grosero, maleducado e insolente...! ¿Dónde pretendes que duerma, maldito McRae? ¿Al raso? O quizá me reservas la apestosa cuadra de tus caballos como lugar de privilegio.

Después de decir aquello maldijo al darse cuenta de que había perdido los nervios, y caminando hasta la puerta, se sacó la daga de la bota, se cortó dos mechones de pelo sin apenas mirar lo que cortaba y se los tiró.

—Toma..., esto te pertenece. Me da igual quedarme calva, pero no me da igual que me humilles y me trates peor que si fuera un perro abandonado.

Niall se quedó atónito y, antes de que pudiera decir nada, ella se volvió hacia la puerta y le soltó tal patada a la hoja que comenzó a saltar con gesto de dolor.

—Pero ¿cómo se te ocurre hacer eso? —se preocupó Niall, y con celeridad, se acercó a su furiosa y descontrolada mujer para auxiliarla. Pero ella, más humillada que dolorida, levantó la mano y le gritó:

—Ni se te ocurra tocarme, McRae. Me repugnas.

46

Durante dos días y dos noches, Gillian apenas salió del cuarto contiguo al de su esposo. No quería verlo. Lo odiaba por todo lo que había dicho. Al tercer día, cuando se levantó y bajó al salón, blasfemó como el peor de los guerreros al saber que él y varios de sus hombres se habían marchado de viaje. Por ello, y sin decir nada a nadie, comió y se fue a su habitación dispuesta a rumiar sus penas en silencio. No quería la compasión de nadie.

Pero su enfado se acrecentó cuando se enteró por una de las ancianas de que Niall, a petición de Jesse McLeod, formaba parte de la comitiva que llevaba a Diane a Stirling. Tras lo ocurrido en casa de los McLeod y confirmar que aquélla no era la dulce jovencita que su padre creía, éste, como castigo, había decidido repudiarla y mandarla a vivir con unos tíos de su mujer. Mery, entristecida, había querido marcharse con ella, pero Jesse McLeod no se lo había permitido. Su sitio estaba junto a él.

Saber que la pérfida de Diane se alejaba de ella la alegró. No volver a verla ni sentir sus miradas de desprecio era algo maravilloso. Pero saber también que en aquel momento él estaba junto a ella la martirizaba. Finalmente, decidió no darle más vueltas. Aquello no era bueno ni para ella ni para el bebé.

Dos días después, una mañana Helena la despertó y la animó a ir con ella al mercadillo. Necesitaban comprar varias cosas para la nueva cocina, y Gillian, sin pensarlo, aceptó. Si no salía de Duntulm, se volvería loca.

Escoltada por varios de los guerreros de su clan, llegaron hasta el bonito mercadillo y durante horas Gillian se olvidó de sus problemas y sonrió con Helena. Tras refrescar sus gargantas en un pequeño puesto, Gillian hablaba con Liam cuando observó a la sirvienta mirar con curiosidad hacia un lateral.

—¿Qué miras?

La joven, con gesto triste, respondió:

—Miraba a esas pobres muchachas. Verlas en esa situación tan penosa me hace recordar la época en la que yo vivía en la calle y no tenía nada para dar de comer a mis hijos.

Sin que pudiera evitarlo, Gillian miró hacia donde Helena señalaba y se entristeció al ver a tres jovencitas mal vestidas y mal aseadas repartiéndose entre ellas el trozo de pan y tocino que Helena les había entregado. Ver sus pies descalzos y amoratados por el frío hizo que se estremeciera y, decidida a ayudarlas, se les acercó.

—Veo que tenéis hambre —dijo.

Las jóvenes la miraron, y la que parecía la mayor respondió:

—Sí, milady. Mis hermanas y yo llevamos sin comer varios días y...

No hizo falta decir más. Gillian se volvió hacia el tabernero y, tras pedir tres platos de guiso caliente, invitó a las chicas a sentarse con ellas. Sobrecogidas, Helena y Gillian vieron cómo la muchacha de pelo claro daba parte de su plato a las otras dos, que comían desesperadas. Entonces, Gillian pidió otro plato, y aquélla se lo agradeció con una bonita sonrisa.

—¿Dónde vivís? —quiso saber Gillian.

—Donde podemos, señora. Los tiempos que corren no son buenos y, tras morir nuestro padre, que... quedamos en la calle, y vamos de acá para allá.

—¿Cómo os llamáis? —preguntó Helena, compungida.

—Ellas son Silke y Livia, y yo soy la mayor y me llamo Gaela.

—¿Cuántos años tenéis?

—Las gemelas diecisiete, y yo, diecinueve, milady.

Durante un rato, Gillian se interesó por la vida de aquellas tres hermanas y suspiró horrorizada al saber que su padre había muerto a manos de unos vecinos al intentar defender a Gaela y su honor. Helena, con los ojos llororos, escuchaba lo que contaban mientras Gillian pensaba en cómo ayudarlas. Se las veía educadas, a pesar de vivir en la calle, por el modo como contestaban a todas sus preguntas.

Cuando comenzó a anochecer, Orson, uno de sus guerreros, se acercó hasta ellas y murmuró:

—Milady, deberíamos regresar a Duntulm.

Las tres muchachas asintieron y se levantaron. Iban a despedirse cuando Gillian las sorprendió.

—Si yo os ofreciera un hogar a cambio de vuestros servicios en Duntulm, ¿aceptaríais?

Ellas, sin dudarlo, asintieron, y Helena, emocionada por lo que de nuevo su señora acababa de hacer, sonrió.

—Creo que mi marido no pondrá ninguna objeción, siempre y cuando vosotras seáis respetuosas y acatéis las normas de nuestro clan, el clan McRae. Allí os puedo ofrecer un techo donde cobijaros, comida caliente todos los días y una seguridad que viviendo en las calles sin duda no tenéis. —Las chicas asintieron de nuevo—. A cambio, necesitaré de vuestra ayuda para hacer de mi hogar un bonito sitio para vivir. ¿Qué os parece?

—Milady, gracias..., gracias —sollozó Gaela, besándole las manos.

Durante el camino de regreso a Duntulm, Gillian sonrió al ver cómo sus hombres miraban a aquellas muchachas, y eso le gustó.

Duntulm necesitaba gente que hiciera prosperar el lugar. Si algo hacía falta en su hogar eran mujeres y niños, y por el interés que mostraban los guerreros por las hermanas estaba segura de que algún día esa carencia se solucionaría.

Una vez que llegaron a Duntulm lo primero que hizo Gillian, con la ayuda de Helena, fue acomodar una de las cabañas para las tres. Necesitarían ropa seca y limpia, y agua para lavarse. Cuando, tras la cena, aquéllas aparecieron en el salón, Gillian y los hombres se sorprendieron de lo bonitas que eran.

Al día siguiente, las chicas, junto a Helena, Susan y Gillian, decidieron organizar la nueva cocina. En aquel tiempo, Niall, a petición de su mujer, había ordenado construir una espaciosa habitación colindante al castillo que iba a ser la nueva cocina. Entre todas, trasladaron lo que había en la vieja y, tras una jornada de ordenar y limpiar, miraron orgullosas a su alrededor, encantadas con la nueva cocina.

Las ancianas estaban entusiasmadas. Cocinar allí, en aquel luminoso espacio, sería más placentero que hacerlo en el agujero en que lo hacían, donde no había ventilación. Aquella noche, Gaela, animada por las más mayores, los sorprendió a todos con una de sus recetas. Era una buena cocinera y eso le gustó a Gillian, quien rápidamente y para alegría de las ancianas la nombró oficialmente cocinera de Duntulm.

Gillian saboreaba el estofado de Gaela cuando Helena se sentó a su lado.

—Mi señora, cada día estoy más feliz de estar aquí.

—Me alegra saberlo, Helena.

Aslam, que llegaba en ese momento con la pequeña Demelza en sus hombros, al ver a su mujer sonreír, bajó a la niña al suelo y dijo:

—Milady, habéis sido una bendición para este lugar. Ver como todo cambia para mejor es grandioso para mi laird y para todos nosotros.

Al pensar en su marido, Gillian suspiró.

—Gracias, Aslam. La pena es que creo que no todos aquí creen lo mismo.

La pequeña Demelza, que había perdido el miedo acumulado por el tiempo vivido en la calle con su madre, se sentó a su lado y cuchicheó:

—Me gusta vivir aquí. ¿A ti también?

—Sí, preciosa. A mí también me gusta.

—Y ya no tendremos que irnos de aquí, ¿verdad?

Sobrecogida por aquella pregunta, Gillian abrazó a la niña y murmuró:

—Te lo prometo. Ya no tendremos que irnos de aquí porque éste es nuestro hogar, y este año vamos a pasar una Navidad maravillosa.

47

Pasados cinco días en los que estuvo bastante atareada con la puesta a punto del castillo, y en especial de la nueva cocina, se sintió complacida de haber encontrado a las muchachas. Ellas y su juventud, además de alegrar las caras de sus hombres, eran una gran ayuda para las ancianas. Una tarde, mientras comía pastel de manzana en la soledad del enorme salón, la puerta principal se abrió y entró Donald con gesto de preocupación.

—Milady —dijo, acercándose a ella mientras otros guerreros entraban—, hemos encontrado a Brendan McDougall malherido cerca del lago.

—¡¿Cómo?! —gritó, sorprendida, y levantándose con rapidez fijó su mirada en Brendan, que, sangrando, entraba llevado en volandas por algunos de sus hombres.

Sin perder tiempo lo subieron a la habitación que ella ocupaba y llamaron a Susan y Helena, que de inmediato comenzaron a curarle una fea herida que tenía en el estómago, además de distintos cortes por el cuerpo.

Bien entrada la noche, el hombre recuperó la conciencia y la miró.

—No hables, Brendan. Estás muy débil —le aconsejó Gillian, secándole la frente con paños frescos.

Él, sin hacerle caso, y a pesar de lo seca que tenía la boca, preguntó:

—¿Dónde está Cris?

Asombrada, Gillian no respondió, y el highlander prosiguió:

—Estábamos en nuestro refugio cuando nos sorprendieron varios guerreros McLeod. Ella gritó. ¿Dónde está?

Gillian se llevó las manos a la cabeza. ¿Los habían pillado?

—Brendan, no sé dónde está. Mis hombres sólo te encontraron a ti, pero Cris no estaba contigo.

Dando un bramido de dolor, intentó incorporarse, pero Gillian rápidamente se lo prohibió.

—Déjame, Gillian. Debo ir a buscarla. Temo por su vida.

—Imposible. En tu estado, no llegarías ni a la puerta de la habitación.

Pero Brendan insistió.

—¡Maldita sea, Gillian! Ella está en peligro. No quiero ni pensar lo que le habrá ocurrido. Nos han descubierto. ¿Lo entiendes?

«Por favor..., por favor..., que Cris esté bien», pensó, horrorizada, Gillian al presentir que aquello podía ser una tragedia tal y como Niall había pronosticado.

—Milady —susurró Susan—, si Brendan continúa así, se arrancará todos los puntos del estómago. Deberíamos adormecerlo con algo.

Con rapidez, Gillian asió la talega y, cogiendo unos polvos que, según le había explicado Megan, adormecían, se los echó en el agua.

Tras hacerle beber de la copa sin permitir que se levantara, Gillian le aseguró al highlander:

—No te preocupes, Brendan. Estoy convencida de que Cris está bien. Ella es fuerte y...

—Como alguien le haga daño, juro por Dios que lo mato —rugió Brendan, aunque tras decir aquello se desvaneció con una mueca de dolor.

Enloquecida por lo que aquello podía suponer, Gillian comenzó a dar vueltas por la habitación. ¿Qué podía hacer? Necesitaba llegar hasta Cris y no pensaba quedarse de brazos cruzados. Abrió la puerta de la estancia y mandó llamar a Donald. Cuando éste se presentó ante ella le preguntó:

—Donald, ¿sigues visitando a Rosemary en Dunvengan?

Extrañado por aquella pregunta, el highlander asintió.

—Sí, milady.

—¡Perfecto! —Dio una palmada y, sorprendiéndole, añadió—: Necesito que me hagas un favor, Donald. Pero es personal y lo preferible sería que se enterara la menor gente posible.

—No os preocupéis, milady. Decidme lo que necesitáis y yo lo haré.

Minutos después, cabalgaba como alma que lleva el diablo hasta Dunvengan. Debía visitar a Rosemary y enterarse de cómo estaba Cris, y en especial, dónde. La noche cayó sobre ellos, mientras Brendan, inquieto y con fiebre, deliraba llamando a su amada. Las criadas, al oír el nombre de Christine, se miraron sorprendidas, pero Gillian no habló. Cuanto menos supieran mejor. La espera se le hizo interminable, hasta que oyó que Donald regresaba. Y abandonando la habitación, corrió al encuentro del hombre.

—¿Qué has podido saber?

El highlander, con la lengua fuera por la celeridad de aquel viaje, se apeó del caballo y dijo:

—Milady, la señorita Cris está bien. La propia Rosemary le curó una herida en el pómulo por la lucha que debió entablar, pero por lo demás se encuentra bien. No se preocupe.

—Gracias a Dios —resopló Gillian—. ¿Sabes dónde está?

—Sí, milady. Su padre la tiene encerrada en las mazmorras de Dunvengan, y Rosemary me ha dicho que oyó que la madrastra le gritaba a Cris que la llevarían al amanecer a la abadía de Melrose, para que pagara su deshonra.

Gillian maldijo. Apenas había tiempo para reaccionar. Moviéndose con rapidez, entró de nuevo en el castillo, no sin antes decir:

—Gracias, Donald. Muchas gracias.

En una fulgurante carrera, llegó al cuarto que ocupaba Brendan, y tras coger los pantalones, la camisa, la capa y la espada, entró en la habitación de su marido, su antigua habitación. Mientras se vestía miró aquel lecho que tan buenos, tiernos, sensuales y bonitos momentos le había proporcionado. Acercándose a la cama, olió las sábanas, y tras aspirar con los ojos cerrados, percibió el olor varonil de Niall. Eso le gustó, aunque le llenó los ojos de lágrimas. Intuía que cuando él regresara de su viaje, se volvería a enfadar por lo que iba a hacer, pero bajo ningún concepto pensaba permanecer impasible.

Tras pasar por la habitación donde estaba Brendan, coger su talega y pedirle a Susan que no le dejara solo ni un segundo, se tocó el vientre con cariño y corrió escaleras abajo. Salió por la puerta principal de la fortaleza y se encaminó a las destartaladas cuadras. Cuando montó en *Hada*, su yegua, unas sombras se acercaron a ella. Eran Donald, Aslam, Liam y algún otro hombre más.

—¿Qué hacéis vosotros aquí? —preguntó, desconcertada.

—Acompañaros —respondió Donald—. Cuando os vi la cara, milady, supe que nada os retendría para ir hasta Dunvengan.

—Iremos con vos lo queráis o no —apostilló Aslam, y cuando Gillian fue a hablar, Liam se le adelantó y dijo:

—Es nuestro deber, milady. Además nuestro señor así lo querría.

Eso la hizo reír.

—Vuestro señor lo que querrá será matarme cuando se entere.

Los highlanders se miraron divertidos y, con una socarrona sonrisa, Donald le aseguró:

—No, milady. Nosotros no se lo permitiremos.

Ocultos por las sombras de la noche, se encaminaron en una alocada carrera hasta el castillo de Dunvengan.

Cuando llegaron a los alrededores, Donald, conocedor de los mejores caminos, tomó las riendas de la situación y ordenó a algunos de sus compañeros que vigilaran el lugar.

—Dejaremos aquí los caballos, milady. Es mejor que vayamos andando, para que nadie nos oiga.

—De acuerdo —asintió ella.

Una vez que se alejaron de los caballos, anduvieron con cuidado a través de un frondoso bosque lleno de viejos y retorcidos robles. Entonces, Donald les ordenó que se detuvieran y, poniéndose dos dedos en la boca, hizo un sonido suave pero intenso. Segundos después, oyeron el mismo sonido, y Donald dijo:

—Vamos, tenemos camino libre. Rosemary nos espera.

Sorprendida, Gillian preguntó:

—¿Sabías que íbamos a venir?

Donald, con una sonrisa, asintió.

—Sí, milady, ya os conozco.

Llegaron hasta una pequeña puerta que daba acceso a las cocinas del castillo. Allí una bonita e inquieta Rosemary les apremió con la mano para que entraran y cerró con cuidado la portezuela.

—Gracias, Rosemary —agradeció Gillian, tomándola de las manos.

La muchacha, con gesto cariñoso, sonrió.

—No debéis darme las gracias, milady. Yo también aprecio mucho a la señorita Christine y os ayudaré en todo lo que necesitéis. Lo único que os pido a cambio es marchar a Duntulm con vos. Cuando se enteren de lo ocurrido, rápidamente sabrán que yo os ayudé y...

—Nunca permitiré que te ocurra nada, Rosemary —aclaró Donald.

—Ni yo tampoco —añadió Gillian—. Por ello vendrás con nosotros a Duntulm

—¡Oh, gracias, milady! —sonrió la muchacha mirando a Donald, que asintió, aliviado.

Gillian al ver cómo aquellos dos tortolitos se tomaban de la mano esbozó una sonrisa, pero no había tiempo que perder y preguntó:

—Rosemary, ¿sabes cómo podemos llegar hasta ella para sacarla de aquí?

—Sí, milady. Lo que no sé es cómo quitarnos a los guardianes de encima para sacarla de las mazmorras.

En ese momento, Gillian, con una triunfal sonrisa, les enseñó su talega, y mirándolos con una mueca que les hizo sonreír, dijo:

—Tranquila, yo sí.

Aquella noche, tras echar en la cerveza de los carceleros los polvos que Gillian le había dado a Rosemary, éstos se desplomaron como ceporros. Sin dudar ni un solo segundo, aquel pequeño grupo llegó hasta Cris, que, al verlos, lloró de agradecimiento. Una vez que abrieron la cerradura, la joven, angustiada, murmuró:

—Gillian, nos han descubierto... ¡Ya saben lo nuestro!

—Lo sé, Cris..., lo sé.

Desconcertada y muy nerviosa, susurró:

—He de encontrar a Brendan. Mi padre y algunos guerreros lo hirieron y, ¡oh, Dios, estoy tan preocupada!

Echándole una capa por encima para caldear su frío cuerpo, Gillian contestó:

—Tranquila. Brendan está en Duntulm.

Controlando un sollozo, Cris se tapó la boca con las manos.

—¿Cómo está? ¿Está bien? —preguntó.

Mirando a su amiga y maldiciendo por lo que había tenido que pasar, respondió:

—Tranquila aunque Brendan está malherido, sobrevivirá. Pero te digo una cosa, prepárate porque lo que se avecina va a ser muy difícil y no sé cómo va a terminar.

Y al igual que habían llegado, se marcharon como sombras a toda carrera hacia Duntulm.

A la mañana siguiente, Gillian estaba agotada y, antes de salir de su habitación, vomitó en varias ocasiones. El esfuerzo de la noche anterior y su embarazo no eran compatibles. Se sentía fatal. No tenía fuerzas ni para mantenerse en pie. Y cuando Donald fue a avisarla de que llegaba Connor McDougall, el padre de Brendan con su ejército, se sintió morir. Pero aferrando su espada salió al exterior del castillo a esperarlos. Era su obligación.

—Milady, no os preocupéis. No estáis sola —la tranquilizó Donald, posicionándose a su lado, junto a los escasos guerreros que habían quedado en el castillo.

De pronto, Aslam corrió hacia ella y, con gesto contrariado, le susurró:

—Milady, no os asustéis por lo que los voy a decir, pero acabo de ver al padre de la señorita Christine, Jesse McLeod, coger el camino que viene hacia Duntulm.

Cuando Gillian oyó aquello, una arcada le vino a la boca, y sin que pudiera evitarlo se separó de los hombres y vomitó. La cosa no podía ir peor.

—¿Qué os ocurre, milady? —preguntó Donald, preocupado.

—¡Ay, Donald! —se lamentó aterrada, intentando mantener sus fuerzas—, creo que Niall se va a enfadar mucho cuando regrese y no vais a poder evitar que me mate.

—No digáis eso, mi señora —respondió el highlander. Pero ella prosiguió al recordar lo que su marido le había dicho.

—¡Por todos los santos!, he conseguido con mis actos lo que él nunca ha deseado: traer la guerra a Duntulm y a los dos enemigos de Skye a sus tierras para luchar. Me matará.

Entonces, los highlanders se miraron y no pudieron decir nada. Su señora tenía razón. Y estaban seguros de que cuando el laird regresara y se encontrara con aquel desaguisado, tronaría la isla de Skye. Pero nada se podía hacer ya.

48

Gillian, con los nervios a flor de piel y arropada por sus escasos guerreros, esperaba, espada en mano y con una actitud desafiante, a que aquellos dos poderosos clanes, los McLeod y los McDougall, llegaran hasta las puertas del castillo de Duntulm.

Sin apenas respirar, observó el gesto ceñudo de los líderes de aquellos hombres y cómo se miraban entre ellos.

«Esto va a ser una masacre», pensó mientras sujetaba con fuerza su espada a un costado de su cuerpo.

Cuando los hombres se pararon ante ella, el primero en gritar fue el padre de Brendan, Connors McDougall, que lanzándose de su caballo, bramó, colérico:

—¿Dónde está mi hijo? Sé que está aquí. Quiero verlo.

Tras conseguir despegar la lengua del paladar, Gillian alzó el mentón y respondió con un bramido, mientras echaba la cabeza hacia atrás:

—McDougall, ¿dónde está vuestra educación?

El hombre la miró con desprecio y no respondió. Pero ella no se amilanó y habló de nuevo:

—Estáis en mis tierras y lo mínimo que podéis hacer cuando llegáis a un hogar que no es el vuestro es saludar.

El fornido highlander, tras resoplar, la miró y preguntó:

—¿Dónde está vuestro esposo? Quiero hablar con él, no con una mujer.

—Siento deciros que no está. Por lo tanto —siseó con una

mueca seca—, tenéis dos opciones: hablar conmigo aunque sea una mujer, o coger vuestros guerreros y salir de mis tierras antes de que ocurra algo que a vos no os agrade.

Los guerreros McDougall, al oír reír a su jefe, se carcajearon, hasta que aquél dijo:

—La insolencia en una mujer es algo que me desagrada, y mucho.

—La insolencia en un hombre es algo que me desagrada aún más —replicó Gillian, sorprendiéndole a él y a todos.

Pero Connors McDougall, disgustado y sin dejarse amilanar por aquella menuda mujer, dio un paso al frente y gritó:

—Quítate de en medio, si no quieres tener problemas conmigo.

Gillian, al notar el desprecio en su voz, levantó la espada con mano firme y, poniéndosela en el cuello, le espetó en un tono muy amenazador:

—Si dais un paso más, os mato. Y si volvéis a menospreciarme como lo acabáis de hacer también. Vuestro hijo está aquí. Está descansando, y no me apetece que entréis a enturbiar su descanso.

—Laird McDougall —siseó Donald—, no se acerque más a mi señora, o tendremos que tomar medidas.

En ese momento, a Gillian se le puso la carne de gallina pues se oyó el silbido de cientos de hojas de acero de los McDougall al desenvainar. Aquello pintaba mal.

Aprovechando la confusión, el padre de Cris, Jesse McLeod, desmontó y tan ofuscado como el otro laird anduvo hacia ella, gritando:

—Debo suponer que Christine, esa mala hija, también está aquí descansando con el McDougall. Porque si es así, os juro, mujer, que tanto ella como vos vais a tener un grave problema conmigo.

«Si sólo fuera contigo...», pensó Gillian.

Y con una rapidez que dejó a todos perplejos pasó su espada del cuello de McDougall al de McLeod, y con la misma furia de momentos anteriores, espetó:

—Si se os ocurre tocarme a mí, a vuestra hija, a mis hombres o a cualquier persona que esté en mis tierras, sea McDougall, irlandés o normando, os juro por Dios que os arrepentiréis de haberme conocido.

Jesse McLeod se quedó tan petrificado por aquella fiereza como minutos antes el otro laird.

—Señor, por favor —pidió Aslam con fingido respeto—, alejaos de mi señora, o tendré que cargar contra vos.

De nuevo, sonó el silbido de cientos de espadas que desenvainaron los McLeod. Aquello pintaba peor.

«Hoy morimos todos, pero aun así cuando me coja Niall, me rematará», se dijo Gillian, cuya dura mirada no delataba el nerviosismo que sentía.

Cuando el padre de Brendan se fue a mover, las espadas de Donald y Liam lo impidieron. Nadie se acercaría a su señora sin haber probado antes su acero. De pronto, la puerta principal del castillo se abrió y aparecieron ante todos un maltrecho Brendan y una ojerosa pero orgullosa Cris. Ambos cogidos de la mano y empuñando sus espadas.

Connors McDougall, al ver a su hijo en aquella situación, blasfemó y vociferó:

—¿Quién te ha hecho eso, Brendan?

Pero antes de que el joven contestase, el padre de Cris se jactó de ello.

—Debí matarlo cuando le vi besando a mi hija.

Aquella revelación hizo que Connors blasfemara y, con gesto descompuesto, miró a su hijo y gritó:

—¿Qué es lo que dice el maldito McLeod? ¿Qué hacías tú con su hija?

Brendan, pese al dolor, se irguió todo lo que pudo, y ante todos dijo alto y claro:

—Padre, amo a Christine McLeod y voy a desposarme con ella, lo quieras tú o no.

—¡Nunca! —gritaron al unísono ambos padres.

—Vaya..., por fin estáis de acuerdo en algo —se mofó Gillian, pero al ver sus fieros gestos calló.

La tensión subía por momentos, los guerreros McLeod, McDougall y McRae se miraban con desconfianza, mientras todos empuñaban sus espadas, dispuestos a que aquello se convirtiera en una terrible carnicería a las puertas del castillo de Duntulm.

—Padre —gritó Cris—. Lo que ha dicho Brendan es cierto. Nos amamos y...

—¡Cállate, Christine! ¡Me avergüenzas! —repudió su padre—. Haz el favor de venir aquí y separarte de ese..., ese... McDougall, si no quieres que yo mismo vaya y te arrastre con mis propias manos.

A modo de reacción, Brendan agarró con fuerza a Cris de la cintura. Aquel gesto les dejó claro a todos que ella no se movería de allí. Todos comenzaron a chillar a cuál más alto, y Gillian, incapaz de continuar, se subió en un banco y gritó todo lo fuerte que pudo:

—Lo realmente vergonzoso es lo que estáis ocasionando. Vuestros hijos se han enamorado. ¿Dónde está el delito?

—¡Por todos los santos! —vociferó Connors, incapaz de pensar con claridad—. ¿Acaso ignoráis la rivalidad que existe entre nuestros clanes?

Gillian iba a contestar, pero Cris se adelantó:

—Padre, estoy embarazada y Brendan McDougall es el padre.

Se oyeron murmullos aquí y allá, y Gillian, volviéndose sorprendida hacia su amiga, le cuchicheó:

—¡Anda, como yo!

—¿Estás embarazada, Gillian? —le preguntó Cris, atónita.

«¡Maldita sea mi boca!», pensó al darse cuenta de cómo Cris y sus propios guerreros la miraban. Pese a todos, dijo con rapidez y una sonrisa tonta:

—Sí, y no me mires así. Pensaba decírtelo en cuanto tuviera ocasión. —Y volviéndose hacia los padres de los dos gritó—: La rivalidad que existe entre vuestros clanes es algo que debe acabar. Estoy segura de que por esa lucha absurda mucha gente ha perdido la vida, y creo que ha llegado el momento de que esto acabe.

—Pero qué dice esta mujer —se quejó Jesse McLeod.

—Pensadlo —continuó ella—. La paz podría llegar gracias a Brendan y Cris. Se quieren y están esperando un bebé. ¿No creéis que ese niño se merece algo mejor que nacer en medio de una lucha que seguro que a él no le agrada? Ambos seréis su familia, y ¿qué queréis, que os odie a todos?

Los lairds se quedaron callados. La rivalidad entre esos dos clanes existía desde antes de que nacieran sus abuelos.

—Padre, Gillian tiene razón. Desde que nací sólo he oído hablar de luchas, rivalidades y desencuentros con los McLeod. Pero eso es algo que debe acabar. Los tiempos han cambiado, y juntos, ambos clanes, hemos luchado contra los ingleses y nos hemos respetado y ayudado. ¿Por qué una vez acabada la guerra debemos retomar esta absurda lucha que muchos no queremos?

—Ése es el mejor discurso que he oído en años —dijo de pronto la voz profunda de Niall, sorprendiéndolos—. Ahora bien, os ruego que deis la orden a vuestros guerreros para que envainen sus espadas. Aquí, en mis tierras y ante la puerta de mi hogar, nadie va a luchar.

Estaban tan enfrascados en aquella contienda que nadie se había dado cuenta de que un furioso Niall y sus hombres se acercaban.

Gillian, al ver a su marido, quiso morir. Su mirada exasperada se lo decía todo. Pero bajándose del banco y sin dar un solo paso atrás, esperó a que él desmontara y se posicionara a su lado. Con mano izquierda y una increíble paciencia, Niall escuchó todo lo que los McLeod y los McDougall le tenían que reprochar. Y tras convencerlos de que pasaran al salón de su hogar para hablar, miró a su mujer y siseó con dureza:

—Gillian, si algo terrible ocurre, sólo tú serás la culpable.

49

Durante toda aquella noche, los tres clanes de guerreros discutieron sobre lo ocurrido. Ninguno quería dar su brazo a torcer y, en ocasiones, parecía que se iban a poner a luchar en el salón. Durante ese largo tiempo, Gillian, sentada junto a Brendan y Cris, se moría a ratos de angustia, de sueño y de miedo ante lo que Niall había dicho. Pero cuando al amanecer, por fin aquellos brutos cedieron su brazo a torcer y decidieron acabar con la rivalidad entre clanes, Gillian suspiró, aliviada.

Aquel mismo día por la tarde, en la destartalada capilla de Duntulm, se celebró el enlace entre Cris y Brendan, quienes a pesar de tener sus cuerpos doloridos y magullados, no habían dejado de sugerirlo insistentemente.

Durante todo aquel espacio de tiempo, Niall obligó a Gillian a estar presente. No le había hablado, sólo le había dirigido en infinidad de ocasiones una mirada que a ella le había hecho presuponer lo peor. Su mandíbula tensa y el tono de su voz le indicaban que no le esperaba nada bueno. Y aunque disfrutó y se emocionó como una tonta cuando el viejo padre Howard dijo ante todos «que lo que Dios ha unido, no lo separe el hombre», se encogió al sentir la dura mirada de su marido.

Bien entrada la noche, y cuando por fin los clanes se marcharon a sus hogares, Brendan y Cris se empeñaron en irse a su pequeño hogar secreto. Su primera noche de casados, y a pesar de la lluvia que amenazaba con llegar, querían pasarla allí. Cuando todos se hubieron ido, Niall se volvió hacia una atemorizada y agotada Gillian, y cogiéndola por las manos, tiró de ella hasta llegar a su habitación.

Una vez dentro, Gillian se alejó de él. Niall, dando un portazo, la miró como quien mira al peor de sus rivales.

—¿Eres consciente de que podías haber originado una de las peores y más sangrientas batallas en la isla de Skye?

Tragando con dificultad, ella asintió, y él continuó:

—Siempre he sabido que me darías problemas, pero nunca imaginé que tuvieras la desfachatez de permitir que la sangre pudiera derramarse en mis tierras y ante la puerta de mi hogar.

—Eso no es cierto. Yo...

—¡Cállate, maldita sea, Gillian, cállate! —bramó, enloquecido.

Sobrecogida por el grito, se calló.

—Me ausento unos días y cuando llego me encuentro con que Jesse McLeod te acusa de secuestrar a su hija y medio envenenar a sus hombres para llevártela, y Connors McDougall te culpa de retener a su hijo herido en contra de su voluntad. Y por si fuera poco, has estado a punto de conseguir que mataran a las gentes que en Duntulm velan por tu seguridad y provocar una auténtica masacre entre clanes. Por todos los santos, mujer, ¿qué te han enseñado en Dunstaffnage? ¿Con qué clase de mujer me he casado?

Sin saber qué responder, Gillian tosió y, al sentir que estaba a punto de desmayarse, intentó sentarse en la cama, pero él, de un tirón, la levantó.

—Estoy hablando contigo, maldita sea, y cuando te hable quiero que no te muevas y que me contestes, no que te sientes y resoples.

—Niall, yo...

Pero no la dejó hablar. Dándose la vuelta, dio un puñetazo

a la pared de piedra, lo que hizo que ella se acobardara y que él se desollara el puño. Niall estaba terriblemente frustrado y enfadado. Cuando había llegado a Duntulm y se había encontrado ante su fortaleza a los guerreros con las espadas desenvainadas, un extraño y doloroso amargor le había inundado el cuerpo al pensar que la podían haber herido. Tras un silencio incómodo entre los dos, Niall se volvió hacia su asustada mujer y dijo.

—He oído que puedes estar embarazada.

Gillian se quedó boquiabierta y no supo reaccionar, y él, al ver el miedo y el desconcierto en sus ojos, bramó con furia:

—¿De quién es, Gillian? Porque mío no es.

«Esto es lo último que me faltaba oír», pensó, humillada.

Ella continuó callada, y Niall volvió a dar otro puñetazo en la pared; aplicó tanta furia que incluso a Gillian le dolió.

—En cuanto al bebé...

—No quiero oír hablar de tu bastardo —gritó con los ojos fuera de sus órbitas.

—¡No es ningún bastardo! —repuso Gillian—. Es mi hijo.

—¡Por el amor de Dios, mujer!, ¿qué es lo próximo que te propones?

—¿Por qué no reconoces que he conseguido con mi comportamiento que los McDougall y los McLeod hagan las paces? ¿Por qué sólo recuerdas lo malo y nunca me alabas con algo bueno? —respondió, molesta, sin que pudiera evitarlo.

Con la desazón en el cuerpo y sin querer contestar, Niall se acercó a la ventana y, para acabar la conversación, sentenció:

—A partir de mañana, dormirás fuera del castillo.

—¡¿Cómo?!

—Lo que has oído. Mis hombres trasladarán tus cosas.

Como si se tratara de una pesadilla, Gillian se acercó hasta la ventana, y tras mirar con desconcierto hacia donde él indicaba, gritó, incrédula:

—¿Pretendes que duerma en una de esas cabañas?

Eran las cabañas que, según él le había explicado, se habían construido para albergar a los trabajadores que llegaban en la época del esquilo de ovejas. Pero eso era casi en verano y estaba entrando el frío invierno.

«¡Lo mato!», pensó, indispuesta.

Agarrándose a la madera de la ventana, sus nudillos se quedaron blancos de indignación. Pensó en gritar, entrar en cólera, pero no quería darle tal satisfacción. Decidió asumir la humillación a que él la sometía pensando en su hijo, aquel bebé que él ya despreciaba. Así que en un tono servil, murmuró:

—De acuerdo, Niall. Me trasladaré, pero a la cabaña que está al lado del enorme árbol. —Y separándose de él, indicó levantando el mentón—: Por favor, envíame mis cosas cuanto antes. Las necesitaré.

Niall se quedó pasmado por su sumisión. ¿Cómo podía pasar de ser una sensual y radiante esposa a una auténtica arpía malhablada, y de ahí a una mujer sumisa? Molesto porque ella se alejaba de él sin presentar batalla, con voz huera preguntó:

—Gillian, ¿dónde vas?

Al oír el aterciopelado tono de su voz, cerró los ojos. Deseó tirarse a su cuello y decirle mil veces que el bebé era de él. Quería que la abrazara, que la acunara, ¡no que la volviera loca! Eso era... ¡Niall pretendía volverla loca!

—Estoy cansada y necesito descansar.

Como ella siguió caminando, él insistió:

—¿Dónde vas? Mujer, ¿no ves que está tronando y cayendo un tremendo aguacero? He dicho a partir de mañana. ¿Qué es lo que no te ha quedado claro?

Dando dos zancadas, se puso tras ella. Gillian, al notar que él le tocaba el pelo, se volvió y, desconcertándolo como nunca lo había hecho hasta el momento, le imploró, exhausta:

—Por favor, Niall, déjame descansar. Quiero trasladarme hoy; no quiero esperar a mañana. —Y sollozando por primera vez ante él, murmuró—: Me ha quedado claro por qué te casaste conmigo. Me ha quedado claro que no soy lo que esperabas. Me ha quedado claro que Diane McLeod es la belleza que tú siempre quisiste amar. Me ha quedado claro que te repele mi manera de ser. Me ha quedado claro que te avergüenzo continuamente. Me ha quedado claro que no sientes por mí lo mismo que yo siento por ti. Y por supuesto, me ha quedado claro que nuestro hijo será un bastardo para ti. ¿Algo más me tiene que quedar claro? ¿O es suficiente lo que me has dicho como para que hoy duermas feliz sabiendo que me siento totalmente humillada por ti?

Esas palabras, unidas a las lágrimas de una Gillian a la que nunca había visto llorar, consiguieron sin pretenderlo que él reaccionara. De pronto le hicieron sentir cruel, salvaje y despreciable por cómo se comportaba con ella. Tal vez debería serenarse e intentar entender todo lo ocurrido. Quizá el bebé...

«¡Dios santo!, ¿qué estoy haciendo? Pero si yo amo a esta mujer», pensó Niall.

Gillian, vencida como nunca en su vida, se dio la vuelta y comenzó a andar hacia la puerta; pero antes de llegar allí, notó que él la cogía del brazo y la hacía girar hasta tenerla de frente. Como pudo, retuvo las ganas de abofetearlo, y él, empujándola contra la puerta y agachándose, apoyó su frente contra la de ella, y con los ojos cerrados por el horror que sentía al mirarla y ver que lloraba por su culpa, le imploró:

—Lo siento... Gillian, cariño, lo siento. No te vayas. Perdóname todo lo que te he dicho, y en cuanto al bebé..., hablemos.

Aquellas palabras tronaron de forma esperanzadora en su corazón, que comenzó a latir desbocado. Pero no, no iba a tolerar que pusiera en duda la paternidad de su hijo. Esa vez no se lo iba a poner fácil. Se había cansado de sus rechazos, de sus continuos enfados y no estaba dispuesta a consentir ninguno más, y menos habiendo un bebé por medio.

Destrozado por verla así, la besó, pero los labios de ella estaban fríos y sin vida, no calientes y receptivos como a él le gustaban. Al darse cuenta, con el corazón destrozado por lo que él solo había originado, se apartó de ella, y entonces Gillian murmuró:

—No, Niall; no te voy a perdonar. Ahora soy yo la que te va a dejar claro que no quiero estar contigo.

—¡Eres mi mujer! —exigió él.

Con más valor que un guerrero, a pesar de sus ojos dolidos y su voz quebrada, la joven lo miró.

—Sí, Niall, soy tu mujer y como tal podrás tomar mi cuerpo cuando te plazca, pero lo que te tiene que quedar muy claro es que ¡nunca! me tendrás a mí.

Entonces, abrió la pesada puerta y, con los ojos inundados de lágrimas, fue hacia la escalera. Las bajó, y dejando a todos sus guerreros sorprendidos, salió por la arcada principal del castillo y bajo una lluvia torrencial corrió con la dignidad que aún le quedaba hasta la última cabaña. Aquél sería a partir de ese momento su hogar.

50

Tras recibir un solo baúl de los ocho que poseía, Gillian lo abrió dentro de la cabaña, empapada por la lluvia y tiritando de frío. Sólo había encontrado una vela en aquel lugar, y la oscuridad, como siempre, la agobiaba. De pronto, algo mojado le cayó en la cabeza, y tras soltar un grito, asustada, y darse manotazos en el pelo, comprobó que era agua que se filtraba por una gotera.

Disgustada, buscó con su única vela algo con lo que recoger el agua, y con tremenda desazón, verificó que había más goteras. El techo de la cabaña parecía un colador. Tras poner los tres cazos y las dos copas viejas y medio rotas que encontró en aquel sucio lugar, volvió a blasfemar al ver que las goteras se multiplicaban porque cada vez llovía más.

La cabaña donde estaba era de piedra grisácea oscura, con forma oval y techo de piedra y paja. Era humilde, parecida a la que en Dunstaffnage habían vivido Megan y Shelma, con la diferencia de que la de ellas estaba limpia y arreglada, y ésa hecha un auténtico asco. En uno de los laterales, había un fogón apagado con un caldero vacío colgado de unos hierros. Intentó encender fuego, pero la poca leña que allí había estaba húmeda y, tras pensarlo, decidió abandonar. Con la suerte que tenía, con toda seguridad terminaría ardiendo junto a la cabaña.

Con un mohín y muerta de frío, se sentó en el catre, dispuesta a dormir como fuera. Pero de un salto se levantó. ¡Estaba empapado! Una enorme gotera caía justo encima de él, y tras mirar al suelo, suspiró al pensar que al final tendría que dormir ahí. ¡Maldito McRae! Al pensar en él, se tocó la boca, y pasándose la lengua por los labios, intentó saborear su último beso, hasta que sintió un aire húmedo y frío a su espalda. Al volverse, descubrió que faltaba una de las puertas del ventanuco. Al mirar a su alrededor, la descubrió en el suelo y, con un gesto triunfal, la cogió e intentó colocarla. Una vez que lo consiguió, sonrió. ¡Se iba a enterar ese McRae de quién era ella! Feliz por el resultado, volvió a mirar en su baúl y pensó en cambiarse de ropa. Pero alguien llamó a la puerta, y cogiendo la espada, preguntó sin moverse:

—¿Quién es?

—Soy Donald, milady.

Sorprendida porque el guerrero apareciera allí, abrió, y se quedó de piedra cuando se encontró seis pares de ojos mirándola bajo la lluvia.

—¿Qué ocurre? —preguntó mientras observaba que los hombres miraban hacia el interior de la cabaña.

—Venimos para ver si necesitáis algo, milady.

Conmovida, les sonrió.

—Os lo agradezco a todos, pero estoy bien. No os preocupéis.

Los highlanders se miraron, atónitos. ¿Qué hacía la mujer del laird en aquella fría y oscura cabaña?

—Milady, os hemos traído velas. Sabemos que no os gusta la oscuridad —dijo Donald.

Gillian saltó de alegría. ¡Velas! Por fin dejaría de estar en esa terrible y angustiosa oscuridad. Con una radiante sonrisa, las cogió con mimo.

—Gracias..., gracias..., muchas gracias.

—Milady, también le hemos traído un poco de caldo caliente

—le ofreció Liam—. La noche no se presenta bien y creemos que lo vais a necesitar si decidís dormir aquí.

Con una grata sonrisa, Gillian cogió la vasija de barro repleta de caldo ansiando aquel calorcito.

—¡Hum!, ¡qué rico! Gracias. Sois maravillosos.

Asombrados por su naturalidad, varios se miraron, y Liam respondió:

—De nada, milady.

Al verlos tan serios, intentó bromear para quitarle importancia a la situación.

—Esto me vendrá muy bien para calentar el cuerpo.

Pero como ninguno sonreía, finalmente añadió:

—Venga..., venga, id bajo cubierto. Está diluviando y os estáis empapando. Buenas noches.

—Buenas noches, milady —dijeron al unísono mientras ella cerraba la puerta.

Con una dichosa sonrisa en los labios por aquel detalle, dejó la vasija de caldo caliente sobre una pequeña mesa desvencijada. Se cambiaría de ropa, y luego se lo bebería. En ese momento, otro golpe en la puerta atrajo su atención y al abrir comprobó que había más hombres.

—¿Qué ocurre ahora?

—Milady, ¿no tenéis frío? —preguntó Aslam.

Mirándolo con ojos cansados, se retiró el pelo mojado de la cara y, tras encogerse, murmuró:

—¡Uf!, pues es verdad. Comienzo a notarlo. —Sonrió mientras le castañeteaban los dientes.

—Si me permitís, os encenderé el fogón —se ofreció Donald.

Se echó hacia un lado, y el highlander, con paso decidido, entró junto a otro hombre que llevaba paja y madera seca bajo una manta, y entre los dos encendieron un fuego que tras los primeros destellos comenzó a calentar. Una vez que acabaron, tras una inclinación de cabeza, salieron de la cabaña, y Gillian, despidiéndose de ellos, cerró la puerta.

Con rapidez, se acercó al fuego. Estaba congelada, y extendiendo las manos, suspiró al notar su abrasador calor, mientras oía llover cada vez con más fuerza.

De nuevo, unos golpes en la puerta atrajeron su atención. Incrédula, Gillian abrió y se encontró a muchos más guerreros.

—Vamos a ver, ¿pensáis pasaros toda la noche llamando a mi puerta? —preguntó con una sonrisa.

—Sí, hasta que nuestra señora esté cómoda —le aclaró Donald, haciéndose oír.

Gillian no supo qué decir.

—Disculpad, milady, no queremos molestaros, pero hemos pensado que dormiríais mejor en un jergón limpio y seco. —Ella sonrió—. Si nos lo permitís, nos llevaremos el viejo y mojado, y dejaremos éste —insistió Donald.

Con una mirada de agradecimiento infinito, Gillian se tapó la boca. Estaba a punto de llorar.

«¡Oh, Dios!, el embarazo me está haciendo comportarme como una llorona», pensó, emocionada.

—Milady, hemos visto que tenéis goteras —dijo Liam desde la puerta—. Si no os ocasionan muchas molestias los golpes, nosotros intentaremos acabar con ellas rápidamente.

Sobrecogida por cómo aquellos guerreros se preocupaban por ella, asintió. Y cuando sus ojos se cruzaron con Ewen, el hombre de confianza de su marido, y éste le guiñó un ojo y sonrió, ella turbada le correspondió.

Sin perder tiempo y bajo una lluvia torrencial, aquel ejército de hombres comenzó a cubrir con nuevas piedras y paja seca el techo de la cabaña, y las goteras, una a una fueron desapareciendo, mientras Donald y los otros dos sacaban el costroso colchón mojado. Tras colocar paja seca en el suelo y encima un par de mantas, pusieron el jergón. Tras aquello el trasiego de highlanders no cesó, y Gillian decidió no cerrar la puerta. Le trajeron una silla nueva, copas y platos limpios, y una gran provisión de mantas, cerveza, agua y tortas secas de harina.

Sentada al lado del fogón, Gillian sonrió al quedarse sola. Aquella cabaña iluminada, calentita y acogedora que tenía ante ella no parecía la misma que había ocupado esa misma noche. Cuando se aseguró de que los highlanders se habían marchado a dormir, por fin cerró la puerta y se acostó. Estaba agotada. El día había sido muy largo y con demasiadas emociones nada agradables. Oyendo el sonido del viento y la lluvia, que cada vez golpeaba con más fuerza en las piedras de la cabaña, se durmió.

51

El sonido seco y fuerte de un trueno la sobresaltó. Al incorporarse, aterrada, algo grande y con peso le cayó en la cara, y le causó un dolor tremendo. Asustada, gritó e intentó levantarse con la poca luz que daban los rescoldos del fogón, pues las velas ya se habían apagado. Sin embargo, se tropezó con una de las mantas y volvió a chillar al caer estruendosamente contra su baúl.

De pronto, la puerta de la cabaña se abrió, y entró una figura oscura, enorme y empapada que la volvió a asustar. Chilló de nuevo.

—Gillian, por el amor de Dios, ¿qué te ocurre?

Era Niall, que, sin ella saberlo, llevaba toda la noche apostado en su puerta, martirizado porque su mujer durmiera allí. Al oír su voz, le reconoció, e intentando quitarse el agua que le corría por la cara gritó histérica:

—¡Prende una vela! ¡Prende una vela! Quiero..., quiero luz.

Con rapidez, él cogió de encima de la mesa una vela y, tras acercar la cera al casi apagado fogón, ésta prendió. Niall se volvió para mirarla y se quedó helado. Vociferó:

—¡Dios santo, Gillian!, ¿qué te ha pasado?

Sin entender a lo que se refería, la joven se pasó la mano de nuevo por la cara. Debía de tener una gotera justo encima.

—No..., no sé qué me ha pasado. Un trueno me ha despertado, y luego un golpe en la cara y... —Al ver que él se arrodillaba ante ella, echándose hacia atrás, gritó—: ¡No me toques, McRae, o te salto un ojo!

Colérico por el estado en que se encontraba su mujer, bramó con cara de pocos amigos, mientras veía cómo goteaba sangre por aquel dulce rostro.

—¡Maldita sea, Gillian, deja de decir tonterías y no te muevas!

Pálido como la misma cera, la agarró, y ella gritó cuando al revolverse vio su camisola blanca empapada de sangre. En ese momento, ella se quedó paralizada y gritó:

—¡Ay, Dios, Niall! Creo..., creo que ¡estoy sangrando!

—No me digas —rugió, mirándola con detenimiento.

Llevándose las manos a la cabeza, Gillian recordó el golpe y el dolor que había sentido en la cara minutos antes, y al mirar el jergón, vio la portezuela de madera del ventanuco y lo entendió todo. En ese momento, Ewen y Donald llegaron hasta ellos; habían oído gritar a Gillian, y se quedaron petrificados en la puerta mirándolos.

Con decisión, Ewen entró en la cabaña y preguntó:

—Milady, ¿qué os ha pasado?

Gillian fue a responder, pero Niall, malhumorado, empapado y agobiado por verla en aquella situación, ordenó en tono irritado mientras tiraba de unas mantas:

—Ve y avisa a Susan. Dile que necesito que suba a mi habitación. —Ewen asintió—. También necesitaremos agua hervida y paños limpios.

Ewen y Donald partieron con rapidez para cumplir la orden, mientras Niall, sin hablar con ella, comenzaba a enrollarla en un par de mantas.

—Se puede saber qué estás haciendo, McRae.

Pero Niall no contestó, y cogiéndola en brazos, salió al exterior de la cabaña. Arropándola con su cuerpo, la llevó hasta el castillo. Una vez allí subió hasta su habitación, y cuando llegó a la cama, la soltó. Gillian estaba tan mareada que se sentó y no protestó mientras él se movía por la estancia a toda velocidad. Con aire inquisidor, le levantó la barbilla para mirar los daños, y respiró aliviado al ver que el goteo de sangre parecía disminuir.

Cogiendo una silla se sentó frente a ella y, tras mojar un trozo de tela en una palangana con agua, le asió la mandíbula con una mano, mientras con la otra comenzaba a limpiarle la sangre seca de la cara. Sin que pudiera evitarlo, Gillian lo miró. Parecía concentrado en lo que hacía.

—¡Aaay! —protestó al notar dolor.

En ese instante, él se paró. El ojo de ella se cerraba por momentos, y con decisión, continuó limpiando con cuidado el resto del rostro. Estaba tan enfadado consigo mismo por lo que había ocurrido que no podía ni hablar.

—¡Aaay! —volvió a quejarse ella, y él le clavó de nuevo su mirada.

Entonces, unos golpes sonaron en la puerta, y Ewen apareció acompañado por Susan, que al mirarla se llevó las manos a la boca, asustada.

«¡Por Dios, qué exageración por un poco de sangre!», pensó la herida.

Con celeridad, Niall se levantó de la silla y, mirando a la mujer, le pidió:

—Susan, mi esposa necesita que le cierres con unos puntos la herida que se ha hecho encima de la ceja. Creo que si no se la cosemos no cicatrizará bien.

«¿Puntos? ¿Cosemos? Pero ¿qué quiere hacerme este bestia?», se dijo, alarmada. Y levantándose con rapidez, dijo:

—De eso nada. ¡Yo no necesito que nadie me cosa nada! Heridas como ésta me he hecho muchas en mi vida, y nunca he necesitado que nadie me diera puntos. Por lo tanto, Susan, gracias por acudir. Eres una magnífica mujer y te quiero mucho, pero no necesito que claves tus agujas en mí.

Niall, sin pestañear, musitó:

—Susan, ve preparando lo que necesites.

La mujer asintió, y sin mirar a una malhumorada Gillian, fue hasta la mesilla que ésta había comprado y comenzó a sacar cosas de su talega.

Ewen, al ver cómo se miraban el laird y su esposa, intentó hablar:

—Milady, yo creo que...

—¡No! —le cortó ella con rapidez.

Susan, al ver al laird impacientarse, intentó mediar.

—Milady, os prometo que no os dolerá.

—¡Que no, Susan, que no! —volvió a decir cada vez más histérica.

Niall, incrédulo por cómo ella miraba de reojo las agujas que Susan pasaba por el fuego, lo entendió. Gillian tenía pánico a las agujas, pero no lo quería decir. Aquello le hizo gracia. Su valiente y guerrera mujer no temía al acero con el que peleaba, pero sí a que una pequeña aguja taladrara su piel.

Sólo conocía un método para que ella accediera a curarse. Retándola. Por ello, tras cuchichear con Ewen y éste salir por la puerta, miró a su mujer y dijo:

—Estás temblando. Toma, ponte esta bata, te hará entrar en calor.

—No.

—Gillian... —protestó, cansado.

—¡Que no!

—¿Pretendes decir a todo no? —replicó.

—No —contestó. Pero al ver que aquél curvaba las comisuras

de su boca, murmuró—: Antes quiero..., me gustaría quitarme la camisola sucia.

Ver a Susan con aquello en la mano comenzaba a marearla. Niall, consciente de que Gillian perdía el color por momentos, se interpuso entre Susan y ella, y la levantó sin esfuerzo; la ayudó a quitarse la camisola manchada de sangre y, sin fijar su vista en aquel bonito cuerpo, le puso la bata. Antes de cerrársela, durante unos instantes se le quedó mirando la cintura. Un bebé crecía en su interior, y le atenazó la amargura. Una vez que le cerró la bata, la volvió a sentar y ella murmuró, tiritando:

—Gracias.

Aquel gesto lo hizo sonreír, pero no pudo mover ni un solo músculo de la cara para demostrárselo. Y sentándose en la silla que había frente a ella, dijo:

—Gillian, tu herida es demasiado profunda y fea, y necesita ser cosida. —Ella fue a protestar, pero él, poniéndole un dedo en la boca, la silenció—. No es agradable para nadie curar este tipo de heridas, pero tú me has demostrado que eres valiente como un guerrero escocés, que no se amilana ante nada, ¿o acaso me vas a decir que no?

Iba a replicar cuando se oyó un golpe en la puerta. Cuando se abrió aparecieron varios de sus hombres, entre ellos Ewen, que con rapidez le entregó a Niall una copa. Éste, volviéndose hacia su pálida mujer, se la tendió.

—Bebe. Te sentará bien.

—No.

—Bebe, Gillian. Templará tus nervios —insistió.

Pero Gillian sólo podía vigilar los movimientos de Susan, que desde hacía un rato esperaba a que su laird le indicara que podía empezar.

—Milady, no os dolerá si os cose aún en caliente —murmuró Donald.

—Mejor ahora que cuando la herida se enfríe. Hacednos caso —le aconsejó Aslam.

Gillian, horrorizada y cada vez más asustada, miró a Susan y a su marido Owen, y tras dar un sorbo a la copa, susurró arrugando la nariz.

—¿Cómo sabéis que no me dolerá?

Niall dio una orden con la mirada, y los hombres se quitaron las camisas y le enseñaron a Gillian terribles marcas de espadazos en sus torsos y espaldas.

—Milady, no existe ni un solo guerrero sin cicatrices —musitó Ewen al ver la cara de espanto de ella.

—Os aseguro que mi mujer —añadió Owen— tiene dulces manos y nos os causará dolor.

Impresionada por las lesiones de los guerreros, se sintió ridícula y tonta por montar la que estaba montando por un pequeño corte en la ceja. Y como Niall había imaginado, tomándose de un tirón el resto de la copa, dijo, mirando a Susan:

—De acuerdo, hagámoslo.

Niall se levantó rápidamente de la silla para dejar que la mujer se sentara ante Gillian. Los highlanders, al ver su propósito cumplido, se dieron la vuelta y, tras cruzar una mirada con su laird, salieron por la puerta.

Susan, viendo cómo su señora miraba a su marido caminar hacia la puerta, le susurró cerca del oído:

—Milady, nos vendría bien que alguien se quedara con nosotras. Puedo necesitar ayuda.

Aquella excusa fue perfecta para que Gillian le llamara:

—¡Niall!

Estando ya en la puerta, éste se paró.

—¿Podrías quedarte con nosotras?

Sorprendido, asintió, y Gillian, para quitarle importancia al asunto, dijo medio en broma:

—Sólo es por si me desmayo como una tierna damita y la pobre Susan necesita ayuda para recogerme del suelo.

Con una sonrisa en su rostro, Niall asintió. Por aquella cabezona iría al fin del mundo.

—Por supuesto. Me quedaré por si me necesitáis.

Sobrecogido, cerró la puerta, y volvió sobre sus pasos hasta quedar junto a ella. Susan le pidió que sujetara la vela cerca del rostro de su mujer. Necesitaba ver con claridad dónde dar los puntos. Niall se sentó en la cama, a su lado, y sin pausa pero con delicadeza Susan hundió la aguja en la carne de Gillian, que se tensó. Dolorido por el sufrimiento que aquello le estaba infligiendo a su mujer no le quitó ojo de encima y, al notar que temblaba, conmovido, le cogió con delicadeza la mano, y Gillian, sin dudarlo, aceptó el gesto.

52

Dos días después, Gillian, por fin, consiguió salir de la habitación de Niall, aunque llevaba la cabeza y parte de la cara cubiertas por vendas de hilo. Sólo veía por un ojo; el otro permanecía oculto bajo el vendaje. Durante aquellos dos días, Niall se empeñó en no perderla de vista ni un solo instante. No le permitió volver a la cabaña y la obligó a descansar; hasta le puso un guardia en la puerta. Y aunque en un principio intentó protestar por el encierro, y por estar en aquella habitación, estaba tan agotada por los días que no había dormido esperando su regreso que al final el sueño la venció. Por ello, cuando al tercer día abrió la puerta y vio que no había ningún guerrero fuera para impedir que se moviera, sonrió, y decidida, se puso un vestido de color granate y bajó la escalera. Tenía que continuar con el arreglo de su nuevo hogar.

—Buenos días, milady, ¿os encontráis mejor? —preguntó Gaela, que entraba por el portón principal del castillo acompañada.

—Hola, Gaela. Sí..., creo que sí —dijo Gillian sonriendo al ver al grandullón de Frank cargado con leña en sus brazos.

—Señora, me alegra comprobar que estáis mejor —sonrió el hombre.

—Gracias, Frank.

Con una sonrisa pícara, Gillian miró a la joven, y ésta, risueña, indicó:

—Frank, por favor, ¿podrías pasar esos leños a la cocina?

—Por supuesto. Ahora mismo.

Divertida, Gaela guiñó un ojo a Gillian, y desapareció con aquel enorme highlander por una puerta.

—Buenos días, milady. ¿Cómo os encontráis hoy? —le preguntó Susan.

—Hoy me encuentro muy bien, gracias —respondió mientras miraba a su alrededor—. Susan, ¿podrías ayudarme y quitarme el vendaje de la cabeza? Creo que como siga viendo por un solo ojo me va a dar algo.

La mujer la miró y, tras soltar los platos en una de las nuevas y bonitas mesas del salón, asintió.

—Por supuesto, milady. Será bueno para vuestra herida un poco de aire. Pero debéis prometerme que al acostaros os la volveréis a tapar. Durante el sueño, se puede dañar sin querer.

—Te lo prometo, Susan, pero, por favor, libérame de una vez.

Subieron juntas la escalera hasta la habitación de Niall. Gillian, con su expresividad, hablaba y hablaba, y Susan sonreía por los divertidos comentarios de su señora. Una vez que llegaron a la habitación, Gillian se sentó en una silla y, con cuidado, Susan comenzó a quitarle aquel elaborado vendaje.

Cuando quedó libre de él, Gillian se llevó la mano a la herida y, al tocar con sus dedos su hinchada cara, y en especial, su ceja, susurró:

—¡Oh, Dios, qué golpazo!

De pronto, chilló horrorizada al comprobar que al mirar al frente seguía viendo por un solo ojo. Levantándose, se tocó la cara y la notó extraña y con unas protuberancias que días antes no tenía.

—¡Ay, Dios, Susan! ¿He perdido un ojo? —Sin darle tiempo a responder, Gillian prosiguió—: Maldita sea..., maldita sea. ¿Por qué todo me tiene que pasar a mí?

Susan la miró, y aunque suspiró por el feo golpe que Gillian tenía en el rostro, dijo para tranquilizarla:

—Calmaos, milady, no habéis perdido ningún ojo. Lo que os ocurre es que tenéis inflamada toda la zona del golpe, pero en unos días ya veréis como la hinchazón bajará.

—Déjame un espejo —exigió con voz ronca.

—Quizá no sea una buena idea que aún os veáis, milady.

—¡Dame el espejo! —chilló como una posesa, y la mujer se lo dio.

Incrédula, vio el reflejo de su cara y se quedó sin palabras. Además de tener aún sangre seca por la frente y la mejilla, su ojo había desaparecido y sólo se veía una inflamación en un tono verde oscuro tirando a granate que la hizo chillar.

—¡Oh, Dios! ¡Oh, Diosssssssssss! Pero si parezco un oso.

—Tranquilizaos, milady. Ponerse tan nerviosa no es bueno para el bebé —susurró la mujer.

Entonces, Gillian la miró y preguntó:

—Susan, ¿todo el mundo sabe lo del bebé?

Ésta asintió, y Gillian resopló con desesperación. Odiaba los cuchicheos.

—Y dejadme deciros, mi señora, que nadie duda de que sea de nuestro señor.

Escuchar aquello era lo que más necesitaba y, cogiéndole las manos con cariño, Gillian se las besó.

—Gracias, gracias..., gracias.

—Milady, por Dios —susurró Susan, azorada—. Nadie pondrá en duda ante nosotros que ese bebé es un auténtico McRae.

—El problema es que es el padre el que no lo cree.

—¡Oh! Los hombres a veces son...

—Sí, peores que niños... Ya lo sé, Susan. Ya lo sé.

Alterada por su propia visión, se fijó en la herida que le provocó el golpe. Era alargada y estaba justamente encima de la ceja, y su aspecto con los puntos era de lo más asqueroso.

—¡Por todos los santos, Susan, soy un monstruo! —exclamó, incrédula.

La mujer, acostumbrada a curar heridas mucho peores que aquélla, intentó calmarla.

—Milady, el portón del ventanuco os dio un buen golpe. Suerte habéis tenido de que no os saltara el ojo u os rompiera los dientes.

De repente, abrió la boca, y al comprobar que todos sus dientes continuaban allí, suspiró, aliviada, pero preguntó:

—Susan, ¿estás segura de que mi ojo continúa en su sitio?

La mujer sonrió. No quería hacerlo, pero su señora era tan graciosa que no pudo remediarlo.

—Creedme, no os preocupéis. Vuestro precioso ojo está todavía en su sitio. Ya veréis como en unos días la hinchazón desaparece y volvéis a mostrarnos vuestra bonita cara. —Y quitándole el espejo de las manos, dijo—: Ahora voy a lavaros el cabello; lo tenéis todavía pegajoso. También os limpiaré restos de sangre de la cara. Os prometo, milady, que luego os veréis más bonita.

«¿Bonita? Pero si parezco un oso», pensó con desesperación.

Mientras Susan se afanaba en lavarle el pelo y ser agradable con ella, Gillian no podía dejar de pensar en su aspecto. ¿Cómo aparecer así ante Niall? Imposible. No permitiría que la viera en aquella situación. Con seguridad se mofaría y le volvería a dejar claro que Diane McLeod era más bonita que ella.

—Milady, ¿puedo haceros una pregunta?

—Sí, Susan.

La mujer, estirándole del pelo, preguntó:

—¿Por qué tenéis este feo trasquilón aquí? ¿Queréis que os iguale el cabello?

Mirándose en el espejo, Gillian resopló y recordó su última discusión con Niall. Pero no pensaba contarle que él la castigaba cortándole mechones, y con una tonta sonrisa, respondió:

—No lo iguales, ya lo haré yo. Y en cuanto a tu pregunta, me lo hice practicando en la liza con Cris McLeod.

Susan asintió y continuó desenredándole el pelo.

53

Desde la ventana, Gillian observaba a los hombres y a su marido. Estaban levantando cuadras nuevas y trabajaban desde el alba con dureza.

Sin que pudiera evitarlo se fijó en Niall. Aquella mañana se lo veía guapísimo. Pero ¿cuándo no? Sonreía junto a Ewen y parecía divertirse por algo. Verlo sonreír le encantaba. Aquel gesto alegre era el que él había tenido siempre en el pasado. Un gesto que con ella no solía practicar.

Acercándose de nuevo al espejo del bonito tocador que había comprado, murmuró:

—De verdad..., de verdad, Gillian, que lo que no te pase a ti, no le pasa a nadie.

Necesitaba salir de la habitación, pero su marido y los guerreros estaban trabajando casi enfrente del portón principal del castillo, y estaba segura de que en cuanto saliera por la puerta la verían y advertirían su terrible aspecto.

«La ventana de la escalera.» Pero al pensar en su bebé se negó a tirarse de nuevo. Aunque poco después, lo volvió a considerar. Era su única escapatoria.

Si se descolgaba por aquella ventana, podría llegar hasta su cabaña para coger ropa limpia. Si lo había hecho una vez y no le había pasado nada volvería a hacerlo. Abrió la puerta de la habitación y, con sigilo, llegó hasta la susodicha ventana. Una vez que la abrió se sentó en el alféizar, y sin pensarlo, se lanzó, aunque esa vez la caída no fue tan limpia como días atrás. El ojo cerrado la desequilibró y rodó por el suelo.

—¡Ayyy! ¡Qué patosa soy! —se quejó al levantarse.

Tras quitarse el polvo del vestido y comprobar que nadie la había visto, corrió hacia las cabañas, feliz de que el aire le diera por fin en la cara. Una vez que entró en la pequeña cabaña se sorprendió al ver la puerta del ventanuco arreglada y ni rastro de la sangre que debió de perder.

Con rapidez, abrió el baúl y sacó una falda, una camisola y una casaca. Cuando se las puso se sintió limpia. Como detalle, se colocó alrededor de la cintura un cinturón de talle bajo hecho con varias placas metálicas, y comprobó, incrédula, que le estaba más entallado de lo que ella recordaba.

«¡Uf!, me estoy poniendo como un tonel.»

—Gillian, ¿estás aquí?

Era Niall. Fue a cerrar la puerta de la cabaña precipitadamente, pero ésta estaba apoyada en la pared con los goznes y bisagras rotos. Entonces, recordó que la noche de la tormenta su marido la había roto de una patada para entrar.

No tenía escapatoria. Niall iba a ver su aspecto, y ella tendría que soportar su burla. Se movió hacia el interior de la cabaña y miró hacia la pared, hasta que la sombra de Niall tapó la luz que entraba por la puerta.

—Hola, Gillian.

—Hola —respondió sin volverse.

Uno de sus hombres le había avisado de que había visto a su esposa subir hacia la cabaña, e inquieto por saber cómo estaba fue en su busca.

—¿No me digas que has vuelto a saltar por la ventana?

—No te interesa —respondió ella.

—Una mujer en tu estado no debe hacer esas cosas.

—Tú lo has dicho: es mi estado. Es mi hijo; por lo tanto, déjame a mí tomar mis propias decisiones sobre lo que debo o no debo hacer.

Durante aquellos dos días con ella en la habitación, había intentado dialogar, pero ella se había negado. Sólo había tenido que verla llorar una vez para saber que se había comportado como un energúmeno, y él no quería ser así. La amaba y la adoraba. La necesitaba más que a nadie en el mundo, y por ello se había propuesto reconquistarla, aunque ella se lo pusiera difícil.

—¿Te encuentras bien?

—Sí.

—¿Te duele la cabeza, o algo?

—No.

—Necesito hablar contigo, Gillian.

—Pues yo contigo no.

—Cariño —susurró.

—¡No me llames cariño! —gritó ella.

Consciente de que debía tener la paciencia que últimamente no había tenido con ella, suspiró; pero tras un incómodo silencio se extrañó de que Gillian no se moviera ni lo mirara. Por eso, se acercó a ella, hasta quedar justo detrás. Necesitaba abrazarla, besarla, decirle todas las cosas bonitas que ella se merecía, pero temía su reacción.

—No... se te ocurra tocarme ni mirarme.

Extrañado, le puso la mano en el hombro.

—¡Maldita sea, Niall! No... me toques.

Sin entender qué le pasaba, la asió por la cintura y, dándole la vuelta, la puso frente a él. En ese momento, Gillian se tapó la cara con las manos, y entonces, él lo entendió. Con un cariñoso gesto, susurró:

—Gillian, la hinchazón desaparecerá. No te preocupes. En pocos días tu cara volverá a ser tan preciosa como siempre.

Sorprendida por aquel piropo, ella entornó el ojo sano y le miró.

—No quiero que me veas así. Estoy segura de que te causaría más repugnancia de la que ya te causo, y conociéndote, seguro que te mofarás de mi horrible apariencia y comenzarás a ensalzar la preciosa apariencia de otras.

Confundido y avergonzado por lo que ella decía, susurró:

—Te puedo asegurar que me causas muchas cosas menos repugnancia, Gillian.

«Vaya, hoy está en plan irónico», pensó tras resoplar.

Pero dispuesta a no dejarse vencer por sus halagos, dijo:

—Niall, ¿puedo pedirte una cosa?

—Claro —asintió él, divertido.

—Podrías salir de mi casa para que yo me pueda ocupar de que esté limpia y decente para mí. Y por favor, dile a alguno de los hombres que venga y me arregle la puerta. Me gustaría tener algo de intimidad, y sin puerta, no creo que la tenga.

La miró, boquiabierto. ¿De verdad pretendía seguir durmiendo allí?

—Gillian, no quiero que duermas aquí, y mucho menos que consideres esta casucha tu hogar.

—¡Puf! —protestó, dándose la vuelta. No quería mirarlo.

—¡Puf!, ¿qué? —gruñó él.

—Mira, Niall. No quiero discutir contigo. Sólo quiero que le pidas a alguno de los hombres que venga a arreglarme la puerta. Sólo eso.

—Gillian... —susurró, acercándose a ella por detrás.

—No..., no te acerques a mí.

Dispuesto a conseguirla fuera como fuera bajó su cara hasta

hundirla en su cuello para aspirar el perfume de su pelo y susurró:

—Te quiero, Gata.

Aguantando las ganas de estamparle el cazo que tenía ante ella, tras mover su hombro para que él se separara, espetó:

—Me alegra saberlo, Niall, pero yo no te quiero a ti.

—Sé que es una mentira piadosa; tú me quieres.

—No, no miento. Te quería, pero ya no. Ahora sólo quiero a mi hijo.

Cabizbajo por oír aquello, decidió desnudar su corazón, y murmuró:

—Soy un bobo, un idiota, un necio, soy todo lo que tú quieras que sea. Me merezco que estés enfadada conmigo, que me ignores, que no me hables, pero déjame decirte que soy un hombre enamorado de ti y que haré todo lo que esté en mi mano para que vuelvas a creer en mí y me quieras.

Resistiendo el impulso de tirarse a su cuello por lo que acababa de decir, respiró hondo y, negando con la cabeza, murmuró:

—Entre tú y yo nunca habrá nada. Lo que hubo pertenece al pasado y, como tal, ha de quedar olvidado.

Sin darse por vencido y sin separarse de ella, le susurró al oído:

—No voy a permitir que no me ames. No voy a permitir que olvides lo que una vez existió entre tú y yo. Y no lo voy a permitir porque sé que me quieres, y yo no puedo ni quiero vivir sin ti.

A punto de saltársele las lágrimas y olvidándose de su aspecto, Gillian se volvió hacia él y gritó:

—Eres despreciable. ¡Te odio! Todo esto lo haces para que yo vuelva a caer como una boba en tu lecho. Pero estoy segura de que cuando hayas disfrutado de mí y la vida se normalice, volverás a humillarme y a decirme eso de «¿por qué te has casado conmigo?». Además, llevo en mis entrañas un bebé del que tú, ¡maldita sea, tú!, has dicho que es un bastardo. Por lo tanto, no te acerques a mí porque ni mi hijo ni yo queremos nada de ti.

Al ver cómo la miraba, tocándose la cara, bramó:

—¡Deja de mirarme el rostro así!

Al sentarse en la silla, su falda le jugó una mala pasada y, de pronto, se oyó cómo la tela se rasgaba. Incrédula por los cambios que su cuerpo estaba experimentando, sollozó mirándole.

—Ahora, además de deformada y de ser un monstruo, me estoy poniendo gorda y...

—Gillian, no pasa nada. No eres un monstruo —murmuró, enternecido—. Tienes otros vestidos. No te disgustes por eso.

Pero ella lloró todavía más fuerte, desconcertándolo por momentos.

—Odio que me veas con esta cara de oso.

Conmovido por la ternura que ella le ocasionaba, se puso de cuclillas en el suelo para estar a su altura y, sin tocarla, dijo:

—Yo no creo que parezcas un oso, cariño.

—¡Oh, sí!, no me mientas. Tengo la cara tan hinchada que parezco un oso cuando despierta tras su letargo. No me digas que no.

Divertido por lo que ella decía, fue a tocarla, pero Gillian no le dejó. Incapaz de seguir viendo cómo sollozaba como una indefensa damisela, Niall preguntó:

—Gillian, cariño, ¿por qué lloras ahora?

—No me llames cariño.

—Sí.

—No, no te lo permito.

Intentando convencerse de que aquellas lágrimas eran síntoma del embarazo, Niall continuó:

—Si es por el vestido, no pasa nada; encargaremos más. Y en cuanto a tu cara, no te preocupes. Te aseguro que dentro de nada volverás a estar tan guapa y preciosa como siempre.

Parando unos instantes de llorar, le miró con su único ojo sano y, en un susurro, preguntó:

—¿De verdad piensas que soy guapa?

—No, porque e...

—Lo sabía... Es una mentira piadosa —gimió, tapándose la cara.

—Porque eres preciosa, Gillian. La mujer más bonita, preciosa y valiente que he conocido en mi vida. La mujer con la que tengo el honor de estar casado y que deseo con toda mi alma que me perdone y regrese a nuestro hogar.

Atontada por escuchar aquellas palabras tan bonitas y dulces comenzó a llorar con más fuerza. Eso desconcertó aún más al highlander, y sin saber qué hacer, se le ocurrió decir:

—Cariño, eres una guerrera, y los guerreros no lloramos.

Al oír esas palabras, de un salto la joven se levantó de la silla y dijo:

—¡Fuera de mi casa!

—Ya estamos otra vez con eso. Gillian, cariño...

Pero ella no quería escucharlo. Estaba embarazada, con la cara magullada y sola en el mundo.

—¡Fuera de mi casa he dicho! —volvió a gritar.

Convencido de que era inútil hablar con Gillian en ese momento, finalmente se levantó y se marchó. Ya hablaría con ella cuando estuviera más tranquila.

Pero no. Hablar con Gillian fue imposible. Le rehuía, y eso le estaba sacando de sus casillas. Cuando llegó la noche, ella se encerró en la cabaña, y Niall blasfemó al ver la puerta arreglada. No había manera de entrar si no era echándola abajo, y no quería ni asustarla ni dañarla. Bastante bruto había sido ya con ella. Aquélla fue la primera de muchas noches que Niall, tras ver cómo ella se marchaba a la cabaña, se sentaba abatido y malhumorado en el alféizar de su ventana mientras se preguntaba qué podía hacer para reconquistar a su mujer. Ella era demasiado importante y valiosa para él como para que las cosas quedaran así.

54

Durante esos días, Niall apenas descansó. Sólo podía dormir cerca de ella, y lo más cerca era en el suelo, al pie del muro de la cabaña, aunque obligó a sus hombres a que callaran. No quería que ella supiera que estaba tan desesperado. Pero una noche ella se despertó, y al abrir la puerta de la cabaña, se quedó sin habla al ver que Niall dormía enrollado en varias mantas junto a la piedra. El primer instinto fue darle un puntapié para que se alejara de allí, pero cuando vio que las lágrimas acudían a ella, se metió en la cabaña y lloró..., lloró... y lloró.

Cris y Brendan regresaron de su viaje de bodas y, al encontrarse con aquella situación, intentaron mediar. Pero fue imposible. Gillian se había cerrado en banda y le daba igual todo lo que dijeran. No pensaba volver a confiar en Niall. Nunca más.

Todas las mañanas cuando Gillian salía de su cabaña, él ya estaba esperándola con una sonrisa radiante. Le llevaba tortas de avena, de fresas, de frutas, todo lo que fuera para hacerle pasar el mal momento de náuseas matinales. A media mañana, cuando Gillian paseaba o hacía alguna tarea del hogar, éste aparecía con algún zumo recién exprimido para que se lo tomara. Al principio, aquel detalle le gustó, pero según pasaban los días le comenzó a agobiar. Niall le obligaba a tomarlo, aunque no le apeteciera.

«Me quiere engordar como a un cerdo», pensó, e incluso le gritó haciéndole reír.

Durante la comida, momento en el que él se sentaba junto a

ella e intentaba darle conversación, Gillian comprobó cómo Niall procuraba agradarle en todo lo que podía. Incluso la piropeaba y le decía día a día lo mucho que mejoraba su rostro y le bajaba la hinchazón. Ella simplemente le escuchaba, pero no sonreía. Sólo asentía y comía. Llevaba tanto tiempo sin verla sonreír que él comenzó a preocuparse. ¿Cuándo había perdido Gillian aquella sonrisa tan maravillosa?

Tras la comida, todos los días llegaba el mismo ritual: Niall se ponía pesado para que descansara, y por ello, Gillian, con tal de perderlo de vista, se metía en su cabaña y al final se dormía. Él aprovechaba ese momento para hablar con sus hombres de cosas importantes para el castillo y subir a las almenas, donde, apoyado en la piedra que a su mujer tanto le gustaba, rememoraba una y otra vez sus bonitos y excitantes momentos de pasión.

Una vez acabada la siesta, cuando ella abría la puerta de su cabaña, allí estaba de nuevo él para perseguirla fuera donde fuese, hasta que tras la cena, ella regresaba a la cabaña, agotada de escuchar cuánto la quería y la necesidad de que le perdonara y le diera una nueva oportunidad.

Siete días después, una mañana, tras pasar una noche en la que Gillian no paró de vomitar, cuando salió de su cabaña para tomar un poco el aire, se quedó boquiabierta al ver acercarse a tres jinetes con un ejército detrás. Poniéndose la mano en los ojos para intentar que el sol no la cegara, de pronto, una alegría se instaló en su pecho al reconocer entre aquellos jinetes a Megan. Excitada, entró en la cabaña dispuesta a asearse para ir a ver a su amiga.

En el interior del castillo, Niall hablaba con Ewen sobre las obras de las caballerizas cuando uno de sus hombres entró para avisarle de la visita. Cuando Niall salió al exterior por la puerta principal sonrió al ver llegar a su hermano Duncan, a su cuñada Megan y a Kieran O'Hara.

—¡Vaya! ¡Qué agradable visita! —aplaudió, feliz.

Con rapidez se acercó hasta su cuñada y cogiéndola de la cintura la ayudó a bajar de *Stoirm*, su caballo, y besándola le susurró al oído:

—Gracias por acudir tan rauda.

Ésta, sonriendo, lo besó y respondió:

—Si no he venido antes es porque me lo prohibiste, maldito cuñado.

Niall sonrió. Megan era fantástica y con seguridad lo ayudaría a recuperar el cariño de Gillian, que en los últimos días había empeorado.

Duncan se acercó a su hermano y lo abrazó.

—No sé qué habrá pasado aquí, pero tu cara de cansancio me hace presuponer lo peor. Aunque tengo que decirte que no te preocupes; si yo he podido con Megan, tú podrás con Gillian.

Divertido por el comentario le dio a su hermano un par de palmadas en la espalda y miró a Kieran, que, bajándose del caballo, miraba a su alrededor.

—Esto cada día parece más un castillo y no un montón de piedras —se mofó mirando a Niall, que sonrió.

—Y tú, ¿qué haces aquí, Kieran? —preguntó Niall, divertido.

—Estaba en Eilean Donan, visitando a mis pequeñas Amanda y Johanna, cuando Megan recibió tu misiva. Ella me pidió que los acompañara. Pero si quieres que desaparezca sólo tienes que decírmelo y me iré por donde he venido.

—Anda ya..., no digas tonterías. —Le abrazó Niall, aunque sintió una punzadita en el corazón al recordar que Gillian le había dicho que Kieran la atraía como hombre. ¿Sería verdad?—. Eres bienvenido a mi hogar, que desde este mismo instante es el tuyo.

—Gracias, McRae —sonrió Kieran. Y mirando a su alrededor, preguntó—: Bueno, ¿y dónde está esa preciosa mujercita tuya?

—Eso, ¿dónde está Gillian? —insistió Megan, mirando hacia el castillo.

En ese instante, Niall miró hacia las cabañas y sonrió al verla correr hacia ellos.

—Allí viene.

Todos se volvieron hacia donde Niall indicaba. Megan, feliz, saltó como una posesa sobre sí misma, moviendo los brazos, mientras Gillian, por su parte, corría y hacía lo mismo.

—¡Vaya, Niall! Por tu cara de bobo presiento que las cosas entre vostros dos han mejorado bastante —cuchicheó Kieran.

Él se encogió de hombros, y Kieran prosiguió:

—Entonces, me confirmas que estáis mejor que el último día en que os vi.

—Júzgalo por ti mismo —resopló Niall.

Kieran se quedó extrañado por aquella contestación.

—¿La tratas bien? —preguntó.

Molesto por la pregunta, Niall miró a su amigo.

—Por supuesto. Como ella se merece —respondió.

—¡Por todos los santos, Gillian!, ¿qué te ha pasado? —gritó Megan en ese momento.

Habían pasado varios días desde el desafortunado accidente, y a pesar de que el ojo y la mejilla ya le habían vuelto a la normalidad, un oscuro cerco en tonos verdes y morados aún le ocupaba media cara.

Kieran, incrédulo, fijó la vista en Gillian, y al ver el ojo, la frente y la mejilla de color granate se volvió hacia Niall y le dio un puñetazo que le tumbó hacia atrás.

—¡Maldito cobarde!, ¿cómo puedes haberle pegado? —gritó sin darle tiempo a explicaciones. Enrabietado, Kieran se tiró encima de él, y dándole otro puñetazo que le hizo sangrar por el labio, gritó antes de que Duncan los separara—: ¿A eso le llamas tú tratarla como se merece?

—¡Suéltame, maldita bestia! —gritó Niall, ofendido, mientras ordenaba con la mano a sus hombres que no intervinieran.

Gillian llegó hasta ellos rápidamente, y junto a Duncan y Megan, ayudó a separarlos.

—Pero bueno, ¿se puede saber qué os pasa? —preguntó casi sin voz por la carrera.

Niall, tocándose el labio para quitarse la sangre, vociferó, molesto:

—Explícale a ese burro que yo no te hice las marcas de tu rostro.

Duncan, incrédulo, la miró. El rostro de la muchacha era de todos los colores menos del que debía ser.

—¡Ay, Gillian! —gimió Megan, mirándola—. ¿Qué te ha pasado, cariño?

Consciente de que todas las miradas estaban dirigidas a ella, sin acercarse a su marido para ver su herida del labio, aclaró:

—Lo creáis o no se me cayó un ventanuco en la cara, y por eso tengo el rostro así. —Y volviéndose hacia Kieran, le increpó—: ¿Cómo has podido pensar que Niall ha sido capaz de hacerme esto?

—No lo sé —murmuró, tocándose el puño.

Divertida, vio la sangre en la boca de su esposo, pero haciendo caso omiso de su estado, se volvió hacia su amigo y, con una sonrisa que llevaba tiempo sin enseñar, murmuró, haciendo que a Niall se le encogiera el corazón:

—¿Crees que yo me dejaría hacer esto sin haberle marcado a él?

—No sé, preciosa. Por un momento he pensado que...

—No pienses tanto, O'Hara, y si piensas, hazlo con conocimiento —bufó Niall, marchándose hacia el interior del castillo.

Duncan, al ver que Gillian no corría tras él, miró a Kieran, y cogiéndole del cuello, le invitó:

—Anda..., vayamos a refrescar nuestras gargantas y contén tus puños.

Megan, mirando a Gillian con detenimiento, le dijo a su marido:

—Id vosotros. Yo iré a dar un paseo con Gillian por los alrededores.

Así pues, los hombres se adentraron en el castillo, y ellas comenzaron a caminar por la llanura.

Durante un buen rato, Gillian le presentó a Megan todos y cada uno de los hombres con que se cruzaban. Helena, al ver a Megan, con rapidez salió a saludarla. Le tenía buen aprecio por lo bien que se había portado con ella y sus hijos la noche en que se habían conocido en la posada. Tras andar hacia una zona de cabañas, Gillian abrió la puerta de la última de ellas y la hizo entrar.

—Bienvenida a mi hogar —dijo mirando a su alrededor.

Su cuñada, sin entender nada, miró la cabaña, y Gillian le señaló el ventanuco ya arreglado de madera.

—Ése es el responsable de que mi ojo y mi cara estén así. Hubo una tormenta increíble, el ventanuco estaba suelto y yo, que dormía debajo... ¡Oh, Dios, Megan!, no te puedes ni imaginar la cantidad de sangre que perdí.

Megan cada vez más confusa, la miró y añadió:

—No entiendo nada de lo que me estás contando. ¿Qué es eso de que éste es tu hogar, y de que tú dormías cuando se...?

Pero no pudo seguir hablando. Gillian se derrumbó y comenzó a llorar, y poco después le sobrevino una arcada que la hizo vomitar. Megan, asustada, la llevó rápidamente hasta el limpio y ordenado jergón y logró sentarla allí.

—Vamos a ver, cariño, comencemos por el principio, porque te prometo por mis niñas que cada vez entiendo menos.

Entonces, Gillian, necesitada de hablar, empezó a contarle todo lo que le había ocurrido en los últimos meses.

—¡¿Que estás embarazada?!

—Sí.

—¿Niall no lo sabe?

—Sí, y ese patán cree que no es suyo.

Incrédula por lo que oía, Megan susurró:

—¿Cómo es posible que crea eso?

Entre gemidos, respondió:

—Dijo que lo que llevo en mis entrañas es un bastardo, y yo no quiero oírloooooooooo. Me pondré fea, gorda, deforme, y... y...

—Pero ¡por todos los santos, Gillian! ¿me vas a decir que crees que Niall...?

—Sí...

—¡Oh, no! Siento decirte, por mucho que te jorobe, que Niall no es así.

—¡Tú no lo conoces! —gritó, y soltándose el cabello, gimió—. Mira por dónde tengo el pelo. ¡Me va a dejar calva!

Atónita, Megan observó cómo la larga melena de su amiga había menguado hasta llegarle poco más que por debajo de los hombros.

—Ese..., ese bobo, además de hacerme un trasquilón en el cabello cada vez que le he desobedecido o insultado, me ha roto el corazón.

—Vaya, Gillian... Veo que habéis estado muy entretenidos. —Pero Gillian no tenía ganas de reírse.

—Y además, sólo piropea a la bobalicona de Diane McLeod. Que si ella es bonita, graciosa, hermosa, con un pelo encantador, femenina... ¡Oh, Dios..., la odio!

Cada vez más consciente de por qué su cuñado la había llamado, Megan se sentó de nuevo en el jergón y, tocándole con cariño el pelo, le susurró al oído:

—Mira, Gillian, entiendo todo lo que me dices. Entiendo que él no se ha portado todo lo bien que debería haberlo hecho y...

Pero calló al notar que alguien entraba en la cabaña. Era Kieran, que cerró la puerta y dijo a su espalda:

—Vamos a ver, Gillian, ¿qué ocurre aquí? Me acabo de enterar por Ewen de que vives en esta humilde cabaña y que estás esperando un bebé. —Y señalándola con el dedo, siseó—: Si ese McRae es quien te hizo eso en la cara, dímelo, pero dímelo ya, porque te juro que se lo hago pagar ahora mismo.

Gillian se llevó las manos a la cara y comenzó a llorar de nuevo, y Megan, mirando al highlander, le susurró:

—Lo tuyo es ser oportuno, Kieran.

55

Aquella noche, las cosas parecían haberse apaciguado, pero como cada día, Gillian se emperró en que no quería dormir en el castillo, y Niall, una vez más, la dejó marchar. Megan, Duncan y Kieran intentaron por todos los medios que ella se quedara a descansar al calor de la fortaleza, pero no hubo manera. Por ello, Niall, cansado de escucharla, la tomó del brazo, y tras hacer un gesto a uno de sus hombres, la llevó hasta la puerta principal del castillo y, con una sonrisa, le dijo:

—¿Estás segura de que no te quieres quedar, cariño?

—¡No me llames cariño! —protestó.

Niall, conteniendo las ansias de besarla, se acercó a ella y le susurró al oído:

—Si no te importa, esta noche, como tenemos invitados, no te acompañaré hasta la cabaña.

—Me parece justo —asintió ella—. Que pases una buena noche.

Tras indicarle a Liam que la acompañara hasta la cabaña, Niall la vio alejarse y, entre susurros, dijo sin que ella le oyera:

—Lo mismo digo, cariño.

Al ver aquello Megan, Duncan y Kieran se miraron. ¿Qué estaban haciendo aquel par de tontos?

Cuando Niall se sentó junto a ellos, una avalancha de emociones le recorrió el cuerpo. Se sentía frustrado, rabioso, enfadado, pero estaba enamorado de aquella fiera de una manera tan irracional que le estaba comenzando a nublar la razón. Parte de él deseaba darle una buena azotaina para que dejara de comportarse de aquella absurda manera, pero otra parte de él lo único que quería era besarla, que lo besara, hacerle el amor, ¡y por todos los santos!, que le sonriera. Necesitaba oír el sonido de su risa, sentirla, pero ella parecía no darse cuenta.

—Vamos a ver, Niall, ¿desde cuándo ocurre esto? —le preguntó Duncan, molesto.

—Desde hace dos o tres semanas. Tuvimos una fuerte discusión, me comporté como un imbécil, y eso ha originado que Gillian esté así conmigo.

—Pero ¿cómo puedes permitir que esa pequeña mujer, que está embarazada, ande por ahí con el frío que hace? —le recriminó Kieran.

Incapaz de callarse, Megan miró a su cuñado y, en un tono nada conciliador, espetó:

—Por lo que yo sé, él fue quien le ordenó dormir en la cabaña. Ella sólo cumple órdenes.

Niall le clavó la mirada a su cuñada y respondió:

—Tienes razón. Ofuscado, la noche de nuestra discusión dije esa tontería, pero esa misma noche, antes de que saliera de nuestra habitación, intenté rectificar, pero ya sabes cómo es tu amiguita Gillian.

—Te puedo asegurar que si Duncan hubiera dudado de que mi embarazo no era de él, tampoco le habría dejado rectificar —añadió Megan—. ¿Cómo se te ha ocurrido ofenderla de tal modo?

—¡Por todos los santos, Niall! —exclamó Kieran.

—Estaba cegado por la rabia —respondió, desesperado—. No intento disculparme por ello; la furia me cegó, y ahora estoy pagando las consecuencias, y con creces.

—No me lo puedo creer, Niall —dijo Duncan—. ¿Me estás queriendo decir que desde hace dos, tres semanas, permites que esa mujer se salga con la suya cada noche, aun creyendo que su hijo ¡es tu hijo!?

Con sorna su hermano lo miró y, señalándole con el dedo, le indicó:

—Precisamente tú cállate.

—Yo no se lo permitiría —insistió el otro sin amilanarse.

—Mira, Duncan —le recriminó Niall—, llevas seis años permitiendo que tu graciosa mujercita, esa que ahora me mira con ganas de sacarme los ojos, se salga con la suya en todo. ¿Qué se supone que me recriminas a mí?

—Creo que los McRae sois unos blandos. ¡Oh, sí!, lo creo firmemente —se mofó Kieran.

Megan, tras darle un pescozón que a aquél le hizo reír a carcajadas, preguntó:

—¿Cómo pudiste decirle que llevaba un bastardo en su interior?

—Te lo acabo de explicar... Me cegué.

—Muy mal, Niall; muy mal —murmuró Duncan.

—¿Queréis dejar de juzgarme y ayudarme a buscar una solución? ¿Acaso creéis que a mí me gusta ver como ella no me mira, no me habla, no se dirige a mí para nada, no me cuenta si está bien o mal? ¡Por todos los santos, me voy a volver loco!

—Te lo mereces por cabezón —le recriminó Megan.

Kieran, divertido, le preguntó:

—¿Qué os ocurre a los McRae? Sois unos fieros guerreros en la lucha, pero en el cuerpo a cuerpo con vuestras esposas, ¿os vencen?

Megan, dispuesta a defender a aquellos hombres que tanto amaba, cogió una servilleta y azotándole con ella le regañó.

—Tú, pedazo de bobo, cállate. Mi marido y Niall son fieros en todos los campos. La vida en pareja no es fácil, y ante mujeres como Gillian y yo miden sus fuerzas de otra manera.

Sonriendo, Kieran dio un mordisco a un trozo de pan y respondió:

—Por eso, querida mía, yo he decidido disfrutar de los placeres de una mujer distinta cada noche. De esa manera, ninguna me hará medir mis fuerzas sin que yo quiera.

—Siento decirte, Kieran —le aclaró Niall en tono alegre— que el día en que la mujer que te quite el sentido llegue hasta ti... medirás tus fuerzas. ¡Oh, sí!, estoy seguro. Y allí estaré yo para mofarme, ¡gracioso!

—Yo, también —le aseguró Duncan—. El día en que aparezca esa mujer..., caerás rendido a sus pies como caemos todos.

En ese momento, entró Liam, el guerrero que había acompañado a Gillian hasta su cabaña, y tras cruzar una mirada con Niall, éste asintió y supo que ella había llegado bien.

—Mira, Niall —dijo Megan—, Gillian no puede continuar durmiendo en la cabaña. El tiempo empeora y...

—Ya lo sé... —respondió, molesto—. Lo que no sé es qué hacer para que ella vuelva a confiar en mí. Llevo semanas diciéndole que la quiero, implorándole su perdón, dejándome pisotear como nunca antes lo he hecho y, aun así, nada. Pero me angustia oírla llorar por las noches en su cabaña.

—¿Espiando a escondidas? —se mofó Kieran.

Niall lo miró con gesto fiero, pero Kieran sonrió.

—Si no hubieras sido tan idiota todo este tiempo y no te hubieras comportado como un energúmeno, nada de esto te estaría ocurriendo. Quisiste darle una lección a Gillian por cosas que pasan a veces sin uno proponérselo, y al final, tú solito la has vuelto a liar —le recriminó Megan—. Siento decírtelo, pero te lo tienes merecido, por cabezón.

Sin importarle mostrar sus sentimientos ni lo que pensaran sobre él, Niall se volvió hacia su cuñada y susurró:

—Megan, amo a Gillian. Ella es lo mejor y más bonito que he tenido nunca, y estoy dispuesto a luchar lo que haga falta porque ella vuelva a mirarme como me miraba hasta que yo solito fastidié nuestra relación.

—¡Oh, qué romántico! —se mofó Kieran.

—Tú, cállate —dijo Duncan, dándole un puñetazo—. No tienes ni idea de lo que mi hermano está hablando. Y te aseguro que el día en que una mujer te toque el corazón y ella no te haga caso, el último en reír serás tú.

—Niall, ¿por qué no retas a Gillian? —preguntó Megan, sorprendiéndolos.

—¡¿Cómo?! —dijeron los tres highlanders, mirándola.

—Megan, tesoro —susurró Duncan—, ¿pretendes que Niall se líe a estocada limpia con ella sabiendo que está embarazada?

—No..., cariño. —Sonrió al comprobar lo que ellos habían entendido—. Me refería a que cambie de táctica. Si la que está usando ahora no le funciona, que intente otra. Quizá tanto agobio a Gillian no le gusta, y ella necesita sentirse desafiada para que vuelva a interesarle Niall.

—¿Y qué pretendes que haga? Si no soy yo quien intenta estar con ella y verla, te aseguro que ella no intentará verme a mí.

—¿Estás seguro?

—Totalmente seguro —asintió él.

Megan, tras resoplar, miró a su marido, que le guiñó un ojo.

—Hablemos de lo que vamos a comenzar a hacer a partir de mañana. A Gillian, como siempre, o la pones entre la espada y la pared, o nunca reaccionará. Y Kieran, necesitaremos tu ayuda de nuevo. —Al ver que aquél sonreía, Megan le aclaró—: Y tranquilo, esta vez no permitiré que ningún McRae te ponga la mano encima.

Duncan, al ver que su hermano y Kieran se sentaban junto a Megan, rió y dijo:

—Que Dios nos pille confesados, muchachos. Nos vamos a meter en el juego de dos guerreras.

56

Al alba, Niall se levantó de su cama. Megan no le había permitido dormir al pie de la cabaña y sólo deseaba ir a ver a Gillian. Tras vestirse y desayunar sin muchas ganas, se marchó con Duncan a revisar el ganado. Le apeteciera o no, uno de los primeros pasos para retar a su guerrera mujer era alejarse de ella, y eso lo desconcertaba.

Aquella mañana, cuando Gillian se levantó, suspiró al pensar que nada más abrir la puerta allí estaría Niall con la mejor de sus sonrisas para desearle los buenos días. Por eso, se miró en el espejo, se atusó el pelo y, levantando la barbilla, abrió la puerta de la cabaña... Se quedó petrificada al no verlo sentado bajo el árbol. ¿Dónde estaba? Sorprendida, sacó la cabeza por la puerta, y tras mirar a ambos lados y ver que él no aparecía, resopló molesta mientras caminaba hacia el castillo.

—Vaya..., hoy que me apetecía un trozo de fruta fresca, no está.

Cuando entró en la fortaleza, esperó encontrarlo sentado a la mesa junto a Duncan, pero tampoco estaba allí; aunque sí vio a Megan hablando con Kieran.

—Buenos días, preciosa —la saludó el hombre, levantándose para ir hasta ella—. ¿A qué se debe ese cejo tan fruncido?

—¡Oh, a nada!

—Ven, siéntate con nosotros —sugirió Megan—. Estábamos hablando de la fiesta que organizaré a Amanda para su cumpleaños. Vendrás, ¿verdad?

—Por supuesto.

Mirando a su alrededor, Gillian quiso preguntar por Niall, pero no quería dar a entender que lo echaba en falta; por ello, se sumó a la conversación y se sorprendió cuando Megan dijo:

—Duncan y Niall han ido a Dunvengan para reunirse con Jesse McLeod.

«¡Maldita sea!, ¿qué hace Niall allí?», se dijo molesta al pensar en Diane. Pero con rapidez recordó que ésta ya no vivía en el castillo.

—¿A qué han ido a Dunvengan?

—Jesse McLeod, por lo visto, tiene bonitos caballos, y Niall quiere elegir un potrillo blanco para regalárselo a Amanda por su cumpleaños. Ya sabes que Niall siente debilidad por las niñas —respondió Megan.

—Sí, es cierto —asintió Gillian, sonriendo.

Durante un buen rato, escuchó a Kieran y Megan hablar sobre Shelma, Johanna y un sinfín de personas, mientras ella estaba sumida en sus pensamientos.

—Bueno..., ahora que estamos los tres solos y el bruto de Niall no está —dijo Kieran—, Gillian, ¿qué vas a hacer? Anoche nos quedó muy claro a todos que la convivencia con tu tormentoso esposo es totalmente nefasta. ¿Volverás a Dunstaffnage, o te quedarás aquí?

Aquella pregunta la pilló totalmente desprevenida. Nunca había pensado alejarse de Duntulm, y mirando a Megan, que asentía con la cabeza, señaló:

—No sé. No he pensado nada.

—¡Oh, cariño! Anoche hablé muy seriamente con Duncan y Niall —le explicó Megan—. Y a ambos les pareció correcto que si tú quieres, te vengas a vivir con nosotros a Eilean Donan.

—¡¿Cómo?! —susurró Gillian con un hilo de voz.

Pero Megan, sin prestarle atención, continuó:

—Mira, Gillian, así no puedes continuar. No me parece bien que estés viviendo en esa cabaña tú sola, con el frío que hace y expuesta a peligros como el del ventanuco. Por ello, Duncan ha hablado muy seriamente con su hermano, y él ha accedido a que tú decidas si quieres continuar viviendo aquí o te trasladas a Eilean Donan con nosotros.

¿Marcharse de Duntulm? ¿Alejarse de Niall? Ella no quería nada de eso. Quería seguir viéndole cada mañana, cada tarde y cada noche, y saber que estaba bien. Aunque ciertamente la convivencia no era la mejor...

—Y el siguiente paso es intentar una separación amistosa —continuó Megan, haciendo que Gillian se atragantara—. Si Niall accede, podréis definitivamente separar vuestros destinos, y así ambos tendréis la ocasión de comenzar una nueva vida. Tú, con tu hijo, y él, con su clan.

Sin darle tiempo a pensar, Kieran, acercándose a ella dijo, dejándola sin palabras:

—Creo que es una excelente idea. Y si te parece bien, yo te puedo visitar; me encantan los niños y quizá tú y yo...

Levantándose como un resorte, Gillian gritó:

—No..., no te lo tomes a mal, Kieran, pero no quiero retomar mi vida con nadie, y en cuanto a irme a Eilean Donan, creo que ése es un tema que Niall y yo tendremos que hablar, y por lo que sé él..., él...

—¡Oh, cariño, tú por eso no te preocupes! Él aceptará lo que tú quieras.

Llevándose las manos a la boca, Gillian sintió una tremenda arcada. Sólo pensar en irse de aquel precioso lugar la enfermaba. Por ello, y sin darles tiempo a decir nada más, se disculpó y salió al exterior en busca de aire fresco. Lo necesitaba.

En el interior del castillo, Megan y Kieran sonrieron, y con un descaro increíble, la primera susurró:

—Confirmado. Gillian no se quiere marchar de aquí ¡ni muerta!

Durante todo el día, Gillian huyó de sus amigos. Se empeñaban una y otra vez en hablar de su marcha de Duntulm. Les escuchó hacer planes de fiestas, bailes y todo aquello que en su juventud le había encantado. Pero en esos momentos no quería nada de eso: necesitaba tranquilidad, paz, sosiego y que la dejaran vivir. Sólo necesitaba que le permitieran descansar para reponerse y comenzar a vivir.

Por la noche, cuando creía que le iba a explotar la cabeza, aparecieron Duncan y Niall. Gillian al ver a su marido saltó de la silla como llevaba tiempo sin hacer. Aquel pequeño gesto hizo que éste se emocionara, pero como si no la hubiera visto continuó hablando con su hermano.

—Hola, cariño —dijo Megan, corriendo a besar a su marido.

Duncan, con un afectuoso abrazo, la levantó y la besó. Aquello hizo que Gillian mirara hacia otro lado. Ver tan de cerca cómo el amor había triunfado no era lo que más le gustaba. Inconscientemente, miró a Niall, y al ver que éste bromeaba como un crío con Kieran deseó estrangularlo. ¿Por qué no la miraba?

Con rapidez, las hermanas gemelas de Gaela pusieron dos platos más para los recién llegados, y Niall, sentándose al lado de Gillian, comenzó a comer. Con el rabillo del ojo, ésta se percató de que él tenía bastante apetito, y eso la extrañó. Llevaba tiempo sin verlo comer así, y en especial, sin atosigarla para que comiera.

—Niall, hoy hemos hablado con Gillian sobre lo que anoche comentamos.

«No..., no..., nooooooooooooooo», pensó ella al escucharlo. ¿Por qué se empeñaban en seguir con aquello?

—¿Ah, sí? —asintió Niall, y mirándola, preguntó—: Bueno, Gillian, y tú ¿qué piensas? Entenderé perfectamente que desees marcharte con Megan y Duncan. Es más, conociéndote creo que eso realmente te haría feliz.

Dejando el tenedor sobre la mesa, Gillian los miró a todos y, con una falsa sonrisa, murmuró:

—Bueno, yo no había pensado en marcharme de aquí, pero si tú crees que...

Al ver su cara de desconcierto, Niall se alegró, pero fingiendo como nunca, afirmó con una maravillosa sonrisa:

—Gillian, yo sólo quiero lo mejor para ti. Y está visto que estar aquí conmigo no es lo que más te agrada. Por ello, si tú quieres, yo accederé a que te marches.

«¡Ay, Dios! ¡Ay, Dios!», se dijo. Estaba a punto de vomitar sobre la mesa.

—Creo que en vuestra situación es lo más sensato, Gillian —admitió Duncan—. Y estoy seguro de que tu hermano Axel lo aprobará y lo entenderá. No te preocupes por nada. Entre todos, lo solucionaremos.

«Pero si es que yo no quiero que solucionéis nada», pensó ella, que no sabía qué decir ni qué responder. Sólo quería salir corriendo de allí, meterse en su pequeña cabaña y atrancar la puerta. Pero les conocía y sabía que la echarían abajo hasta que ella decidiera irse con ellos. Con ojos asustados, miró a Niall en busca de ayuda, pero él continuaba comiendo como si nada.

Megan, percatándose de su estado, quiso meter más presión y, levantándose, dijo:

—Mira, cariño, no te martirices. Vente conmigo y no te preocupes por nada. Pasado mañana regresamos a Eilean Donan, y te aseguro que yo allí te haré la vida mucho más fácil de lo que la tienes aquí.

—Pero Niall...

Entonces, el highlander la miró y con gesto despreocupado dijo:

—En mí no pienses, mujer. Piensa en ti y en el bebé. Lo nuestro fue más que un error desde el principio, y tú lo sabes tan bien como yo.

«¿Un error? ¿Que lo nuestro ha sido un error?», replicó, horrorizada.

—Sinceramente, Gillian —remató Niall—, creo que nos merecemos la oportunidad de poder retomar nuestras vidas. Tú te mereces un marido que te haga feliz, y yo una mujer que aguante mi mal humor.

Blanca como la cera, Gillian comenzó a ver puntitos negros a su alrededor y, levantándose, murmuró:

—Creo..., creo que me estoy mareando.

Con rapidez, Duncan tiró de su hermano para quitarle de en medio y empujó a Kieran para que acudiera en su auxilio. Éste la asió entre sus brazos y la llevó hasta un butacón. Megan, sin perder tiempo, le indicó a Niall que se calmara mientras abría una ventana para que entrara el fresco. Poco después, y al comprobar que Gillian volvía a coger color en el rostro, con una sonrisa encantadora miró a su cuñado para tranquilizarlo mientras él les observaba ceñudo desde la mesa.

—¡Oh, pobrecita! Se ha emocionado tanto por saber que todo te parece bien, Niall, que la pobre hasta se marea.

«¡Ay, Megan, que no..., que me estoy poniendo mala de pensar que me tengo que separar de Niall», pensó Gillian. Pero éste seguía sentado a la mesa comiendo mientras Kieran le daba aire.

—¿Y cuándo decís que nos vamos? —preguntó con un hilo de voz.

—Mañana no, que es muy precipitado. Pero al alba de pasado

mañana saldremos para Eilean Donan. —Emocionada como nunca, Megan la abrazó, y dándole un sonoro beso, dijo—: ¡Ay, Gillian!, ¡qué ilusión me hace que de nuevo vivamos juntas! Shelma se morirá de envidia.

«Y yo de pena.»

El calor se hizo insoportable mientras aquéllos continuaban hablando sobre su vida. Incrédula, Gillian los escuchó, mientras observaba a su marido tan tranquilo resolver la cuestión con su hermano. Luego, miró hacia sus guerreros, que comían en la mesa de al lado, y casi se puso a llorar al ver el gesto ceñudo y preocupado de esos hombres.

«Les importo más a los guerreros de mi marido que a él mismo», caviló. Pero levantándose muy pálida miró a Niall y susurró:

—Quiero..., necesito ir a descansar.

Él, con todos los músculos de su cuerpo agarrotados, contuvo la apetencia de cogerla en brazos, subirla a su habitación y contarle que todo era una mentira. Odiaba ver a Gillian en aquella situación. Pero tras cruzar una mirada con su cuñada, y ésta regañarle en silencio, ordenó mirando a uno de sus hombres:

—Donald, acompaña a tu señora a la cabaña. Necesita descansar.

El highlander, levantándose de la mesa tras asentir con la cabeza, abrió la puerta principal del castillo, y Gillian, farfullando un buenas noches, salió por ella.

En cuanto la mujer salió, Niall fue a hablar, pero Megan, con un movimiento de manos, le pidió silencio. Luego, se acercó hasta la puerta, se asomó y con una sonrisa vio cómo Gillian, parada a pocos pasos de ella, respiraba con dificultad.

—¿Os encontráis bien, señora? —le preguntó preocupado Donald.

Había escuchado lo que su laird y los otros se proponían, y no le hacía ninguna gracia. ¿Por qué su señora se tenía que marchar? Pero dispuesto a no meterse en algo que no era de su incumbencia calló.

Gillian, mirándolo con los ojos secos de tanto llorar, asintió, y tras pestañear un par de veces para quitarse el velo de las emociones que contenía, susurró:

—Donald, estoy bien; no te preocupes.

Megan vio como aquel enorme highlander acompañaba a su amiga y, volviéndose hacia un Niall furioso y a punto de explotar, dijo una vez vio salir al resto de los guerreros:

—Ahora puedes decir lo que quieras.

Como si hubieran soltado un mazazo contra ellos, Niall comenzó a gruñir y a quejarse de lo que había ocurrido allí:

—¡Por todos los santos, Megan!, ¿cómo puedes estar haciéndole esto a Gillian? Creía que la querías —bramó tan pálido y desencajado como su mujer.

—Y la quiero. Te lo aseguro. Y precisamente por eso le estoy haciendo esto. Conozco a Gillian y sé que sólo reacciona en casos extremos.

Pero Niall estaba horrorizado. Con sólo recordar cómo ella se había tambaleado mareada, el color ceniciento de su rostro y cómo su hermano Duncan lo había sujetado para que no la cogiera entre sus brazos se ponía enfermo.

Kieran decidió callar. Ver el gesto adusto de Niall le hizo presuponer que era mejor no intervenir en la conversación. Sin embargo Megan, dispuesta a llegar hasta las últimas consecuencias, se acercó a él y le susurró con cariño mientras le acariciaba su espesa cabellera:

—No te preocupes. La conozco y reaccionará.

—¿Y si no lo hace? —preguntó, desesperado.

—Lo hará —sentenció Megan, dispuesta a que esa historia no terminara así.

Aquella noche ni Niall ni Gillian pegaron ojo. Él, desde las almenas, observaba la cabaña donde estaba su mujer, mientras ella, en el interior, miraba el fuego sumida en un mar de confusiones.

57

Al alba, Gillian salió de la cabaña y se encontró de nuevo con que Niall no estaba. Destrozada por la falta de estima de aquél, caminó hacia el castillo dispuesta a llenar su estómago, que le rugía. Al entrar en el comedor, lo encontró vacío. No había nadie. Todos dormían aún. Con delicadeza, se sentó en uno de los bancos y miró a su alrededor. Aquel salón estaba precioso, algo que meses atrás, cuando había llegado, era impensable. Con la vista cansada, recorrió piedra a piedra aquel majestuoso lugar, y sonrió al recordar cómo era a su llegada.

—¡Oh, milady!, no sabía que ya os habíais levantado —la saludó Susan al verla—. ¿Queréis que os traiga algo de desayuno?

—Sí, Susan, tengo una hambre atroz.

—En seguida vuelvo.

La mujer se marchó con rapidez hacia las cocinas y poco después apareció con un cuenco de leche y un plato con tortas de frutas.

El olor de la leche avivó su voraz apetito. Gillian comió con ganas, no una, ni dos, sino hasta seis tortas de fresa, mientras observaba a Susan recoger el salón. Instantes después, aparecieron Helena, Gaela y Rosemary.

—Buenos días, milady —saludaron las mujeres, caminando hacia ella.

—Buenos días.

Helena se paró frente a ella, mientras se retorcía las manos en un gesto nervioso.

—Milady, Aslam me dijo ayer que mañana al alba os marcharéis de Duntulm, ¿es cierto?

Gillian, sin poder articular palabra, se dedicó a asentir.

—Sé que no es normal que yo os lo pregunte, milady, pero ¿por qué? Aquí todos os queremos mucho. Nadie desea que os marchéis. Además, ¿qué vamos a hacer aquí sin vuestra compañía y vuestros consejos?

Temblándole el cuerpo, Gillian intentó sonreír.

—Helena, Rosemary, Gaela, yo también os voy a echar mucho de menos. Pero a veces las cosas no son como uno quiere y, simplemente, hay que aceptar el destino. Los motivos no hace falta que os los cuente. Sabéis que mi esposo y yo no nos entendemos, y aunque sea doloroso marcharme, es lo mejor para todos y en especial para el bebé que...

En ese momento, aparecieron Duncan y Megan en el salón, y las criadas, al ver como aquella mujer morena las miraba, inclinaron la cabeza y desaparecieron.

—Vaya..., parece que las he asustado —sonrió Megan, acercándose.

—No me extraña, cariño, las has mirado de una forma que es para asustarse —se mofó Duncan. Y mirando a Gillian, le preguntó—: ¿Sabes dónde está mi hermano?

Ella, con una sonrisa en los labios a pesar de que sus ojos permanecían serios, negó con la cabeza, y cogiendo una nueva torta de fresa, comenzó a mordisquearla. De pronto, se oyó un ruido de caballos y, tras mirar como la puerta de entrada se abría, apareció ante ellos una ofuscada Cris, seguida muy de cerca por su marido Brendan. Megan y Duncan, sorprendidos por aquella entrada, los miraron, pero no dijeron nada. La muchacha parecía muy enfadada y fue directamente hacia Gillian.

—¿Qué es eso que he oído de que te marchas de Duntulm? —gritó Cris, dando un manotazo en la mesa.

—Cariño..., cariño... —susurró Brendan, con gesto incómodo—. Contrólate. Todos nos están mirando.

La joven se volvió y dijo con rapidez:

—Duncan, Megan, encantada de volver a veros. Él es mi esposo, Brendan McDougall. —Y dicho eso, volviéndose de nuevo hacia una pálida Gillian, espetó—: No me lo puedo creer. ¿Por qué te vas de aquí?

—Pues porque...

En ese momento, apareció Niall con gesto cansado, y al entrar y ver a Cris y Brendan, sonrió.

—¡Qué agradable sorpresa!

—Hola, Niall —saludó Brendan, estrechándole la mano.

Pero Cris ni se movió ni lo saludó. Por ello, Niall se acercó a ella y le dijo en tono de mofa:

—¿Qué te ocurre? ¿A qué se debe esa mirada asesina?

La muchacha, con la más fiera de sus expresiones, se estiró para hablar con Niall y siseó:

—¿Cómo puedes permitir que Gillian se marche?

Niall, tras mirar a Gillian, que volvía a estar blanca como la cera, dijo acercándose a Cris mientras observaba a su cuñada Megan susurrarle algo a Brendan:

—Es decisión suya; yo no he dicho en ningún momento que se marche. Por lo tanto, si quieres enfadarte con alguien hazlo con ella.

Cris se volvió entonces hacia su amiga, que seguía sentada con una torta de fruta entre las manos.

—¿De verdad te marchas? —le preguntó después de acercarse a ella.

Gillian, viendo la tristeza en los ojos de Cris, y siendo testigo directo de cómo Niall sonreía a un Kieran que entraba por la puerta, asintió.

—Sí... Lo siento, pero yo...

—Muy bien. ¡Perfecto, Gillian! Que tengas un buen viaje —vociferó Cris, y dándose la vuelta, salió del salón con el mismo brío con el que había entrado.

Brendan, al ver a su mujer marcharse de aquella forma, se despidió de los presentes y corrió tras ella. Necesitaba contarle lo que Megan le había cuchicheado.

Gillian se levantó y corrió a la cabaña. Tenía que serenarse, o aquel maldito día que acababa de comenzar acabaría con ella.

A media tarde, todo el mundo parecía atareado en el castillo, y Niall desapareció. Gillian, dispuesta a no seguir rumiando como una pava, empezó a recoger sus pertenencias y a meterlas en los baúles. Para ello, anduvo por toda la casa. En todas las estancias había algo suyo y no estaba dispuesta a dejarlo allí.

Por la noche, tras una cena que fue lo más tortuoso que Gillian había presenciado en su vida, cuando no pudo más, se marchó a la cabaña. Odiaba ver a las mujeres de Duntulm mirarla con tristeza y a sus guerreros con desesperación. Todos parecían alterados menos Niall, que sonreía como un patán conversando con Kieran y Duncan. Incluso Megan estaba feliz. Eso la martirizó.

Sentada en la cabaña, pensó mentalmente en sus pertenencias y recordó que en la habitación de su esposo había cosas de ella. Levantándose, se dirigió de nuevo al castillo, pero entró por las cocinas con precaución para no ver a nadie y subió al piso superior. Cuando llegó a la habitación de Niall, llamó con los nudillos, y nadie contestó. Por ello, pensando que estaría vacía, entró y se quedó sin habla cuando vio a Niall tomando un baño frente al cálido hogar.

—¡Oh, disculpa! Volveré más tarde.

Sorprendido por aquella inesperada visita, Niall se tensó. ¿Qué hacía ella allí? ¿Querría hablar con él?

—Pasa, Gillian, no te preocupes —dijo intentando ser cordial.

Con la mirada fija en el suelo, murmuró:

—Sólo venía a recoger mis cosas, pero... mejor vuelvo luego.

No quería mirarlo. Sabía que si le miraba, no podría apartar sus ojos de él.

—¡Por todos los santos, Gillian! —protestó él—. Pasa y recoge lo que tengas que recoger, que a mí no me incomodas. Es más, piensa que no estoy aquí. Prometo no molestar.

Incapaz de salir por la puerta, Gillian la cerró y, sin mirarlo, anduvo hacia el pequeño armario con los nervios a flor de piel. Con la boca reseca por la visión de él con el pelo mojado hacia atrás, sacó un par de vestidos, y los dejó encima de la cama. Luego, se agachó, abrió uno de sus baúles y comenzó a guardarlos.

Niall, desde su posición, la observaba en silencio. Cada movimiento de ella le hacía aletear el corazón. Deseaba a aquella pequeña bruja como nunca había deseado a una mujer, pero sabía que si intentaba hablar con ella o acercarse saldría de la habitación rápidamente. Por ello, se limitó a mirarla con detenimiento mientras una agonía interior se apoderaba a cada instante de él.

Incapaz de seguir sumergido en la bañera, se levantó y, cogiendo un paño ligero, se secó con brío, primero los brazos, después la espalda, continuó por el torso y, abochornado por el tamaño de su caliente miembro, finalmente se enrolló el paño en las caderas.

Gillian, sin respiración, oyó cómo Niall salía de la bañera y, cerrando los ojos, tragó con dificultad e imaginó cómo las gotitas le resbalarían por aquel cuerpo musculoso que tanto le gustaba. Como pudo, cerró el baúl y se puso en pie. Pero al darse la vuelta se encontró con Niall desnudo de cintura para arriba.

—Toma, esto es tuyo —dijo, dándole un guijarro que había encima del hogar—. Sé que le tienes cariño, pues era de tu madre.

Alargando la mano, Gillian lo cogió mientras le miraba la cicatriz que ella le había ocasionado tiempo atrás con la daga en el brazo.

—Gracias —musitó.

Niall, consciente del lugar donde ella miraba, se retiró con una sonrisa el pelo de la cara, y comentó:

—Siempre que me vea esta cicatriz, recordaré que me la hiciste tú.

Incapaz de no sonreír, ella asintió.

—Sí..., y de verdad no sabes cuánto lo siento.

—¡Oh, no te preocupes! Es una señal de batalla como tantas otras que tengo. Aunque debo reconocer que siempre que la vea pensaré en ti.

Gillian no podía responder, sólo podía mirar y admirar aquel hombre que ante ella se cernía con todo su poderío varonil, y recordar los momentos vividos con él.

—Niall, siento mucho todo lo que ha pasado. Yo...

Al sentir que las fuerzas le flaqueaban, el highlander se dio la vuelta con rapidez para alejarse de ella, y pasándose una camisola color crudo por la cabeza, comenzó a vestirse.

—No hace falta que te disculpes, Gillian. Si alguien tiene aquí que disculparse soy yo, aunque ya no tiene sentido. —Al ver que ella lo miraba, prosiguió—: He de agradecerte los cambios que mi hogar ha sufrido gracias a ti. Esta habitación, por ejemplo. —Señaló hacia un lateral—. Ese tapiz, los cortinajes, las mesillas, todo lo que hay aquí es gracias a tu trabajo. Y aunque sólo sea por eso y por haber convertido Duntulm en un hogar he de darte las gracias, antes de que mañana te marches para comenzar una nueva vida que te haga feliz.

«¿Feliz, yo? Seré una desgraciada el resto de mis días», pensó.

—Tú también comenzarás una nueva vida.

—Sí, Gillian, lo intentaré —asintió, deseoso de gritarle que, sin ella, su vida y el castillo no tendrían sentido.

Mirándose las manos, Gillian, con dolor, se quitó el anillo que él le había regalado y, tendiéndoselo, dijo:

—Te devuelvo tu anillo. Quizá lo necesites en breve.

Ver como ella le devolvía aquel regalo que le había comprado con desesperación lo molestó, y mirándola con temeridad, murmuró:

—No, Gillian. Ese anillo lo compré para ti. Es tuyo. Nadie que no sea tú lo llevará. Por favor, considéralo un regalo, o un recuerdo por el tiempo que ha durado nuestra unión.

Tras ponérselo y sin que pudiera aguardar un segundo más, Gillian intentó pasar junto a él para salir de allí, pero él la sujetó del brazo para frenarla.

—Promete que serás feliz, Gata —le susurró al oído.

Con un sollozo en la garganta, ella alzó los ojos y asintió.

—Te lo prometo.

Durante unos instantes, ambos se miraron y se hablaron sin palabras, hasta que Niall la soltó, y ella con rapidez salió de la habitación.

Como si el aire le faltara en los pulmones, la joven corrió por la escalera y subió a las almenas. Necesitaba respirar. Necesitaba que el aire le diera en la cara. En definitiva, necesitaba a Niall. Sin que pudiera evitarlo, las lágrimas corrieron por sus mejillas como ríos descontrolados y, ocultándose en un lateral de las almenas, lloró en silencio, hasta que sintió que unos brazos fuertes la abrazaban. El vello se le puso de punta al escuchar la voz de Niall, que hundiéndole la boca en su cuello, le confesó:

—Te voy a añorar mucho, cariño.

Y entonces la besó. Le devoró los labios como únicamente él y su pasión sabían, y Gillian se sintió desfallecer. Instantes después, tras un desgarrado y último beso, Niall se marchó dejándola sola en las almenas, mientras las lágrimas le corrían descontroladamente por las mejillas y en su boca aún sentía su sabor.

58

Al amanecer, los guerreros de Duncan, junto a varias carretas con los baúles de Gillian, esperaban a recibir la orden de su señor para emprender el viaje de vuelta a casa. En un lateral, un ceñudo y serio Niall hablaba con Duncan y Kieran, mientras Megan se despedía con una sonrisa encantadora de Helena.

Con tristeza, pero con una fingida sonrisa, Gillian se despidió uno por uno de todos los habitantes de Duntulm. Susan le besó las manos y, con lágrimas en los ojos, le recordó que sin ella el castillo nunca sería un hogar. Gaela y sus hermanas, con los rostros enrojecidos, se despidieron también de ella, deseándole buen viaje, ya que no pudieron decir nada más. Rosemary, angustiada y con un extraño sabor en la boca, la besó y se echó a llorar.

—Venga..., venga, Rosemary, lo importante es que nos hemos conocido. Quédate con eso, y por favor —murmuró Gillian, conmovida y mirando a Donald—, espero que alguna vez me visitéis, viva donde viva.

—Por supuesto, milady. Dadlo por hecho —respondió el highlander, más tieso que un ajo—. Milady, la voy a añorar mucho.

—Y yo a vosotros —murmuró casi ahogada—. Todos sois fantásticos.

Después, se agachó para besar a Colin y a la pequeña Demelza, que lloriqueaba en las faldas de una nostálgica Helena. La niña no quiso despedirse de ella.

—Me prometiste que pasaríamos una bonita Navidad —murmuró reprochándoselo.

Al recordar aquello, Gillian sonrió.

—Y la pasarás, Demelza. Que yo no esté aquí no significa que no la pases, preciosa.

Pero la niña, enfadada por ello, se dio la vuelta y se marchó corriendo.

—Milady, no se lo tengáis en cuenta —se disculpó su madre—. Ella os quiere mucho y...

—No te preocupes. Me hago cargo de su decepción.

—Mi señora, queríamos daros las gracias por tantas cosas... —añadió un emocionado Aslam, que no pudo continuar, pues su voz se quebró.

Helena, con cariño, al ver que su marido se ahogaba, continuó hablando:

—Mi esposo y yo queremos daros las gracias por lo bien que os habéis portado con nosotros. Primero por recogernos a mis hijos y a mí, y darnos un hogar, y luego por lo buena que habéis sido siempre con todos nosotros. Os echaremos muchísimo de menos.

—Helena, Aslam —dijo Gillian, que los cogió de las manos—, las gracias os las tengo que dar yo a vosotros por haberme ayudado tanto durante todo el tiempo que he estado aquí. A ti, Helena, porque has sido una buena y excepcional amiga y consejera, y a ti Aslam, porque siempre he podido contar contigo para todo.

—Y podréis seguir contando. Siempre seréis mi señora.

—Y la mía —intervino Liam.

—Y la mía —asintió Donald.

Uno tras otro, todos los highlanders de Niall, esos barbudos que en un principio se reían de ella, llamándola «guapa» o rubita» le prometieron fidelidad eterna, y eso la ahogó. Aquel momento dejó sin palabras a Niall, que junto a su hermano y Megan observaban la escena. Todos rodeaban a Gillian, y la hacían su señora para siempre e incondicionalmente. Ésta, emocionada, les sonrió con los ojos inundados en lágrimas, pero consiguió retenerlas. No quería que la última imagen que recordaran de ella fuera llorando como una boba damisela.

Ewen, tras una orden de Niall, llegó hasta ella, y sacándola del cerco que sus hombres habían hecho alrededor de su señora, murmuró:

—Milady, me uno a lo que los guerreros dicen. Siempre seréis mi señora y espero que cuando vaya a visitaros os apetezca seguir practicando conmigo el tiro con arco.

—Por supuesto, Ewen. —Y dándole un abrazo, cuchicheó—: Gracias por tus sabios consejos y por ser mi amigo siempre.

Al sentir que el cuerpo de ella se contraía, el hombre sonrió.

—Recuerde, milady, los guerreros nunca lloramos —le dijo.

Tras inspirar, ella sonrió, aunque casi se derrumbó al ver a Donald y muchos otros highlanders de casi dos metros conteniendo el llanto por su marcha. Sin pararse a pensarlo, miró hacia Cris y Brendan, que habían ido a despedirla. Y aunque su amiga parecía de mejor humor que el día anterior, la angustia de sus ojos dejaba ver la tristeza por aquella marcha.

—Cuídate, ¿me lo prometes? —sonrió Gillian.

—Pues claro —respondió Cris—. Cuídate tú también.

Gillian la abrazó, y cuando las lágrimas comenzaron a rodarle por las mejillas, se las limpió con rapidez.

—Estaré un tiempo en Eilean Donan, pero creo que luego regresaré a Dunstaffnage con mi familia.

—Si cada vez te vas más lejos, me va a ser muy difícil visitarte —suspiró Cris, que la tomó de las manos—. Eres la única amiga que he tenido. La única a la que no le ha horrorizado que yo manejara la espada y la única que me ha defendido y ayudado. ¿Qué voy a hacer ahora sin ti?

—Vivir, Cris —respondió, emocionada—. Y nunca olvides que siempre seré tu amiga.

Encogiéndose de hombros, Cris resopló.

—Ya lo sé, pero dicen que la distancia a veces es el olvido.

—No para mí. Te lo prometo, Cris —murmuró, mirando a Niall—. No para mí.

Tras un candoroso abrazo, Gillian miró a Brendan.

—Bueno, McDougall de Skye, ha sido todo un placer conocerte. Sólo espero que cuides a mi gran amiga y vuestro hijo, y que alguna vez me vengáis a visitar.

Él se carcajeó y eso atrajo la mirada de Niall, que los observó desde la distancia.

—El placer ha sido mío, McDougall de Dunstaffnage, y ten por seguro que te visitaremos, al igual que espero que tú, con tu precioso bebé, nos visites a nosotros.

Descompuesta, Gillian asintió, y entonces Brendan y Cris la abrazaron al mismo tiempo. Y sin poder contener por más tiempo el llanto, explotó.

—Venga..., venga..., no llores, Gillian —murmuró Brendan.

—Por favor..., por favor, no me soltéis hasta que deje de llorar como una tonta damisela en apuros. No quiero que nadie me vea así. ¡Qué horror!

—Por supuesto, Gillian. Nadie te verá llorar —le aseguró Cris.

Conmovido por aquello, Brendan levantó los brazos para cubrirle el rostro a Gillian, y ésta, con rapidez, se sacó un pañuelo de la manga para secarse las lágrimas. Cuando se hubo repuesto, dio unos toques en el pecho de Brendan, y éste la soltó.

—Gracias, Brendan —sonrió Gillian con la nariz roja como un tomate.

—Gracias a ti por todo, Gillian. Sin ti nada de lo que ha ocurrido hubiera sido posible. Tú has conseguido que llegara la paz entre nuestros clanes y que nosotros pudiéramos cumplir nuestro sueño.

—Incluso conseguiste que mi padre se diera cuenta de cómo eran Diane y su querida madre, y desde que esa tonta no está y Mery ya no es la bruja que fue, Dunvengan ha vuelto a ser mi hogar.

Gillian, mirando al cielo, suspiró y sonrió.

—¿Os habéis empeñado todos en hacerme llorar hoy, o qué?

Megan se acercó y tomó a Gillian de las manos.

—Debemos irnos ya. Los hombres se impacientan —le indicó.

Con una conmovedora sonrisa, Gillian se alejó y se dirigió hacia *Hada*. Al llegar a la yegua, la esperaba Niall.

«¡Ay, Dios! Dame fuerzas, por favor. Las necesito», pensó ella.

—Bueno —susurró, temblorosa—, ha llegado el momento de regresar a casa.

—Así es, Gillian —asintió él.

Tras mirarse durante unos instantes a los ojos, como la noche anterior en las almenas, Niall le puso las manos en la cintura e izándola sin ningún esfuerzo, la puso sobre el caballo. Aquel gesto la decepcionó. Esperaba un abrazo, un beso, una despedida más candorosa, pero no aquello. Por ello, intentó no volver a lloriquear como una idiota y trató de sonreír.

—No sé qué decirte en estos momentos, Niall.

—No hace falta que digas nada. —Y tomándole la mano, se la besó—. Adiós, Gillian. Cuídate.

Entonces, el laird se dio la vuelta y se marchó, dejándola totalmente desangelada. Hubiera querido bajarse del caballo y correr tras él, pero no, no lo haría. Con aquella despedida Niall había dejado muy claro que ella sobraba en su vida.

Duncan vio el gesto de su hermano y, angustiado por la tristeza que sabía que sufría, miró a Kieran, y ambos dieron la orden de partir. Las carretas se pusieron en marcha, y Megan, tomando la mano de su amiga, para darle ánimos la instó:

—Vámonos, Gillian.

Con una tristeza infinita, Gillian observó como Niall desaparecía tras la puerta del castillo, y levantando el mentón, miró a todos los que la vitoreaban y, con la mejor de sus sonrisas, les dijo adiós.

Una vez que se puso en marcha no quiso mirar atrás. Sabía que, si lo hacía, el corazón se le partiría. Pero cuando llegó al punto exacto en que sabía que perdería de vista Duntulm para siempre, dio la vuelta al caballo y, con el corazón destrozado, susurró:

—Adiós, amor.

59

Durante la primera parte del trayecto, Kieran intentó hacer sonreír a una turbada Gillian. Pero nada de lo que aquel simpático highlander decía le recomponía la desazón que su cuerpo sentía. Cuando pararon a comer, Gillian apenas probó bocado. No tenía hambre. Y cuando reanudaron la marcha, prefirió ir descansando en el carromato que le habían preparado.

Cuando Duncan vio que ella cerraba las cortinillas del carro, miró a su mujer y le preguntó:

—Megan, ¿estás segura de que Gillian reaccionará?

—Lo hará, Duncan, no te preocupes —observó Megan.

Pero cuando llegó el atardecer su seguridad comenzó a resquebrajarse. Cada vez estaban más lejos de Duntulm, y no parecía que Gillian reaccionara.

Tumbada en el interior de la carreta, Gillian miró su mano. En su dedo aún continuaba el anillo que Niall le había regalado y, mirando aquella piedra marrón, sollozó al recordar sus ojos. «¡Oh, Dios!, ayúdame. ¿Estoy haciendo lo correcto?»

Tras llorar durante un buen rato, finalmente murmuró:

—Basta ya..., no quiero llorar.

Regañándose por tanta sensiblería, suspiró y se sonó la nariz. Pero el pañuelo que llevaba estaba tan empapado que decidió coger otro seco. Al abrir la pequeña talega vio una pequeña bolsita de terciopelo negra. Sorprendida, la sacó y la abrió, y de ella, salió el anillo de su padre y una pequeña nota:

El anillo de nuestra boda siempre ha sido tuyo porque lo compré pensando en ti.

Pero el anillo de tu padre sólo se merece llevarlo tu esposo. Por ello, te lo devuelvo, para que puedas entregárselo a la persona que creas que se merece tu amor.

Niall McRae

Con manos temblorosas, leyó una y otra vez la nota mientras sostenía el precioso anillo de boda de su padre. Aquel anillo era de Niall. Siempre lo había guardado para él y, de pronto, como si Dios y toda Escocia le hubieran aclarado las ideas, gritó:

—¡Maldito seas, McRae!

Sin tiempo que perder, Gillian abrió la tela de la carreta y silbó. La yegua apareció rápidamente. Con seguridad se asió a las crines del animal y montó, pero antes de que pudiera clavarle los talones y salir al galope, Megan la sujetó.

—¿Se puede saber qué estás haciendo? —preguntó.

Gillian, esbozando una sonrisa como llevaba tiempo sin hacer, la miró.

—Megan, no te enfades conmigo. Yo te quiero mucho y viviría contigo encantada en Eilean Donan o donde fuera, pero amo a Niall y quiero vivir con él. Adoro a ese highlander cabezón a quien le encanta hacerme enfadar, retarme y encolerizarme, pero es que no puedo vivir sin él, y por ello quiero regresar a mi hogar.

Dispuesta a pelear con Megan si hacía falta, Gillian la miró y se quedó estupefacta cuando ella sonrió.

—Ya era hora, Gillian. Llevo esperando este momento desde que partimos.

—¡¿Cómo!?

Pero Megan no le contestó y, tras darle un abrazo, dio un silbido y Duncan y Kieran cabalgaron hacia ellas.

—Cambio de planes. Regresamos a Duntulm —anunció Megan.

Kieran y Duncan miraron a una radiante Gillian, que se excusó:

—Lo siento, pero no puedo vivir sin él.

Duncan sonrió y Kieran, mirándola con mofa, añadió:

—Preciosa, ¿sabes que me has vuelto a romper el corazón?

Incorporándose en el caballo, Gillian le dio un beso en la mejilla y, con una espectacular sonrisa, le confesó:

—Lo siento, Kieran, pero el corazón que a mí me interesa arreglar está en Duntulm y por todos los dioses que lo voy a recuperar.

Después de que Duncan dio la orden, los hombres se pararon y, dando la vuelta a las carretas, comenzaron el viaje de regreso. Pero Gillian estaba ansiosa y, tras clavar los talones en *Hada*, comenzó a cabalgar como alma que lleva el diablo. Duncan intentó frenarla, pues no era bueno para una embarazada galopar así, pero nada en el mundo podía frenar la ansiedad de Gillian por llegar a su destino.

Casi había anochecido cuando al bajar una colina, Gillian se fijó en que a lo lejos un grupo de guerreros cabalgaba hacia ellos, y el corazón se le desbocó al reconocer al primero de ellos: ¡Niall!

Con las mejillas arreboladas y el cabello revuelto por el viento, Gillian llegó hasta ellos y, antes de que pudiera decir nada, su esposo, con una mirada penetrante, puso su caballo a su lado y cogiéndola por la nuca la arrolló con un maravilloso beso. Todos los highlanders gritaron y vitorearon.

Cuando por fin se separó de ella, murmuró:

—No, lo nuestro nunca fue un error. ¡Nunca!

Con el corazón latiéndole a mil, la joven negó:

—No..., no lo fue.

—Gillian, escúchame...

—No, McRae. Escúchame tú a mí —siseó, reaccionando para bajarse del caballo.

—Hum..., me encanta cuando me llamas McRae, fierecilla —se mofó Niall ante la mirada burlona de su hermano Duncan.

—¿Cómo se te ocurre decir que le entregue el anillo de mi padre a otro que no seas tú? ¿Te lo pedí yo ayer acaso?

—No.

Sacando el anillo de su pequeña talega se lo tendió.

—Póntelo ahora mismo.

—No.

—¿¡No!? ¿Por qué no?

—Porque primero quiero aclarar ciertas cosas contigo.

—¡Por todos los santos, McRae!, ¿todavía no te has dado cuenta de que tú eres el único al que yo quise, quiero y querré entregar mi amor y mi vida? —Al ver que él no respondía, Gillian, sin que le importaran todos los testigos que la oían, continuó—: Y en cuanto a mi hijo...

—Nuestro hijo, cariño..., nuestro hijo —corrigió él.

Aquellas simples palabras la emocionaron y no pudo continuar. Niall se aproximó a ella y le retiró un mechón de pelo pasándoselo tras la oreja.

—Eres mi vida, mi amor, mi luz y el mayor tesoro que tengo y tendré nunca. He sido un idiota, un egocéntrico y he estado a punto de perderte a ti y a nuestro hijo por mi comportamiento. Me he portado mal contigo cuando tú nos has traído a mi clan y a mí alegría, unión, fuerza y prosperidad. Y aunque esta mañana he dejado que te marcharas, y te he engañado con una mentira piadosa, ya iba a buscarte, cariño. —Ella sonrió, y él prosiguió—: Porque sin ti, sin tus enfrentamientos, tus sonrisas, tus retos, y tu amor no quiero vivir, Gata. Y sólo espero hacerte feliz el resto de tu vida para recompensarte el daño que te he hecho, cuando tú sólo merecías ser amada, querida y respetada.

—Me gusta saber que me quieres, Niall.

—Y mucho, cariño —añadió él.

—¡Oh, Dios! Me encanta cuando me llamas cariño —sonrió ella.

Divertido por la mueca que ella había hecho, susurró con amor:

—Pues te lo llamaré tanto que te cansarás de oírlo, porque te quiero, ¡cariño!

Los highlanders que los rodeaban los miraban con una media sonrisa en la boca. Kieran le dio un codazo a Megan.

—¡Por todos los santos, Megan! —cuchicheó el hombre—. ¿Es necesario que se digan tantas palabras dulzonas y empalagosas?

Pero en vez de contestar ella, Duncan se le adelantó:

—¡Kieran!, el día en que te toque a ti serás aún peor, amigo.

—Lo dudo —se mofó él—. Yo no soy hombre de palabras azucaradas.

Megan se rió y mirándole añadió:

—¡Ay, Kieran!, el día en que tú te enamores, acabarás con el azúcar de toda Escocia.

Mientras todos reían, Duncan vio llegar las carretas. Y, sin parar, ordenó a sus hombres continuar hacia Duntulm con los baúles de su cuñada.

Con una sonrisa increíble, Gillian, ajena a todo lo que ocurría a su alrededor, sólo tenía ojos para su guapo marido y, tras darle un beso que le supo a amor puro y verdadero, le susurró:

—¿Te pondrás ahora el anillo para que todo el mundo sepa que eres mío?

—Por supuesto, Gata, pero aun sin anillo ya lo soy —repuso, poniéndoselo.

—¿Incluso cuando esté gorda por el bebé?

—Por supuesto.

Imaginársela con tripita y poder tocársela por las noches y abrazarla era algo que le volvía loco.

—¿Incluso aunque mi pelo no sea tan largo y bonito como cuando me conociste?

—Tu pelo es tan precioso como tú, cariño, lo lleves como lo lleves.

Tras aquellas palabras, Gillian se tiró a los brazos de un Niall que la asió con amor, mientras sus guerreros aplaudían con satisfacción porque la señora había regresado a su hogar.

Epílogo

Dos años después...

—Que no, Gillian, he dicho que no.

—Pero, Niall...

Volviéndose hacia ella en medio de la escalera del castillo, murmuró:

—¿Cómo tengo que decirte que no quiero que luches con dos espadas a la vez? ¿No te vale practicar sólo con una?

—Pero es que con una ya lo domino, y con dos todavía hay estocadas que me gustaría aprender.

—¡Por todos los santos, mujer!, ¿no te das cuenta de que me preocupo por tu seguridad?

Adelantándolo en la escalera, ella comenzó a subir.

—Si te preocuparas por mi seguridad, me dejarías aprender a defenderme.

«¿Aprender a defenderte? Pero si eres más fiera en la lucha que muchos de mis hihglanders», pensó Niall, incrédulo.

—He dicho que no, y no se hable más.

—¡Oh, McRae, cada vez eres más gruñón!

—Y tú cada vez eres más caprichosa —replicó él—. Te consiento demasiadas cosas.

Eso la hizo reír, aunque a él no. Verdaderamente Niall tenía razón. Desde su regreso a Duntulm, no había parado de hacerla feliz todos y cada uno de los días, aunque sus discusiones eran habituales. Divertida por cómo él se tocaba el pelo, murmuró para hacerle rabiar:

—Prefiero ser caprichosa a gruñona.

Justo cuando iba a contestarle, apareció Rosemary con la pequeña Elizabeth en brazos. La llevaba a dormir, pero la niña, al verlos chilló emocionada, reclamando su atención.

—¡Oh, aquí está mi chiquitina! —susurró Gillian, cogiéndola.

Elizabeth, encantada de haber conseguido su propósito, sonrió. La niña era una mezcla de Niall y Gillian, con un fuerte carácter para ser un bebé. Era rubia como Gillian, pero con los labios sensuales y los ojos marrones y almendrados de su orgulloso padre.

—Dile hola a papá. ¡Hola, papiiiiiiiiiiiii! —saludó Gillian, moviendo la manita de la niña, que al ver a su padre se deshizo en gritos y gorgoteos. Si algo le volvía loca a Elizabeth era su papá.

—Ven aquí, guerrera mía —dijo Niall, cogiéndola con amor, y tras darle cuatro achuchones y ésta carcajearse hasta llenarles el corazón de felicidad, indicó a Rosemary que se la llevara a dormir.

Una vez que se quedaron solos en el descansillo de la escalera, Gillian pestañeó, y Niall, al recordar su discusión, comenzó a andar acalorado.

—No..., he dicho que no. Hablaré con Brendan, y le diré que se lo prohíba también a Cris. Cualquier día os pasará algo en esos entrenamientos vuestros, y luego de nada servirá lamentarse.

Cuando llegó a su habitación, Niall abrió la puerta y entró, y al volverse para decirle algo a su mujer, se quedó boquiabierto al ver que ella había desaparecido. Con rapidez salió al corredor y blasfemó al ver que no estaba.

—¡Maldita sea, Gillian!, ¿dónde estás? —bramó.

Su sonrisa cristalina le hizo saber inmediatamente dónde estaba, y Niall, subiendo los escalones de dos en dos, llegó hasta las almenas y allí la encontró.

—Ven, McRae.

Con una perversa sonrisa en los labios, Niall dijo mientras miraba con descaro el suave escote de su esposa:

—No vas a convencerme aunque utilices todas tus armas de mujer.

Ella, sinuosa, se apoyó en una pared, y tras tirar de él para que la aplastara, le susurró al oído:

—No quiero convencerte, cariño; sólo quiero disfrutar de ti.

Tras besarlo con pasión se desató los cordones del corpiño y, con un descaro inmenso, le susurró:

—¡Ay, Niall!, necesito que me rasques aquí.

Siguiéndole el juego, él le metió la mano dentro del corpiño.

«Me vuelves loca, McRae», pensó excitada mientras sentía cómo él le tocaba los pezones como a ella le gustaban.

—¡Oh, Dios, me encanta que me toques! —musitó, mordiéndose el labio.

—Ni te cuento lo que me gusta a mí, cariño.

Apretujándose contra él, se estremeció y le pasó la lengua por el cuello.

—No pares, por favor.

Eso le hizo sonreír. La conocía muy bien, y sabía cómo podía llegar a ser de pasional en el acto del amor su preciosa mujer, pero también sabía que ella no pararía hasta conseguir su propósito.

—De acuerdo, fierecilla, disfrutemos.

Como era de esperar, Gillian, con rapidez, tomó la boca de su marido y devorándole los labios se entregó a él con pasión, esa pasión desmedida que volvía loco a Niall y que conseguía hacerle olvidar el resto del mundo.

Una vez que hubo acabado su momento pasional, Gillian, con

una pícara sonrisa divertida, que a Niall le derritió el corazón, le miró, y él, feliz mientras la cogía entre sus fuertes brazos para llevarla a su habitación, murmuró:

—De acuerdo..., Gillian. Pero sólo si me prometes que tanto tú como Cris utilizaréis espadas despuntadas.

—Pero, Niall...

No dispuesto a dar su brazo a torcer ante algo tan peligroso, la besó y, seguro de lo que decía, aclaró:

—Lo siento, cariño, pero no voy a transigir.

Gillian en brazos de su marido pestañeó y, dichosa, añadió:

—De acuerdo, McRae, hablemos.

Megan Maxwell es una reconocida y prolífica escritora del género romántico. De madre española y padre americano, ha publicado novelas como *Te lo dije* (2009), *Deseo concedido* (2010), *Fue un beso tonto* (2010), *Te esperaré toda mi vida* (2011), *Niyomismalosé* (2011), *Las ranas también se enamoran* (2011), *¿Y a ti qué te importa?* (2012) y *Olvidé olvidarte* (2012) además de cuentos y relatos en antologías colectivas. En 2010 fue ganadora del Premio Internacional Seseña de Novela Romántica, y en 2010 y 2011 recibió el Premio Dama de Clubromantica.com.

Megan Maxwell vive en un precioso pueblecito de Madrid, en compañía de su marido, sus hijos, su perro *Drako* y su gato *Romeo.*

Encontrarás más información sobre la autora y su obra en www.megan-maxwell.com.